第二十屆
水煙紗漣文學獎——作品集

校長序

二十週年，水煙紗漣的流金歲月

國立暨南國際大學水煙紗漣文學獎已邁入第二十年。過去決審會中，優秀的年輕寫手得以在這場文學饗宴中嶄露頭角，綻放出風采各異的光芒。

水煙紗漣文學獎由暨大中文系主辦，教務處指導，學務處協辦，是屬於全校性、跨領域的文學活動，將邀請本校各系所共襄盛舉，藉此活動使學生能與知名作家以及人文領域的教授有更深入的接觸，從文學的脈絡，尋找創作的定義，激盪出不同的思辨和瑰麗的圖騰。

水煙紗漣文學獎期許透過推廣，增強本校學生的文學素養，且與高教深耕計畫合作，致力提升本校全體學生的人文氣息與創作能力，給予學生自由揮灑的舞臺，為國立暨南國際大學帶來更豐饒多樣的文化底蘊！

武東星

系主任序

19＋1＝20 水煙紗漣文學獎的變與不變

水煙紗漣文學獎在 2021 年邁入了第二十年。眾所周知，暨大是所年輕的學校，走過二十年的文學獎，參與、見證了暨大的成長，不僅如此，雙十風華的歷史，在中文系每一屆文學獎團隊的汗水、淚水與歡笑裡，沉甸甸的二十，寫下了嶄新的樂章。

二十年了，其中自有變與不變。變動的部分在於，從第十七屆開始徵稿的圖文，經過三年試辦，今年廣邀全校同學投稿，此一新興文類逐漸能與詩、散文與小說一起成為文學的載體，期待之後能有更多的參與及更大的突破。二十年，文學獎指導老師陶玉璞教授與籌辦團隊，又特別規畫歷年得獎者、工作團隊返校座談，並辦理當代作家的文學沙龍，以及邀請已成氣候的作家學長連明偉暢談文學獎征戰心得。二十——除了青春、歷史之餘，似乎又多了幾分自省與展望的氣息。

不變的是，文學獎仍以一連串的系列活動構成，包含上下學期各一場的作家專題講座，以及三天四場邀請十二位作家蒞校，以公開評審的方式進行的決選會，嗣後再由編輯團隊進行該屆作品集的編纂。從規畫、決審到出版，這是一段漫長的過程，考驗著每一屆團隊、每一位成員的耐心與細心，更何況每年都有不可測的變數來攪局，今年是無預警停電與新冠疫情的考驗。不過，我們都一一克服了，彼時的驚慌無助與千頭萬緒，都是將來回憶時可供細數與珍視的佳釀談資，相信同學也因此會更成熟，瞭解到成就未必只是舞臺上的巨星獨享，事實上打造一個具創意與鎔鑄自我風格的舞臺，更值得欣喜，這是另一種的「藝術」。

喜歡納博科夫所說，當放羊的孩子喊著「狼來了」，而狼並沒有出現，文學就從這裡開始。也喜歡宇文正開場時所說，暨大得天獨厚的地理位置，讓她憶起《未央歌》的美好年代；或者，其實更貼近鍾文音所說，文學獎決審像是參與一場降靈大會。不禁想著，鍛鍊出這樣的文學之眼，這個熟悉而乏味的世界，應該會有不絕如縷的新體驗與感受吧。

期待第二十一屆水煙紗漣的暨敘之華。

曾守仁　撰於 2021 溽夏，雲瀑環繞的埔里

指導老師序

「難忘的」流金歲月……

什麼是「流金歲月」？是即將流走的美好時光？是那一段絢爛而極具各種可能的難忘歲月？由於人言人殊，當初為了怕人將「流金」誤寫成「鎏」，身為指導老師，還花了一點心思改換字體的架構，特別營造成不易淡忘的字形。不過，以上的開場，根本是畫錯了重點，因為真正的重點應該是在「難忘」。

為什麼難忘，難道只有「二十屆」才讓人難忘！老實說，如果不是親身經歷，絕對不會那樣難忘。想一想，這二十年來，哪一屆碰過疫情的三級警戒？又有哪一屆曾經碰過斷斷續續的停電？其他的各種緊急應變，皆是族繁不及備載，難以細數。然而，真正有資格細數「這二年來」的林林總總，絕對不是指導老師，而應該是這一屆文學獎總召集人及其工作團隊。

蘇纓是這一屆文學獎的總召集人，我在她尚未進入暨南就學時，就因為細微的誤解而曾經在本校圖書館合影留念。雖然我身邊並沒有那張照片，但影像中青澀稚嫩的樣子，確實讓人難忘。後來，推薦甄試也湊巧的分在同一組，難不成那次合影又害她無法逃脫這二年的文學獎噩夢？而在這場匪夷所思的夢境中：副總召集人廖心崙似乎比較急切的期待早日夢醒，但是疫情發展卻又總是不從人願；至於比較認命的，應該算是編輯作品集的林玥彤，她總是先探查軍情而伺機在圖書館四樓堵我，以防我趁隙甩掉我應該負起的責任。若是硬要比較其他各屆，由我來擔任指導老師，當然看不到什麼福利，或許也聽不到什麼鼓勵，而且更是不容易連繫，但是對文學獎的要求卻又出奇的多。不過，話雖如此，但多出來的幾場紀念活動，蘇纓卻始終能帶著她的工作團隊，一一的克服難題，解決問題，這份韌性，著實不易。如果讀者願意，或許可以透過作品集附上的 QRcode，仔細探索一下這幾場含金量比較高的紀念活動。

第二十屆水煙紗漣文學獎，即便是一場噩夢，相信終有夢醒的一天，但是我仍然一廂情願的認為：這二年，必然可以讓參與的成員留下終身難忘的「流金記憶」。是為序。

陶玉璞　壬寅年端午時節，構思於摘星樓研究室

主題印象

流金

徵稿海報

第二十屆
水煙紗漣文學獎
徵稿日期
即日起至
110.3.5.（五）
晚上 12:00 止
徵稿文類
小說 / 4000 至 20000 字
散文 / 2000 至 5000 字
新詩 / 50 行內
圖文 /
(1) 攝影作品 1 張與 50 至 300 字之短文創作。
(2) 相片比例：4:3、3:2、16:9，寬或高超過 4000 畫素。
(3) 攝影作品不可為合成照，可用修圖軟體後製。
(4) 檔案格式、大小：jpg 檔、1Mb 以上。
收稿方式
以電子郵件方式寄至徵稿專用信箱
literature@mail.ncnu.edu.tw
電子檔：
報名表、稿件 pdf 檔、稿件 doc 檔、
圖文照片 jpg 原檔
主辦單位｜國立暨南國際大學
承辦單位｜國立暨南國際大學中國語文學系
協辦單位｜暨情好讀・青春悅寫 國立暨南國際大學高教深耕計畫
國立暨南國際大學中國語文學系水煙紗漣文學獎團隊

設計／蕭晴漼

徵稿延期

第二十屆
水煙紗漣文學獎
徵稿日期
即日起至
110.3.12.（五）
晚上 12:00 止
流金
徵稿文類
小說／4000 至 20000 字
散文／2000 至 5000 字
新詩／50 行內
圖文／
(1) 攝影作品 1 張與 50 至 300 字之短文創作。
(2) 相片比例：4:3、3:2、16:9，寬或高超過 4000 畫素。
(3) 攝影作品不可為合成照，可用修圖軟體後製。
(4) 檔案格式、大小：jpg 檔、1Mb 以上。
收稿方式
以電子郵件方式寄至徵稿專用信箱
literature@mail.ncnu.edu.tw
電子檔：
報名表、稿件 pdf 檔、稿件 doc 檔、
圖文照片 jpg 原檔
主辦單位｜國立暨南國際大學
承辦單位｜國立暨南國際大學中國語文學系
協辦單位｜暨情好讀．青春悅寫 國立暨南國際大學高教深耕計畫
國立暨南國際大學中國語文學系水煙紗漣文學獎團隊

設計／蕭晴濰

設計／蕭晴滙

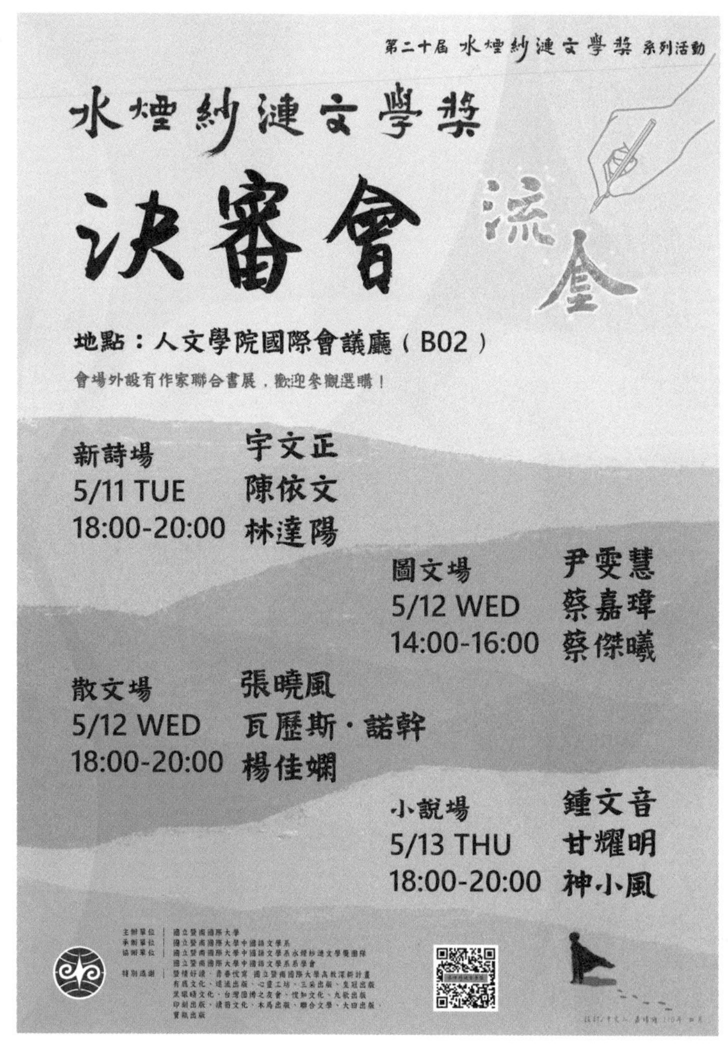
第二十屆 水煙紗漣文學獎 系列活動
水煙紗漣文學獎
決審會
流金
地點：人文學院國際會議廳（B02）
會場外設有作家聯合書展，歡迎參觀選購！
新詩場
5/11 TUE
18:00-20:00
宇文正
陳依文
林達陽
圖文場
5/12 WED
14:00-16:00
尹雯慧
蔡嘉瑋
蔡傑曦
散文場
5/12 WED
18:00-20:00
張曉風
瓦歷斯・諾幹
楊佳嫻
小說場
5/13 THU
18:00-20:00
鍾文音
甘耀明
神小風
主辦單位｜國立暨南國際大學
承辦單位｜國立暨南國際大學中國語文學系
協辦單位｜國立暨南國際大學中國語文學系水煙紗漣文學獎團隊
國立暨南國際大學中國語文學系系學會

決審海報

書籤 明信片

設計 / 蔡羽婷

設計 / 洪以愛

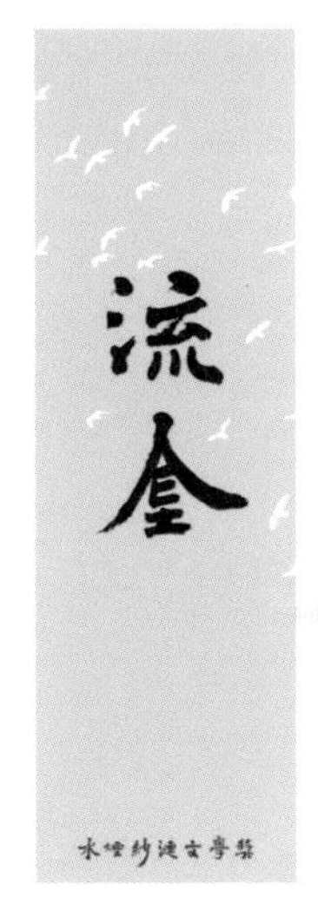

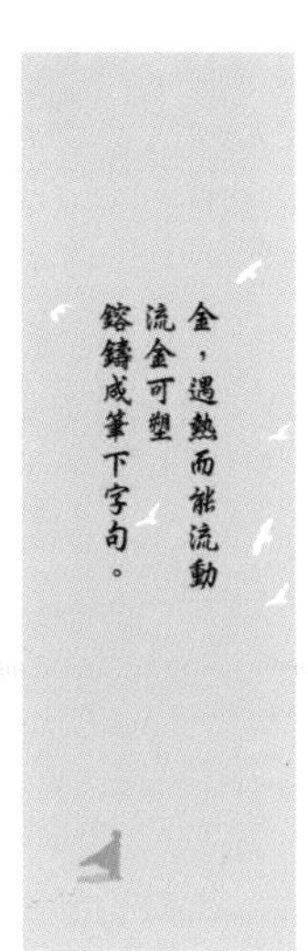

紀念文宣

回顧展海報

第二十屆 水煙紗漣文學獎 系列活動
水煙紗漣文學獎回顧展
回顧展20
地點：圖書館一樓新書展示區
系列座談
時間：13:00～15:00
5/6 （四） 連明偉老師講座
5/11 （二） 文學獎圓桌會談
11/24（三） 歷年得獎者座談
*本場次時間 13:00～15:30；地點圖書館一樓電梯前廣場
12/15（三） 歷年工作人員座談
主辦單位 | 國立暨南國際大學
協辦單位 | 國立暨南國際大學圖書館
NCNU HESP
HIGHER EDUCATION SPROUT PROJECT

設計 / 蕭晴灉

設計 / 蕭晴漣

第二十屆 水煙紗漣文學獎 系列活動
我所經歷的風景
關於文學獎的投稿與評審
連明偉老師
水煙紗漣
時間：110/5/6（四）13:00～15:00
地點：圖書館一樓新書展示區
【講者：連明偉老師】
1983年生，國立暨南國際大學中文系106學年度傑出校友、東華大學創英所畢業，曾任職菲律賓尚愛中學華文教師，加拿大班夫費爾蒙特城堡飯店員工，聖露西亞青年體育部桌球教練，現為北藝大講師。作品曾獲聯合文學中篇小說首獎、台灣文學獎圖書類長篇小說金典獎、紅樓夢世界華文長篇小說決審團獎等，著有《番茄街游擊戰》、《青蚨子》與《藍莓夜的告白》。
主辦單位｜國立暨南國際大學
執行單位｜暨情好讀．青春就寫 國立暨南國際大學高教深耕計畫
國立暨南國際大學中國語文學系
國立暨南國際大學中國語文學系水煙紗漣文學獎團隊
協辦單位｜國立暨南國際大學圖書館
NCNU HESP
HIGHER EDUCATION SPROUT PROJECT

目錄 CONTENTS

散文

小說

系列講座

二十週年回顧展

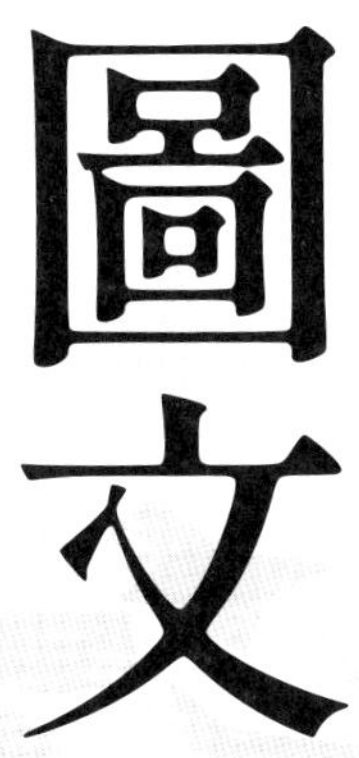

首獎｜過期的記憶

貳獎｜一號窗口

參獎｜曬痕

佳作｜盼

佳作｜尋隙

佳作｜合作

評審簡介

尹雯慧

北藝大文學跨域創作研究所，轉角國際專欄作者，公共電視「獨立特派員」特約記者。曾入選雲門舞集「流浪者計畫」、文化部「臺灣詩人流浪計畫」、國藝會「文學創作計畫」……等獎助。曾獲桃園鍾肇政文學獎報導文學正獎、玉山文學獎報導文學首獎以及兩度獲得全球華文文學星雲獎報導文學貳獎……等文學獎項。影像作品七度入選 Sony Instagram 全球攝影大賽優勝作品。2018 國家地理雜誌全球攝影大賽、第79屆日本潮沙龍 Tokyo Tokyo Old meets New 獎與 2020 臺北經典攝影獎得主。詩作入選 2015 及 2017 臺灣年度詩選。著有報導文學集《謎途：流亡路上的烏托邦》與攝影詩集《無邊之城》。

蔡嘉瑋

目前身兼藝術家、商業攝影師、文字工作者等多重身分，曾至印度、泰國、柬埔寨、寮國、中國等地拍攝專題，以女性的角度傳達社會議題。現今的創作形式，從影像創作的機制挑戰傳統觀看形式與思維，從中表達私領域深受現代網路社會價值與結構的影響。

目前尚未出版過個人著作，但目前為電影雜誌《釀電影》其中「釀餐桌」的專欄作家，以及在臺灣各地有藝術展的展出。

蔡傑曦

接案攝影師和文字工作者。畢業於臺灣大學生傳系，曾於加州柏克萊大學交換，主修藝術創作。按快門的同時也寫字，遊走在商業合作和獨立創作之間。攝影是記錄，書寫是紀念，但他們都是留給自己的禮物。

照片被看見的剎那，時光便重返，故事被聽見的瞬間，場景裡的躁動便得以安放，曾出版攝影散文集《謝謝你走進我的景深》（2017年）、《還想浪費一次的風景》（2020年）；合作品牌包括 Sony、Intel、三星、麥當勞、新光三越等。

尹雯慧：

各位老師、同學大家好，我是雯慧。我非常喜歡暨南大學，兩年前來擔任評審的經驗很愉快，所以再次接到邀請便馬上答應，很榮幸能夠來到這裡。我覺得這次的作品水準，與兩年前相比，有非常長足的進步，同時今年也開放全校同學投稿，在作品的質量上就能看出差別，競爭很激烈。另一個很大的亮點是，除了關注自身的內心情感，也開始有面向外面的世界、觀看社會的作品，讓我很驚喜也很喜歡。題材包含哲學式思考的、清新小品的、感性的、像小說般鋪陳的、著眼在現實的，也有翱翔在想像世界裡的作品。總的來說，這次的評選過程很愉快。期待透過今天的交流，可以激發出很多新的有趣的東西。

蔡嘉瑋：

主任、老師，各位同學大家好，我是蔡嘉瑋，非常開心第二次受邀擔任圖文獎評審。這幾年感覺下來，可能因為開放全校學生投稿，在整個質量上，比之前的作品有很大的不同跟驚喜。除了在觀照內在、在文字上面有所突破之外，在照片上的想法也有長足的進步。看到滿多同學使用手機拍攝，手機是最方便的攝影方式，可以有非常多創意直接展現在上面。有趣的是除了在景框之內——

也就是拍攝內——不一樣之外，很多人也有觀察到依據攝影可以發揮極限以及它的特性，去衍生出一些不同的拍攝手法，這些都是之前沒有過的作品，所以我也很期待今天可以跟兩位老師討論，並與各位同學分享。

蔡傑曦：

大家好，我是傑曦。今年也是我第二次來，上一次剛好跟嘉瑋老師一起來，也有看到在作品上面的進步。水煙紗漣是少數有圖文獎項的文學獎，對我而言，接觸文字的機會正是在社群上面，而社群上其實很難把圖跟文分開來看，所以圖文是現代接觸文學一個很好的方式和媒介。在看這些作品的時候，我覺得很值得討論的是我們這個時代的文學是什麼，或是該如何用攝影訴說這個世代的文學，這是很有趣的，也是我很期待接下來跟另外兩位評審一起討論的。其他包括一些我很喜歡的作品，就留到逐一討論的時候再來分享。

〈過期的記憶〉

中文三　賴政杰

這是一束過期的記憶。

給方淑美，寄件人沒有署名，她收到時已成這副模樣。五天前，是她和老劉結婚三十五週年紀念日，「又闍袂記得寄啊，實在是。」寫完當下，老劉即忘記寄出，經療養院志工詢問，才輾轉將這束玫瑰到淑美手中。

淑美坐在石椅上捧著這束花良久，捧著、望著，眼睛瞇得小小，輕慢撫摸每寸葉的葉脈、每朵花的紋理，慎重如進行某種神祕儀式。朵朵的花和銀白的髮輝映，幾乎連成一線，「三十五，沒錯。」

這是一束過期的記憶，但對淑美來說，他沒有遲到。

首獎〈過期的記憶〉

1999年12月生，在動盪後誕生，在世紀末探頭，差一年就是千禧寶寶，晚一些就是龍寶寶。

「如果有一天……」這是幻想的開端（這個人到現在還是很愛幻想，依舊處於一事無成的狀態，現在還是不敢相信自己得獎。）如果有一天我得獎，我想那是僥倖（也可能是我把樂透中獎的運氣都拿來這裡了）。〈過期的記憶〉是淑美與老劉的故事，我只是記錄者，恰巧將這束花、這束記憶，以文字及圖像讓其沒有保存期限，僅此而已。

評審講評

尹雯慧：

這是我心目中的前三名，喜歡它的原因是——天哪！真是太好看了！它的影像有一定的水準，且這段書寫像一個短篇小說，有情節、有場景、有人物，跟影像完全疊合在一起，寫得非常好。我覺得溝通比展演更重要，從文字跟影像裡，我能感受到它想訴說的東西，而不是想展演什麼。它的文字鋪陳與景象設計完全相輔相成，透過溝通，在整個閱讀的過程裡，帶給身為讀者的我很大的驚喜感。故事源自主角有失智症狀，讓我想到電影《銀翼殺手》，談論人之所以成為人，是因為擁有記憶。電影以複製人為主軸，他們的生命只有四年，在這麼短的時間內，所有記憶都是被植入而成為人類。不禁讓人思索，如果記憶可以被植入，還有什麼東西是真的？〈過期的記憶〉這篇作品講一位住在療養院的先生，要寄給心愛的太太一束玫瑰作為週年紀念禮物，可是腦袋不好、忘記寄出，太太在過期了五天之後才收到，於是變成了乾燥花。什麼東西是真實的？時間，還是愛？如果時間是真實的，那枯萎的花朵算什麼？如果愛是真實的，枯萎的花朵又是什麼？枯萎的花出現，完全地展現了時間之於我們、之於生命的荒謬性，我非常喜歡。作品中整個場景的營造，以及敘述手法讀起來很愉快，它找到了方法去述說一個沒辦法述說的故事，是很值得嘉獎的地方，這個作者很棒。

蔡嘉瑋：

我想要特別提到最後一段話：「這是一束過期的記憶，但對淑美來說，他沒有遲到。」除了情感充分表達在文字上面之外，這句話其實也在表達攝影媒材的特質——把過去的時間凍結在一張照片上面，同時卻因為這張照片現在被我們拿在手上，展現了攝影同時擁有過去和現在的特質，使得這句話呈現非常美的寓意。攝影的媒材被書寫在上面，同時又以愛情作為另外一個象徵隱喻，我非常讚賞這一篇。

蔡傑曦：

回到圖文獎本身，對我來說，這篇作品是把文字跟圖片各自獨立抽掉，再放在一起看，都仍是幫彼此加分的，在很多作品裡面，是很難得且明顯的特質。所以我覺得這是一個很精采的作品，也認同兩位老師的講評。

〈一號窗口〉

教學一 鄒青育

今天的待辦事項一如往常地多，
高房價、高失業率、低薪資、低生育率，
過於不穩定的環境造就不少毛病，
沒有走在成功定律的壓力是部分人前往這裡的推力，
這裡是一號窗口，新世代的診所，
服務內容包含傾聽與陪伴各位來賓。

「來賓七七七號，請至一號窗口。」

『我要和你同歸於盡。』
說完，十七歲少年縱身跳入大海。

自殺率再創新高！平均每一小時有三人企圖輕生

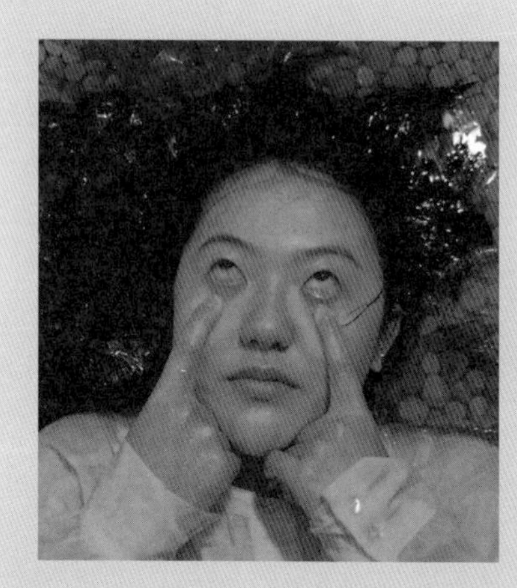

鄒青育，2002年出生。喜歡礦石、獨立樂團、詩人徐珮芬、光線照耀下的灰塵、各種叮叮咚咚的東西。曾榮獲廟口歌唱比賽安慰獎、長春中醫繪畫比賽國小組第二名，主張所有的貓咪都應該取名叫多多或是阿狗。

長大的過程，經歷了糾結絕望懷疑與自我抗爭，或許再往前一步就會成為《一號窗口》中的少年，值得慶幸的是現在還活著，吃飽飽睡好好，成了故事的敘述者。謝謝評審老師對作品的肯定，給予我繼續寫作的動力。

評審講評

蔡傑曦：

我看到這篇作品時，覺得有點像〈過期的記憶〉，也是一個小說式的作品。我原本以為它是拍一張畫，但好像不是，而是有一個窗戶，窗戶外面是海，讓我很驚喜。在框中框的選擇本身，就已經打破我們常見對於照片、攝影的想像，加上它的故事跟作品的連結也是我很喜歡的部分。

尹雯慧：

我超喜歡這篇作品，讓我驚喜的地方除了影像之外，它書寫的方式有點像科幻小說，非常有趣，有很大的想像空間。它用一種很科幻的方式陳述很沉重的社會現實，但是讀者卻不會被它的形式影響。很多時候，我們可能會沉浸在形式裡面華麗的技巧，就忘記了想要訴說的故事本質，可是這篇作品恰恰相反，它想說的故事本身非常強大，透過精心設計過的手法，讓故事更生動。我在看這篇作品的時候，一直想到中國的詩人許立志，原先之前在富士康工作，後來跳樓自殺。他出版了一個詩集《新的一天》，裡面寫了很多當時在富士康工作，被奴役的辛苦過程，其中有一首詩叫〈一顆螺絲掉在地上〉，詩句非常打動人心，使我連結到這篇作品。它說故事的方式很成熟，即使是很科幻的語言，卻能讓人讀出它在敘述社會的現況，再加上影像設計，讓我非常驚心，也是我很喜歡的地方。此外，它的象徵手法運用得非常好，是其他作品比較少看見的，這位同學值得嘉獎。

蔡嘉瑋：

我也非常喜歡這篇作品，它沒有非常炫麗的拍攝技巧，非常平鋪直述地去反應內文的狀態。首先，它在景框中還有景框，甚至考慮到景框與其他框相關的各種象徵意義，非常巧妙地表達在作品上。其次，它反映了目前的社會現象，談論社會現象的作品，在所有入圍作品裡其實極其少數，因此給它非常高的肯定。

〈曬痕〉

諮人一　林宜貞

有一天朋友問我
最喜歡的是哪雙鞋
思考了許久
有穿起來舒服的、合腳的
看起來休閒的、百搭的
但我始終找不到最愛
腳背的曬痕卻指引了我答案
那是一雙　已被我丟進垃圾桶的鞋子
是最喜歡的　但卻不是最適合我的
前男友送的

林宜貞，2002 年生，現就讀國立暨南國際大學諮商心理與人力資源發展學系。當初只因國文老師說了一句：「只要投稿，不管有沒有得獎，都可以來找我加分！」我便抱著試試看的想法投了稿，出乎料想之外，竟然獲得評審老師們的青睞。謝謝評審老師們對我的肯定，從來沒想過自己有能耐獲得文學創作的獎項，但也透過這次的經驗，讓自己對文學創作有了更多的期盼。

蔡嘉瑋：

我覺得它在所有文章裡面的筆調是比較輕鬆的，雖然我也是攝影師，但是我覺得內容所要傳達的想法、表現的形式，會比外在的格式或畫素重要。比如湯瑪斯・魯夫（Thomas Ruff），他其實也是用非常低像素的照片翻拍成作品，重點在於怎麼使用媒材去創意發想，畫素大小並不是決定作品好壞的關鍵。我還滿喜歡所謂「不在場」這件事情，像是「那是一雙 已被我丟進垃圾桶的鞋子／是最喜歡的 但卻不是最適合我的」，作者陳述的所有東西都沒有在這張照片上，卻很明確地用曬痕去表達「在場」與「不在場」，它們同時並列在這張照片及這段文字上，文字和照片是相符的。雖然它的文字沒有長篇大論，卻能掌握恰到好處的量跟輕快感，並非只有按圖索驥，照片有什麼就陳述下來。我很喜歡它表現的矛盾性，是一個非常棒的嘗試。

蔡傑曦：

這是少數我會在看完後會心一笑，而且真的覺得很可愛的作品。不過有一個小小可惜的地方，回到影像的質量上，像中間這雙鞋子的細節全部都不見了，現在影像編修很容易，只要暗部往上拉一下，細節就會明顯很多；又例如水平置中，這張照片中間的隔線是歪的，我在看的時候總覺得：

「差那麼一點點！」這是很小的地方，但如果再更精細一點的話會更出色。總之，我自己很喜歡這篇作品。

尹雯慧：

我非常欣賞傑曦老師對於技術精準度的態度，專業攝影師就是如此，的確要做就應該做到最好。然而，在評圖文獎的時候，技術的好壞並非我的首要考慮，技術可以再慢慢學習，而我看重同學們創作的想法。我非常喜歡這篇作品的語音，其實很多作品都在講愛情，可是它從己身的經驗出發，用很精準的敘事方式直指情感核心，它在講「喜歡」這件事，喜歡到天天穿，以至於腳上都有曬痕，用很輕快的手法、語調，從腳上來表現，非常細膩。作者把對於愛情的想像跟體會轉化成腳上的曬痕，將一個好的意念轉換成可看的內容，真的太有趣了，也是我們三位老師都覺得它很可愛的地方。除此之外，它還有很深刻的觀察及轉譯能力，「那是一雙 已被我丟進垃圾桶的鞋子／是最喜歡的 但卻不是最適合我的」其實滿發人深省的，我們的生活裡常常會有「最喜歡卻不是最適合」的經驗，比如好吃的東西熱量就越高，好玩的東西常常讓我們看起來都很廢，條件很好的對象永遠都抓不住。我最喜歡它從頭到尾都沒有用很難的詞，也沒有說廢話，我們在使用文字的時候常會想要炫技，想要講得更華麗、更修飾。事實上，用很簡單的文字講出隱微的情感，其實才是最困難的，而它做到了。我在讀的時候，感受到它講的話、形容的事情都很輕鬆，可是不知道為什麼，看完之後有一種淡淡的哀傷。我覺得不管作者幾年級，都展現了超乎年紀的成熟和觀察能力。

佳作

〈盼〉

公行一 黃子菁

什麼時候
熟悉的氣味
消散
溫存的感動
不再
只剩下
叢生的雜草陪伴
頸上的禁錮還在

日日期盼
你的身影出現
卻因為科技的出現
讓你從前的陪伴
變成了冷淡

黃子菁，畢業於彰化女中，現就讀暨南大學公行系。喜歡思考人生，也熱愛觀察大自然，最大的娛樂是與家人外出親近自然。本次作品「盼」正是對於科技與大自然的反思。

這次得獎對我而言就像是做了一場很真實的夢，與許多厲害的同學一同角逐獎項，從投稿到決賽的過程緊張又刺激。感謝評審的點評和勉勵，讓我對寫詩和拍攝多了更多見解，同時我也要感謝我的阿嬤，是她給我靈感讓作品能夠誕生。

評審講評

蔡傑曦：

我滿喜歡這篇作品，我覺得它很有張力，很像名畫裡面的老虎正要出來的感覺，它用的光影和構圖方式給人一個很兇猛的形象，但到後來卻講了一個溫暖的故事，使我個人在想像和期待上面有些落差。

蔡嘉瑋：

我其實非常在意「攝影」這個媒材，而作品中有一句話正像在陳述它：「日日期盼／你的身影出現／卻因為科技的出現／讓你從前的陪伴／變成了冷淡」，照片裡，那隻狗跟攝影者有一段距離，照片是正方形的，我猜測可能是用手機攝影的方式，它用這樣的隱喻來描述這張照片跟攝影的特性，雖然可能是無心的，但是這個巧合讓我覺得很有趣。

尹雯慧：

這張影像比較接近我心目中紀實攝影的方向，照片拍攝一隻老狗，而且是被栓在樹下、住得不太好的一隻老狗，站在斑駁的光影裡。光是置身現場把這個畫面拍下來，這個作者就已非常值得讚賞了。因為要去直視一個不是快樂的、甚至是痛苦的事情，已經很不容易，還要站在那裡把它拍下來。我覺得人生中最大的痛苦通常來自於束手無策，我不曉得站在那隻狗的面前時，這位同學的心情是什麼，至少對我來講，要強迫自己站在一隻被綁著的狗面前，卻沒有辦法為牠做什麼，需要很大的勇氣。這讓我想到不久前，我接了一個要協助原住民學員拍攝家鄉故事的案子，其中一位阿美族同學選擇訪問部落的返鄉青年。訪問過程中，因為回鄉創業的過程非常辛苦，受訪者在鏡頭面前講得痛哭流涕，訪問的同學缺乏經驗，一看到對方哭泣就很驚嚇，馬上想安慰他，而在一旁較有經驗訪問者便阻止這位同學，讓受訪者好好把事情講完，因為其實他是想要訴說的。有的時候我們以為是受訪者沒有準備好，所以面對鏡頭時嚎啕大哭，事實上，更多時候是採訪者沒有準備好，在面對別人淚水時不知所措，只好趕快安慰對方。回到這篇作品，我覺得不論技術如何、述說故事的能力好不好，選擇這樣的題材並不容易，它常常出現在生活周遭，可是停下來紀錄這件事情，本身就很可貴、值得鼓勵，再加上作者的書寫能力其實滿好的。這裡面「直視的勇氣」是我最為讚許的地方，因為在直視傷口的時候，會產生很大的力量。

佳作

〈尋隙〉

中文四　李承曆

生命是執著
是有了目標就義無反顧
是有了夢想就堅持到底

煮了一世人的麵
偶爾嘆氣　近乎迷離
日常怨懟　尋隙休息

只有躲在煙的身後
才能止渴充飢　打造
無懈可擊　繼續
勇敢前行

李承曆，1999年生，巨蟹座，南投人。目前就讀於國立暨南國際大學中文所碩士班。肝腸似火，色貌如浪。喜歡冬天、酒精、海和蛋捲。著有《蚵起》。

同時也是一名不務正業的國文老師，希望有一天可以到真正需要的地方教書，下班可以在海邊喝酒。最常和學生說的一句話是「人生海海，請自重」。最後一個身分是攝影菜鳥，常拍出許多數位垃圾。有幸榮獲此獎，在此獻上最高的謝意。期許自己能繼續在攝影和寫作中，梳理內心最深處的浪花。

評審講評

蔡傑曦：

我很喜歡這篇作品的視覺呈現，第一個瞬間會被它吸引住，包括不同層次的景深、煙霧、顏色、構圖，都是很棒的作品。可惜的是，文字的部分並沒有為這張照片加到分，像第一段其實就跟後面兩段離得滿遠，第一段在講生命是執著、有夢想要堅持到底等等，跟後段要講的事情也不太一樣，而最後一段結尾是「無懈可擊　繼續/勇敢前行」，在這兩段中，我都沒辦法在照片裡面讀出這些訊息。我們很常喜歡書寫時硬要給一個很明確的結尾，例如有一個因就有一個果，努力就會成功等等，可以試著不用把自己放在那個框架裡，讓小故事留在小故事，或許會有不同的餘韻或味道出來。這其實對我來說也是一個學習，因為我在創作上也很喜歡寫一個小故事，硬要在最後放一個大道理，或許我們可以試著不需要把大道理講出來。這張照片我很喜歡，就是文字有點可惜，有點散出去了。

尹雯慧：

我附議傑曦老師說小故事大道理的部分。我對這張影像的第一印象很棒，它透露一種很溫潤的氣息，且下了一個非常好的標題，可是文字卻有種心靈雞湯式的精神喊話：「耶！我們明天會更好！」但我在這張照片裡看到的並不是這些東西，所以在影像跟文字配合的部分稍微打了一點折扣。說到底，敘事無非就是依賴聯想，在這篇作品裡，影像述說故事的能力，比文字述說要來得強，如果我暫時不看文字，進入它的影像世界，用影像來試圖逼近那個無可言說的一切，我看到裡面其實透露了一種小津安二郎式的寧靜氛圍，雖然在那樣的工作場合裡面，客人來來往往，一定很忙亂、很高溫、很高壓，不會是一個太舒服的場景，可是不知道為什麼，畫面裡有一種生命的韌性，和對環境深深的堅韌感，這是在它的文字敘說裡比較難讀到的。我最近看了一部電影《我的母親手記》，講一個很有名的大作家跟母親之間的親情故事。當中，母親從頭到尾都叨叨絮絮的，存在感不是那麼高，但其實電影都在講她的故事。我覺得在這張影像裡，一直透露著相似的氣息，有一個在煮菜的阿嬤，呈現一種寧靜的氛圍，是在其他作品中較少看到的，也是我欣賞的地方。只可惜在文字上，如果不要過度詮釋的話會更好。

蔡嘉瑋：

我想要給作者一個小建議，很多攝影初學者非常喜歡拍勞動者、小朋友、老人，或是風景來詮釋所謂的小故事大道理，有時候可能會太過流於表面地敘述一件事情。比如陳述勞動者，如果有興趣的話，可以看看阮義忠老師的攝影作品《人與土地》，他拍了各式各樣臺灣七十年代勞動社會階級的照片，構圖或光影都非常好。這樣的日常風景非常多，但要如何在這樣大家都能表達的形式當中，去創造出一些不同的東西，才是真正可貴的。我會覺得這篇作品的創意性還不夠強烈，照片中的阿嬤和文字中的夢想有點不合時宜，沒有辦法透過圖片去表達出阿嬤的夢想是什麼。若想要透過照片去敘述勞動者，可能還要再下更多工夫。

〈合作〉

應光一　李庭慈

此時此刻，彷彿空氣都凝結了。大家的眼中只有傳遞、合作、團結，下面的不介意自己的肩膀被踩著，而上面的人使出渾身解數把下面的人拉了上來，青筋都浮現，而其他人也是伸高雙手，生怕上面的人摔落。這個畫面彷彿人生縮影，一生的成長，都是靠著互助得來的，沒有誰比較重要誰比較不重要，環環相扣。

李庭慈，2002年生，桃園生。現在就讀暨南大學應用材料與光電工程學系。

此次獲得這個獎項備感榮幸，在眾多佼佼者中能獲得評審的青睞實屬又驚又喜，把作品命名為「合作」，其緣由為每個人在成長的過程中都離不開團體的生活，團結與合作往往是被強調的精神，也是維繫事物進行時最為重要之因素，不計較付出的多寡，只希望一同達成目標的榮耀，而團結象徵了這份榮耀背後不可或缺的汗水。

評審講評

蔡傑曦：

這篇作品的構圖很四平八穩，文字也沒有出太大的差錯，加上它在這一次入圍決審作品中比較清新，是大一、大二的年紀比較有機會關注到的事情，我猜可能是迎新宿營或新生活動，算是這個時代的某種集體記憶。另外，這篇作品的顏色其實非常鮮艷，我自己滿喜歡的。

尹雯慧：

我也覺得這篇作品很工整、四平八穩，不論在構圖、文字上都打安全牌。它其實面面俱到，可惜真的太安全了，反而變成小小的致命傷。我覺得同學們正值青春年少，應該勇於冒險、突破這個框架。因為太工整就很難看出一些深刻的東西，沒有突出的亮點能馬上抓住讀者的眼球，比較可惜。

蔡嘉瑋：

我跟雯慧老師有一樣的感覺，因為今天是圖文獎，必須在一張圖跟一些有限的文字上面去表現你的創意。這篇作品在影像上，構圖都還滿好的，但在文字上，對我來說比較像是敘事類，四平八穩地把事情陳述出來，創作中的創意就沒有像其他作品來得多。

提問者：

老師好，剛剛老師有提到圖跟文比例要比較平均一點，我想請問老師會比較喜歡從一張圖去發想，還是先發想後再去找適合的圖？想問問三位老師在創作上的經驗談。

蔡傑曦：

以我自己來說，這不是一個問題，應該說看我拍攝的主題吧。有些東西是我在做影像創作時，突然想到或許這是一個故事，就會是先圖後文。但有時候的確是當我先有一個想法後，先以文字的方式產生，再去做影像創作，這樣就會變成先文後圖。但對我來說，這不會是一個需要思考的問題，不該是一定要先有圖才能去產文，或是一定要先有一個發想才能去創作。

尹雯慧：

對我而言，這也不是一個問題，其實兩者都可以，先有文就先有文，先有圖就先有圖，主要是你想要說什麼。當你知道自己想要說什麼以後，再去思考應該怎麼說。在選擇關注的議題、題材上，有些可能是影像比較好處理，有些可能是文字比較好處理，有些可能兩者並進比較好處理，其實是關乎你想要說什麼故事。

蔡嘉瑋：

這個問題應該算是目前圖文創作者會遇到的一個困境，如果只是考量在社群媒體上想要發表自己的作品，圖絕對會走在文的前面，大家一定會看到圖吸引人，才會停下來去看它下面寫什麼，這是大家閱讀社群媒體的一個方式。可是對於創作這件事情來說，最重要的是先有想法，文字跟圖像都是創作的方式跟媒材。像我在做藝術創作的時候，都會先從生活當中擷取想要談論的靈感，至於怎麼安排圖片跟寫作，就是後話了。所以我建議可以把這兩個東西視作展現靈感的形式，就不會有所謂的先後，因為想法才會是中心點，先出來才會有圖跟文。

・・・

提問者：

老師好，最近比較有名的圖文書籍大部分都是做人物攝影，像尹雯慧老師的攝影詩集《無邊之城》就是以人物為主，我想要請問老師們有沒有比較偏向喜歡人物、景物或小物攝影？是不是景象可以給人的感覺沒有像人物攝影那麼重？

蔡傑曦：

就我而言，我覺得不一定。對我來說，或許是人物畢竟有五官，我們平時比較直觀的情緒感知也是來自於人，不管是肢體或是神情也好。但例如〈盼〉的那隻狗的場景，或〈過期的記憶〉，其實是非常有張力的。在場景裡面也有很多小細節可以去設計，在讀者閱讀的時候也可以去觀察。

尹雯慧：

我前幾天到公共電視錄訪談的時候，導演才跟我說：「我發現你的影像作品裡面大部分都是風景，都沒有人。」他跟你講的完全相反，所以剛剛聽到這個問題的時候，我很驚訝，不同的人看到的東西就是不一樣的。此外，我其實沒有在選材上特別要求。我是一個需要花時間蹲點在關注議題上的人，不管要說什麼故事，相對於其他的紀錄者，我要用的時間都比較長。至於會特別看到人還是風景，坦白說，我並不曉得。我通常都是把自己丟到環境裡，做長時間的田野之後，所產出的作品會如何，對我來說也是未知。可是事實上，我在進行田野工作的時候，一開始進入場域都會格格不入，而那個格格不入反而會變成觀察的重要距離，而這個距離，也使我沒有辦法那麼近身地去紀錄這些田野對象，不管是人事時地物。所以「比較喜歡風景還是人物」的問題，我真的無法回答，但是我知道自己想要說什麼故事。《無邊之城》所收錄大部分是我在印度跟尼泊爾做的田野，我長期都在關注流亡藏人的故事跟議題，其實沒有預期作品會如何，但是我知道自己想要往哪個方向去。

尹雯慧提問：

換我想請教兩位老師，你們都是遊走在創作跟商業攝影之間的很厲害的攝影師，如何在創作跟商業攝影之間拿捏平衡點？

蔡傑曦：

對我來說，它有一個很核心命題上面的不一樣。這是我在創作和成為攝影師的這五年來，一直會思考、反問自己的問題。我一開始拍照的立意是為了賺錢，是在晚期才意識到創作者這個身分。兩三年之後，我發現可以透過攝影、影像來訴說，於是才開始思考自己到底想要說什麼。我覺得商業跟創作沒有明確的界線，因為這兩個我都需要，創作的核心是回到自身，有想說的事情，透過影像、文字創作說出來；但是商業有一個明確的對象，案主會有期待的風格或執行方式，所以在思考商業案時，我想的是「觀眾在哪？」

很矛盾的是，現階段的我，沒有商業案就沒有創作的本錢。所以我會去釐清自己首要想做什麼事情，像我自己——這很私人——這五年內想要賺錢、存錢，必須誠實地說，我大概這一年來都沒有新的創作，以商業案為主，能做的可能是在商業案放進自己的風格，或是偷渡一些對自己期待的風格養成，這些在拍攝平面雜誌比較有可能做到，商拍就比較難。我覺得身為創作者，很重要的是持續問自己有沒有想要說的事情，有沒有正在關注的東西，可以透過創作的方式傳遞出去。一位中國作家蔣方舟曾經寫過：「作家的死亡是從重複自己開始。」我很放在心上，因為我覺得商業比較難做出新的東西，當然以當代藝術來說有可能，現在有很多大藝術家都做大型的商業案，但對我來說，很多新的東西是要持續地去探問思考，跟一直往裡面挖才會出來。如果把創作者這個身分放在自己身上的話，這些是很重要，也是我正在學習的事情。

蔡嘉瑋：

商業案考慮的就是案主，以及他的受聽眾。所以個人創意的表現，對案主來說不是那麼重要，因為他找我們執行一個案子，雜誌拍攝或是廣告拍攝，都想要雜誌或商品有很多人買，如何透過自己的攝影作品或是文字作品去達到這個目的，是商業案主要的核心問題。當然創作是另一回事，可能是我們探索自身，或是探索人生、探索世界的形式，關乎個人跟整個大環境、或是跟他者的關係，是非常不一樣的。

我從事攝影約八年，我的拍攝風格，可能會在某個特定領域較有名氣。就像傑曦在文青圈裡面非常紅，因為他有自己的風格，非常符合現在文青圈流行的形式，所以大家會因為喜歡他的作品，而找他從事一些商業案，某個程度上，就會變成創作和攝影風格相輔相成的重要環節。我目前的藝術創作，首要考量並非只有在景框內，而涉及使用的媒材，例如攝影，為什麼要用攝影，而不是別的方式？要考量的地方更多、層面更廣。這兩年適逢疫情，我以非常特殊的形式創作，作品主題與疫情相關，在很多地方展覽，也因此可能會有業主看到我藝術創作的形式，覺得適合商拍便邀請我，這是我的創作跟商業案相互影響的一個重要環節。我覺得大家喜歡攝影也好，文字也好，重要的是除了多參加比賽，也要多看多練習。

・・・

蔡傑曦提問：

我想要反問雯慧老師，對你來說，如何在創作跟商業之間取捨？假設如果不把商業放進來的話，要怎麼以創作者的身分維持自己的生活？

尹雯慧：

這個問題我可能真的沒有辦法回答，因為我涉足商業領域非常少，我從非虛構寫作出身，因寫作需要，才開始學習影像紀錄。我後來接觸的一些人事物，使我從非虛構書寫的脈絡一直下來，轉向著重在公共電視新聞專題的製作，因此沒有太多商業活動的經驗，比較難以回答這個問題。再來，怎麼思考創作這件事情，還是回歸到剛剛說的——你想說什麼故事？你為什麼想說這個故事？跟你自身的經驗有什麼關係？為什麼你會遭遇到這些事情？這些其實都跟你自己的人生經歷有很大的關連。

蔡傑曦提問：

那如果臺下的同學有想要成為像妳一樣的創作者，例如非虛構寫作或是像紀實紀錄片等相關，他們可以怎麼開始？或怎麼培養這個眼睛？

尹雯慧：

這個問題真的很難，其實有很多冠冕堂皇的答案，也有很多官方說法，可是面對同學，我不想要隨便回答。我的反應很慢，如果要好好回答的話要想很久，可是今天這個場合不允許。我現在能想到最好的建議是——要誠實面對自己的生活，盡量打開自己的眼界。讀書、交朋友、旅行都是打開眼界很好的方法，簡而言之，就是要永遠對世界保持好奇心，要常常去探問「為什麼」，對生命很多習以為常的事情，其實都應該保持高度的警覺心跟好奇心。剛剛說的讀書、旅行都是外在的方法，如果沒有對於世界不停探問的內在動力、沒有那樣的渴求，其實也是沒有辦法的。至於如何讓自己有內在的渴求，我沒有一個標準答案，我自己是透過很多的獨處跟旅行而得來，但並不適用於每個人身上。要成為一個創作者，不管是哪一種類型，我認為如果沒有保持好奇心，對這個世界沒有熱情，即便你寫的很抒靈、很冷漠，其實很難持續下去。因為就算是每天都處在憂鬱狀態，很想自殺的人，其實也都對人世存有依戀和熱情，所以我覺得這很重要。

提問者：

三位老師好，想請問蔡傑曦老師，您在攝影界受到很多人的肯定，在學習攝影的過程中，有沒有遇到什麼瓶頸？

蔡傑曦：

這題很常被問，我的答案是肯定的，每個創作者一定會有瓶頸。但是，在我所有商業作品當中，少數會歸在我自己創作的幾個作品，都是來自於挫折。當我在商業案中撞牆、拍不到想拍的東西時，反而會回過頭去思考自己在乎的價值，或攝影是什麼等等，進而透過影像創作說出來。對我來說，挫折是創作者很珍貴的經驗，有過那些探問和思考，使我們有機會去找答案，漸漸變成我們的價值觀，也成為我們跟其他創作者、攝影師不一樣的地方。我自認是相對比較幸運的那群人，蹭到了某種社群紅利，所以在比較年輕的時候，就好像被貼上攝影師的標籤，入行之後，才發現這個圈子很大，光是攝影師就有非常多種，時尚攝影師跟紀實攝影師就完全不一樣，我才進而思考——自己在乎什麼價值？我想要透過攝影師這個身分去完成什麼事情？可以是有關於這個大世界的，也可以是很小世界的。這條路很長，我其實也還在學習，甚至到這一兩年才接觸技術性的東西，例如閃燈怎麼用、反光板怎麼打，這些成為攝影師需要擁有的技能。回到這個問題，我覺得困惑、挫折都是好的，回過頭看，很多我快速成長的時刻，都是因為有那些挫折。

新詩

首獎｜關於我對你說的那些

貳獎｜孤島

參獎｜一夜好眠

佳作｜夏夜晚風

佳作｜夢醒之間

佳作｜淚竹

評審簡介

宇文正

本名鄭瑜雯，福建林森人，東海大學中文系畢業、美國南加大東亞所碩士，現任聯合報副刊組主任。著有詩集《我是最纖巧的容器承載今天的雲》；短篇小說集《貓的年代》、《臺北下雪了》、《幽室裡的愛情》、《臺北卡農》、《微鹽年代・微糖年代》；散文集《這是誰家的孩子》、《顛倒夢想》、《我將如何記憶你》、《丁香一樣的顏色》、《那些人住在我心中》、《庖廚食光》、《負劍的少年》、《文字手藝人：一位副刊主編的知見苦樂》；長篇小說《在月光下飛翔》；傳記《永遠的童話——琦君傳》及童書等多種。

陳依文

1983年生，臺灣嘉義人。曾就讀嘉義女中，臺大電機系轉臺大中文系、臺大臺灣文學所碩士班畢。曾任教東吳大學中文系，現返居嘉義市，於寫作之餘從事閱寫教學。著有詩集《像蛹忍住蝶》、《海生月》、《甜星星》、《萌》；散文集《浮沉展眉》。

林達陽

屏東出生，高雄人。雄中畢業，輔大法律學士，國立東華大學藝術碩士。寫現代詩與散文。曾獲三大報文學獎、臺北文學獎、香港青年文學獎、教育部文藝創作獎、優秀青年詩人獎等，並獲國家文化藝術基金會、高雄市文化局、陳啟川先生文教基金會等獎補助。曾任駐校青年作家，作品散見海內外報章雜誌、網路媒體，入選海內外文學選集。

企畫文學策展和創作工作坊。出版社特約主編。高雄市立圖書館董事。主持擦亮花火文學計畫。著有詩集《虛構的海》、《誤點的紙飛機》；散文集《蜂蜜花火》、《慢情書》、《恆溫行李》等。

宇文正：

大家好，記得我前幾次來都在下午，這次在晚上來到這裡，下午還參觀了日月潭。看到它乾涸的樣子，還有已經呈現白色的枯樹，很像南美洲龐然的大角鹿遺骸。我不知道乾涸多久了，可是已經形成一個好像上億年的動物骨骼遺骸，在非常短的時間見證到滄海桑田，感觸很多，衝擊非常大，真是一段讓人想要寫詩的短短路程。可是我的腦袋還沒有辦法寫詩，就必須要回到這裡評審。那時老師們提議要帶我們去日月潭走走，我原先心裡非常焦急，擔心來回會不會太趕，然而，他們告訴我只要開車一、二十分鐘就到了。貴校真的是得天獨厚，我們五年級世代是讀《未央歌》長大的，現在像臺北的學校已經幾乎沒有這種大學生活的感覺，可是來到這裡，卻很有那種《未央歌》的氣味。所以，我覺得你們要很珍惜在這裡的時光，所謂的大學生活，只有你浸潤在裡面才能夠理解。真的很開心來這裡，對於詩的看法，我們待會再來談。

陳依文：

各位老師、同學，大家好。第二次來到暨大文學獎，覺得非常榮幸，趕上了二十歲生日這樣一個隆重而珍貴的機會。說到得天獨厚，不知道大家一開始來到暨大，會不會覺得過於封閉或與世隔絕，但其實以文學來說，這樣的環境，確實格外養人。不只是文學，整個系的大家庭氛圍，還有文學獎塑造出來強烈的傳承氣氛，都是非常復古、珍貴、青春的氛圍，就像是《未央歌》，希望大家可以珍惜這樣得天獨厚的環境，跟文學一起成長。

林達陽：

各位老師、同學，大家好。之前來過暨南幾次，每次的印象都很好。除了文學獎的團隊、稿件素質跟系上整體的氣氛很棒以外，這裡也常常會給我一種很奇妙的、很像人在恢復的感覺。剛剛兩位老師都有提到得天獨厚，使我回想起以前研究所讀東華大學時，每個老師來花蓮演講，也都說那裡山明水秀，一定會產出很棒的作品，我的心聲卻是：「你來住住看！多不方便！」但現在回想起來，我覺得在那個安靜、晚上比起市區學校還暗很多、充滿秘密、距離、暗礁，且允許孤獨的念書環境中，是一個很難得的生活體驗。這次的作品裡面，專門寫自然物的作品比例較低，沒有特別因為這裡離自然比較靠近，就寫個穿山甲之類的。但我覺得裡面文字的節奏，還是隱約感覺到跟市區都會的學校有些不一樣。整體而言，我覺得在裡面得到很多的提醒和啟示，謝謝大家邀請我來，也很期待等一下能夠聽兩位老師講講這次的作品。

首獎

〈關於我對你說的那些〉

資工一　林人瑋

當輕易說出「水晶」後
不由得焦慮它是易碎的
擔心它會折射五十六次任何的眼光
從幾億光年以外的偶然
大意地爆炸前
如定律般
相互曲解

因此關於重的
飄忽的字詞我練習緘口
（早知道當初就別學說話）
一些本該永遠沉積在原點的
（我不敢再說了）
都應該停留在嬰兒深刻的思考裡

（看他們偶爾邪笑就會明白）

如果堅持要說
並且經過再三確認
我只能以水晶代替
「我水晶你，
因此我不會水晶你。
以我的水晶發誓。」

關於那些光線的必然
有些人選擇慢慢地說
（這是我羨慕的）
有些人不說
我只能從剩下的挑揀
快快地說，說得很模糊
說得像我不得不小心
說破

林人瑋，2001年出生，臺中人，現就讀國立暨南國際大學資工系。漸漸瞭解到很多事情沒辦法概括而論，不過這樣想有可能會帶給我許多微小的恐慌，這個問題尚未得出結論。

如果文學是一種墾荒、開拓的過程，我可能是一位一直偷懶的農夫。謝謝宇文正老師、林達陽老師、陳依文老師給這段文字的肯定及指教，謝謝協力舉辦文學獎的所有人。謝謝J、寓京、furotoshi，還有以前的自己。

評審講評

宇文正：

這是一首很妙的詩，我非常喜歡。第一句「當輕易說出『水晶』後」，水晶是什麼？它也可以是別的東西，但我直覺地嘗試把它置換成愛，因為水晶是透明的、易碎的、貴重的、是可說不可說的。因為愛不可說，所以用了具象的水晶來說明它。寫詩常常就是用具象來訴說抽象，很妙的是，這首詩一開始就用水晶來訴說這個抽象的東西，但又不知道水晶到底是什麼，所以後面的「關於重的/飄忽的字詞我練習緘口」等等，反而用抽象的情感，倒回來解釋具象的水晶。那些無法言說的情感，就像水晶一樣是個會折射的東西，可是後面它的延伸卻反覆解釋水晶，於是水晶變成需要去形容的東西，裡頭有種種的折射。這首詩，充滿幽默的禪意，如果我解讀的「愛情」接近作者所寫的水晶的話，那麼它就說出了愛情的不可言說。反覆形容，可是到最後還是不告訴你，要你自己去想想關於我想對你說的那些，是一首非常有趣的詩。

陳依文：

這首詩也是我很喜歡的一首，它用了一個聰明而有趣的策略，出了一個沒有太難的謎題，巧妙地保留猜謎的樂趣，在玩謎題的這點上把握住清楚和含蓄的度。一個完整的創作，不要讓人需要去網路搜尋才能瞭解。看到最後，我也會填上「愛」，它可以很輕又可以很重，作者以有趣活潑的語境，舉重若輕地寫出對愛情尊重呵護、想說又不能輕易說出口的態度，非常可愛而敏銳。重要的事物其實無法輕易付諸言語，特別是越深重的情感，越簡單的字眼，越難被膚淺地交付，所以它用了一個晶瑩剔透、可以折射、透明乾淨的意象來代替這個非常在意而不能輕易宣之於口的愛，是一個很靈巧的手法。最後，他也羨慕那些可以慢慢地說的人，「我只能從剩下的挑揀／快快地說，說得很模糊／說得像我不得不小心／說破」這個小小的心思非常的青春、可愛。我個人對詩的理解，會希望一首詩可以反映出作者的生命樣態，包含他的年齡、口吻，好像讀到某段文字時，就可以明確連結到某個人被速寫出的樣子，能讀得出它就是屬於你在生命中，某個階段的狀態、生活的處境，能反映出鮮明的、活潑的、這個年紀才有的氣質。

林達陽：

我也很喜歡這首詩，而且在裡面讀到一個辨識度很高的敘事者，一個傲嬌之王。詩裡把人的傲驕跟自珍、對自己的在意，還有對自己語言的在意講得很真實，直接地指向語言跟人的關係。那個「水晶」改成恨，譬如說「我恨你／因此我不會恨你／以我的恨發誓」，改成珍惜、尊敬、鄙視、崇拜全部都成立，這件事情滿厲害的。「我水晶你／因此我不會水晶你／以我的水晶發誓」這種好像不太在乎的講話方式，有點俏皮可愛，實際上第一個水晶是我跟你之間的狀態，第二個水晶是我接下來要對你做這樣的動作，第三個水晶是以我對這個狀態或動作的定義來發誓。把所有對人的情緒，以及透過語言呈現的情感，找到很漂亮的位置。我們本來不會這麼仔細地，去看待自己對別人的感覺、即將要付出的情緒或者投射的期待，但在這裡架成了三個層次。另外，我也認同剛剛宇文正老師讚賞的敘事策略，「當輕易說出『水晶』後／不由得焦慮它是易碎的」直接講出了語言的本質。最後一段也收得非常節制，不再多解釋什麼，不再刻意控制大家閱讀的動線或結論，回過頭來講「說」的狀態，「我只能從剩下的挑揀／快快地說，說得很模糊／說得像我不得不小心／說破」，在文字的掌握上面很高端。這首詩不論是在技術跟描寫的架式上，我覺得幾乎沒有什麼缺點，算是完成度非常高的作品。

貳獎

〈孤島〉

中文四 蘇瑾珮

雨季時褪下的皮
用整個時節去
風乾

允我依順這生命的紋
再寫一封情書給你
經過森林時沾染的花粉
若不小心引起你的過敏症
讓它滋養你的靈魂
花季若盛宴，淚水若渴求
苦是樂的反證

讓飛鳥帶著雲上岸
遠方的浪和山林的喧囂
比喻是衣

激問是鞋襪
奮不顧身又無法赤腳的人
走過長長的沙灘

太陽。月亮。然後是星星
風，好像也有一點

允我以蜷曲的痕跡
寫下這封情書
它很簡短
它的聲音很乾淨
噢、如果你想知道它說什麼——「你並不快樂。」

讓雲被飛鳥帶走
浪是平息而山林是霧氣
沙灘在行走

去抵達，
抵達那樣的稜角
趁著風，還有一點點

蘇瑾珮，中文系女子，來自雲和稻田的故鄉。喜歡兔子和陽光普照的地方，偏愛「好好生活」的口號，習以文字埋藏自己所有的隱喻與陷落。願即使生命爬滿碎痕仍能長出光的枝枒，人生的筆記目前就放兩句話：下雨要記得躲好／好好愛著你愛的人吧。

坐在臺下時，總想著自己的詩能被看見；上臺以後，只想繼續把詩藏起來。寫詩一輩子都是我專屬的捉迷藏，謝謝你的喜歡。

評審講評

林達陽：

我覺得在閱讀〈孤島〉的感覺，跟〈夏夜晚風〉其實有點像，我在裡面讀到很強烈的熱望，那種跟搖滾現場一樣的青春，描述自己、一個傲嬌的書寫者過著很艱難的生活狀態，我滿喜歡的。「比喻是衣／激問是鞋襪／奮不顧身又無法赤腳的人／走過長長的沙灘」我很喜歡這段聲音的感覺，以及用詩的方式描述事情的直覺，都處理地非常動人。如果真的要挑剔，就是角色有一點多，有我跟你，又有鳥、又有雲、又有山林等等。那個「我」，好像也可以被投射很多東西，那種無理而妙的講話腔調掌握得很好。我確實只有感覺到孤島，具體整篇想要講的內容，可能只掌握七八成而已，不過因為形塑出來的氣氛讓我非常喜歡，尤其像「寫下這封情書／它很簡短／它的聲音很乾淨／噢、如果你想知道它說什麼——『你並不快樂。』／讓雲被飛鳥帶走／浪是平息而山林是霧氣／沙灘在行走／去抵達，／抵達那樣的稜角／趁著風，還有一點點」，除了「趁著風，還有一點點」以外，其他的聲音是很下雨的、很某個階段那種直覺性的描寫，跟〈夏夜晚風〉帶給我的感覺很類似，但因為那段「比喻是衣／激問是鞋襪／奮不顧身又無法赤腳的人／走過長長的沙灘」讓我更喜歡這篇。

陳依文：

我也最喜歡「比喻是衣／激問是鞋襪／奮不顧身又無法赤腳的人／走過長長的沙灘」這段。所有的作品裡面，〈孤島〉在音韻的情味上做得最好，它有一種綿延的、回想的那種緩慢堆積的情味，這樣的詩跟語境其實跟最近流行的腔調是不一樣的，我個人很喜歡它在這方面的掌握。在音色方面，遣詞用字的音調、語氣和舒緩節奏的掌握，可能是在這些詩裡最讓我印象深刻跟喜歡的。當然，也有些小瑕疵，它雖然寫出了每個人都是孤島，那種想接近又抵達不了，在強制跟退縮之間的反覆重刷的綿長意味，可是有些地方定義得不夠明確。比如這個情書應該是這首詩的一個重點，但讀起來不太清楚。相對於第三段，第一、二段就顯得比較平淡，可是我個人很喜歡從第三段到結尾的節奏跟語調，在我讀過去時，腦海中會自動朗誦出聲音，這是現在比較年輕詩人較少會去注意的，也是這首詩一個很棒的優點。雖然它有些地方的邏輯不夠緊密，但確實是一首我個人會喜歡的詩。

宇文正：

不知道我的解讀是不是正確的，我把它讀成寫給自己的情書，裡面的「你」就是作者自己，那個孤獨的、跟這個世界格格不入的自己，於是讓海浪平息、讓山林喧囂靜默，只留下霧氣、讓沙灘行走、去抵達那樣的稜角。那樣的稜角當然是〈孤島〉的一端、一個角，所謂的角是尖銳的、不快樂的、很孤獨的，可是你就去吧，就做你自己吧！趁著還有一點風。我讀到的是這樣的感覺，再加上它的韻律感，讀起來是一首很完整的詩。

參獎

〈一夜好眠〉

中文四　何侑倫

有的時候我醒來就像是還沒睡一樣
手機螢幕倒映的自己
浮泛的像是挑燈夜戰的褶皺報告

有的時候我睡著了就像還醒著一樣
夢裡夢著醒不來的自己
語境在夢裡是一頭四不像的野獸
拼命追趕自己　　自己追趕不及

假設我終於重新開始面對生活
醒來的棉被
該折的稜角我也要有
外套裡的襯衫和襯衫裡的我如出一轍
這樣我是醒來了

還是仍在一段語境成功的夢裡？

我想睡著
踏入夢鄉前一直想起那些語焉不詳
一些關於你們他們
整段敘事中沒有我們
如果舉手就可以發問
可以也一併確保舉手就能得到解答嗎

你們要去哪裡？
意思是我被排除在這個和和美美的語境裡
脫節、節外、外人⋯⋯
接龍般的語境是籠
一切隱喻明喻又有什麼兩樣

他們說我是舟之不繫
我想舟根本不是在譬喻我

我想我是繩
作繭自負的
綁著舟在舟之外

祝我一夜好眠
睡在這裡　我想睡在舟裡
我想確保夢醒分明
我想確保整段故事裡舟繩一體
我想確保我在這裡
我在這裡

何侑倫，1998年生，臺南人，喜歡臺南的食物，但不喜歡臺南的天氣。現就讀國立暨南國際大學中文系。曾獲水煙紗漣文學獎（新詩組）。

因為有好多話想對自己說，所以不能照中醫所建議的，在子時確實入眠。我想，睡眠其實和生活互為掣肘，有好的生活才有高質量的睡眠，不過更多時候也只是不捨今天就此結束；或者說，不願明天開始。這麼說來眼圈的烏青和印堂的黑好像也並無二致。

參獎〈一夜好眠〉

陳依文：

〈一夜好眠〉明顯是一個習慣寫作的作者，語言風調是近年來很容易被看到的一種，也是一篇完整度跟技巧都有一定水準的作品。「假設我終於重新開始面對生活／醒來的棉被／該折的稜角我也要有」是我個人比較喜歡的段落。不過當中「舟之不繫」用了林泠「不繫之舟」的典故來加點變化，我則對此有點保留，有人會喜歡，有人會不喜歡，而我會更希望你既然能寫，是不是能夠自己創造出一些更新鮮的質地？當然也有人認為這也是一種傳承的方案，是一種致敬，見仁見智。我個人其實有點喜歡最後一段的碎念，呈現出一種在焦慮之間的存在主義的危機感，他在尋找自己的位置在哪裡，我很喜歡他表達的出這種「我在哪裡？我是誰？我身為一個怎麼樣的存在？足夠鮮明嗎？我應該往哪裡去？我應該被固定在哪裡？」作為一個青春敏銳跟存在主義式的焦慮感。但現代詩其實是一個很微妙的東西，有時候過猶不及，其實拿掉一些句子會更乾淨俐落，更能夠耐人尋味。比如「仍在一段語境成功的夢裡」，反而就有一點多餘，在第五段也可以不用太糾結語境，不要在這些詞彙、文字上繞功夫，就像「假設我終於重新開始面對生活／醒來該折的稜角我也要有」，我會更喜歡用這些更直觀的、更直覺式的意象，直接地表達出想要精準抓住的某一個細膩感受。這個作者肯定已經熟練地在寫詩，而且寫出了某一種質地，我會希望他比起在語境的文字遊戲裡面繞，可以多捕捉一些敏銳而直覺的意象，用這些意象來更簡潔、俐落、優雅而精準去表達出想要呈現的情境。

林達陽：

這篇作品的作者直覺很好，像獵人或游擊隊一樣，感覺一直在捕獵各式各樣的意義。我非常喜歡對於自己主題性的複雜探索，裡面有大量的動態聯想，從一個地方切換到另一個地方。一開始說「有的時候我醒來就像是還沒睡一樣」，接著說「有的時候我睡著了就像還醒著一樣」討論了關於夢裡的自己，或者人的存在，到底什麼是真實的？「語境在夢裡是一頭四不像的野獸」我喜歡這個地方的處理，但是使用「語境」這個詞有一點點比較取巧、直接。我也滿喜歡「假設我終於重新開始面對生活／醒來的棉被／該折的稜角我也要有／外套裡的襯衫和襯衫裡的我如出一轍」這段，講重新在生活裡建立秩序的狀態，再回頭去講剛剛夢裡醒著的自己，或者醒著的自己實際上在做夢的狀態，外套裡的襯衫到底是穿戴整齊，還是外套遮掩著襯衫？還有襯衫裡的我也是，到底是穿戴整齊，還是在遮掩我？中間做了一些複雜、可以辯證的東西。「這樣我是醒來了／還是仍在一段語境成功的夢裡？」使用第二次「語境」，力氣比較疲弱一點，但是意義上是很好的。「我想睡著／……／一些關於你們他們／整段敘事中沒有我們／如果舉手就可以發問／可以也一併確保舉手就能得到解答嗎」，將人對存在的焦慮感，渴望得到答案的狀態呈現地很鮮明。後面說「他們說我是舟之不繫」，這個地方其實滿有趣的，因為使用了前人經典的意象，可能大好大壞。「我想舟根本不是在譬喻我／我想我是繩」，把自己形容成是綁著舟的人，舟也可以拿來比喻自己，努力地抓住自己，避免自己掉落、漂走或失控，這個意識的他在想辦法控制自己。「作繭自負的／綁著舟在舟之外」，其實我覺得寫得滿厲害的。「助我一夜好眠／睡在這裡　我想睡在舟裡」，講作者想回到自己的身體裡面，那個醒醒睡睡的狀態。「我想確保夢醒分明／我想確保整段故事裡舟繩一體」，可是綁著自己的就是自己。整體而言，我覺得執行得非常完整，也非常成功，當然也有一些比較囉嗦的用語，比如語境，如果能找到更厲害的意象或聲音帶過去會更好，但是能夠把失眠寫成這樣，我覺得前所未見，非常喜歡。

宇文正：

我覺得這首詩在寫的是一個青春的夢魘。但在閱讀時，我被卡在「還是仍在語境成功的夢裡」這句，我比較不喜歡太文青、文藝腔的字眼，又真的想不通到底語境這種東西，有什麼成功不成功，閱讀時就過不了這個坎，往下讀的時候，文藝腔的感覺又更加浮上來。我覺得夢魘這種東西，它的文字可以更簡單，像村上春樹嘀嘀咕咕那種碎念感覺，不過我想這可能屬於個人的品味吧。

佳作

〈夏夜晚風〉

觀餐三 呂俊穎

陽光迫降在　紅的　綠的　頂樓加蓋的　黑色裡
流著一抹血跡
給河堤去追
給紅燈去停
給執意紅燈右轉的魚

凝固的青蛙　被紅線
剖成西瓜
被輪胎分食成　疆界
久了　我們稱之　柏油

巷邊的鐵窗長著象鞭
呼吸吐納間　炊煙
味覺的留下　剩下的　留

給愛麗絲

螢火蟲總是不吝嗇
草叢　神明廳　路燈
需要家的地方　發光

所有的蒼蠅　烘乾
沒有名字的小狗　沒有品種
流著金色的黃昏

佳作〈夏夜晚風〉

呂俊穎，1999年生，嘉義人，現就讀國立暨南國際大學觀光休閒與餐旅管理學系四年級。關於這次所投稿的作品其實靈感來源是源自每天上下學回家的美景，心裡其實也沒有想太多，只是把我受到的觸動寫出來。於我而言，「流金」只能是一段歲月，一段花好月圓，一段埔里的簡單日子。

評審講評

宇文正：

這首詩在素描小巷風情，是一幅極好的市井圖畫。從陽光迫降，我們跟隨它的視線駐足在頂樓、河堤、紅燈、車子、馬路、柏油，視線慢慢地下降，接著目光再向上，看見鐵窗，用了象鞭來形容鐵窗旁的排油煙管。夜晚降臨，「呼吸吐納間　炊煙/味覺的流下　剩下的　留/給愛麗絲」，讀者於是能感受到做飯炊煙的氣味，聽見傍晚的垃圾車聲。從視覺、嗅覺，到聲音出現，接著陽光慢慢地暗去，螢火蟲出現，最後視線停留在一隻沒有名字的小狗，可能是黃色的小狗，因為它說「流著金色的黃昏」。其實我不認為詩一定要表達某種意義，這首詩呈現一幅我非常有感的小巷風情畫，畫的最後，不需要表達「夕陽無限好，只是近黃昏」的大道理，我反而希望視線就停留在最後那隻小狗身上，我知道這天要過去了，看著這幅圖畫，這個黃昏就是如此。我覺得非常好，反而不希望最後硬要去賦予一些意義，所以我滿推薦這首詩。

林達陽：

這種作品在文學獎講評非常吃虧，因為很難解釋為什麼喜歡它，你們都知道為什麼愛一個人嗎？不知道，大概是那種感覺。它的感官描寫非常出色，而且簡潔的意象跟鏡頭停留的位置都非常特別，讓我想到早期葉覓覓，跟中期以後的孫梓評，那種對文字的直覺，還有對各種感官的拋接、過場都非常流暢。「凝固的青蛙　被紅線／剖成西瓜」，不管是在聲音或惡趣味上，真實的鄉野味道就很厲害；「螢火蟲在／草叢　神明廳　路燈／需要家的地方　發光」，把眾生同時在這邊生榮、衰敗的狀態寫得很好。我也一樣很喜歡結尾「沒有名字的小狗　沒有品種／流著金色的黃昏」，但我的解讀跟宇文正老師不一樣，我覺得牠是在小便（**宇文正**：啊，我同意！），即便有點給人不舒服的感受，卻還是很棒，這種處理方式很像唐捐以前得獎那批作品，有種又髒又神聖又純淨、無關乎既有刻板印象的美感。

陳依文：

我覺得這首詩的意象是所有作品裡最強烈而傑出的一篇，它的畫面實在是太有趣、太強烈、太神經病了——神經病完全是誇獎的意味——，我個人最喜歡「凝固的青蛙被紅線／剖成西瓜」這段，還有結尾我也很喜歡。我覺得這首詩某個角度來說也滿有顧城的味道，而且是比較神經病那部分的顧城，比如顧城〈感覺〉：「雨是灰色的／在一片死灰中／走過兩個孩子／一個鮮紅／一個淡綠」，無從得知它到底有沒有明確的意旨，但是它的畫面就是強烈到就算把它蓋起來，那個被紅線剖成凝固的西瓜，還是會留在讀者的視網膜上。它的文辭並不是最流暢的，可是這類詩的意象、強烈的畫面感卻揮之不去。我其實很喜歡這首詩，只是我希望能再多做一點理解和探索，如何介於講破跟不講破之間，比如這幅畫的整體感，不要單單只是一幅畫，可以再多洩漏一點微妙的小線索。我也非常同意這絕對是一首不可以講白的詩，憑著意象的強烈度，它是所有作品裡最突出，且畫面色彩最鮮明的。我想提醒大家，現代詩還是需要有意象，它其實是另外一種極端，比起現代注重意義而畫面感、意象相對比較薄弱的流派，其實這樣的詩比較難被真正地選出來，但是希望大家可以往這個意象至上的方向稍微擷取一些養分，因為現代詩畢竟還是需要靠文字去給人畫面，創作者還是可以試著在意象的選用和意義的傳達之間取得平衡，讓一句形、聲、義皆備的好詩能真正留在讀者心中。

佳作

〈夢醒之間〉

中文五　林以晨

〈夢〉

我夢見過很多人
在夢裡吻過無數張臉
但不曾夢過你的
吻過你的
精神分析說夢不是意識的前世
夢是今生，夢是
此時此刻我在心裡撒的謊
最誠實的謊
我不願意把你做成夢
不願意把你
做成愛
讓我瘋狂的只會是詩
不是你，和你的過去

你經常說起七年前愛上的那個女孩
愛了整整七年
後來你在別人的床上
發現了她的身體

也許她的心，還在這裡
還在你身上
在你沒有我體味的身上
種一朵夢
醒來的時候不小心
開成了我們的花

〈醒〉

那些夢是沿著你的酒杯邊際碎掉的
我記得
開始的時候是一張溫柔的海

月亮在笑，以及虛線沿岸
拍打的吻就落在那年九月
習以為常的黃昏裡的犬吠
其實你並不真正看見
走上絕路的那包香煙
有一些星星著火般睡去
你依然醒。你依然
看見她眼裡有愛的餘灰

（攝影／陳琦涵）

林以晨，生於臺中豐原，現就讀於國立暨南國際大學中國語文學系。一直相信只有文學能收容自己敏感不安的靈魂。曾獲第十五屆水煙紗漣文學獎新詩組第二名、第十八屆水煙紗漣文學獎新詩組佳作、第二十屆水煙紗漣文學獎新詩組佳作，及小說組佳作。著有詩文作品集《冬》。

謝謝暨大中文，謝謝評審。特別謝謝林達陽老師及神小風老師，謝謝你們成為我作品的知音，且給予我真誠溫暖的鼓勵。我會繼續寫下去的。

佳作〈夢醒之間〉

林達陽：

這篇是我心目中前三名的作品。對作者來講，這樣的作品在文學獎確實比較不討好，因為沒有意象，情節也不清楚，在單純的拋接概念跟情緒做得很俐落，但是也僅止於此。這是很多IG上厲害的寫作者，如潘柏霖會用的手法，可以感覺到講話的聲音跟氣味很相似，但是它的特色跟傳統的現代詩不太一樣。我喜歡它舉重若輕地講了一個可憐的情詩情境，「我夢見過很多人／在夢裡吻過無數張臉／但不曾夢過你的」這個「你」是作者的對象。「最誠實的謊／我不願意把你做成夢」這裡做了主客的對調，從主動態轉成被動態；「不願意把你／做成愛」將對象之間這種幽微的、曖昧的關係寫得很好。「和你的過去／你經常說起七年前愛上的那個女孩／愛了整整七年／後來你在別人的床上／發現了她的身體」這寫得很白、很露骨，但好像不需要寫到這麼多。「也許她的心，還在這裡／還在你身上／在你沒有我體味的身上」，所以「你」跟「我」之間還是保持著距離，沒有因為情侶關係結而為一；「種一朵夢／醒來的時候不小心／開成了我們的花」，這個地方把前面反覆的拋接，「夢」跟「你」、跟「我」的關係做一個轉折，舊情人在一個還戀慕著他的人身上種了一個夢，也許關於愛情的、關於戀慕的、關於理想的關係，醒來的時候不小心開成我們的花，寫得滿厲害的，隱隱約約講了「你」在夢裡也不願意夢見「她」，就跟「我」在夢裡不願意夢見「你」一樣，這裡的轉折做得很漂亮。

如果〈醒〉作為一個主線來看，它有些部分承接〈夢〉，「那些夢是沿著你的酒杯邊際碎掉的」，「那些夢」是那位前女友種在她的對象身上的夢，也是對愛情的嚮往，同時也講借酒澆愁的情境；「我記得／開始的時候是一張溫柔的海／月亮在笑，以及虛線沿岸／拍打的吻就落在那年九月／習以為常的黃昏裡的犬吠／其實你並不真正看見」這寫得非常好，在海邊的情境中，隱隱約約地講了兩個人之間的曖昧，可以把「黃昏裡的犬吠」想像成旁人的勸誡、旁人的警示，但作者仍沒有辦法，只能一意孤行那種古老的感覺。「你依然醒。你依然／看見她眼裡有愛的餘灰」，最後一句是我覺得唯一好像還可以寫得更好的地方，其他部分談三個人之間錯綜的情緒，寫得既複雜又輕盈，就算沒有完全解讀，也不妨礙閱讀過程裡，那種對愛的困惑、嚮往或沮喪的情緒傳達到我這邊，能寫出這樣的輕盈是很厲害的功夫。

宇文正：

我第一次讀這篇的時候，讀到最美的部分是寫夢裡愛情前世今生的交錯。「開始的時候是一張溫柔的海／月亮在笑，以及虛線沿岸／拍打的吻就落在那年九月／……／有一些星星著火般睡去／你依然醒。你依然／看見她眼裡有愛的餘灰」，愛已逝但是仍有餘溫，在剛醒來時確認這一點，但她的心是否能夠釋然呢？我第一次讀的時候，讀到這些比較美麗的部分。可是後來再讀，不喜歡的部分卻漸漸跳出來，譬如「你經常說起七年前愛上的那個女孩／愛了整整七年／後來你在別人的床上／發現了她的身體」，很像八點檔的情節跑出來了，有點破壞剛剛那些很美的部分，其實這種東西可以留給讀者想像，建議作者可以再重新整理一次這首詩。另外，我其實有點困惑它分成〈夢〉、〈醒〉的結構，因為這其實可以融合成一首詩，不需要特別分開。不過除此之外，它真的有很多漂亮的句子。

陳依文：

我相信評審們的入圍名單都篩過很多輪，有一些在邊緣換來換去，好像選了誰，都對不起其他作品。我確實也曾經在某一輪把這首詩放在名單裡面，原因是裡面這些特別美的句子，這位作者已有一定的把握能掌控詩的語調和文辭運用，這篇作品的文字質地，在這批作品裡確實能達到前三名的高度，像「種一朵夢／醒來的時候不小心／開成了我們的花」、「開始的時候是一張溫柔的海／月亮在笑」，這些句子很符合近五到十年內的現代詩審美潮流，它就是走這個路線的，因此我相信這位作者在這方面有相對高的底子，也下了工夫。可是它確實有點太八點檔，在「我」跟「你」、跟「他」的三角關係間，這種箭頭相互發射的情詩情境，大家都無法前進、都有所牽絆，也就僅止於此了。作者能夠把握這點，讓我接收到一個複雜的情感關係、微妙的心理狀態，確實也是詩人的質地，只是沒有辦法讓我更進一步地去沉浸，感同身受地被它想傳達的情感強度——而非句子的美感本身——所觸動。除了單純勾勒、敘述出情感關係的樣態，詩中所蘊含的情感本身，是否足夠深刻飽滿、能引起讀者更深一步的興趣甚至共鳴？因為這部分因素，最後我沒有選擇這篇作品。然而，我確實認為這位作者是能寫的人，也絕對擁有繼續往前的資質。

佳作

〈淚竹〉

中文三　梁仲妍

女人要哭
把自己哭成一根瀟湘竹
斑斑淚痕抹不去
也只能站得玉立亭亭

女人要叫
叫得好聽一點
就能躋身金石絲竹一列
被人撥弄彈奏

女人要成為女人
把中空細長的部分
塞滿

滿到鼓脹
再剖開
或許
能取出一名公主
再教她如何哭叫

女兒不明白
為何媽媽總愛拿枝條抽人
一鞭一鞭的瘀青
好像娥皇、女英灑下的淚
那句「歹竹出好筍」
是阿祖傳承給外婆
外婆再傳承給媽媽的期許

她們都在哭
哭自己不夠好
她們在教你

每次疼痛都在教你
如何成為一根好竹子

梁仲妍，1999 年出生，高雄人。現就讀於國立暨南國際大學，興趣使然讀了中文系，進了教室後才發現興趣好難。喜歡埔里的悠閒沉靜，時間在這裡放緩腳步，讓人有餘裕去細看生活，看雲霧繚繞、千絲流轉，看蟬鳴嘹亮直至雲霄，看自己曾走過的那條路是如何蜿蜒而美麗。

投稿經驗很少，第一次得獎十分開心，自覺本篇作品仍有許多瑕疵，感謝評審們的指教，從中獲益良多。

陳依文：

〈淚竹〉的題材非常明確，就是女權主義的反思，它也是一首相對完整、邏輯清晰的一首詩。利用竹子的幾個典故，從瀟湘竹、金石絲竹、竹管，到竹取公主的故事來講懷孕，又生出女兒，最後說她們在教你如何成為一個好竹子，套路承接得很完整，但同時我也有一些地方想要提供給作者參考。當然，標題是〈淚竹〉，第一段就用了娥皇、女英的瀟湘竹的哭淚，這個意象在第四段又重複了一次，重複好不好也許見仁見智，因為娥皇、女英其實是「二女共事一夫」，這種情境其實跟近代的女性處境比較遙遠，跟現在要扣的情境沒有那麼精準。而「娥皇、女英灑下的淚」，這個意象有點太過古典，又在這首詩裡面佔據了太大的篇幅，媽媽拿枝條抽人，瘀青又像娥皇、女英撒下的淚，這邊有點太刻意要把這個古典意象再抓出來一次。它如果在這裡不要再用回娥皇、女英或「歹竹出好筍」，從這裡轉向其他跟竹子有關的連結，我覺得會比較富有新意一點。作者拿了《竹取物語》、拿了竹管，那竹子還有沒有什麼其它存在價值，比如說竹筒飯、竹子家具等，我會希望把竹子的意象再發揮得更具體而現代一點。這首詩用竹子來連結女人的各種處境，其實足夠完整，但在這個完整度之餘，以女權運動或女性主義來說，這首詩的表達稍微有點欠缺新意，這些傷痕確實就是傳統以來留下的傷痕，我是喜歡這首的，但是若能更把握一些與時俱進的脈動，不管在意象的使用，或是在女性主義的部分，我會希望它能承載一些比較新穎的思考。或者能更傳達一些自覺，而不單單是抒發傷痛。畢竟女性主義走到現在，其實已經是很長遠的一段路，這首詩若是發表於現在，會吃虧在與群體的共鳴感、認同度，應該可以有一些與現代的處境更可以接軌的新意。

宇文正：

這首以竹子來象徵女性的一生，從出生、愛慾、孕育下一代到傳承教導，上一輩教導她怎麼成為一個好竹子的過程，但是竹子中心是空的，所以它再扣回女人的自我。它的形象鮮明，諷刺寓意非常清楚，文字也簡潔清朗，整首詩非常完整。可是這個諷刺的確比較老舊一點，其實現代女性好像比男性更勇於追逐自己的天空，放在現代會有「現在還這樣嗎？」的質疑。但就詩本身的節奏跟完整性，我覺得作者是會寫的，可以在一個穩定的意象裡面發展，思考邏輯非常清晰。只是跟現代女性的處境好像有點距離，如果可以更翻出新意、更俏皮一點，若以新一代女性，來挑戰上一代的女性，可能會是完全不一樣的新篇。

林達陽：

因為我也不瞭解作者是怎麼樣的背景，我知道確實有一些比較傳統的家庭，對於女性的教育真的會有點時間差，大概是四、五十年前的教養方式。我很喜歡第一段、第二段跟第三段的前半，前面說「女人要哭／把自己哭成一根瀟湘竹／斑斑淚痕抹不去／也只能站得玉立亭亭／女人要叫／叫得好聽一點」，接下來說「女人要成為女人／把中空細長的部分／塞滿／滿到鼓脹／再剖開」，我覺得到這裡就好，不用再把後面講出來，可以直接在下個段落，另外講在「歹竹出好筍」的竹跟筍之間，本來實心的東西成為空的，還是空的東西來自實心的東西，描繪女人成為母親，可能被掏空的狀態，或者是女性曾經在這個比喻脈絡裡，可能是怎麼樣的東西。整篇作品讓我覺得有一點不安跟為難的地方，可能不是女生現在的處境如何，而是從倒數第二段，把媽媽愛拿著枝條抽人的意念加進來後，就變得有點雜，我會覺得直接說她們都在哭，哭自己不夠好，再扣回原本的，譬如說「叫」要好好的「教」，玩諧音、或者別的東西都可以。最後就像依文老師說的，不要再去說成為一個好的竹子，找到一個新的、可以在意義上再做變化的東西，比如說成為一個好的笛子之類的。整體而言，我確實感覺到敘述者在性別的聲音裡所展現的疼痛、憤怒、不安跟沮喪，意念也都很完整，只是寫得有一點太樣版、太安全了，可能跟宇文正老師所提的狀態有一點像，很符合我們既有的認知。我們讀文學作品，還是會期待被感動，如果已經都可以預期你要講什麼，當然就會稍微削弱一點。

提問者：

老師、同學好，剛剛聽到有一些老師喜歡短詩，所以有點好奇老師們對〈墳場的由來〉這篇作品的看法，它也是短詩，而且很特別，算是在文學獎裡面比較少見的一種題材，在寫靈感的變遷。

陳依文：

這首〈墳場的由來〉也是短詩。但既然已經是現代詩的形式，還是追求一定程度的創意跟新意。這首詩找了「江郎才盡」的創意靈感，大家都很悲痛地被埋在這邊，沒有自己的名字，每個人都是已經才盡的江郎。可是在我眼中，這個連結的脈絡新穎度和創意感不足，對於一個作者來說，已經沒有靈感就等於死亡了，它把江郎才盡這個成語延伸到一個墓場，這樣連結的手法雖然可以成立，但是沒有那種銳利的新鮮感。

宇文正：

我的理由大致相同。我在這首詩裡頭，並沒有看到一個寫作者，面對靈感流失那種痛苦的焦灼，都太想當然耳。我寫不出來的時候，也不一定要跟酒精殉情。我想每個作者都有寫不出來的時候，但是那種內在的痛苦，想像太簡單，只有跟酒精殉情而已，對於一個寫作者來說，它沒有觸碰到我的內心。

林達陽：

我沒有貶低作者的意思，只是這篇作品中好像沒有什麼特別的東西，它把我們很熟悉的情境，用了比較複雜的方式再講一遍，但是我沒有在裡面讀到一首詩獨特的地方。我可以同理才盡的狀態，但好像沒有超出我本來的想像。雖然最後寫江郎，但它不見得在講寫作，可能也講任何需要靈光一閃的東西，或許是情感或創意。在這個範圍內，我也覺得「和酒精殉情」，好像是把簡單的事情寫複雜，也有可能我解讀的問題，寫得這麼用力的用意，我好像也沒有接收到，沒有在裡面得到驚喜，就覺得有點平淡。

・・・

提問者：

想請教三位評審老師對〈鯡魚罐頭〉的看法。

陳依文：

〈鯡魚罐頭〉在某一輪有出現在我的入圍名單裡面，因為我喜歡它最後一段強烈的語氣，脫口而出的感覺，即便語感並非很成熟，口吻卻是躍然紙上且活潑的，意象也很鮮明。用魚罐頭來形容畢業生，一批一批被生產出來的連結很明確，我喜歡它敏銳地掌握畢業在即的心情跟覺悟——從一個缸跳到更大的染缸，雖然恭喜畢業，可是不知道有什麼好恭喜的，因為只是繼續要被人貼標籤、進入下一個資本主義剝削的世界，繼續被階級化地看待。我個人認為這首詩在完整度、明確度、有趣度上都有具備，結尾的語感也夠，可是它並沒有到一個很新鮮的程度，相比之下，其他作品的語境比較完整，整體文字熟練度較高，新穎、輕巧的創意度也更強。所以，在同一個完整表達的狀況下，只好客觀選擇整體的語言、文字、技巧相對更成熟的作品。

宇文正：

我的意見與依文老師很接近。我也還滿喜歡這首詩，用〈鯡魚罐頭〉象徵孩子被統一製成罐頭，成為生產線上的一尾鯡魚。離開學校，會進入另外一個更大的缸裡面，但恐怕還是罐頭。我覺得它整體滿新鮮活潑，沒有選的原因，一個是它在相較之下真的比較淺白；另一個是「嘴中囈語……／f(x)=g(x)=z(x)」這段，讓我有點困惑它有什麼意義。詩是一個有韻律感、有節奏的東西，這句話放這裡，突然把韻律感整個破壞了，好像沒有為這首詩加分。

林達陽：

這首詩第一段的聲音、唸起來的節奏感很好，我很喜歡，但是第二段以後，好像說明性大過現場感覺到的東西，自然而然湧進的意象、感知，都被過於說明性的話語弄得很複雜，好像隔了一層，隔的距離比較遠。我自己沒有特別喜歡這裡出現「以完美拋物線跳出，十分！」這樣的描述方式，好像太刻意、太用力了，所以後來就沒有挑這篇作品。

・・・

提問者：

老師、各位同學好。我想問假如今天要寫很常見的題材，類似第七篇的〈畢業〉，一定很難跳脫關於朋友、分離、成長等，可以用什麼角度或意象去寫才有新意？

陳依文：

這篇〈畢業〉和剛剛提到的〈鮪魚罐頭〉都在講畢業，相較之下，〈鮪魚罐頭〉顯然是一篇有轉化、有意象、有連結的作品，〈畢業〉則是從頭到尾都太直白了。關於有新意的寫法，要設法找一些意象，不能隨便被讀者猜到。可是我沒有辦法替你選擇意象，因為對我有意義的東西，不一定也對你有深刻連結，就像也許你可以融合穿山甲作為意象，但是我沒有在校園裡面看過，所以我不能用它。可以從自己的大學生涯裡，朋友、愛人、教室、社團對你而言的意義，或是自己內心對畢業的感覺，釐清那些感受是複雜的、簡明的，還是可以簡約成某一種狀態？把握那個狀態，不要直接用白紙黑字講出來，經過連接跟轉換，選擇能觸碰到你的意象去表達，比如這次的入圍作品有用「折棉被的稜角」。但是一定要記得，詩不能當成分行的散文寫，只是直白地敘說，若把所有東西都直接寫出來，它的詩質就不夠，這一點，或許可以參考得獎的作品。總之，必須選擇一個意象、一個情境、一些圖像，甚至是不同語言的組合方式，不要直白地說出來。如果要追求新意，我覺得練習使用意象是寫詩初步的基礎，選擇一個精巧的比喻，讓別人覺得有輕巧的詩意，若是找得到，就可以寫詩了。當然有其他的練習途徑，可是我個人認為，意象始終是不能放棄的一環。

林達陽：

我覺得〈畢業〉的第一段，不管是借代或試圖要表達的東西都比較僵硬，紙與筆，朋友跟愛人、社團教室，這些東西背後應該都很有張力，但是沒有特別寫出來。第二段就講了一個我們很熟悉的東西，但是寫的比較多一點、比較滿，假設今天只寫「山風捎來消息/別無選擇/背起時代的黑/成為自己最討厭的樣子」，就比較接近詩該有的節奏感，當然可能還要更凝鍊一點。我想舉兩個例子，一個是鯨向海寫〈記雨中的畢業典禮〉：「我只是想要跟你說/一切還是有希望的，儘管/為著我們是如此的朋友/我只能告訴你/連我自己也不確定的這些/但大雨終於降下來了，雨便是這樣/夾在許多詩歌和髒話的中間/似乎有些永恆/可以就這麼滴中衰朽的手掌/失去光和熱的，曾經那麼溫和的臉孔／因此彷彿願意再次相信／依舊有人在遠方，永不放棄地／尋找著我們的下落。」他把自己的感觸找到一個新的方式講出來。另外一首是陳雋弘的〈籃框〉，他那時候在當老師，跟學生一起很苦悶地倒數學測，把籃框形容成一個發亮的手銬，也像是天使光環。這有點像剛剛依文老師所說，在意象、情節或聲音裡面，找到自己的詮釋，可能比較能打動一位跟你素昧平生的讀者。

散文

首獎｜正確的過年方法

貳獎｜革命雜感

參獎｜冬至

佳作｜母，女

佳作｜旅行

佳作｜日散

評審簡介

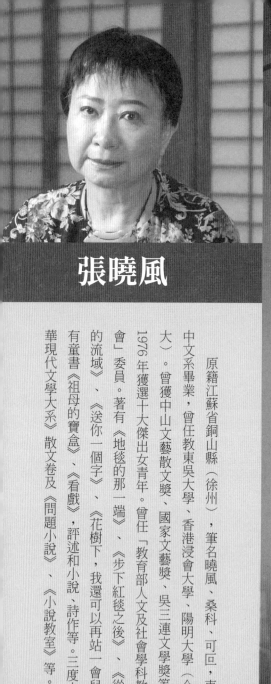

張曉風

原籍江蘇省銅山縣（徐州），筆名曉風、桑科、可叵，東吳大學中文系畢業，曾任教東吳大學、香港浸會大學、陽明大學（今陽明交大）。曾獲中山文藝散文獎、國家文藝獎、吳三連文學獎等，並於1976年獲選十大傑出女青年。曾任「教育部人文及社會學科教育指導會」委員。著有《地毯的那一端》、《步下紅毯之後》、《從你美麗的流域》、《送你一個字》、《花樹下，我還可以再站一會兒》，另有童書《祖母的寶盒》、《看戲》，評述和小說、詩作等。三度主編《中華現代文學大系》散文卷及《問題小說》、《小說教室》等。

瓦歷斯・諾幹

出生於臺中和平區泰雅族 Mihu 部落，擅長以寫實手法書寫臺中自然與風土，能以強烈的原住民自覺，思考原住民身分認同及文化處境。其創作文類有詩、散文、小說及報導文學等，曾獲時報文學獎報導文學類首獎、評審獎及新詩評審獎；聯合報文學獎散文大獎；臺北文學獎散文首獎等獎項，創作質量兼具；以回溯原住民根源的使命感和情感構造其作品，映照臺灣與世界形成的時空鏡像，在臺灣文學史上深具代表性。

楊佳嫻

高雄人，定居臺北，國立臺灣大學中文所博士，現為國立清華大學中文系副教授。著有詩集《屏息的文明》、《少女維特》、《你的聲音充滿時間》、《金烏》，與散文《貓修羅》、《小火山群》、《瑪德蓮》、《雲和》、《海風野火花》等。

張曉風：

大家晚安。雖然我們是評審，可是要講話的話，就變成我要被評審了。我究竟要靠什麼樣的原則，根據自己寫作或閱讀其他文學的經驗，來評價這些同學花了心血所寫的東西呢？事實上，評別人的文章等於是評他整個人，如果寫小說、詩歌，比較會去看寫作的技巧，但散文好像就比較看寫作者的想法、經歷、觀念、悲苦、喜悅，以及種種人生裡頭的尷尬過程。讓我想起自己第一篇作品，六歲時，有一位很兇的老師叫我們寫作文，題目是「信」。我實在不知道怎麼寫作文，就想到媽媽曾收到一封信，那時舅舅在戰場中被共產黨抓走，寫信求媽媽把他救出來。這個事情太複雜了，那時候的我還太小，根本就不會寫過程。結果老師走到我的座位前，看了一眼，就把我的作文撕掉了，這是我第一篇文章的命運。人生中，有時候我們沒有能力把經歷寫好，可是不代表在緩慢的成長過程裡，永遠沒辦法把事情說清楚。經過漫長的時間，總有一天，我們可以駕馭想要寫的文字。我一直記得老師撕掉我的作文時，非常生氣的表情，那時候我連憤怒、悲傷都不會，愣愣地望著老師把作文撕掉。但也是到現在，我可以用一個看戲的心情看那位六歲的小孩，她的作文被撕掉，不見得是什麼損失，讓我格外瞭解，人世之間的事情並非那麼容易說得清楚的。我相信各位都有很多東西要說，我不敢說你們現在會很成功，但是如果努力，有一天一定可以好好地把自己內在想說的事情說清楚。

楊佳嫻：

各位同學好，每次來評水煙紗漣文學獎都非常愉快，不單單因為我有很棒的學長姊在暨南教書，也非常感謝中文系承辦文學獎的老師、同學們，往往來暨南，都會跟自己的文學偶像一起當評審。我記得上次跟陳列一起評審，開口就講出：「我高中的時候讀你的文章……」之類的話。我在高中時第一次見到張曉風老師，和幾位喜歡文藝的同學約著去聽老師的演講。後來在大學期間投稿散文，遇過張老師當評審，也有幾次得到老師的支持，雖然我跟張老師見面次數可能不多，但是我覺得文學上面的緣分，一直是細水長流的。其實就像張老師所講的，讀一個人的散文，好像在讀他的人，會覺得跟作者有種非常貼近的、彷彿聽到他呼吸的感覺。我覺得，不管是寫自己出生、長大的地域文化；或寫異文化之間交流，產生了某一些張力；或是因應時代偶然跟必然的某些變化和火花，發現自己身在其中，無法從時代的印記中脫身，想要去思考自己跟這個時代的裂痕之間的關係；又或是紀錄自己的愛情、跟親人的關係、在山城求學的某些偶然感觸，這些題材都非常棒，因為它跟我們的生活及當下緊密連結。這次的作品寫得還滿節制的，而且也清晰有味。我常常評學生文學獎，很多初學者的文字力道控制得沒有很好，文字的程度超過了感情，或是感情橫流但文字沒辦法好好駕馭。不過在這批決審作品中，都可以看到情感跟文辭之間搭配得非常好，讀起來非常愉快，也因此作品程度不相上下，滿難選的。先前請教初審老師們，也表示在初審階段便已經滿難選擇，我在決審時，也感受到那種困難。總之，不同評審最在意的東西不完全相同，裡面其實由某些客觀跟主觀的成分交織而成，不管今天三位評審做出什麼樣的選擇、成為最後的結果，都希望這些同學未來能繼續寫下去。

首獎

〈正確的過年方法〉

中文四　李穎祈

農曆新年、紅色、喜慶，乍看之下給冬天的肅殺氛圍添上了分生機，同時也代表著新年的開始。我興奮不起來，新年之於我，是繁瑣的代名詞，繁瑣加上傳統，那更是累上加累。細品新年的一系列活動，團年飯、拜年、發紅包，哪一個不是交際活動？

而此時，為了抵禦冬日的嚴寒與處理年末的雜事，我們的體力會高速地燃燒然後流失，就像蒸汽火車一樣，一旦缺少了炭火便會降速，提不起勁、自我厭棄，這就是屬於冬季的憂鬱。人類總是喜歡自找麻煩，在面臨著冬季憂鬱時自顧不暇，卻又忙著籌備年節應酬，既勞心又勞力。不得不說在冬季的應對上動物比人類高明多了，冬眠儲備戰力才是上上策。只可惜人類社會早已習慣複雜，沒辦法接受簡約。人情世故比起冬眠更加有吸引力。

因此，每年我頂著冬季憂鬱，回到爸爸香港的老家過年，這是我揮之不去的噩夢。除夕夜燈火通明的廚房中匆忙的步伐，鍋鏟相交的雜音，煎炒時火焰的怒吼，熱鬧過頭了，這簡直是一場思想轟炸。最要命的還是，廚房空間本來就夠狹小了，一群人像是擠沙丁魚罐頭一樣硬擠進去，手裡拿了幾隻筷子進去又出去，偶爾指點一下菜色調味，從而體現自己一年中唯一一次對家的貢獻。我姑姑尤其熱衷這樣的排場。

好不容易菜做好了，大家上桌吃飯，十幾個人聚在一起，一年多沒見，低頭吃飯很尷尬，總有人要開口，於是大伯開口了。

「你今年多大了？」

「念幾年級啦？」

啊，出現了慣例的破冰對話。我今年幾歲他便問了幾次。我冷冷地回答了問題，此時大堂姊為了破解飯桌上的尷尬氣氛便會開始熱絡地聊起她的男朋友。八卦對長輩往往都是有吸引力的，眾人的目光馬上被吸引了過去。趁著這個空擋手臂短的二堂姊會站起來去夾對面的菜，眼尖的姑父便打斷了他女兒的話題開始數落起二堂姊拿筷子的姿勢。

「呀！都幾歲了還不會拿筷子，有沒有人教啊！我們以前啊，筷子沒有拿好都會被打，還不准吃飯呢！看，是這樣拿……唉，妳怎麼都學不會，真笨不知道像誰。」

只見二堂姊默默的嚼了嚼嘴裡的菜，彷佛嘴裡的菜是酸的，但不忘向著我打眼色，我便會趕緊放下筷子，說我吃飽了，下桌去盛湯。這飯桌上最有人情味的就是她，可以說是戰地裡槍林彈雨中祖護傷員的烈士也不過分。這一幕，一年又一年的上演，直到後來我終於忍不住開口。

「能吃得到飯就是好姿勢，這重要嗎？」

飯桌忽然陷入一片沉默，馬上我便成為了槍靶子被長輩們圍攻。媽媽打了我的手說我頂嘴，爸爸不滿地哧了一聲瞪著我，大伯尷尬的笑了笑，大伯母則是低著頭吃她的飯，剩下滔滔不絕的姑父藉著筷子說起了傳統的重要性……

飯吃完了，大家下了飯桌就開始發紅包，拿紅包不免俗要說一句吉祥話，本來說吉祥話為的是祝願對方來年順利，但在我們家與其說是吉祥話，倒不如說是小學國文考卷的填空題——「請填入與十二生肖相關的四字成語。」其實紅包一早就封好了，小時候的我懵懵懂懂，以為說的好了裡面的錢會變多，過年前為此我還特地去做了功課，認真的去挑選最好的祝福語。

後來長大了我才知道說什麼都沒有「恭喜發財」來得有用，比起虛無縹緲的祝福，大家更愛財。尤其爸爸的家人們最喜歡財神爺，姑姑更是得到真傳，紅包給的最少，還不忘藉著新年「和氣生財」。新年超市裡擺放著大大小小的新年禮包，還提供包裝服務方便即買即送，可見連商人都知道大家一年沒見，關係生疏，急需「見面送禮三分情」的暖場。而我的姑姑恰恰是子女中最孝順又最體貼親戚朋友的，健談的她是一位合格的推銷員，奶奶身體不好，她便熱心的「孝敬」保健食品，去年的維他命還在櫃子上放著，現在又多了一瓶。我數著櫃子上的塑膠瓶，中秋節是魚油、冬至是維他命、新年是益生菌……原來我們家不需要月曆，只需要瓶子就好了。怪不得姑姑老說她最喜歡新年和我們聚在一起，說這是團圓的「快樂」。她的「快樂」奧妙得難懂，我只是知道因為她的「快樂」，回臺北的行李箱因為大大小小的鈣片瓶子要付超重費，讓精打細算的爸爸對著我們發脾氣而已。

紅包拿完了，距離午夜還有一段時間，因為要守歲，誰都不能先離開，這時大家又尷尬了，因此大人們就會努力找尋娛樂活動。爸爸跟大伯會去看球賽，剛發完紅包，荷包大失血一輪，他們急著去運用「機率學」生財。姑姑則是忙著「孝敬」奶奶，剩下姑父閒閒無事，臨近深夜，而他又上了年紀開始有些困頓，礙於面子只能強撐著眼皮，恰好家裡唯一的電視又被球賽霸占，沒辦法看賀歲節目的他只好來找晚輩打發時間。姑父知道剛教訓完晚輩鬧得氣氛凝重，為了展現他身為長輩的關心，他強硬把正在玩電腦遊戲的我和二堂姊從書房拉到客廳，要我們比身高。小孩子比身高其實無傷大雅，不過是個成長記錄，但到姑父嘴裡卻變成了批鬥大會，不論誰高誰矮都成了羞辱對象。往年堂姊比我高，姑父就說媽媽沒把我養好導致我營養不良。起初媽媽會開口辯解：「這孩子少量多餐。」一聽到這句話奶奶一定會插嘴，說她這個當媽的不稱職，餓到了孩子。所以後來媽媽再也不說話，只是默默的低下頭假裝沒聽見。

今年，我好不容易比二堂姊高了，本以為我終於可以擺脫言語霸凌，沒想到這次姑父卻將矛頭指向了二堂姊。

「你這個做姊姊的怎麼比堂妹還矮？真丟人！」

二堂姊憤恨的瞪著姑父，似乎是想反駁什麼被伯母叫住了，只好咬著嘴唇不說話。見二堂姊不說話，姑父便把槍口對準了我跟媽媽，放聲調侃：「還有妳，吃那麼多幹嘛！一定是孩子她媽給她吃太多了。看看長那麼胖，小心以後沒人要，嫁不出去呢！」

客廳頓時安靜了下來，奶奶搖搖頭，嘖聲道：「連個孩子都帶不好。」

「唉！媽，她就那樣，平常也不做飯，我們都吃外面，會那樣別介意。」

「啊？怎麼都不做飯？這麼懶！現在的年輕人喲……」

托了爸爸放的「火」，客廳隨即在指責中又熱絡地輪轉了起來……

隨著時間的流逝，父母的婚姻失和以及課業的繁重讓我有了藉口可以躲掉這個冬日殘酷舞臺。高中後，我的新年都是跟媽媽在臺北度過，由於平日要上班，沒時間料理年菜，但並不代表隨便，我們會一起上網決定要買什麼冷凍年菜，不管怎樣一定會有佛跳牆和烏雞湯，通常都是六人份的，所以我們會搭配白飯吃一個禮拜。飯桌上也不會有錄音回放式的提問，我們討論的是真真正正的生活話題，工作、學業上的趣事或者煩惱，又或者明天想去超市買個橙子湊個大吉大利的意頭等等。

飯後，媽媽一定會拿出兩張一千塊塞到紅包裡給我，祝我新年快樂，我都會打趣說這不就是生活費嗎？你直接給我就是了，她都會說過年，還是要有氣氛，不能省。她還說，覺得每每到了新年我都不開心，希望能盡力讓我找回過年「真正的快樂」。

於是隔天我就把紅包拆了，下樓拿去買早餐。新的一年，起始於紅包變成的早餐，務實！

這樣簡單、輕巧、安靜，一反傳統的年夜飯，反而讓我開始期待新年，新年也許沒那麼糟，大家只是都忘記真正過年的方法，獨獨留下了長輩打著傳統的牌坊，賣弄著私欲的回憶罷了。

李穎祈，1999 年生，臺北人。2021 年畢業於國立暨南國際大學中文系。正在大疫情時代下苦苦掙扎中生存，努力尋求生活的意義。

由於正處於人生的交叉口上，恰恰所作所為又不會立即得到回報或肯定，因此十分的迷茫。而這次的獲獎來的突然也感到惶恐，但不得不說，它肯定了我過往的所思所想、生活方式，更給予了我一個向前的希望與勇氣。

瓦歷斯．諾幹：

我覺得所有作品裡，〈正確的過年方法〉是最有巧思的一篇文章，因為作者要談的其實不是「正確」，而是那些「不正確」的過年方法。這些「不正確」的方法，反而最符合追憶的前提，可以注意看文章最後，作者拿到紅包、打開，就下樓拿去買早餐，因為這樣很務實、因為「這樣簡單、輕巧、安靜、一反傳統的年夜飯」，反而讓作者開始期待新年。這位作者是最聰明的，她反寫了過年的方法，可是這種反寫，讓我們對所謂的「不正確」的過年方法充滿了想像、回憶及追憶。所以我非常推薦這麼一篇有巧思的文章。

張曉風：

我覺得這篇非常有趣。有的家族，不要說多大，光十二個人一桌就非常恐怖（何況還有好幾桌），因為它代表著幾個體系。老一輩也許可以裝裝慈愛、裝聾作啞過去，可是平輩或是在兩代之間，往往會有非常強烈的衝突。姑姑、叔叔、大伯，或是阿姨等，都自認為對晚輩有發言權，這是華人世界裡在群聚場合中一個非常恐怖的景象。臺灣的個人主義比較高漲，現在大部分孩子或許也不會聽上一代人的話，比較有年輕人的自主權，因此這並不那麼常見，可是在傳統的華人社會，若接受這些就會很吃虧，一天到晚給這個念、給那個罵。所以，在僑居地的華人寫這些文章，反而更為深入，讓我們覺得又好笑又好氣，也覺得那個反叛是很必要的。這已經涉及到一個很深層的討論——華人社會裡，長輩的發言權能干預晚輩到什麼程度、晚輩在什麼時候可以反叛、怎麼在夾縫中爭取到最大尺度的自由、怎麼串聯同輩去掙脫長輩的掌控？它也不全然是缺點，因為裡頭也有某些動人的東西，可是在未來的社會裡，我們還要不要它？是局部的要，還是反抗、遺棄、批判它？這些都變成是一個文化現象，而不僅僅是一篇文章。一個過年，使得在無奈之中的這幾個弱者，也自成一個系統，必要時對長輩提出反擊，附帶一點幽默感，也討論到華人文化層次裡的某些東西。有一些已被臺灣年輕人幾乎遺忘的事情，在華僑作品中很有趣地呈現出來，我覺得還滿難得的。

楊佳嫻：

我也非常喜歡這篇作品，場景集中、張力很大。我覺得作者很有意識，描寫的鏡頭其實對準一個很特定的時間、很特定的景，有點像獨幕劇一樣，大家各懷鬼胎，小孩子互相使眼色的樣子，寫得非常傳神。當然在這當中，可以看到小孩或是嫁進來的女性似乎被認為比較沒有發言權。而夫家那邊的女性，則是都覺得自己有權力批評別的事情，隱隱然有種血緣或長幼的位階。這些是大部分華人——包含我這個世代——過年時會感受到很不愉快的東西。剛剛曉風老師談到華人民族有這種恐怖的狀態，我想或許猶太民族也有類似的情形。臺灣九零年代有一位在寫美國的華人小說的作家，顧肇森，就曾寫過華人男性跟猶太女性談戀愛，怎麼樣面對伴侶大家庭的恐怖情況。總之，這篇作品的戲劇張力很強，我很喜歡。

〈革命雜感〉

中文四 曾子源

「光復香港，時代革命。」這一口號本來微不足道，中國政府甚至不屑一顧，去年夏天，兩百萬大遊行，對政府而言只是一堆數字。每隔一段時間就會有不怕死的傢伙跳出來喊著革命，揮著旗幟，試圖以星火燎原。她的想法不變：「殺了，便是。」，但她漸漸發覺人似乎殺不完，革命分子排山倒海般襲來。不敢讓人思索：「啊，這次來真的？」，而所謂來真的不知花了多少人命、多少資源。

我，十分倒楣，二十年前生於這個漁港，母親是福建人，父親香港人。小時候最愛看的片段就是美國 911 恐襲，看見飛機撞大樓忍不住拍案叫好，那時不懂人命的沉重。當時與外公關係最好，他是一個前共產黨員，職位不高，大概是排長。而這位軍人已足以被我當作偶像，很奇怪，我為 911 拍手時，外公沒有阻止。而我拿起馬克筆在毛澤東面上揮畫時，排長卻示意我不應繼續，就這樣，我活在福州，哼著國歌，看著中央衛視。直到六歲，現在仍清晰記得街道上的紅幅橫額，不外乎歌頌著社會主義，當然，當時的我不會知道所謂社會主義是偷換概念。戴上軍帽，手上持著毛澤東的懷錶。意氣風發地行走於殘破的街道上，如今看來是多麼可笑。

而人生轉折點在小學六年級的北京之旅，八天七夜的學校旅行，從香港出發，搭上十多小時的火車。車上的人帶著各色的鄉音，啃著花生、抖著二郎腿，每一次抖動都似將霉菌灑落於空氣中，形成獨特的臭味，又騷又霉。這種景象在其他地方卻是很難看見，印象中北京很美，去的時候是 2008 年，所謂的美源於一個鬱字，此城像是快將死去，城裡的人想回鄉、鄉裡的人想出城。漸漸形成一種陰沉的氛圍，走在路上，滿地的殘屑，小孩抓不穩糖葫蘆掉落在地上。他並不在意，反手一拋將沾滿灰塵、污垢的小糖丸吞下。這一幕對於從香港而來的我，甚是衝擊，而真正讓我倒戈的點在最後一天發生，旅程的終章，不外乎買買紀念品、到處逛逛。當時我挑選了印有老毛的懷錶，付款後得意洋洋地展示予大人看，殊不知換來一句：你知道他是什麼人嗎？我回道：人民英雄。接下來在回程途中，這位同學的母親，給我補足了文革、大饑荒之歷史。由於當時已有公民教育，大致瞭解普世價值是什麼，故開始痛恨共產黨。如果沒有那件小事，不知道我現在還是不是活在紅色當中。

到了 2014 年，我參加了第一次的社會運動（雨傘運動），又稱佔領中環。當時大概十六歲，屬於人云亦云的時期，亦有些許反叛。香港有一門課稱為通識教育，內容不外乎是就政治議題分析並加上批評，高中三年的課程累積了不少對中共不滿的情緒。而當時又因國民教育的推行，讓身為學生的我極之反感，當年發生了很多第一次。第一次堵路、第一次平躺馬路、第一次吸入催淚瓦斯。九月二十八日當天三十四度、毒辣的太陽讓不少人卻步，卻無礙友人與我的熱血，我們將路障堆在警察面前。回想起當初，很是佩服自己的勇氣，太陽照在柏油路上。產生了讓人絕望的溫度，同行數人險些中暑，悶熱的口罩有如最渺小的保護，我們生怕自己被認出。沒有風的輕撫，有的只是被槍指住的恐懼。

隨著催淚瓦斯的濫發，這場運動也就結束了。香港人初嚐失敗，那時候內訌相當嚴重，捽了一塊玻璃，有人會認為就是暴力，與和平抵觸。另外一派則是勇武派，主張破釜沉舟，前者似乎把革命看得太輕，而後者則提出了當時社會意識無法接受的方案。敗筆便於此，從來，使敵人內訌是最有效之瓦解手段，蘇聯如是、中共亦如是。

現在到 2020 年，革命情感可以說是前所未有之強烈，以往一直以為政治與我相距甚遠，直到高中同學因手機存有示威照片而被關了兩個月、友人在捷運上被打從原告變成被告。以上種種告訴我，該來的總會來，慢慢彌漫著白色恐怖的氛圍，一次與家人外出吃飯。路過戰場，而本人早已習慣刺鼻的瓦斯，但父親卻被嗆得上氣不接下氣。一股無處發洩的怒意，卻只能藏於腹腔中，我清楚知道若當時上前與警察辯論，我會被控暴動罪（十年刑期），再者以他們知識水平亦不足以支撐辯論。我如此安慰自己。當晚夜不能寐，突然意識到自己似乎成為沉默大多數，不敢反問自己，革命真的只是那麼輕嗎？有人全裸跳樓／跳海，換來一句死因無可疑，政權已明目張膽殺人。而社會仍是吃喝玩樂，革命從來衍生於民族主義，香港之本土意識抬頭之際就遭如處打壓，自己又不爭氣。八月中旬，我親眼看見那汽油彈投進警察分部，那夜的火，多麼耀眼。當晚是三個月以來打得最漂亮的一場，令我在意的是，火花過後。香港人的心態似乎沒有改變，內鬥、批判的迷霧開始席捲，隨著愈來愈多的前線被自殺，後排依然內訌。想到這裡實在是唏噓……

「香港人，真的配有革命？」這番話在腦海揮之不去，敵對陣型人寡勢弱，但勝在齊心、盲擁同路人。而我們呢？足足兩百萬人，齊心的話，成功不遠矣，雖然我沒能力跑到最前，亦沒有面對實彈的勇氣。或許我便是其中一個不爭氣、拖後腿的香港人。如我這般，紙上談著兵、嘴上掛著革命的人大有人在，他們比敵人苛刻、比敵人致命。這群戰士比誰都有決心去殺敵，奈何手持雙刃，殺敵一千自損八百。

在戰場上，我是負責滅煙的一員，主要工作便是當催淚彈落地時用外物將其掩蓋，以防止氣味擴散，因這種氣體有侵入性，每次外出，都要用保鮮紙包裹全身。以防止皮膚與空氣接觸，每一秒，我的皮膚都彷似窒息，三十幾度之高溫、保鮮膜的不透氣。每次回家，皮膚都如熔岩般發熱，臉頰潮紅，在客廳的電視播放著示威現場的新聞，父親吃著花生拍著手，場景就如輪迴般。夢回那個下午，小孩看著 911 ，吃著手指，爆炸過後，他拍案叫好。革命在我們眼中，重得不能再重，但在他人眼中，卻可以輕如鳥羽。

曾子源，1998年出生，於香港生活二十載。國立暨南大學中國語文系畢業。曾獲十九、二十屆水煙紗漣文學獎，起初投稿只是鬧著玩，後來有幸獲獎，得到師長、朋輩的認同，漸入創作之路。於畢業那年擁有一本自己的書，想來卻似如夢，在此感謝水煙紗漣文學獎，沒有水煙紗漣，便沒有作品集《將故事寫進樹裡》，沒有此書，我大概也與教學無緣。今後希望我不會放棄創作，能將寫作與生活融合。

張曉風：

我雖然投了它，但是也覺得有點遺憾。我想不是這位作者寫作能力的問題，而是他也沒辦法去整個描述這段歷史——我稱它為歷史——，或確定究竟該如何去看待。因為這個事件過去了，到現在好像仍看不到起色，中間也有一些矛盾，要回顧過去這一年裡無奈的抗爭活動，它的起源、困難和矛盾，包含著太多問題，沒辦法寫到很深入。他們爭取在法律上，如果有人犯罪能在香港審判，不必到中國大陸的權利，這些或許對臺灣人來說無所謂，可是如果是政治事件，在大陸審跟在香港審就非常不同，所以一個革命事件牽涉很多層面。當然，作者只有寫這位青年人衝動、受苦、壓抑，以及挫敗的感覺，可是這個東西太龐大，事件才剛剛過去，中間的是非很難釐清，很多人只知道有這麼一件事，卻難以說清楚來龍去脈。如果是寫詩歌，就可以逃避這些，只寫一個過程中的感覺，可是散文是要有一點紀實的，該有時間、事件，以及官方的反應等等，應該像史詩一般記載。因此，這個題材既好寫又難寫，好寫在於感情上仍炙熱，難寫則在它太大，所包括的是非及倫理價值難以判斷。當然，現在寫也有好處，但若待以後再寫或許會更清楚，因為在往前衛的熱情之下，也要考慮到現實的問題：第一，香港是一個小島，九龍半島跟廣東是接起來的，老共要下來非常快，就是火車的一站而已。第二，香港靠中國大陸提供東江的水、靠中國大陸的大亞灣發電。如果沒有水、沒有電，土壤又跟人家接在一塊，很難談獨立，去跟人家對抗。在這種矛盾之下，欲求取最大的尊重和勝利，不是吵吵打打就可以，要有很大的智慧。在各種狀況之下妥協要怎麼進行？除了拿雨傘上街，還有什麼可行的方法？這些都是現在比較難去談的事情。如果當作政治事件，就要非常大層面地來解決；如果當作街頭暴力，要如何對抗官方的一切鎮壓？看這篇文章，我也感受到很難過的心情，要寫這個回顧，哪怕只寫一個月都很不容易，因此，我會受到感動、會投它。可是我也仍會思考：這能不能寫出更多的東西來？即便用這樣的標準來要求學生是有點困難的，不過要寫一篇記錄香港事件的文章，還要更多的材料才能把它寫好。

瓦歷斯．諾幹：

這是最讓人期待的一篇文章，光是看開頭「光復香港，時代革命」，大概就突破了我將會圈選的範圍。作為談香港革命的文章，雜感不是來自寫，而是要看作者的「感」到底是什麼？他的感情其實就呈現在最後「革命在我們眼中，重得不能再重，但在他人眼中，卻可以輕如鳥羽。」但是通篇讀下來，我自己感覺這篇的雜感，是「雜」多於「感」，這是最讓我感覺可惜的地方，如果它每一件在書寫香港的雜事，都能夠直指最後面寫的「感」——「革命在我們眼中，重得不能再重，但在他人眼中，卻可以輕如鳥羽」——直追這個核心，這篇就會是非常精采的文章。儘管如此，我還是非常期許這位作者能夠把內心的世界關注在社會上，同時也關注人的串聯跟自由，期待他往後能繼續書寫。

楊佳嫻：

我覺得〈革命雜感〉有點像魯迅雜文式的題目。但是文中還是有幾個聚焦的點，一方面談到自己思想轉變的原因，比如寫到童年曾經崇拜過毛澤東，但是這種崇拜其實也是有一點卡通式的；另一方面，過去看到九一一遇襲的爆炸畫面時，似乎並不理解這個事件背後的脈絡，反而還會拍手。作者談到自己小時候所受的教育、曾經有過的心情跟表現，乃至於後來走上香港街頭的中間變化。我覺得這篇文章的主旨，似乎是在這一段人生思想改變的里程上面。文末夾敘夾議，談到香港情勢的變化等，就作者本身有過這樣心路歷程的年輕人來說，在有限的篇章裡面，很多聲音爭著要從胸膛裡面出來，要能夠解釋自己為什麼正在街頭以及一直在街頭，也許就必須從自己過去的變化來談。所以，一方面我也同意兩位老師所說，它的結構表現上有缺陷、有不能令人滿足的地方，但是另一方面，又似乎可以理解作者不得不這樣寫。最後一段講到在抗爭現場，他是負責滅煙的人，要包住催淚彈，是一個非常危險的工作。我非常喜歡香港，前年的時候，也兩次到抗爭現場去，感受非常強烈。在我熟悉的旺角街頭，地磚被鏟起變成小型的街壘，整個空氣中也瀰漫著刺鼻的氣味，但當時現場並沒有抗爭，只留下這些痕跡。所謂革命或反抗的味道，受到鎮壓，是空氣裡就可以聞得到的，更何況裡面的這個人是要直接面對催淚彈，用保鮮膜包住自己身體。這篇文章書寫抗爭，我覺得並不是只有吶喊，而是有很強烈的身體感，也是讀者在閱讀的時候，感到最切身、最迫近，甚至可能是最令人動容的部分。我自己很支持這篇文章。

〈冬至〉

中文五 謝竺韻

位於亞熱帶的臺灣，對於生長在赤道氣候國家的我，冬天是異於常人的寒冷。

來臺灣近五年，前幾年雖是暖冬，曾嚮往的冷就是得下雪，但這忽冷忽熱的天氣卻把我折騰得心力交瘁。

氣溫十幾度的空間裡，經常冷得我半夜驚醒無數次，這導致我常常窩在不太暖的被窩裡補眠，然後對神采奕奕的朋友調笑道：「我前世應該是蛇，需要冬眠。」

冬眠的蛇可能會被聖誕的鈴鐺聲喚醒，我卻是被湯圓那熱騰騰的香氣撩撥。

談到冬至，常人該想到「一個團圓的日子，一個閤家歡的日子」。

但是對於我們家來說，冬至的意義卻不同。

開始懂事的時候，對於冬至便以為是「冬天」，而對於冬天的第一個疑問是：「我們這裡為什麼不下雪？」

「我們這裡如果下雪，世界就會末日咯！」大人們一點也不想解釋，只想用打趣的方式敷衍過去。

後來才知道馬來西亞是赤道型氣候，四季如夏，絕對不可能會有冬天。所以我開始相信，馬來西亞下雪，世界就會末日這個說法。可是，真是不公平啊！我們居然看不到雪！

但是還是要長大，吃一顆湯圓長一歲，吃了很多顆，卻被說「只能長一歲」。很快又到了新年，大家又說我長了一歲了。這讓小時候的我感到莫名，加上生日，我不應該是一年長三歲嗎？為什麼又不對呢？如果吃湯圓和蛋糕不算長一歲的話，那又有什麼意義呢？

再大一些，第一次冒出不想過冬的念頭，是因為到了年紀，需要到富貴山莊去掃墓了。一大早便被大人們從溫暖的被窩裡挖起，打包上了偏僻荒涼的山上。

「我們為什麼不是清明節掃墓？」

「潮汕人的習俗是冬至去掃墓的。」並不是潮汕人的母親臉上帶著淺淺的微笑說著：「這樣多好，不用人擠人。」

坐了一個小時左右的車，來到了位於士毛月的富貴山莊，雄偉的大門，中式的建築，也只有在馬來西亞偏僻的鄉下才能看見這樣的建築和風景。

在去掃墓之前，要先到主殿拜拜，還有通知負責人我們要去哪裡掃墓，主殿中的香煙裊裊升起，像是可以乘坐著香煙回到古代唐宋時期。我不知道主殿上供奉的是哪位神佛，看起來像是如來佛祖，主殿二十四小時不間斷地播放著佛樂，讓人感到很嚴肅，心靈感覺很平靜。

富貴山莊不像其他的華人墓地那樣有種陰森的感覺，這裡的土地規畫得非常好，讓人感覺像是在度假，主殿的斜對面是一座池塘，池塘上面有一個柱子架著一顆球。那顆球有什麼用？噢，看看隔壁那條一千尺長的金龍，據說時間到了它會噴水。但是據說金龍的身體裡面是骨灰塔，我不曉得裡面到底長什麼樣子，因為大人們從不讓我們進去。

這裡的風景真的很美，就像仙境一樣，稍大一點，我試探性地詢問父親可不可以帶我們到處參觀一下，但父親總是皺眉，母親則在一旁幫忙打消念頭道：「沒什麼好看的，你們小時候去過啦」。

爺爺去世後是埋在土地裡，被自然吸收。每次我們到達爺爺的墓地前方的時候，四周圍都沒有人，只有遠處有著裊裊青煙。

墳前的草又長高了，雖然曾被告誡過，不可以在墓地中胡思亂想，但我還是想著，沒有說出口：啊，這是不是吸收著爺爺的肉體成長的植物呢？

就像北歐神話裡的巨人尤彌爾，死後身體的正面化成大地，生出了光明精靈，毛髮長成樹木，眼睛化作日月。

那拔掉這些雜草，他會覺得痛嗎？

我不懂為什麼我們掃墓的時間和其他人不一樣，長大以後自己去查資料，才曉得。

文獻上說，對於部分的潮汕人而言，「冬至」除了吃湯圓，還有「過冬紙」這個習俗。「過冬紙」即是在冬至掃墓，原因是在冬季的氣候比較乾燥，與常人所言的「清明時節雨紛紛」不同，道路易行，也便於上山野餐。不過在炎熱多雨的馬來西亞，這個說法變得不符合事實情況。

有次掃墓結束後，回到家中，屋外下起了傾盆大雨。望著雨幕，母親突然感慨道：「這樣的天氣很好。」

「怎麼好？」我問。

「你爺爺去世的那天，也是這樣的天氣。大雨把早上喪禮留下的一切好的壞的，都沖刷乾淨了。」

的確，我們去掃墓的時候很少會是雨天，有的時候是上午掃墓結束，回去後的下午才會開始下雨。

明明去掃的是爺爺的墓，父親都沒開口，或者說，關於冬至掃墓這件事情，為什麼我一直都沒有去問最有可能解答問題的父親？每次去掃墓的時候，父親的心情都不太好。或許，他是看到墓碑上的照片，也或許，他是見到了讓他不開心的臉。

父親做生意還未失敗以前，和叔叔、姑姑們的關係都很好。那時候叔叔還與我們一起住，姑姑們經常來我們家串門子。那時候可真苦了我們小孩，只要二姑帶著二表哥來我們家，我們就要開始把喜歡的玩具藏起來，否則這些玩具就會慘遭毒手。當然，絕對不可能得到賠償，二姑就像典型的恐龍家長一樣，自己的孩子是寶，別人的孩子是草。

我們第一次接收到外界的惡意與謊言就是來自他們家，他們將借走的、弟弟珍藏的 DVD 自動延長歸還時間，然後謊稱已經在看完後歸還，我們卻再也沒有見過那些被借走的物品。她們對母親也非常不客氣，我最記得她們拔尖的聲音喊出的第一句話：「大嫂啊！」

一句大嫂，讓母親把接下來的話語往肚裡吞。她們從來沒想過自己也身為女人，嘲笑她生產後走樣的身材，認為她性格木訥不懂事，對父親的事業沒有幫助，還質疑她沒有盡到家庭主婦的責任。我記得她們摸著弟弟妹妹的手，當著媽媽的面說：「怎麼這麼瘦呀？沒有給孩子吃飽嗎？」母親那時候牽起的笑容，不是真心的。

後來，據說父親與她們吵架了，不止一次。某一次，父親在掛斷電話以後，氣得當著我們的面，用椅子把吧檯的玻璃砸碎。屆時母親剛生完小妹，在房間裡坐月子，小姑和阿嬤一起默默將玻璃碎片掃乾淨，我心裡卻有一種暢快感。

後來才在母親口中輾轉而知，父親的生意失敗似乎令她們感到丟臉，但很奇怪的是，她們肆意宣傳這件事。談到父親四處為錢奔波負債的情況，仿佛忘記了父親是她們的親弟弟，說著笑話般，在外頭用言語鞭打著父親。

好一陣子父親嘴裡一直說著要和她們斷絕關係，卻始終沒有，還老把我們推出去當擋箭牌。關係最糟的那一年，父親與大姑打招呼，大姑當作沒看見。雖然父親看起來憤憤不平，但眼底難掩失落。

那一年冬至，父親一如既往載著我們去掃墓，途中車子拋錨了，父親將車子停在路邊，然後接到了大姑的電話。大姑語氣不滿地問父親到哪了，父親說了地點，正要將求救的話語說出，卻被無情地掛了電話。

父親露出一個奇怪的臉，失落和譏諷交雜在一起，形成一個扭曲的笑。那一刻，父親到底是怎麼想的呢？

後來我們遇見了好心人，成功地修好了車子，來到了富貴山莊，她們沒有問我們遲到的原因，我們也沒有解釋。那天異常地安靜，我望著墓地默默地想，爺爺如果泉下有知，一定感到非常難過。

掃墓結束以後，才是真正要過冬至。

我們還是會搓湯圓，白色、粉色的麵粉，晚上搓好了吃一碗，明天早上再吃一碗，沒有為什麼，也沒有要大肆慶祝，但是對於我們小孩來說，好玩的是可以一起搓湯圓，一起完成一件事。我們家五個小朋友，加上阿嬤和母親，有時候還有小姑一起圍著桌子，正正經經地搓揉，然後聊聊家常、用言語作弄一下兄弟姊妹。我們的冬至沒有節慶的感覺，只有淡淡的溫馨。

來到臺灣，便再也沒有掃墓的機會，當然，也不會吃到家人做的湯圓。

其實，我並不是很喜歡吃湯圓。湯圓會讓我想起家人，間接想到阿嬤在我來臺灣的前一年去世了，我便再也沒機會去掃墓，會不會她在九泉之下，又在罵罵咧咧說我是不肖孫了？

總之，後來的冬至我都待在臺灣了，沒有了仙境一般的墓園，沒有去探望爺爺阿嬤，沒有等待搓成圓形的麵團，沒有熱騰騰的湯圓，什麼都沒有。啊！可能還有期末考和期末報告吧？

記憶停留在某一個冬至佳節的晚上，阿嬤板著一張臉，坐在圓桌前揉著湯圓，母親也在旁邊皺眉，看著我們幾個小瓜一邊揉著湯圓，一邊開著對方玩笑，嫌棄我們礙事。

「家裡靜了好多。」電話裡，母親失落地說。

我在冬天會冷但不下雪的臺灣，大弟留在外地的大學宿舍，大妹也在工作的宿舍裡，父親、小妹小弟各自在房內安靜地玩手機。

寒冷的冬至到了，所以湯圓……究竟有沒有在煮了呢？

謝竺韻，1996 年出生在馬來西亞吉隆坡。畢業於國立暨南大學中文系創作組，與同學合著有畢業作品集《燈塔底的琴聲》，現就讀暨大中文所。

離獲獎直到當下已過一段時間，如今正在過人生另一個新的轉捩點，仍在天地這個爐灶中煎熬著。但不管過去或未來怎麼樣，我還是會繼續寫作，一邊承受生活的苦與樂，一邊前進。

張曉風：

這篇可以說是一個華人故事，因為「冬至」是一個跨領域的，不管在中國大陸、華僑地區、臺灣、閩南語或是客家語的地區，大家都會過的節日。它是一個季節的感受，所以裡頭有著很溫暖的，華人世界各種冬至的時令感。雖然譬如過新年、過端午節，或者過中秋節，都是一些更為耀眼的節日，可是冬至是一個很安靜、很深沉的季節感，冬天要來了，現在要開始了。它純粹是一個季節感的紀錄，有一種很奇特的詩意在裡面。

楊佳嫻：

這篇作者是位馬來西亞的同學，特別講到馬來西亞華人有分成很多不同的來處。當中提及潮汕人掃墓是在冬至，不是在清明。從掃墓引申出家族裡面的一些創傷，但是又彷佛能透過吃湯圓修復某些受傷的心，就像在搓湯圓的過程中，麵團有時候會有裂痕，但是通過搓湯圓，其實能夠修復裂痕。我覺得這篇作品中，有一種平靜卻溫暖的微妙感情，好像鍋蓋底下在隱隱沸騰。所以我自己滿喜歡這篇文章，因為它也寫到離鄉背井，或對於掃墓、冬至等等這些家族活動所彰顯的一些連繫，有些不一樣的感受。

瓦歷斯・諾幹：

重看了一次這篇作品後，我發現它所書寫的東西，跟以往不太一樣，裡面包含著異地的習俗，特別是談到作者家裡情況的時候，書寫冬至其實跟他們的掃墓是有關係的，算是非常好的一篇文章，我滿喜歡的。但是我覺得在結尾的部分，或許可以把後面兩段刪掉，從「其實，我並不是很喜歡吃湯圓」一直到「可能還有期末考跟期末報告吧」，我覺得這段是多出來的。只要寫到「某一個冬至佳節的晚上……『家裡靜了好多。』電話裡，母親失落地說。」即可，這樣一來，我覺得情緒會變得更飽滿，也會更加完整。

〈母，女〉

土木一　張語彤

病床上，妳用著被腹水羈押住滿腔的氣息讓我去拿乾淨的病房服和枕頭套，不敢怠慢，我趕緊到護理站詢問，帶著新的用品小跑回房，將妳扶起，小心幫妳把溼透的病患服脫下。病患服下是一條長管，從右胸下圍旁側由身體跑出，每每看都覺得很像一條外表粗糙的巨大長水蛭緊咬在妳身上，那水蛭每每一鬧脾氣都得讓妳痛的臉脹紅，偏偏那水蛭又是極具個性，吸水的工作不老實就算了，還在身體裡到處亂鑽，弄得妳只好鎖眉咬牙，雖說如此，那一痛字卻鮮少從妳口中跳出，妳還是依然的冷靜，依然的堅強，依然的鐵腕，就如同我從小到大看到的樣子一樣。

恍然之間，有些事已不太清楚，那些孩提時代的碎片，有圓有角，散落一地的心原但還記得那條妳上班必走的下坡路，我會和哥哥騎著車從最高點往下滑，真的很神奇呢，明明小時候是這麼地懼怕，總是視妳的到來如妖魔降臨般，但我依然會在妳的四周打造屬於我的快樂天堂，就算因妳走過那條下坡路總是帶著陰霾的色彩，不知哪時，在某個光陰閃爍的瞬間，滑下去時就會被妳一口氣拖進無盡的深淵，我依舊在妳的視線範圍內，窩在那小小的保護膜內，從裡面隔著一層薄壁靜靜看著妳遠去的背影。

但有時那層保護膜並沒有起到作用，就在那幾個背不清注音，接受那幾巴掌，在門口跪了幾個小時，餵飽蚊子幾頓飯的夜晚，妳那一聲無情地下令讓我措手不及，後來我都忘記原來我小時候還會當妳的膝下囚，就算一聲「閉嘴」，我還是會從抽屜中小心擠出幾個為自己反駁的文字，有時會換得妳的沉思，有時會換得附加一頓棍子，現在想起就像是電影裡那些深不可測的場景，不同的是主角光環並沒有發揮，倒是握了一手的眼淚。

那層保護膜終究還是太薄，妳幹練精明的手一揮就將它劃破，使我只能赤裸地站在妳的面前，像是剛啼哭的嬰兒，又或是只是回到我不管到哪裡都是不變的事實——妳的女兒一樣。

血緣哪，終究是不變的事實，就算孩提時期再怎麼怨恨妳，再怎麼討厭妳，無法否認的是，我們終究是一家人，超乎愛與責任外的關係，以一條無法剪斷的細繩牽絆著彼此。

就在會考的前夕，那二樓淹水的春天，那當妳側睡時胸側的硬痛，那段妳必須自行開車到嘉義長庚的季節，妳對我說：「妹妹，妳能陪我到醫院嗎？」並沒有太多的電流流過我的心頭，甚至沒有思考，幫妳提重物、幫妳找路、嘗試問妳現在想吃什麼、用盡我所能地想做好這個協助者的位置；現在回想，偶然發現那些斑爛月光的夜晚，驚訝於那幾個瞬間只想著為了妳好的自己，她好陌生但又好熟悉，那段時間總覺得有一陣薄薄的霧環繞在周圍，使我有些躊躇和猶豫，但心裡卻感到不曾有過的安心和滿足。我陪著妳去醫院就診，妳陪著我到屏東為考試祈福，在火車上我靜靜的看著妳打盹的臉，反芻著幾分鐘前發生的不可思議：我們就好像是一對真正母女，做著尋常人家的互動，聊著我在學校發生的大小事，一起抱怨怎麼還沒到目的地，突然間，那種在妳周圍的黑暗都淺了，那些張力強大的不安都淡了，我的目光停在妳的臉上，彷彿這個空間只剩下我們，溫暖的空氣，和我無比懷念的灰。

還記得我在高中，第一次向老師表明自己家庭的狀況，老師當時只給出一劑強心針——考上大學，離開家庭。老師向我分享：曾經有個學姊，和家人之間一直有紛爭，在考上大學後，搬出家裡獨自生活，情況才稍有好轉，但問題依然沒有解決。老師向我坦言這問題是一輩子的課題，不可能馬上變好，然而我當時只急迫於解除身上的負重感，並未深思老師給的建議；直至如今我也站在大學校園的一隅，離家有了距離，那些混濁才漸漸清晰，從老師告訴我的故事得出了新的詮釋方式——「距離，就是一帖良藥」。一趟回家的路要花掉近半個禮拜的生活費，因此我鮮少回家，但就是在這樣的狀況下，那些每次回家所撇過母親的臉，變得更加清晰，那些歲月留在她臉上的疤痕，隨著我久久一次的回家變得更加深刻，那些我不會忽略的關心眼神、那些我不會錯過的問候話語，如雛菊般一點一點地綻放在布滿碎片的心原，柔軟了尖銳。我站在其中，第一次抬頭挺胸，用再自然不過的樣子回答。不可思議，原來，我有天也能像這樣，不用加以思索，發自內心的答案，自然而然流露出。

在那幾輪季節的交替中，刺痛的句子堆在我們之間，如一道高聳的牆使年幼的我無從尋找另一端的樣子，直至年歲的灌溉下，我漸漸趕上妳的腳步，得以一窺，牆另一邊的樣子，和那些圍繞在高牆旁，隨著時間的變遷；就在那些我看不到的地方，我知道妳在為了我們的晚飯張羅，我知道妳在那幾桶臭烘烘的衣服間穿梭，我知道妳在為了正在等妳來接我回家的路上飆馳，我知道妳在爸爸選擇忙碌於自己的興趣時為了不讓我們兄妹倆感到家裡的冷清而時常帶我們往外跑，還有很多……許久以後，我才明白，妳雖不是一位好媽媽，但妳始終在盡自己的努力，在自己與母親之間掙扎；明白在為人母之前，妳也是一位有理想要去實踐的人，就如同現在的我一樣。我開始選擇不去忽略那些我們之間柔和的顏色，讓自己浸在秋後的稻田裡，原來，這也是一種母愛，不須太繁華的點綴，只如成熟的稻禾般飽和而低調。

我想這一路上，我肯定不止扭轉了和媽媽的關係，更獲得了重要的東西——原諒的力量；原諒媽媽，原諒自己，原諒過去，擁抱那曾經只能哭泣的自己，讓以往的不安都如塵埃般落地，邁開步伐踏過它們走向未知世界。「最困難的不是挫折打擊，最困難的是面對各種挫折打擊，卻沒有失去對人世的熱情。」在這條成長的路上，縱然一路都磕磕絆絆，但當如今回首，我選擇原諒過去，選擇回歸本質，放下以往對母親的成見，在迷霧之中握起母親的手，一同走出渾沌。我們將教會彼此，此份寬恕的份量。當她臥病在床，我守在旁側，我們將沉默相望，但她將明白我已成長，足以擔起她心裡的虛落，我將明白我已茁壯，不會再為了她不經意的尖刃受傷；那些生活上的磨合尋常地出現在我們之間，那些日常的爭辯夾雜在每一次的對話裡，但我們都明白，這是我們，這對母女，獨一無二的樣子。

張語彤，2000 年生。現就讀國立暨南國際大學土木工程系二年級，本次為第一次參加文學獎。

當初想報名是因為在做可以拿獎金的大夢，會寫這個主題，是想為自己過去這麼多年那種掙扎的心境有個交代，但我覺得這次經驗給我很多啟示，一是瓦歷斯老師說的我的觀點還不夠，感覺只是站在自己的角度上來看。二是楊佳嫻老師說的為什麼不能是不和解呢？讓我想起日本作家佐野洋子的故事。這是一次很棒的經驗，謝謝給我不同觀點的老師們。

瓦歷斯．諾幹：

這是我滿喜歡的一篇文章，刻劃女兒面對母親的糾葛心情，以及在病床上慢慢獲得某種程度的諒解。我最近正好帶著我母親到南部做手術，大概有四、五天全程陪伴著母親，所以看到這篇也深有所感。但是它仍有些缺點，一部分是在描寫女兒對母親的想法上，作者主要以女兒的角度書寫，建議可以透過描寫跟媽媽在日常生活裡的對話、矛盾以及解決的過程來表達。另一部分，則是好像用情太過了，如果可以再更接近日常生活點滴的描述，會使我更特別推薦。無論如何，這篇文章至少可以看到年輕一輩、作為女兒在面對母親的不解，她也必須要通過不同的磨難或病痛，才可能稍稍地去理解。特別在最後提到的「原諒媽媽，原諒自己，原諒過去」，這樣的感觸，其實是這篇最動人的地方。

張曉風：

寫母女，我想不太容易。我覺得這篇還算在平實之中，寫了母女之間，在時間長河裡一段一段的變化，到最後走向和解。而作者也是到了一個年齡，才體會到母親的不容易。在高中時，她向老師請教，老師並沒有幫她解決問題，甚至給她一個很奇怪的躲避方法——逃跑到異鄉。但是她後來終於明白自己有一個怎麼樣的母親，我覺得結尾那段「原諒媽媽，原諒自己，原諒過去」很不錯，生活有時候不如我們的想像，有它的不理想在裡面，「但我們都明白，這是我們，這對母女，獨一無二的樣子。」這就是她們相處的模式，也許不是那麼詩情畫意，但是畢竟終於互相諒解，也知道自己與對方的愛和需要，非常老實的寫一段母女的情感，我覺得也算是很不容易的一篇文章。

楊佳嫻：

我也都同意兩位老師所講的優點。但是我覺得裡面有些段落，好像把道理講得太清楚了，母女題材實在難寫，雖然很多厲害的作家都寫過，但是母女之間怎麼樣都是斬不斷的，有這個血緣，怨恨終究都會過去，這在文學作品當中，好像是一種模式，最後就一定要體諒。我有時候會想：「有沒有作品寫母女，寫到最後就是不原諒？」但是可能有些人會覺得，在一種非常溫柔敦厚的氣氛底下，好像不適合把這樣的話講出來。這篇雖然很細節的地方有動人之處，但是總體而言，仍在一個可想像的範圍之內。

佳作

〈旅行〉

中文四　蔡孟宏

有過公路旅行的人，心裡一定有著一幅最美麗的風景，如倒映在記憶之河床上的月影，皎潔且光輝。有的風景是一塊紀念碑、一片一望無際的海岸或山陵，都市燈光與角落，甚至是一群趴在圍牆的貓或沉在泥濘裡的廢船，這些風景單純確實地衝擊著每一個旅行者的感官深邃之處。

我的公路旅行經驗始於升大學，有幸能在滿早的時候就擁有屬於自己的機車，陪伴我闖蕩天下。一同陪伴我的，還有幾位高中同學，由於其中一人對於走訪景點充滿了熱情，在喝醉酒時透露自己的願望就是走遍全臺灣的道路，從國道到產業道路，只要兩顆輪子還過得去的地方，無論風景是什麼，通通要走覽完畢。因著這樣的夢想，加上我們幾個之間彼此陪伴的友情，年輕的我們把汗水獻給了空曠而晴朗的臺十一線，把無處抖擻的精力向臺六一的落日致意。

這一路顛狂的旅途中，我印象最深刻的不是東海岸的蔚藍，也不是武嶺的流星雨，而是臺七甲線往宜蘭的方向，快到思源埡口的某一段路。這一小段路大概一、兩百公尺長，筆直的道路兩側長著芒草和樹林，終年常駐的高山濕氣凝結成細細密密的霧幕，將四周的自然景色遮映成迷離的夢境。

第一次路過這裡時，我直接打了燈停下來，掀開安全帽的鏡片時，我仍不敢置信眼前的這一切，多麼深刻地觸動我的內心。朋友停下車來，問我怎麼了。

「這裡好漂亮。」我的聲音有些顫抖。

「漂亮啊……我去日本玩的時候倒是看過很多這種路。」

朋友說的話令我沉默。

「快走吧，思源埡口的牌子就在前面了，我們去那邊休息一下，今天晚上前要到三峽呢。」領頭的朋友趁停下來的時候又檢視了一遍地圖，這時才抬起頭來向我們喊道。

我重新發動了車，在觸目所及的四周裡，兩側高聳的樹林梢處，一隻飛鳥振翅騰空，掠過輕煙似的白霧，朝著淺灰色的天空飛去。

與人結伴出遊的樂趣，在於分享喜悅，遠大於看見美麗的風景。人們看到景色，透過交流分享彼此的感受時，景色的將會被賦予人與人交流的溫熱，便得更加浮凸且深刻。

這樣的樂趣我經歷過了很多次，但漸漸的變得怪異起來。我認為的景色逐漸無法引起大家的共鳴，漸漸地騎車的旅途變成了單純的位移，定好休息點和終點後便長驅直入，路上的晴雨日月成了雨衣和外套穿脫的指標，翠山碧水成了單純映襯的巨大綠幕。

我著實為自己感到疑惑，是我的審美標準出了問題嗎？到這時為止，我仍相信著所謂風景的樣貌，一定具備著普遍眼光中美的存在。也許這樣一段路在全世界比比皆是，霧和芒草和山路的組合，也一定有著成千上萬的相同組合。唯一會感到這裡美到駐足的我，必定是個異類吧。

因此我漸漸開始一個人騎車，當然朋友的邀約也會盡力參與，但比起以前對外界的牽引，我比以前更主動朝著前方勇敢地轉下油門。而我要去的地方，自然就是那些過去結伴旅行的途中，被錯過和掠過的地方。

在某一年寒假，我一個人從埔里出發，翻過武嶺後在梨山稍作歇息，之後又往宜蘭前進，臺七甲在山裡迂迴蜿蜒，又來到了熟悉的那段路。與之前不同的是，這天的天空晴朗如鏡，出現了許多過往遊客的車輛，將這條路塞滿了。我連一點停下駐足的餘裕都沒有。

就這樣我再度錯過了一次。而我騎過去的時間裡，我掀開安全帽的鏡片，努力地用雙眼和呼吸將這一切收納，但這感覺完全不一樣，與第一次見到時那種陷入夢境似的感受完全無法相連。

坐在宜蘭的旅店裡的浴缸裡，我怔怔地望著充滿霧氣的窗面，想著這一切到底在哪裡出了差錯。我連獨自前往相同的地方時都失去了悸動，那我究竟還能在哪裡再三巡迴感動的存在呢？假期已經越來越稀薄，我也快離開最自由的歲月了，有很多事情變得急迫到極限時，轉變成無盡的空虛和無奈。

第二天我離開了宜蘭，在臺北與幾位久別的朋友聚了聚，在輾轉難以入眠的情況下，半夜四點時我騎上了南下的臺六一。

開夜車的好處就是車流相對白天較少，但必須付出額外的謹慎和運氣，注意道路四周的狀況。幸運的是我沒有遇到太多貨車，還算是能順暢地騎車。

路過觀音、新屋一帶時，風力發電機像蒼白的巨人高聳在路旁，在黑夜裡隨著強勁的海風，鐘針似地擺盪著強壯的臂膀。我像忘了帶騎槍的唐吉軻德，只能用脆弱的肉身欺近巨人的身側，捲起時速八十公里的煙塵後便逃之夭夭。而東方的天空在這時默默地產生了變化。

山陵線上慢慢出現了橘紅色的繪邊，如火焰漸漸燃起，金色的光線越過了染成橘紅的山巔，將墨藍色的天空邊緣燒出薄薄的焰光。在短暫地騎不到三公里的時間內，焰光變得越來越熊烈，與夜空的邊緣燒出了一片白色的區域，那區域開始向遲暮的夜空擴張，直到朝陽露出斑斕的霞光時，我已經停在路邊，視線完全被這一片景象佔據了。

相較東部而言，西部的太陽總是被高聳的山脈延遲了一些露臉的時間，但當朝霞越過了青色的山陵時，那個景象宛如生命初始的悸動，正掙脫著黑夜的包圍。而這個短暫的瞬間，我的眼角正緩緩地流下眼淚。

我要經歷了多少次的巧合和幸運，騎過多少遠多長的路，才能換來這片刻的驚喜，以及純粹的感動？

曾經我認為旅行是屬於一群人的相聚與分享，後來我感受到旅行是一個人再三踏過曾經的風景。直到現在，我才意識到，不經意的隨緣，往往能發現更多想像不到的風景，而一個人面對這一切時的寧靜或狂喜，是獻給靈魂深處最美的餽贈。

蔡孟宏，1998年生，暨大中文系畢，曾獲玉山文學獎、水煙紗漣文學獎。

寫作也好、閱讀也好，對我來說都是無聊毫無意義的人生裡，為數不多的短暫快樂，跟飆車或抽菸一樣，人生不會永恆，享受在做自己喜歡事情的當下就好。

評審講評

張曉風：

我覺得這位作者取到一個不錯的平衡，在跟別人發生爭執的時候，是一個很退讓、保守的態度，別人覺得他不是一個旅行的行家、覺得他不懂得怎麼玩，但是他有跟大自然相處的方法。一方面溫和，一方面他也就出發去尋找心目中的美景，這兩件事情，就作者的性格來說，我覺得是很不錯的平衡。寫旅行的文章滿多的，可是他寫到一個非常奇妙的剎那，發現一般來說不太容易看到的景象，在那一個景象裡，我覺得是滿感動的一個經驗。

楊佳嫻：

這篇寫景的文字非常有餘裕，可以讓讀者感受到他在這個旅行當中，同時也是一種自我探索，雖然在寫風景，但是在裡面看到跟自己生命有關的一些省察，我覺得寫得不錯。但就像張老師講的，旅行的文章很多，在旅行的題材當中，如果沒有一個比較聚焦的事件，就會稍微覺得這篇文章讀過去有點平。不過這篇作品的文字經營的功力仍是很不錯的。

〈日散〉

外文四　曾少芸

初夏深山的夜，如同脾氣飄忽不定的精靈，時而開心地以涼氣點亮了心情，時而毫無預兆降下賭氣的暴雨。上弦月還在正空偏東之處眨著眼睛，厚重的烏蔭便挾帶著森嚴之氣，落下氣勢磅礡的攻擊。若是在猝不及防之餘回望那彎皎潔，此刻她又如矜貴的公主，躲在大雨玲瓏身後偷偷輕笑，嬌羞欲滴。路邊一盞盞佇立的伶仃綻放著星光微明，此時被濕氣鍍了一層金邊，路面頓時失焦，柔和了來往行人的輪廓，也將落下的雨滴都映成了金箔。無數溫柔的水流和漫遊的空氣在面前捲過，時間彷彿也被液化，散射出明暗晃動的光線。不可言說的美景在眼前迸裂，回憶也在腦海倏地浮現。

這裡似乎很適合與所愛之人牽著手漫步，在圖書館前、在教學樓後、在宿舍門口，踏著微甜的曖昧氤氳緩步兜圈。這種浪漫沒有目的地，逐漸升溫的過程便是他們的終點，而他們管這叫「夜散」——在夜中散步。別處似乎沒有這一說詞，或許是因為這種得天獨厚的幽靜環境並不是隨處皆有，也或許是在水泥叢林中的人們早已忘了怎麼把心放慢節奏。當情竇初開的少男少女們假裝不經意地和朋友提起自己與那人的相處，你總能聽到人們興奮地問：「你們『夜散』了嗎？」「有沒有牽手？」「走了多久呀？」雀躍的口吻中略帶點八卦意味，就如同忽大忽小的雨點打在葉面又隨之彈起那般俏皮。

在這座深山的校園中，我們正值半熟年歲。隨著夏雨迎來的往往便是青春冒出的枝椏。我撐著

傘，走過倒映著月光的路面，空氣中的微涼濕潤帶點爛泥的澀味，同時挾帶一絲空山新雨後的草木芬芳，我想起了曾經與你在夜裡漫步的那次，我略帶忐忑的呼吸也混雜這樣的氣味。和今日同樣的磅礡大雨，單薄的傘、髒汙的鞋、你被淋濕的右邊肩膀，除了護我雨中周全之外，還給了我震耳欲聾的心跳。

「雨下得這麼大，已經沒辦法說是夜散，而是在躲雨了吧？」跑到屋簷下的你一邊整理滴著雨的髮絲，一邊笑著對我說。而我因為你綻放的笑容，整顆心都被淋濕，堪堪搖曳。

方才的酣暢淋漓，頓時戛然而止，夏天的暴雨總是來匆匆去匆匆，退場如同開始一樣突然。滿天烏雲壓迫著遠山山頂，方才戰爭般的來勢洶洶已沒了動靜，徒留幾滴不知所措的雨，拖著飽滿的軀體冒險般從枝葉逃離，好似一個嚎啕大哭後累了的孩子，懵懂入睡之際，淚滴還來不及擦乾，就這麼靜靜依賴著臉龐。

就像你從我的生命匆忙離去，徒留我在愛裡措手不及。

那時我才後知後覺，曖昧就像一場夏天的雨，也像是在夜裡散步，總是說停就停，可以不著痕跡，也可以不講道理。

雨停，濃墨般的黑潑灑下來，渲染著夜空，將方才濕濘的深藍徹底染成一種帶神秘的靜謐。雨後的清新均勻了梔子花香，澆熄了蒸騰裊繞的熱氣，毛孔都擁抱著濕潤的涼意。此時我想，當那心尖上的人以平淡無奇且悄聲無息之姿出現在生命裡，其實已有一個磅礡而盛大的開場。那可以是一個不起眼的擦肩，或一個不經意地對眼，在川流不息的背景裡，總有一個姍姍來遲的你。日後偶然再想起，我便發現，那隆重卻又安靜的開場，就是那場大雨。場景設定在被雨淋濕的柏油路上，而你粉墨出場，演繹溫柔繾綣的主人翁。可正當跳著圓舞曲之際，你卻又像雨停的瞬間那般霎時抽離，於是在往後日益流逝的時光裡，落下了不輕不重的雨滴在生命裡，波瀾不平的心時不時便會揚起漣漪。

雨後的夜無晴無虹，獨有朦朧的月與恬淡星光，照亮內心蠢蠢欲動的嚮往。深林無端生出幾聲蟲鳴，不知是何處何者的驪歌。塵世喧囂，此時這一方天地聽不見苦、嚐不出澀，滿山滿谷都是雨後的澄明。我無從在燈火闌珊處回首，因為你已不在那裡，而我的心即使借了光，卻也不知是明是暗。

月色和夜色之間，霧色是眼前第三種絕色。天上人間，迷濛四起，薄霧渺渺盤踞著視線，彷彿一條爛漫長河，如夢如幻鋪開了夜神的嫁衣，等著遠方俊逸之郎前來瀟灑迎娶。柔光映照空氣，為夜晚鑲嵌了幾個飛越山川河流而來的夢，彷彿一戳破，滿溢的年少輕狂便能隨風飄揚。不出幾個時分，天地悠悠，霧色漸濃，將流螢的五月染成潑白墨的吹雪，濃霧遛了一把月亮，走到哪都是明亮，落了我一身無暇，倒像披了我的嫁衣，要往霧的另一方飛揚——而那茫茫宇宙中，又有哪道細小跫音與我共鳴，將我迎娶？

關於山中迷霧，總有著令人們畏懼的鄉野雜談。在那些故事中，若深山裡起了霧，那將會是鬼魅現身的前奏。然而此刻，那一陣陣飄忽不定的飄渺輕紗，把朦朧的山徑鋪成了蓬萊仙境，霧中沒散盡的雨後水氣把前方映成海市蜃樓，而你好像還站在霧的彼端，吸引著依舊懷揣希望的我。霧浪漫漫滾動，扯不開、理不清、斬不斷，就像我明知這是幻象、是一場空，卻沒有任何一點毅然決然下定決心的勇氣。

月依然高掛，另一端的天已漸亮，日頭在山和海的漸進線初釋曙光，濃霧還未散，天已渲染成蓄勢待發的淡藍。建築、草木和路面漸明，飛鳥初啼、蟲聲四起，不知是陪伴未眠人的樂音，抑或是為早起者鳴響的鬧鈴。此後天色漸光，四界恆常明亮，晨煙伴隨著熱氣緩緩蒸騰，恰如人間煙火，劃破靜謐的天空，為這方天地增添了活力。

其實我已明白，霧散、雨停，總是會放晴的，太陽也總會升起。人去樓空，是時候整理行李——在我真的決心忘記那場雨時，決定要帶著繼續完成生命旅途的那些回憶。

當濃霧飄散撥雲見日，晶亮的陽光終於將空中脆弱的邊際劃破，撕裂開整片清爽的魚肚白，露珠點綴濕漉的路面，陽光、涼氣和清爽的綠意，大約是那頑皮的精靈給的祝福。清朗的夏日如俏皮的少女輕巧踏來，艷麗的花兒散發誘人的香，於是我踏進清晨的林蔭小徑。綠蔭中一花一葉切割流光，點點明亮從葉尖間隙傾瀉而下，打在泥土路上，也打著我緩慢的步伐。

我看著路邊不知名的小花，思緒開始蕩漾。如果在夜裡散步叫作「夜散」，那此時的我在「日散」嗎？戀愛中的人們為什麼看重夜散，而不在意日散？難道是夜裡有不可抗拒的魅力？或是太溫柔的月光帶有太過強烈的說服力，總讓人動情？

我想，若是那天夜裡沒有雨，若是散步的路徑沒有你，若是月光沒有將你的笑映照在我心——但凡有任何一點不成立，我也不會就此沉溺，溺死在雨中你濕潤的目光裡。

「一切都是註定。」路邊的花兒如是說。

是呀，既然已經註定好了你的到來和離開，那我也得在你走之後留下些什麼才行。於是，「日散」成了我日後生活的習慣，在那之後的平日漫步裡已然沒有雲、沒有雨、沒有月光、沒有霧，也沒有你。我時常在車水馬龍的繁忙街道，一邊散步一邊躲避人行道上竄行的機車；也時常在透天老宅前，跟人孔蓋、變電箱、以及偶然快跑經過的貓分享我一天的心情；更常在校園內感受青年們時而捧著書抱怨、時而和同伴笑鬧，純粹地體驗種種「日散」的心情。

如若有一天，當我撐著傘漫步時，看到擦肩而過的路人右肩被雨淋濕，我想我將會釋懷，把記憶中還帶著濕氣的你，留在深山夜裡的一場雨裡。

曾少芸，1999年生，畢業於國立暨南大學外文系。喜歡音樂和文學，來自熱情的南方，希望自己對生活也可以一直保有熱情。

第一次投稿文學獎，文字的力度尚不成熟，卻幸運入選，非常感謝評審老師的青睞。謹將此殊榮獻給我的酷爸爸，謝謝他帶領我走進文學的世界。音樂傳達我的心意讓世界聆聽，文字則讓我將這世界不為人知的魅力盡收眼底。

瓦歷斯・諾幹：

這是有趣的一篇文章，一般散步都在晚上，這篇居然叫做〈日散〉，正好跟平常的夜間散步不太一樣。其實我們可以發現，「日散」如果是日間散步，表示作者感情的序篇是非常平順的，後來，她發現到情感未必如此平順，轉換另外一種心情為——即使沒有這樣的戀人，或者是戀人離開了，我一樣可以自在地活著，而我活的方式，就是日間散步。我覺得這個想法非常有意思。

楊佳嫻：

我會投這篇也是因為覺得很有趣，根據這位同學所寫，夜散好像是暨大學生之間的某種風俗，如果問：「你跟這個人的感情進展到哪裡了？」就會接著問：「你們去夜散了嗎？」有點像高雄中山大學的學生去吃「五倍冰」，或去蘿蔔坑之類的。暨大校園很適合夜散，我確實會覺得〈日散〉題目本身就還滿新鮮的，通過日跟夜的對照、通過戀愛中的自己跟失去戀人的自己，從夜晚到白天，在日間散步之中，找到了一個自我修復的儀式，這個想法很有意思。文字也寫得相當漂亮，寫得很優美，有一些比較細緻的、對於暨南大學景色的描述，也滿讓人如臨其境。

張曉風：

這篇文字的確比較講究，但是有時候太講究，就顯得有一點做作，譬如「整顆心都被淋濕，堪堪搖曳」，我都不知道「堪堪搖曳」是什麼意思。或者「將流螢的五月染成潑白墨的吹雪」，這個當然是堆砌很多漂亮的意象，但就散文的流暢來說，就是追求唯美的一個副作用吧。當然它也有好的句子，譬如「太溫柔的月光帶有太過強烈的說服力」，優劣是互見的；還有「以及偶然快跑經過的貓分享我一天的心情；更常在校園內感受青年們時而捧著書抱怨、時而和同伴笑鬧，純粹地體驗種種『日散』的心情。」提出的「日散」也是一個特別的意象。只是我覺得它做作的部分太多了，如果稀釋一點會比較好，因為詩跟散文不同，詩很短，如果很濃的東西堆在一起，短短的還沒事，但如果很長的一篇散文堆太多文辭，會有一點太過濃厚。

提問者：

老師好，想請問老師們對〈臉〉這篇作品有什麼看法？

張曉風：

其實今天的場面，擔任臺上的評審，面對各位是有點讓人驚恐的。因為像諾貝爾獎最後只公布得獎者名字，中間的評審過程，都是經過很多年保密以後，才能夠公布。事實上，一篇文章不只每一個閱讀者會有不同的意見，閱讀者本身，在不同時間讀的想法也未必相同，今天讀跟明天讀的想法可能也有改變，所以勸寫作者不要在乎別人怎麼想，也許可以考慮別人指出的錯字或者明顯的問題，但事實上，作者自己就是一個很自足的世界。

〈臉〉寫到我們覺得最有溫暖的一個字——「家」的另外一面，是一個挑戰。有一些小小的缺點，譬如「亦或混血人與諸神的戰場」，那個「亦」是錯字，應該要改成「壓抑」的「抑」。又如「母親和我深談了一夜。昏黃的鹵素燈，點亮了她的臉」，不知道作者為什麼要加入「鹵素燈」，它其實並不是一個昏黃的燈，是一個很凝聚而又強烈，而且有熱度的燈，除非作者想讓它變成一個特殊的意象，否則沒有必要使用。還有最後一句「聽著話筒裡絮絮叨叨的日常，這一刻盼能永久」，這語句不太順暢，「這一刻」有點變成主詞，主詞自己不能「盼能永久」，應為「我盼望這一刻是永久」，是比較一般的正常句構。除了這些以外，這篇文章其實仍有相當多很好的字眼，譬如「我並非是一個荒謬的丑角！我的人生也不是一齣荒誕的鬧劇！」用戲劇裡的名詞來形容自己；「熟悉的笑臉又悄悄爬回她的臉。諷刺的是，這一切又使我感到陌生了」，熟悉的笑臉反而又變成了陌生；「看著她苦笑著思考，努力想哄我入睡的模樣，也許這便是孩子簡單的幸福吧！」這些都是滿好的描述。另外「家，逐漸散發著停屍間般，讓心凝霜的溫度，整個空間都瀰漫著一股腐敗的氣味」人跟人的關係是一種感覺，但是用嗅覺來形容，也用「一條陰冷的蛇的纏繞、扼緊我的喉頭」這種溫度的觸覺，是作者在描述家裡不好的氣氛時，想出來的種種方式，不管是嗅覺上的氣味，或者是觸覺上的陰冷，都是相當不錯且有創造力的地方。例如「如願考上了市區高中，原以為已經逃離，其實也只是從密不透風的牢房，逃到能偶爾放風的監獄罷了」，這些也都是作者的努力，企圖描述一般被稱為「溫暖的家」、別人覺得是一個很幸福快樂的地方，其實也有一些非常不足為外人道的、對一個成長中的人的苦痛和陰暗面，帶著一個隱忍的、熬過這一切的心情。我覺得在一個少年的「家」經驗裡面，不得已地終於能有局部和解的過程，也是一個很不錯的嘗試。

提問者：

兩位老師好，我是〈雞蛋〉的作者，我認為這篇其實也是不太穩定的作品，以飲食作開端的寫作，自己寫的時候，覺得寫得好像太過平淡了，想問老師如果在處理這種比較溫馨、平淡的題材時，會用什麼的方式做新的突破，或是有創新的想法嗎？想要聽聽兩位老師的意見。

楊佳嫻：

這篇〈雞蛋〉一樣也非常聚焦，用一個物件貫穿整篇文章，特別是自己跟家人的感情、離家之後獨自生活的情況，都用蛋或是蛋的料理來呈現，比如母親跟自己之間廚藝的傳承，以及自己在外面住在小房間裡面，只有一口快煮鍋的時候，雞蛋、麵條也往往是最簡單的選擇。我會覺得這裡面盡可能地呈現很多動人的細節，也可以看到作者本身參與在蛋料理的過程當中，感受到自己跟母親某些相同跟相異的部分。不過我主觀的閱讀感受覺得，這篇文章稍微寫得有點長，可能可以壓縮一點。我們可以描寫生活變化的本身，但它到底有什麼意義，作者不一定要直接寫出來，否則有點像創造一篇作品，後面又自己寫了題解的感覺，我會覺得那個部分其實可以留給讀者體會。

張曉風：

蛋幾乎是烹調的入門，既便宜又不會產生很大的失誤，但是要把它寫得好的話，也許要用一點小說手法去擴展它的範圍，譬如說從雞蛋變成鴨蛋，就有很大的差別了，雖然都是蛋，可是鴨蛋如果拿來滷，會比雞蛋好吃。還有炒蛋、西洋式的烘蛋等等。真的要寫蛋的話，可以想出種種的花招，甚至在菲律賓、中國沿海也有人吃一種「旺蛋」，就是孵化了一半的蛋，有一種蛋白質發臭的味道。如果用蛋去做蛋糕，會更為複雜，又是另外一個味道了。蛋是很有情節的，除了寫家庭的母女烹調的傳承以外，還有很多可以寫，有時候要有一點幽默感、一點典故，幽默感是生活裡拿來的，典故是向古人借的，這些如果多加一點，就會使文章有一些變化，從「蛋」這麼一個小東西，要把它寫得有趣，其實是可以寫出一本書來的。事在人為，考驗作者能不能再把它鋪展出來，呈現它種種可能性，只寫一個家庭主婦跟一個在外生活學生的「蛋」經驗，好像比較單薄了一點。

小說

首獎｜便利商店
貳獎｜一切如此合理
參獎｜牲
佳作｜撞球館的女孩
佳作｜魚翅筒仔
佳作｜告別

評審簡介

鍾文音

淡江大傳系畢，曾赴紐約習畫。專職寫作，以小說和散文為主，兼擅攝影，並以繪畫修身。一個人周遊列國多年，曾參與臺灣東華、愛荷華、柏林、聖塔菲、香港浸會大學等之國際作家駐校計畫。

曾獲中時、聯合報、吳三連等國內重要文學獎。已出版多部旅記、散文、短篇與長篇小說。2011 年出版臺灣島嶼三部曲：《豔歌行》、《短歌行》、《傷歌行》。2020 最新短篇小說集《溝》。

近幾年長居島內，筆耕「異鄉人」小說系列，此系列已出版《想你到大海》、《別送》。

甘耀明

曾獲國內多項的重要文學獎，目前專事寫作。小說出版有《神秘列車》、《水鬼學校和失去媽媽的水獺》、《殺鬼》、《喪禮上的故事》、《邦查女孩》。與李崇建合著《對話的力量》、《閱讀深動力》教育書。已有著作譯成日文，部分作品譯成德文、英文、法文。

本名許俐葳。畢業於東華大學創作與英語文學研究所，現任《聯合文學》雜誌副總編輯。曾獲林榮三文學獎，梁實秋文學獎，全國學生文學獎等。且以〈親愛的林宥嘉〉獲三十二屆時報文學獎散文組評審獎，〈上鎖的箱子〉獲九十六年度教育部文藝創作獎特優，並分別入選《98年散文選》及《96年小說選》。著有小說《少女核》，散文集《百分之九十八的平庸少女》等書，編有電影劇本《相愛的七種設計》、《自畫像》。

鍾文音：

各位老師、評審及學生們，大家好。剛剛停電的時候，我覺得很像是文學的降靈大會。那種蒙蔽幽暗的、每個人臉色都模糊不清的狀態之下，會覺得就像青春時候，在某一種文學的相濡以沫裡頭，各自傾訴情懷的畫面，所以其實文學的艱難或是美好，都在黑暗中被流洩出來。也很像我在寫作的時候，有一種很奇怪的召喚，你或許會為國族、土地，會為任何狀態奔赴文學的遠方，可是有個最內在核心的東西，永遠都在那裡找到你的路。我相信大學生很珍貴的是，不會被社會的價值給左右，也不會為了刻意獲得文學獎的桂冠而更改文學的初衷。我最早來到暨大，要從臺中朝馬上客運，一路上的顛簸，不像現在一下子高鐵就把我們載到了這裡，可是學校還跟以前一樣的氛圍，像剛剛盛夏的蟬聲、像修道院的感覺，依然在我的腦海裡沉浸不去。我很高興在文學獎二十週年，來重新回顧自己的青春之地，也認為這次的文學獎特別靠近我對於這次作品的感受，文類非常的豐饒，等會評審的時候再跟各位分享。

甘耀明：

各位老師、同學，大家晚安，很高興能夠來到現場。貴校師生的參與率滿高的，大部分文學獎都是學生來聽，可能因為對文學獎好奇，很少遇到也有老師列席在裡面，是一個共同參與的記憶。其實我是第二次來貴校，第一次作品的水準已經滿高，而這次有些作品，給我的記憶比上次再更深刻一點。建議同學們，大學期間接觸創作最好的方式，就是參與文學獎，可以增加歷練，也可以瞭解到這樣的競賽代表什麼意涵、評審是怎麼看這個作品。評審過程是一個交流的場合，就算沒有參與，下次在書寫的時候，也會大概知道什麼是文學獎、要怎麼做準備。這次的作品，有些與我年輕的作品滿像的，也有些作品可能是我年輕時沒有辦法企及，實在滿厲害的。從題材跟寫作的技術來看，校園文學獎大部分可以分兩類，一個叫做嚴肅文學，所謂的純文學；另一個就是大眾的或比較容易閱讀的文學，通常這兩類我都會給票數，畢竟你們在這樣摸索的階段，不曉得將來會走哪一條路。但是這兩個文類有各自擅長的地方，我看到這些其實滿驚喜的，因為有些作品在自己的類別中展現不錯的技術，顯然你們在裡面有一定時間的浸潤。這次有些作品的取材很好，但要多一點圓融婉轉的地方，或技術要做更好的建立，這通常不是一時半刻能夠達成的，建議如果有機會，就多看別人怎麼寫，可以學到一些東西。像我們以前在學創作技術的時候，其實不是看一個文章好不好看，或讀得好不好，而是拿來拆解，像拍電影、拍鏡頭一樣，也是學習的一個方式，這是一個過程，直到純熟後大概就不再做了。以上是跟各位分享我對文學的一些看法。

神小風：

大家好，我是神小風，我也是第二次來參加水煙紗漣文學獎小說組的評審。我在車上問了陪同的同學，才發現前兩天的決審會都滿多同學參與，讓我很驚訝，特別在這種疫情嚴重的時候，竟然還有這麼多同學願意來，希望可以得到自己小說的意見，我覺得非常了不起，想必師長們也很常鼓勵學生寫作。我大學的時候非常想參加文學獎，但我的大學卻沒有舉辦，所以我覺得一個學校能夠有文學獎是非常珍貴的。我非常在意故事跟情節，再來就是個人偏好，譬如說作者的個人風格、文字掌握的氣氛，以及能不能把想要表達的重點順利傳達給理想讀者。在這批作品裡，有些其實已經做到了這件事情，讀起來的時候滿順暢的，只是有一些細節跟氣氛可能需要調整。期待可以好好討論這些作品。

首獎

〈便利商店〉

國比五　林昇儒

在高二升高三的那年，你突然對所有事情失去了興趣，就像是什麼人繞到身後把開關切掉、或是切換排檔那樣。

對自己的事情失去興趣，對他人的事情也是；對好吃的東西失去興趣，對好玩的事情也是，漸漸地，你在班上的存在消失，你越來越少出現在學校，每天睡很長的時間，在開關被切下前常常混在一起的朋友也漸行漸遠。

你每天花很長的時間睡覺，好像睡著以後的世界才是你的現實世界，但是你不常做夢，就像是對夢本身也失去了興趣一樣，睡著以後的世界和清醒的世界一樣，扁平且色彩淡薄，你有時候會區分不出，自己到底是沉睡抑或清醒。

反正不是都一樣嗎？

你有時會這麼想，你這麼想的時候胸口會揚起一陣悶痛，就像是石子丟入池塘揚起淤泥那樣。對事物失去興趣的你會繃緊全身，等待那悶痛過去、消退。

等待那過去的你就像是在颱風中盡力抓著電線杆，播報新聞的記者那樣。

某天你被班導叫到教師辦公室，她坐在電腦椅上轉過來面對你，你看著她招牌的、在學生之中還算出名的深鎖眉頭表情，看著她歪向一邊的膠框眼鏡。

「你已經缺課太多了，不來學校到底都在幹什麼啊？」她說，模樣像是真的替你擔心。

你無言以對，一時之間不知道該說些什麼。

「既然你都沒有在做什麼的話，不如休學去找一份工作，不要一直待在家裡這樣，不事生產……。」

你聽從導師的建議，在高二那年休學去打工，你找到一家看起來比較清閒的便利商店，進去面試，你很擔心店長不會用這種來路不明的休學高中生，但是面試的結果出乎意料，他們很輕易地錄取了你，或許你在他人眼中意外的單純、無害。

這是那個時期的你透露出來的基調，雖然那時的你已經滿十八歲了，但依舊單純得令人意外。

不久後你去上班，雖然那不是你的第一份工作，但那是你第一次穿上便利商店的制服，你原本想要挑M尺寸的，卻發現穿上L尺寸的才能舒服地動作，這時你才感覺到，自己的身體已經長大了，已經大到足夠出來工作了。

你意外地被帶到另一家比較忙的分店，不同於你去面試的那一家，你那時才知道一個店長可以有不同的幾家便利商店，而你新上任的那家位於一間科技大學的正門口，同時也在一區年輕人聚集的商圈當中，尖峰時刻相當繁忙。

第一天上班的你什麼也不懂，在你面前出現了一些同事，或者該說是前輩。首先你被叫去查看商品有沒有過期，但是那過程更像是不要讓一個什麼也不懂的新人打擾他們的結帳作業，你站在冰櫃前一一檢查商品的有效日期，時而站起時而蹲下，店長從倉庫出現，踏著她顏色繽紛的運動鞋走到你身後。

店長是一個看起來四十多歲的女性，跟你差不多高，頂著一頭鳥窩般的短捲髮，比你認識的一些男生都短。皮膚白皙，講話有一種灰姑娘後母那樣的高聲調，興趣是收集各種名牌球鞋，當然那時的你還不知道她的興趣。

「弟弟」她很自然地說，你知道你只能叫她姊，她們不喜歡你叫她們阿姨，「客人來要喊『歡迎光臨』喔！」

蹲著檢查商品的你抬頭看見她變得高大的身影，默默地點了點頭。

當天你跟著「大師兄」學收銀機的使用方法，「大師兄」身形魁武，臉頰微胖，從制服下露出的手臂白皙，鬢髮明顯，兩隻眼睛睜的老大，純黑的瞳孔反光，做事慢條斯理，除了面對客人以外一概用一種疲乏的沉默態度，他長得很像 MLB 當中的球員，外號「大師兄」的林智勝，因此獲得這個綽號，你在後來知道大師兄的綽號由來之前，你都不知道林智勝是誰，畢竟你不看棒球。

還有一件你不知道的事，當大師兄花時間用一種有點不耐煩的口吻對你解釋收銀機的使用方法時，你還不知道他大約兩個月後會死。

他的死對你而言並沒有多大的意義，不過比起大師兄這個人本身，大師兄這個人的死在你的心中或許佔有比較多的份量也說不定。

消失比存在更有質量。

質量並不是指大師兄微胖的身材。

對你而言真正意義重大的是另一個店員女孩，她叫做小瑜。

你不知道她真正的名字，你也不知道後來你會喜歡上她。

幾個月以後，結束這段打工日子回到學校的你不禁覺得，這段長達三四個月的社會體驗（對當時還沒有真正做過任何有領薪資的工作的你來說，確實是這樣沒錯）結束，回到高中校園生活之後，你對這些鮮明的回憶幾乎沒有想法，你清楚地知道這段日子改變了你，讓你變得討厭一些東西，喜歡一些東西，但是你不明白這其中的意義，就像是在實驗室中的藥品被改變了化學組成那樣，沒有卡通裡演的那種戲劇性的爆炸，變成骯髒的黑炭臉與爆炸頭，只是從無色無味的一種化學藥品變成另一種無色無味的化學藥品。

這藥品讓你永遠改變了，但沒人知道你具體改變了什麼，連你自己也不知道。

你離開打工的日子以後記不起來任何一個人的名字，就像是證據一樣，記不起來任何人的名字似乎可以成為這幾個月都是一場夢的證據。

就像是對夢本身也失去了興趣一樣，睡著以後的世界和清醒的世界一樣。

第二天，對於一些瑣事學得很快的你馬上習慣了便利商店的工作，那天下雨，進來的客人不是要買雨衣雨傘，就是要用提款機。

你遵循著大師兄的指示將客人在地板上留下的黑色腳印用拖把拖乾，接著把倉庫裡的雨衣拿到門口補齊，你將一個籃子裡的雨衣拿到另一個籃子裡，而大師兄卻嘲笑你：「只要將裝滿的那個籃子替換上來，再將快要空掉的籃子裡面的雨衣拿過去就可以了，你是時間很多是不是啊？」

從雨衣事件以後，大師兄就常常翻著白眼對你冷嘲熱諷，雖然你知道便利商店該做些什麼，但不可能在短時間內記起所有商品放在什麼地方（尤其是菸品），而大師兄會拿這件事對你白眼相待，甚至偶爾會有：「為什麼像你這樣的傢伙和我領同樣的薪水？」這樣的發言，你在那段時間不善言詞，對於大師兄的嘲諷沉默以對，因為他是前輩，也是年紀比你大的資深店員，店裡除了小瑜以外，所有人的年紀都比你大。

下午店長來到門市，她撥著身上的水滴走進來，腳上難得地不是穿著她收集的名牌球鞋，而是拖鞋。

她大概捨不得讓那些球鞋沾上污漬，畢竟那些是收藏，她有時候還會將球鞋拿起來，用濕紙巾仔細擦拭白色的部分。

常常穿著路邊攤買的便宜貨的你無法理解這樣的行為。

店長一走進來，劈頭就對你說：「弟弟，要說歡迎光臨啊，這兩天都沒看到你說。」

「我有說啊！」你回答，一副蒙受了不白之冤的口氣。

「反正要記得講就對了，」店長說「這是基本要做的。」說完她刷刷刷地捲起輕便雨衣，往倉庫的方向走去。

你看見大師兄輕蔑的笑容，你知道他在看好戲，你也知道店長是故意沒聽到你喊歡迎光臨，對他們而言，你的替代性極高，隨時可以找另一個人頂替你的工作，他們必須確認你對於這種職場上扭曲事實的接受度到哪裡，先用喊歡迎光臨這件事做試探，試探你的服從。

就算你知道這些，你也一點餘地都沒有，因為你只是一個休學出外打工，可有可無的高中生。

到了你快要下班的時段，你正在店面的一個角落補貨，大師兄在靠近門口的角落結帳。

叮咚，客人進門的提示音響起。

「歡迎光臨！」扯開喉嚨大喊，聲音不僅僅比平常的喊聲還大，甚至還把你自己給嚇了一跳。

正在結帳的客人轉頭過來，伸長脖子瞄了一眼，又繼續低下頭找他錢包裡的悠遊卡。

大師兄用一種莫名其妙的眼神看你，接著繼續手邊的工作。

你感覺到自己的臉紅了起來，那個時期的你動不動就臉紅。

後來你沒有聽到店長對你有沒有喊歡迎光臨這件事再發表意見，不過你知道這不是因為你那一句嚇到客人的歡迎光臨喊得特別大聲。

倒是大師兄依舊對你不友善。

有一次你值小夜班，站在門口和抽著菸的大師兄一起迎接卸貨的司機，他和嚼著檳榔的司機天南地北，幹聲連連，你很少看到大師兄這麼開朗有活力的樣子。

你們把一箱一箱乳品箱和紙箱搬下車，用板車運到狹小的倉庫之中，大師兄讓你處理那些飲料罐，自己像是處理精美的藝術品那樣，慢條斯理地將御飯糰一個一個排序。

他將原本在早上與下午時段撥放無限次的 Bon Jovi（那陣子剛好是 Bon Jovi 來臺開演場會前夕，那廣告的內容你聽了不下數百遍，現在你依舊可以一字不差的說出廣告內容）切換成深夜的古典電臺，那緩慢流瀉的鋼琴聲正好對上了大師兄不疾不徐的動作，你在倉庫裡整理著幾乎堆到天花板的大量寶特瓶時偶爾能夠看見大師兄的身影，他像是跳著交際舞一樣搖擺的身姿，肥胖且優雅。

你有時候會不由自主地在心裡詛咒大師兄，詛咒他去死。

但你不會想到，兩個月後大師兄真的死了，在一個你沒聽過的路口被撞了個稀巴爛。

幾個禮拜後你再次跟小瑜搭班，是大夜班，你穿上制服來到收銀臺的時候，她正在盤點零錢，將各種銅板分類，排在塑膠盤當中。

小瑜留著一頭黑色直髮，身材嬌小皮膚黝黑，臉頰稍嫌圓潤，講話的音調尖銳，對於事情喜歡下一些簡單明瞭的結論。

她是一個夜校生，有時放學後會來打工，而有時下班以後才會去上學。

還是在學生的她和你是這間店裡少見的，同一種生物。

「我有點好奇。」搭班時，她對你說，就像對便利商店的其他同事說話的口吻那樣。

她跟商店裡的大家關係都不錯，甚至連商店外的客人跟她的關係也不錯，她就認了一個商店外排班的計程車司機當乾爹，他也叫她乾女兒。

她沒有看著你，不過你知道明顯是對著你說的。

「你為什麼休學啊？是跟人打架嗎？」

她的口吻期待著你承認，是和流氓打架而休學的。

實際上不是，只是常常悶在家睡覺，不去學校而已，那時你真想顧著面子，承認自己和別人打架，好像那樣比較帥氣，比較有江湖氣息的樣子。

她看了你一眼。

「沒有，只是一直在家裡，翹課不去上學而已。」你說。

她沒說什麼，逕自走向將天花板上垂直的嵌入式空調濾網放下來的按鈕。

開關切下去，天花板發出了絞索滾動的聲音，一塊大約五十乘五十公分的濾網垂了下來，你聽小瑜的指示，找了一張椅子站上去抓住濾網，你伸展全身試圖抓住濾網，你有一種自己的腳掌懸空，被吊在天花板上的錯覺。

在深夜的市區，亮晃晃的商店中，被吊在天花板上的你。

你把沾滿灰塵的濾網交給她，她對你說了聲謝謝，接著抱怨大夜班也不得閒，要做這些平時不會想到是由店員負責的，像是清潔工一樣的事。

她不經意的一句謝謝，你知道她感謝你的身高，否則以她的身高根本無法觸及濾網。

你幾乎要喜歡上她了，她是這個世界裡，你少數熟悉的事物。

另一個小夜班，你到達門市的時候大師兄正準備下班，你站在櫃檯為客人結帳時有個女生來問你誰誰誰在不在，你沒聽過那個名字，但你知道那指的是大師兄。

你領著女生進去找他，後來你知道那個女生就是大師兄的女朋友。

大師兄正在倉庫裡用高腳杯裡喝著不知道哪裡來的紅酒（可能是預購商品），在被飲料紙箱牆包圍的一小張電腦桌前展現著雅興。

女朋友說別喝了，我們要過去了。

你不知道他們要去哪裡，不過他們看似約好了，而大師兄正在等她。

他聽到女友在催促，裝模作樣地閉上眼，把紅酒杯湊到鼻子前搖晃。

不知道為什麼，你突然想起從結帳櫃檯可以看見的，中午休息時間從對面的科技大學湧現的人龍，花花綠綠各種善於穿搭的學生們穿梭於馬路上，談笑著、有些會進來店裡，有些不會。

他們過著正常的人生，甚至有點太正常了。

看著搖晃紅酒杯的大師兄，你突然覺得很寂寞。

後來，在你要結束打工生活重返學校的時候，店裡的氣氛變得凝重，你還不知道發生了什麼事，直到小瑜說，大師兄死了。

他在某處騎機車出車禍，當場死亡。

你不知道和酒駕有沒有關係，不過世界上知道大師兄喝酒以後會開車的，可能只有你和大師兄的女朋友而已。

店裡的大家，正職的和工讀的，都散發著一種異樣的沉默，一種尷尬的哀戚，不管是和大師兄感情好的人，還是像你這樣討厭他的人，大家都不發一語。

你突然很想啞然失笑，甚至差點發出聲音，但你忍住沒有笑出聲來，你知道不管大師兄平常對你懷有什麼樣的偏見，這種時候都不可以笑，一但笑出聲來，那些惡意都會變成真的，一但笑出聲來，大師兄的死也會變成真的，對於在場的每一個人都是。

不過你還是不記得他們每個人的本名。

但是你知道，只要忍住不笑，就能有肅穆哀戚的氣氛。

你回到學校後依舊翹課不去上學，簡直就像詛咒一樣，你以為去外面工作幾個月轉換環境能夠對你的逃學狀況有所幫助，事實上一點作用也沒有。

後來母親帶你去看精神科門診，你和醫生詳細描述自己的狀況後，被診斷為憂鬱症，當一切在迷霧中的原因獲得一個解釋，獲得一個名稱的時候，你終於能好好解釋自己為什麼會逃學，為什麼會像是受到詛咒一樣，將夢境誤當成是現實，或者相反。

又或者是，將睡眠誤當成是死亡的替代品。

確診為憂鬱症以後，你拿著診斷證明向教官請假，終於獲得了高中畢業的機會，這同時也意味著你的休學出外工作的歷程沒有起到使你的翹課紀錄重製的功能，是完全沒有意義的繞遠路。

但你並不這麼認為，你只是不知道該怎麼去命名這段日子，還有它所代表的意義而已。

你又被班導叫到了辦公室，她的眼鏡依舊是歪的，歪的角度微妙。

她看到你，劈頭就說：「我聽說你的事了，我覺得你那個不是什麼憂鬱症，我見過憂鬱症的人，不是像你這樣的。」

「其實我也這麼覺得。」你說。

這是你當下最直接真實的想法。

林昇儒，1997年生，臺緬混血。曾獲水煙紗漣文學獎第19屆短篇小說首獎，同年獲印刻超新星文學獎短篇小說優等。目前為網路社群「想像朋友（IF）寫作會」觀察員。

相信著故事的魔法，也相信著人們談話時，如果突然尷尬地安靜了一瞬間，文學就藏在那縫隙裡。

評審講評

甘耀明：

我覺得這篇塑造的人物，像大師兄、崇拜名牌的店長都寫得不錯。在讀、寫小說時，可以去嘗試看看製造小說中的亮點，有時候在一篇不完整、破碎的小說裡面，我們會不知覺被某些東西吸引住，可能是作者處理的細節或氛圍，就能深深地打動評審。像小說中崇拜名牌的店長，寫得滿有意思，累積了一堆名牌，結果下雨時還是穿拖鞋來，因為名牌布鞋如果踩了泥就是髒了，寧願穿著拖鞋。我覺得裡面有些東西有跟現實連結，比如晚上怎麼去處理空調，因為白天不能處理，這些作者都可能本身有經驗或做過田野調查，以至於書寫的過程能說服我。但作品內在的張力則弱了一點，比如一個憂鬱症患者的人際關係，裡面的敘事者「我」去休學，「我」有憂鬱症，可是讀者看不出那個症狀，即便我知道工作氣氛的壓力讓他有些崩潰的地方，但卻好像沒有呈現出來，也許症狀並不外顯，但如果能多提到一點外顯的東西，可以讓讀者去連結。

神小風：

我非常喜歡這篇，讓我想到村田沙耶香寫的日本小說《便利店人間》，內容談女主角因為沒有人性，想要知道如何做人、接觸人類，於是在便利商店打工，與這篇作品有異曲同工之妙。開頭寫

「失去了興趣」，可以發現主角可能有憂鬱症或某種心理疾病。對我來說，這篇小說有重新做人的感覺，人變成非人後，如何從非人回到人。讀起來很像在現代資本社會裡面被異化的過程，也表達一個人在現代社會的困境，老師建議學生不要上學了、去打工，但他其實是從一個體制，跳到另外一個更殘酷的體制裡，譬如對客人進來要打招呼，受到各式各樣的欺壓——而且不知道為什麼他有資格欺壓你——裡面用了很幽微的方式表達這樣的權力關係。作者有一些很棒的形容，讓人閱讀時，會認真思考將發生什麼事情。例如「你聽小瑜的指示，找了一張椅子站上去抓住濾網」、「你有一種自己的腳掌懸空，被吊在天花板上的錯覺」，在這樣微妙的形容裡，會有很奇妙的畫面出現。「他們過著正常的人生，甚至有點太正常了。看著搖晃紅酒杯的大師兄，你突然覺得很寂寞。」有一種很奇妙的感覺，讓人會覺得他好像格格不入，無法融入這個地方。這整篇小說在這種氣氛上掌握得非常好，尤其是結尾，他被班導叫到辦公室，班導說：「我覺得你那個不是什麼憂鬱症，我見過憂鬱症的人，不是像你這樣的。」有一種諷刺的感覺，班導是醫生嗎？怎麼可以說「你不是憂鬱症」？而敘事者又說：「其實我也這麼覺得。」對話非常荒謬，你也這樣覺得？為什麼？你不能判斷自己的感覺嗎？有一種哲學的思辨在裡面，也反映人在體制裡面的生存，讓我滿喜歡的。不過我覺得最後一句「這是你當下最直接真實的想法」有點多，可以刪掉。

鍾文音：

這是一篇非常厲害的小說，裡面的細節是有經過敘事者生活過的便利商店，我們對便利商店都很熟悉，但更厲害的是，開始寫常常霸凌主角的大師兄時，先暴露了兩個月後大師兄會死掉的觀點，成為這篇小說最迷人、最好看也是最核心的地方。換句話說，讀者知道大師兄的慘劇後，會開始緊張大師兄跟主角之間是不是有什麼關係，可是後面所描述他的言語，都是那樣地淡然——最後大師兄的女朋友來找他喝酒，他就這樣喝酒上路，後來離開了。有幾個很細緻的寫法，包括主角本來想穿M號的制服，可是L號比較容易動作，都是便利商店的工作細節，有落實在生活過的痕跡。

貳獎

〈一切如此合理〉

中文四 曾子源

一：溫室

「蕃茄牛肉飯。」

「好的。」

又到正午時分，這間餐廳，總是吃不厭，一天三餐的免費餐，我都會用在這裡。店員總是微笑，廚師如常一滴汗都沒流，服務員細心地為我鋪上絨質坐墊，一旁的壁爐送著暖風，我搓了搓手，呵出一圈暖氣。

「食物製作中，這是給您的暖包，外面真的冷得嚇人。」店員笑著。

一如既往的笑容，像倒模似的。送餐笑著、收桌笑著、帶位也笑著。

「謝謝。」我嘗試模仿他們。

我環視一周，餐廳坐滿了人，每人手上都有暖包，有的人坐在單人梳化上歇息、有的則在看報，店員有條不紊地送餐，這裡的每個人，都笑得很親切，工作過後，來這邊吃飯，成了我的習慣。

「蕃茄牛肉飯。」

「謝謝。」

對的，又是蕃茄牛肉飯，意大利溫室茄配上日本和牛，據說成本貴得嚇人。原本要付兩張餐券，但老闆只收我一張。

「政府下個月開始每人派兩萬元外加 90 張餐券。」大電視報導著。

我將黑松露撥開，這味道總是令人討厭。小時候吃過一次，臭極了，聞久了，甚至想吐。反而這碗蕃茄牛肉飯卻是水準之上，加個溫泉蛋，拌起來吃，絕對會令你驚艷。

「陳先生，對於餐點還滿意嗎？」

「嗯，但好像少了一個味道。」

「什麼呢？我幫你向主廚反映。」服務員微笑著。

「啊……少了……你們以前不是這個味道。」

「以前，是什麼時候呢？」

「以……前……或許是黑胡椒。」我隨便想了個答案敷衍。

我異常緊張，一滴冷汗從額頭滑落，流汗了？不可能，即使是夏天，氣溫也沒有超過攝氏二十度，何況現在是冬天？很快，餐點被我吃個清光，離開時我把兩張餐券放在桌上。

外面是被映得雪白的彌敦道，行人緩慢地移動，每人身上都披著厚羽絨，獨自與寒冷為敵。街道整潔得一塵不染，車輛有秩序地慢駛。

「報時，現時是午時三刻鐘，請放下手上的工作，車輛請原地停泊。」喇叭正放著爵士樂。

我，就這樣站在馬路中央，卻絲毫沒有感到怯意。眼睛緩慢閉上，麻雀聲與爵士樂互相輝映，傳來陣陣催眠的效果，柔和的節奏使我忘卻煩惱。

「煩惱？我甚至忘記，上一次煩惱是何時。三年前？五年前？又是為了什麼？」

廣播的尾段，一把標準的女聲提醒今天是餐券日，呼籲市民前往領取。在新政策下，每人每日可以獲得三張餐券。大部分餐廳一次大概收一張，比較高級的，則會收取兩張。市民的膳食費一律由政府負責，原意大概是希望所有人都有飯吃，不用愁錢的問題。

「捱餓到底是什麼感覺？」我摸了一把口袋中的餐券，約莫有90張。

「現在才月中，什麼時候花得完？」

對的，我很久沒有捱餓了，久得無法追溯。我住在天……淺水……灣的高尚住宅區，說出來或許奇怪但這並不稀奇，根據去年某大學統計，香港人有百分之八十都住在高尚住宅區。泳池、健身房、戲院，每個小區都有配備，這裡連保安都與外面的不一樣，我們稱它們做「A保」。AI保安，你可以理解為家居助理，別看它冷冰冰的，你每日經過時，它會用那標準的廣東話向你問候。更有趣的是，每逢過年，A保會發給你紅包。不像以前……以前我們……。

「咦？以前到底是何時……？」我自言自語著。

「最近似乎經常想起以前，卻又忘了是幾時。不對，A保在我出生的時候已經量產，A保的以前？有一個老……人。」男人開始站不住腳，險些失去平衡。

「各位好，我是警務處處長陳亮，在此呼籲各位市民留意一位何姓男子。全名何立賢，年齡介乎二十歲，有消息證實其私藏大量軍火，並預計其密謀發動襲擊，市民有第一手消息可致電以下熱線XXXXXXXX。」

這個名字如雷貫耳。

教員室內：

「陳立倫！何立賢！站好！這次又是你把作業借陳立倫抄？你不要以為成績好我就不會罰你！回去每人寫一千字悔過書。」

「唉，你為什麼會被禿頭抓到？」何立賢吐出煙圈。

「你還抽。等下再加一個大過。」那個我說道。

「沒差啦，從小到大我記的過有少過嗎？一起抽？」少年遞上香煙。

「也是，同時擁有兩個大過和全校第一，他們也不能拿你怎樣。對了，你不是要去國外念書嗎？安排得怎麼樣了？」

「不去了，留下來陪你。」他笑著。

「你瘋了？那麼好的機會，為什麼不去？」我開始激動。

「我走了，你還活得成？」

對話如此樸素無華，當中承載的友誼卻是無人能比，兩人話都不多，靜默一刻後，他說話了。

「如舊，蕃茄牛肉飯？」

「走吧。」

此刻的他站起來，一抹斜陽打在他側臉，煙圈與日暮相融。他就這樣挨著欄桿，雙手垂直放下，一語不發。不語，成了最大的默契，平時相處，話語也不會多。那時候的我，尚未習慣失去，亦學不會釋懷。何立賢對我而言，便是一個這樣的存在。

一段莫名且零散的記憶就這樣打進我腦海，突然且毫無預兆。就如你讀著讀著，往後翻頁，突然一記書籤插進故事裡，你不記得你看過，但又熟悉無比。何立賢這個人又重新活了一遍，有人曾言：「真正的死亡是被世人忘記。」何立賢已經死去一次，我不會讓他再死一次。現在的我是這樣想的。但當時，我聽見廣播出現何立賢時，我竟然想不起他。

「阿賢？怎麼可能？」

「你認識他？」旁人說道。

「不！怎麼可能，阿賢都三十歲了。」我極力否認我對其有印象。

休息時間結束，途人開始移動，有接著上班的、有回家的。只有我一人呆站原地，此刻我思緒極度混亂，因為工作壓力？不，我從沒感受過工作壓力，一切都一帆風順。家庭？沒可能，父母一向待我極好，關係融洽。朋友？更不可能，我有一個兄弟，我們從小玩到大，大學畢業後，他便去了外國生活，但後來，便沒有聯繫了。

「臭小子，有毛有翼會飛了？何立賢，你不要忘記我以前。」腦海似有另一把聲音。

何立賢……對，我認識這個人。但無論我怎麼想，他的容貌就似缺塊的拼圖，拼極也不完整。何立賢這三個字就似隕石，一聲不吭地撞向我的生活。

到了晚飯時間，我隨便找了間咖啡店坐下，原本與朋友約好了吃和牛，我卻是一點胃口也沒有。滿腦子都是何立賢，他到底去了哪？又為何成了通緝犯？這些問題嘗試將我炸開，奈何暫時也沒有答案。我嘗試上網搜尋何立賢，有的只是他的通緝令，並無特別，疑問卻是繼續轟炸我。但無論我如何想，都沒有浮現任何片段，我知道，他是我生命中最重要的人之一，但腦袋像是被攪碎了般，有的只是某個時間、或某個地方，似乎對我回憶毫無幫助。

「先生，要續杯嗎？」服務員依舊親切。

「熱的 cappuccino 。」我遞上一張餐券。

服務員的聲音很是熟悉，我閉上了雙目思索。

「阿倫，你覺得餐券這計畫可行？」

對啊，阿倫，是我。我是陳立倫沒錯啊，但這把女聲，我硬是想不起是誰，但我總覺得何立賢、這把女聲、我，是認識的，那棟建築、那抹斜陽、那場……我不自覺流下眼淚。

「先生你還好嗎？」她還掛著笑容。

「沒事，謝謝你」

事實上，我也沒料到這滴眼淚的到來，提起何立賢、想起她的聲線。就有股暖流湧上，更大的疑惑便到來，我出生在富裕家庭，小學、中學、大學，不乏朋友，交友圈亦相當廣闊。雖說畢業之後沒有經常聯絡，但彼此都過得很好。A是律師、B是醫生，我大學時期，基本上都與他們混在一起。畢業禮時，大家都表現得難捨難離，這兩個算是我最要好的朋友了，但說來奇怪。提起他們兩個反而沒有那股熟悉感，畢竟分別太久，也三年沒見，不知他們過得如何？對了，約他們出來，或許他們會認識何立賢和那個女生。

此時，或許他沒有發現，男人下意識握緊拳頭，青筋腫脹……

二：夢中三人

「陳立倫！你的東西又亂放了？看看這裡，像個什麼？煙蒂亂丟、文件亂放、零食弄得到處都是。別人進來會怎樣看我們政政？當初成立政政是你，現在把政政弄得一塌糊塗的又是你，還有你。

何立賢，研討會要的文件呢？贊助費呢？說就天下無敵，做就有心無力，我當初真瞎了眼才會進這趟渾水。」說罷，Kennis 離開會議室。

「她又怎樣？整天管東管西，成立政政還不是為了畢業門檻，就只有她這樣認真。」

陳立倫吐出煙圈道。

「你們一人少一句吧，她也不是沒有道理，做事本就該認真。」何立賢托了托眼鏡

「你這棵牆頭草，剛才的煙，你沒抽喔？」

中學畢業之後，我、Kennis、何立賢考上了同一所大學，修讀政治與行政學系（Deparment of Government and Public Administration），同年成立政政學會（政權與政治研究）。說來慚愧，當初成立，是因為大家都說上莊（參與學會）能夠認識女孩。事實上，我跟我女朋友便是在一場辯論認識，她，改變了我一生，也改變了政政。

某一次辯論會場內：

「是次辯題為學生應否論政，在此我方質疑友方同學之立論，我方重申，學生有參與政治之權利。當中包括選舉權、被選舉權、以及提名權，至於論政，在座所有人都有言論自由，故我方認為友方以論政使學生分心，影響學業成績之論點不應成立。」Kennis 字字鏗鏘。

「阿倫，Kennis 這樣說有沒有問題？你看那邊，政務司司長、律政司都來了。咦？警察公共關係調查科來做什麼？」

「阿賢，你看到對方主辯了嗎？有夠正，我等等就跟她搭訕。」

「他們是福建大學派來的交換生，紅到發紫喔。」何立賢吞了一吞口水。

「政治立場與談戀愛有什麼關係？不是有句說話叫和而不同嗎？嘿嘿。」

她叫欣欣，是影響我一生的人，曾經，我們在一場辯論上認識。後來發現，她內心扭曲得可怕，價值觀也與我南轅北轍，兩人因為政治一起，也因為政治分開。不知是世間荒謬，還是愛情經不起考驗。

「阿倫！阿賢我們贏了！」Kennis 興奮得跳起。

「我們今晚去吃放題慶功？嘻嘻，我可以叫上我男朋友嗎？」

「喂阿賢，聽清楚，Kennis 居然也有人要？」我譏笑著。

「我那麼優秀，追求者都排到去中環了。」她撥了撥頭髮。

自中學以來，我們三人就形影不離，有著共同興趣，話題總是說不完。表面上互相嫌棄，但彼此都知道，失去了任何一人，政政都會崩潰。不只政政，生活也如是。

「打擾了，真是一場精采的辯論，你們主辯呢？她剛才那句學生不談政治，誰應該談？真是氣勢沖天。先自我介紹，陳亮，警察公共關係科。」男人伸出手。

「我們準備了份禮物祝賀你們贏下是次比賽冠軍，方便留個地址？稍後有專人送至府上。」

話畢，兩人寫下自己地址。

「順便幫你們主辯寫上吧，對，幾樓幾室也寫上，以免寄失。」

「哇，你們三個都住在天水圍？真巧，我也是。」

男人離開時，回頭望了陳立倫、何立賢一眼道：

「省事了。」

是夜，我作了個夢，在夢中，我住在狹小的公屋單位，滿地的雜物，牙籤、拖鞋、報紙，在那間小房子，我的意識待了五分鐘，我像是忍受不住，推開鐵閘離家。到河邊散步，這裡的水很臭，臭得像腐爛的沙甸魚。漂流在河面上的苔蘚使水面鋪上一層油，就叫作臭河。我想不到更好的名詞，令人驚訝的是許多人圍繞著河邊跑步，實在想像不到他們如何換氣。走了約十五分鐘，有一座廟聳立於我面前，當時天很黑，我隱約見到廟中泛出少許燈光，我走了過去。「吱……呀」門開了，有個身影熟悉的女人走過來。

「你到了？」

接著她帶我前往後山，周圍的蕨類長得比人還要高，基本上看不到路，女人卻是熟練地帶著我。

「到了……。」她冷笑著。

我看見篝火，燃燒的柴枝發出「啪喇」的聲響，因為太黑，我看不清楚。似乎有四個人，身形各異，有男人、有女人，他們都披上黑色大衣，靜靜地坐著。時間慢慢流動，空氣也開始變得黏濕，他們開始行動……徑直地向我走來，當我快要透過火光看清他們臉容的時候……。

晨光入屋，腦袋如被重錘揮了一記，望出窗外，街上熙攘的行人。每人面上，都掛著一式一樣的笑容，奇怪的是，我覺得他們不像人。更奇怪的是，我覺得奇怪。大家都很富裕，笑不是很正常嗎？有大屋、有A保、有餐券，這幾年間，香港的 GDP 已列世界前三，難不成要他們哭？說罷，我停止天人交戰。

「蕃茄牛肉飯。」

一切如舊，我強逼自己習慣，溫室茄、和牛飯，那討厭的黑松露也依舊。吃了幾口，毫無胃口，我放下餐便離開了。一樣的節奏、一樣的A保、一樣的簪方廣播、一樣的休息時間，這個城市如常呼吸，我嘗試習慣，同事親切地向我問好、公司分了花紅、每日提早下班。我慢慢走到河邊，空氣香極了，水很清澈，有魚在游，長得甚至比我手掌大，路旁的櫻花隨風飄揚，似是向我招手。這根本美如畫，日本櫻花、威尼斯式的河堤、兩旁的古風建築。一切就在我眼前活靈活現，但不知為何，我卻無心欣賞，看著眼前如此佳景，我只有感到不安，這種感覺伴隨著我直至入夜。

晚餐也吃不下去，倒是省了一張餐券，突然想吃「蕃茄牛肉飯」，但總是覺得發記愈來愈不合我胃口。我洗了個熱水澡，A保問我需不需要水療服務，我拒絕了，躺在床上，感到一絲涼意，卻沒有打開恆溫系統，我望著大理石天花板發呆。

「是我有問題嗎，大家都笑容滿面，但我卻擠不出半點笑容，我命令A保關機。燈光隨著A保變暗，我深信，明天早上，這種不安便會一掃而空。」

我又作了個夢。

三：浮現

你有沒有試過，在夢境與現實之間浮浮沉沉，明明只是一個夢，但已經足以摧毀你的認知。這種感覺難於描述，就如你潛水，慢慢浮上水面，接近海平面的剎那，你看到朦朧而且熟悉的畫面。但你越過那塊鏡後，又重新出現在水底，一切似是假的，但你又無辦法否認。直到水流將我反覆拉扯，這種竭力感便會伴隨著冷汗出現。張開眼一刻，記憶就開始倒數，剩餘一分鐘，當我回想起夢中的細節，時間過去，不論我如何努力，腦袋都是一片空白。

如是者，晨初，濕漉的枕頭，眼睛乾涸。是夢境偷了淚水嗎？卻是無從考究，生活還是要過，總不能因為作了幾個夢就傷春悲秋，至於我不是這樣的人。話雖如此，最近總覺得這個家有些許陌生，但明明住了幾十年，一磚一瓦、角落擺設都如常，硬是有種不協調。

這個早上，我無法停止思考，人生、哲學、金錢、女人。最想知道如何解夢，我人生算是平平無奇，大學畢業之後找了份文職，在公司無所事事。日復日，也不嫌悶，現在回想起，還是大學生活最開心，在那時……咦……？我……讀的是什麼科？明明記得大學時期是相當快樂，現在腦海卻沒有相關片段？我發了狂般從手機聯絡人中找出阿賢，我與阿賢……在大學的時候，在……政……。

「你有一則新訊息。」

「陳立倫，今晚發記等。」署名竟是阿賢。

傍晚時分，我匆忙收拾檯面的雜物，因為早上的事，我總是神不守舍。腦海中似缺了頁般，諷刺的是我肯定，這會是我一生中最重要的記憶。不知為何，濃烈的不安湧上心頭，似是窒息，又像溺水。我嘗試刺激大腦，甚至將公司的咖啡豆全數用盡，同事紛紛投來異樣的目光。我可以肯定的是，一切與夢中那女人脫不了關係，亦即是我……。

我比約定時間早了十五分鐘到了發記，我叫了杯水，靜候那何立賢的到來。半杯水過後，有個男人進來，他上下打量著我，在人客中，他顯得格格不入，白色上衣、鴨舌帽、破爛牛仔褲。很快，他坐在我對面，服務員示意他點餐。

「蕃茄牛肉飯，去黑松露。」男人嘆了口氣。

「你不覺得加了黑松露很難吃嗎？雖然這飯的味道不如以前，但也只有這間有賣了，她以前很喜歡吃的。」他托了托眼鏡。

「誰？」我問。

「Kennis」他答。

「她在哪？」我試圖回想。

「死了。」

「你到底是誰？什麼是政政？」

「看來你真的什麼都忘了，科技的力量真可怕啊。」他吃了口牛肉。

「罷了，反正我一說，也活不成了。」

「你話可以不要說一半嗎？」我焦急道。

「別心急，今晚你，全都會知道的。」

我沒有料到真相是如此沉重，當你有日發現，安逸的生活原來只是一場騙局。你會有什麼感受？聽完這一切，我泣不成聲，我本以為這一生便會平平淡淡地過。工作、旅行、娶妻生兒，直到老去，然後迎接死亡。但原來，我根本沒有活過，在這荒謬的世界裡，我竟沉醉其中，或許由第一天開始，我就可以醒來，但我選擇沉睡。

「多謝你，阿賢，對了，這蕃茄牛肉飯有夠難吃。」我站了起來。

「終於醒了？陳立倫。那麼我走了，不然會被發現。」

「嗯，如有機會，我們三個一起吃碗蕃茄牛肉飯。」我放下四張餐劵。

四：墜下

「嘟嘟。」

我在睡夢中驚醒，放下電話後，我來不及梳洗，拿起手機便下了樓。一路來跌跌撞撞，鄰居咒罵著，手指頭不斷按壓升降機門鍵，當然，按壓速度與升降速度完全無關，但就是無法停下，大門打開。我再次衝出，撞倒了一個小孩，我留下一句抱歉便離去了。沿途的街景都被我忽略，頭一回覺得，這段路很長，像看不到盡頭，途人紛紛投來怪異目光，我截了一輛計程車，望著熟悉的街景逐漸遠去。

推開雪白大門，內裡一片又一片的白大掛奔走著，拖得光潔的地板，踩下去甚至會發出「吱吱」聲。一輛又一輛的擔架被抬來抬去，承載著痛苦、絕望的表情，在這裡，有皮外傷的、有重傷的、有生的、有死的。吸了一口氣，盡是酒精的味道，吸多了，或會上癮。主診醫生徑直向我走來，不知是否錯覺，他臉上閃過憐憫。於是，我又吸了口氣。

「醫生，怎樣了？」

「你跟我過來。」他把染血的口罩拉下。

這條路，似乎沒有盡頭，兩旁的掛燈如常運作，並未如恐怖片般交替閃爍著，地板、所見之處一塵不染，還隱約有股福爾馬林的味道。今日是八月的最後一日，我們約好了明天看電影，我甚至忘記了是什麼片子。不過肯定是喜劇，Kennis 說過：「現實已經夠苦了，看電影就是要看開心的。」現實已經夠苦……現實已經夠苦。

「不是說一起走下去嗎。」我自言自語。

走過第五個轉角，我放慢腳步，電影總把這裡刻畫得血淋淋的，但其實乾淨得很，我也是頭一回來到這裡，眼睛總不自覺注視一些有的沒的。發黃的牆角、生銹的門把，一切事物放得很大，佔據了眼球。

「吱呀。」

醫生示意我把門打開，門被打開後，與想像不一，依舊乾淨得很。儀器整齊排列著，但電源並沒有打開，房間中央有張不銹鋼的「床」，將視線移到中央，有個女人躺在上面，身邊擺放著各式的儀器，鋒利無比的刀、尼龍線、鉗子、金屬夾子。我將白布掀開，依舊是熟悉的面容，冰冷卻尚有餘溫。

「臉都爛了，我拼了一拼，你認一認。」白袍如此說著。

眼前這個女人，手腳以奇妙的角度扭曲著，五官都移了位。

「說我醜？現在誰比較醜？」說罷，我抱著冰冷的她。

是日。九月一日。

廣福中學天臺：

從欄柵俯視，可以看見各式的笑臉，孩童揮著球拍、籃球與鐵框的碰撞聲、夏蟬的喧鬧。不同的共振混在一起，聽似吵雜，實質有其和諧的節奏。我就這樣躺在天臺，不遠處有一女子走來，梳得整齊的直髮、燙得平順的校服，女子徑直走來，她叫 Kemis，自認識以來，我與她從不乏話題，人生、時事、家庭，我都會與她談。在她面前，就如照鏡，毫無掩飾、一覽無遺，她與何立賢不同，我說什麼，何立賢都會支持、同意。而 Kemis 總挑出我不少毛病，每次與她的相處都令我更了解自己。

「喂，在做什麼。」一把女聲打斷我的思緒。

「上來放放風。」

「喝吧。」Kemis 拋來兩罐啤酒。

「你在學校喝酒？不怕被記過？」

「別開玩笑了，陳立倫會怕記過？」她喝了一口酒。

「也對，還有幾個月就畢業了，你之後有什麼打算？」我接過啤酒。

「我應該會念個大學然後找份穩定的工作吧。」話語顯得格外冰冷。

「你覺得這座城市會變得怎樣？」我站了起來。

「只會越來越差吧，有錢的越有錢、窮的越窮、住的地方越來越小、食物變得更貴、空氣變得更差、政客變得更無恥、我們變得更渺小。」她靠在天臺旁。

「有幾多人因為這座城市而跳下去？」

「每天都有。」我將酒一飲而盡。

這座城市就如一枚棋子，爭奪來爭奪去，城內的人連自己身為棋子的自覺都沒有。看著兩界的主人搖尾乞憐，棋子若知道自己的定位，或許不再甘心成為傀儡。

「你覺得這座城會反抗嗎？」Kennis 如此問道。

「如果一切都如此合理，也就不需要反抗。」

Kennis 的血液不再流動，嘴唇也開始結霜，皮膚泛起紫斑，我握起那冰冷的手。

「你個仆街，就這樣走了，我們怎麼辦？」我小心地握著。

「如果一切都如此合理，也就不需要反抗，也不需要執著，你也不會躺在這吧。」

走出醫院後，氣溫開始回復正常，外面依舊熱得嚇人，我機械式地買了包煙。點焰起來，想起總嫌我渾身煙臭的 Kennis 。現今，再也沒人嫌我了，我搭上計程車，看著燈紅酒綠的城，腦海不斷浮現 Kennis 與天臺。

「特別新聞報導，今夜於 xxxx 大廈有一女子墜樓，當場身亡，警方接報到場後認為死因無可疑，事件列自殺案處理。」

「現在的年輕人真的捱不得，一點點事情都撐不住，想當年……。」司機自說自話。

我沒有理會他，我將頭靠在窗邊，望著來往的車輛，氣笛聲、引擎聲、司機大哥的廢話。都令我喘不過氣，於是，我下了車，買了兩打啤酒，坐在碼頭旁的石凳上。

「Kennis 就這樣死了嗎？」我自言自語著。

自成立政政以來，Kennis 與何立賢一直不遺餘力，特別是 Kennis ，贊助、問答大會、辯論，都由她一手負責。而六月開始的社會運動，她也從不缺席，一個二十多歲的女孩，為了自己、為了制度不斷付出，結果卻是被坦克狠狠壓碎，壓得血肉模糊，我一想起 Kennis 那被拼接的臉，手就不由自主緊握，我試圖灌醉自己，至少不用那麼快回到現實。

「或許，只要活在夢中，現實變成怎樣也與我無關吧？Kennis 你覺得呢？」我將空罐踢跌。

遠處，有一個女人向我走來，這身影很是熟悉，但我也記不得是誰。

「陳立倫，你希望下一個 Kennis 出現嗎？」她撥了撥頭髮。

「不。」我下意識回答。

「那麼，加入我們吧。」

說罷，她吻向我，接著，我……慢慢失去意識……。

五：造夢

一覺醒來，映入眼簾的卻是一個陌生地方，誇張的水晶吊燈、面向維多利亞港的落地玻璃，陽光柔和但不刺眼，她從廁所走了出來。

「醒了？來，把衣服穿好，帶你去一個地方。」她把襯衫拋來。

我認得她，那場辯論比賽的主辯，但我為什麼會跟她……問題像炸開了般。

「還坐在這裡？車子可是不等人的。」

我沒有理會她，而是嘗試將一切組織起來，但線索就如斷了的絲般零散，喝酒、海旁、女人、裸體、話語，我跟她到底說了什麼？

她見我沒有動作，便先行離去，然後拋下一句。

「你說你不想有下一個 Kennis，我才給你機會的。」

將悲傷吞下後，我跟了出去。

「我要怎麼叫你？」

「欣欣。」

我們沒有太多交流，儘管我滿肚子都是疑問，其後，我登上一輛黑色七人車。司機戴著口罩和墨鏡，顯得異常神祕。約莫過了兩小時，我意識到我不在香港，因為香港沒有兩小時到達不了的地方。

「我們去哪？」

「深圳。」欣欣依舊冷漠。

「你可以跟我解釋一下發生什麼事嗎？最近這環境，我可不想死在上面。」我疑惑道。

「你恨我們嗎？」她好奇地問。

「我恨你們後面的人。」我字字鏗鏘。

「你知道我們都在刀尖上吧。」

「你在刀尖上不代表你可以把刀尖對著人。」我想起了Kennis。

「唉，看來那個女孩的死，對你打擊很大。」

「她是我人生中最重要的人之一。」

「那你應該早些勸她別多管閒事。」

「她再怎麼多管閒事也不至於死吧。」

「對的，可是上面根本不在乎她的死。」

彼此沉默兩分鐘後，她率先發話。

「你聽過夢境真實化嗎？」

「AR虛擬實景？」

「不完全是。」她靠了過來。

「我長話短說，上面研發了一種技術，能透過裝置，使人做夢，在夢境中長期生活。」

「為什麼要這樣做？那麼肉體呢？」

「用營養素維生。」她神情輕鬆。

我揉了揉雙眼示意她繼續。

「但目前我們夢境的佈景有一個問題，就是不夠真實，這樣很容易被發現。」

車子終於停下，眼前是一個橢圓形的建築，極具科技感，現在是下班時間，能看見一個又一個人從鳥蛋走出。接著欣欣給我大概介紹了這棟建築的用途，那就是收容異見人士，然後讓他們做夢，直至死去，來到地下室，可以看見密密麻麻的膠囊，它們大部分都是空的，只有一兩個人有「住人」，膠囊上方有一條葡萄糖管，能清楚看見液體流到管線中再流到人體。而現場也有許多醫療人員在監察系統。我留意到有一個老人，正笑著做夢。

「他是誰？計畫不是未開始嗎？」

「我們這邊的異見人士多得很，有著數不完的實驗品，他是第一個做夢的人。」

我嘗試接近名牌，但上面只寫了一個姓，「劉」。

「我在腦海中回憶了一下，大概知道他是誰。」

「那麼，為什麼要找我，你怎麼肯定我會幫你。」

「因為你說不想有下一個 Kennis 。」她遞上咖啡。

我喝了一口，真難喝，的確，如果一切都如此合理，就再沒有反抗，也沒有爭鬥，更沒有死亡。雖然一切都是虛假，但只有做夢的人不發現，那麼世界便是真的，反正這個世界也腐爛不堪，醒了也不會快樂。

「接下來，你會參與夢境的研發，完成之後組織會給你一百萬，在這半年期間，你不得離開這棟建築，你的三餐都有專人送餐，你所需要的日用品這裡都會有，請不要嘗試逃脫，不然，後果自負。」

「我不會的。」我語氣肯定。

不知 Kennis 與何立賢會否支持我的做法呢，我望了一望劉姓男子，將咖啡一飲而盡。

我參與了夢境的研發，說是研發，但其實我只是把我的意見說出，比如，在夢中，人人都要有房子，不需擠在一個狹小空間裡過活，最好再有一個家務助理，類似於 AI 保姆，它能幫你處理生活大小事，生活中繁瑣的事已經夠多，這一點十分重要。接著便是飲食，每人一個月有九十張餐券，一餐大概收取一張，所有費用由政府負責。食材也由政府把關，盡量要使用高質素的食材，至於工作，所有人不能晚於五點下班，每天有半個小時的放空時間，所有人必須放下手上的工作，盡情享受放空時間。到了最後便是環境，街道必須整潔、每小時由 AI 負責清潔，最後我希望每個人臉上都掛住笑容，至於這部分，我交給了他們，希望他們不會讓笑容太僵硬。

我讓他們答應我，以後不能再有下一個 Kennis ，夢境已經研發得七七八八，剩下的就交給他們。

有時總在想，如果 Kennis 與何立賢知道了，會支持我的決定嗎？這半年我總在想，是我將同路人們囚禁於此，還是賦予他們一個美夢？如果是夢，我希望永遠不會醒，這段時間死的人不算少，我開始質疑我是否拯救了他們，看著一個又一個滿載的膠囊。我陷入了沉思，作個美夢，對上面而言省事，對我們，則有如住進樂園。如果這世界荒謬，那就一直做夢。

「今天是最後一天呢。」欣欣笑著。

「對啊。」我看了看膠囊。

一支銀針進入我體內，我疑惑地看著她。

「我會一直睡下去，還是。」說罷，我失去了意識。

六：一切都如此合理

看著空無一人的大屋，加上那令人煩躁的A保，我真的不明白當初為何會設計出這些東西來。

「請問主人……。」我將其電源拔掉。

這種感覺很奇怪，我知道我在夢中，但我就是出不去，我走到咖啡機面前，沖了杯美式。咖啡依舊難喝，明明是我創造的，但這一切卻是令人心煩。算了一算，我在這裡大概生活了十幾年，現實應該也過了十幾年才對，何立賢那個臭小子花了十幾年才找到我？這夢境有那麼大嗎？我沒有梳洗就走了出去，也沒有與大堂的A保打招呼，現在這個世界對我而言就是一個經過粉飾的籠子，而粉飾的人正正是我，以前，我一直以為只要夢境夠飽滿，不醒也沒有問題，但原來這只是自欺欺人。夢，終有醒來的一日，而那天的到來，將帶來無窮無盡的痛苦。正如今天，我知道我在夢中，但我離不開，一切都是假的，我卻要把這鏡花水月當成真的。或許我下半生都要在此渡過，何立賢特意過來提醒，為的不是什麼，正正就是提醒我，活著雖痛苦，但不能失去批判及反思。我的臉就如被摑了一巴掌，造一個夢自以為讓烏托邦重現，殊不知只是讓所有人欺騙自己。

轉眼間，來到這條發臭的河，沒有日本櫻花、威尼斯式河岸，有的只是兩個男人，這是死水的氣味，喚作臭河，當然不會好聞，但中學時卻時常與 Kennis 、何立賢過來跑步。也時常探討著，臭河什麼時候才不會臭，河上的死魚、腐苔都是我腦海中的模樣，當你知道一切都是假的，就會對真實抱有更大希望。

「劉生，幸會。」我點頭示意。

「知道我姓劉，想必是醒了吧？」男人說著國語。

「劉生，你是什麼時候醒的。」我問道。

「第一天進來的時候，這裡太假了。」

「也是，不過再怎麼假，也有一個真的人陪著我。」

我們都笑了。

曾子源，1998年出生，於香港生活二十載。國立暨南大學中國語文系畢業。曾獲十九、二十屆水煙紗漣文學獎，起初投稿只是鬧著玩，後來有幸獲獎，得到師長、朋輩的認同，漸入創作之路。於畢業那年擁有一本自己的書，想來卻似如夢，在此感謝水煙紗漣文學獎，沒有水煙紗漣，便沒有作品集《將故事寫進樹裡》，沒有此書，我大概也與教學無緣。今後希望我不會放棄創作，能將寫作與生活融合。

甘耀明：

我選這篇的時候，其實還滿猶豫的，因為這是一個科幻小說，讓我想到《駭客任務》，我覺得它就是脫胎於《駭客任務》裡面的一個概念，人必須靠另外一個母體餵養，處在一個沒有辦法分辨現實跟夢境的世界。我在閱讀時，自己投射了類似反送中、香港的題材進去，但是隨著小說筆法，帶著一種模糊的視焦去看的時候，好像跟生活現實有一些關聯，又處在一種應該如何去反思、如何去突破困境的思考中。當然，我不是因為它影射反送中事件而給分，而是作者處理這樣一個科幻題材的時候，帶了一種模糊的距離，讓這個東西有一點其他的氛圍。

鍾文音：

這篇作品把反送中放在一個很聰明的包裝裡，最棒的核心就是在寓現實於科幻裡頭，非常真切地抓到現實的真，可是所有語境都是科幻的，比如香港淺水灣都是有錢人，都有AI當保全，A保還會發紅包，很厲害。寫得更好的是把過去烏托邦的香港，從以前動員到現在的失落以及媒體的自由，可是久了就合理了，為什麼呢？因為習慣。這篇小說非常厲害，看起來非常淡然，文字之間卻有一種恐怖感，它的恐怖在於人們被合理化的時候，連自己都不自覺。

神小風：

我喜歡這篇的語言，跳躍且自然。放在一個科幻感的環境裡亦不顯突兀，作者並沒有滿足於說故事，而是試圖往外與政治和社會環境作結合，企圖心很強。

〈牲〉

中文四 張謦耀

六月清晨，在黯淡的朝陽殘酷的在那厚重且沾滿眼屎的眼皮上灑下第一道曙光前五十二分鐘，水燕被一連串的可怕惡夢驚醒。

水燕驚魂未定地朝著昏暗的房間環視一周，房裡的擺設和三十年前一樣，時間並未在這兒遺留下什麼。空氣中瀰漫著一股淡淡的異臭，小夜燈也震顫著，像恐懼著那潛藏在漆黑裡的獸。倏地，僅存的光亮從窗外逃了出去。水燕瞥見了彥雄，他的睡姿端正，手臂交疊於胸前，腿伸的筆直，平時那輕浮的樣子也不見蹤影。呼吸聲若有似無，胸口不見浮動，雙唇微開，哈喇子順著嘴角，在枕頭上畫出一灘水漬，那是一張死人的臉。

她艱難地撐起身子，走到牆角的立身鏡前，看著裡頭肥碩的身形，本想梳妝一番的念頭也隨之逍逝。水燕靠近鏡子，仔細地端詳起自己的臉，一點也不標緻，滿臉的肉擠的眼睛只有常人的一半大小，鼻孔特別大，鼻頭還有點上翻，像老家豬圈裡頭最肥的那隻豬，她久違地想起了失蹤的母親，兩人長得還真不相像啊，不禁輕笑出聲。

了無睡意，水燕輕輕地打開房門，躡手躡腳地來到位於一樓的廚房。從倉庫舀了一杯米，倒進飯鍋，麻木的和著水攪動著，攪啊攪的，想攪動著這些年來一潭死水的婚姻。拿起洗好的米，將它們放進大同電鍋裡，打算煮一鍋地瓜粥後，再煎顆蛋給伴她三十年，卻不比電鍋熟稔的枕邊人當早飯。來到神明廳，點上九炷香，先給外頭的天公爐上了三柱，再跪下虔誠地禮拜宮裡的眾神佛：「觀世音菩薩，卜龍宮眾神佛在上，弟子水燕，祈求您可以庇佑弟子一家平安順事……」。

它們的根在哪裡，她已忘得差不多，有二十年沒回祖廟進香了，手頭一直以來都有些吃緊，不得不勒緊褲帶過活。有時不禁覺得它們可憐，從前在也算是香火鼎盛，如今被請到這鄉下地方來，也沒多少香火，夫妻二人身為乩身實在不稱職。

水燕今天六點半就到了工廠，她實在不明白自己為了什麼要這麼早來空無一人的工廠，甚至也快忘卻自己為何要持續這份工作，一個人安靜地蹲在牆邊吃著巷口早餐店十五塊錢的鮪魚吐司，什麼也不想，等著工廠開門。

「嘰——嘰——」斑駁的鐵捲門像是巨獸的嘴緩緩的張開，在晨霧襯托下，顯得鬼氣森森。迷濛的巷口，緩緩走出一列人龍，它們眼神呆滯，垂著頭，丟了魂似的擺盪著雙手，踏著緩慢而又僵硬的步伐，邁向那無底的深淵。那巨口貪婪的，將數不盡的迷途者，生生的吞入腹中，當然也包括水燕在內。

裡頭是一棟淺藍色有些掉漆的鐵皮屋，散發著一股難聞的鐵鏽味。偌大的廠房只有六扇窗和老闆辦公室的一臺電風扇，一到了夏日，便是滿屋子悶熱潮濕的臭酸汗味和雇員的怨聲載道。水燕看著工廠裡的時鐘，她的日子被細緻地裁切，成了張畸型的時程表，仔細一看上頭竟只寫著彥雄和女兒，自己的名字哪兒去了呢？

水燕的汗在衣服上濕了又乾，乾了再濕，身上被刻上一大灘水漬，像是烙印，警醒著自己的身分，又臭又難看。堅苦卓絕的撐到了午餐時間，她腆著臉走進了辦公室，妄圖能向老闆預支下個月的薪水。走進門口的一瞬，轟隆隆地忙碌機械音，同事們粗重的呼吸，抽風機運轉的風聲，讓水燕幾欲發狂。這時鈴聲大作，水燕本不想搭理，但鈴聲如索命般越響越急，她滿臉疲態地拿起了話筒。愣了半晌，大呼一聲：「完了！」。她的吶喊無聲融入那巨獸的呼吸中，沒有任何人聽得見。水燕兩腿一癱，跌在水泥地上昏了過去。

彥雄的腿摔斷了。

水燕煮了飯湯放進電鍋熱著，安頓好右腿裹著厚厚一層石膏的彥雄後，從抽屜取出一疊有些受潮的符紙，將它們蓋上宮印。點上檀香，老舊電風扇的葉片轉動著，不時便喀喀作響，有好一段時間沒有上油，佈滿了一層淡淡的鐵鏽。廳裡的牆和天花板，給煙燻成了焦黃色，從外頭看，像是張泛黃的老照片，廳裡的人、事、物自那年起便沒再變過，一切都停滯不前。三三兩兩，幾個信徒往功德箱裡扔了點香油錢，拿著香走了進來，向水燕打了聲招呼，便兀自跪拜了起來，他們是今日要問事的人。往香爐裡添些檀香，煙順著風化作一道綿綿絲線，流淌著，溢出窗外，水燕癡呆的望著遠方，似乎在盼著什麼人。

「阿燕！」她慌忙尋找著那宏亮聲音的源頭，看到了！那是一身材矮小，四肢細瘦，頂著一頭不符合年齡的烏黑捲髮，滿溢著笑容的老人。

「阿樹！」水燕看著她的笑臉，忍不住也咧開了嘴。阿樹嬸是村裡的最懂農作的人，她的果園收成極好，種的水果都又大又甜，經常分送給鄰里，是村民們公認的好人，也是自己為數不多的好友。

「乾媽！」這時水燕才察覺阿樹嬸挽著一個青年，挺高的，大約一米七五，留著俐落的短髮，戴著一副金絲眼鏡，與他散發的氣質實在不符，看起來陰陽怪氣的。他是阿樹嬸的孫子——羽翔，在這偏僻的山村也算的上是出了名的人物。她想起了阿樹嬸跌跌撞撞的抱著他闖進家門的那一夜，宇翔當時已經換過三個奶媽，三人都給嚇的不敢再帶孩子。那時他兩歲，一日只睡三個鐘頭，總在午夜時面對著空無一物的牆角咯咯笑，兩隻白胖的小短手在空中揮舞著，像是在指揮什麼，阿樹嬸被嚇的不敢入睡，身子骨實在撐不住，只得求助神靈。經不住阿樹嬸的苦苦哀求，只好找八字較重的彥雄當他的乾爹，沒想到瞎貓碰上死耗子，問題突然解決了，阿樹嬸從此更加虔誠，幾乎是一有空閒便來卜龍宮參拜，這事兒也成了村民茶餘飯後的談資，也讓卜龍宮在這小山村能多少有些香火。

「羽翔啊！現在幾年級啦？」水燕從羽翔兒時起便不擅長應付他，以往都是拿些好吃的零食敷衍，現在孩子大了，這招數便不管用了，只好問些方便的問題。

「大學一年級！」羽翔露出了爽朗的笑容回應著，直勾勾的盯著水燕的雙眼，眼神像是看穿了什麼，真是個邪門的孩子。

「真是出息了啊！村裡不知道多少年沒出過大學生了。」水燕別開眼神，草草的回應著，請阿樹嬸祖孫二人到客廳歇息，便準備開壇了。只見那信眾分作兩列，水燕坐在一木凳上，開始不斷的發出宏亮的，像是飽嗝般的聲音。她晃著腦袋，全身顫抖，嘴裡念念有詞，全是些聽不懂的天語，並不時的以腳踱地，最後雙肩猛的一沉，霎時間，檀香的煙霧大起，朦朧中只聽得她大喝一聲：「我是觀音！」，邁開大步，於信眾方才拉出的大椅坐定。兩旁信眾低下高貴的頭顱，兩眼噙著淚，雙手合十，齊刷刷的喊著：「觀音菩薩你好！」

「今仔日是啥人欲請教？」觀音菩薩問道。

信眾有人說自己身體不舒服，懷疑自己怕不是鬼上身了。觀音菩薩遂拿起符紙點火，受潮的符紙燒的相當緩慢，她的手在空中畫了個奇特的符號，在女信徒的面前掃了三次；接著繞到她背後掃了四次，把將燒盡的符紙放在地上，讓其跨過，接著喝下符水，便算完事。

恍惚間似乎有隻漆黑的大手掐著她的脖子，將她的意識壓入更深層的領域，幾乎要窒息。恍然間，水燕看見三個垂著頭，穿著粗布衣的女人，帽子遮掩了她們的臉，看不清五官。她們三人圍著一尊棺材，棺材是最基本的款式，褐色，沒有任何的雕花裝飾，裡頭放滿冥紙折成的元寶和鮮花，不見任何屍體。猛地水燕看見了，一個女人的臉部肌肉誇張的形變，蠕動著構成一張扭曲的臉，全身不斷的抽搐著，那臉看上去像是一頭開懷大笑的豬。

「水燕！水燕！水燕！水燕！」阿樹嬸大力拍著水燕的背，高聲叫喚，水燕終於在一陣劇烈地震顫後逐漸醒轉。她的衣服被冷汗浸溼，明明是炎炎夏日，心頭卻有一股驅不散的涼意，像是一條蛇緊緊的纏在脖梗，令她有些喘不過氣。

「發生什麼事了？之前退駕沒發生這種事啊？」阿樹嬸連忙追問，其餘信徒看起來也有些恐慌。

「沒事，應該是最近太累了，休息一陣便好。」水燕試著安撫大家說道：「今天宮裡有準備飯湯，大家晚餐沒吃飽的可以一起吃。」

信眾們應聲後，便各自忙著去張羅桌椅，裝盛飯菜了，有免費的飯吃，誰還會記得方才發生的怪事呢。

阿樹嬸把水燕單獨帶到屋外，張望了會兒，小聲的對她說：「阿燕，我聽說彥雄腿摔斷了，這些錢你拿著幫自己買些補品，別太操勞。」水燕正想推辭，阿樹嬸湊到她耳邊說：「別讓彥雄知道我給你這筆錢，他會花光的。」。阿樹嬸一點回話的時間都不留給水燕，瘦弱的身子向左微傾，往右略顯吃力的一跨，跨上了腳踏車，慢慢的淡出水燕的視線。她看著阿樹嬸遠去的佝僂身影，恍惚間回到自己十五歲那年，目送母親離家的那日，她偉岸的背影。

水燕的母親是個偉大的女人，她獨自一人照顧水燕直到她十五歲。那是五月的一個雨夜，母親吩咐她先去餵豬，紡織廠臨時有新的工作，讓她煮自己的晚餐就行。有力的臂膀獨立撐起搖搖欲墜的家，水燕仍記得她厚實的背，那是自己兒時的溫床，還能憶起那雙長滿老繭的手，又硬又乾，卻總能無礙的將溫暖傳遞給生病的自己。水燕也想像她一樣，想成為一個家的依靠，想著便熱了一桌菜，盼著她回來。可她再沒回來，只留下一間破舊的房子，一個大同電鍋和一頭豬。

「阿燕……」水燕的頭有點疼，冥冥中好像有什麼在阻礙自己的思考，她今天打通電話和阿樹嬸聊聊。母親為了什麼棄自己而去呢？也許是不想被女兒拖累吧！自己和母親長的不像，那麼自己醜陋的外表是遺傳自父親吧？也許母親看著自己便想到那拋家棄子的丈夫，所以不待見她吧！

「阿燕！」或許紡織廠的老闆看上了母親，準備迎娶她，不希望妻子帶上不是自己的崽吧？或許母親那日出門被車撞死了？又或許母親被山裡的魔神仔牽走了……

「阿燕！！！」彥雄大吼著打斷了水燕的思緒。

「按怎啦！」水燕不耐煩地看向彥雄。自從腿摔斷了以後，他幾乎將自己當傭人使喚，把屎把尿，整日躺在床上看電視，加上這陣子煮的都是大補之物，彥雄的肚子大了一圈，本來撐著拐子還能走路，如今已經兩週沒見他下床了，實在氣人。

「按怎？你又閣欲敲電話予阿樹嬸呢？」彥雄開口質問，水燕已經連續兩週，每天都打電話給阿樹嬸了，這可浪費錢了，她少打幾個月電話說不定自己就可以再買一張運彩，到時萬一中獎可就有好日子過了。

「袂使嗎？」水燕沒好氣地回答。

「伊是你老母嗎？逐工敲！扣袂說！」彥雄挖苦道，他總看阿樹嬸不順眼，她的眼神充斥著對自己的不屑，他看的出來，阿樹嬸瞧不起自己。瞧不起又如何？羽翔還不是得叫我乾爹！這麼一想，心情又快活了起來。

「著！伊著是阮老母！你開的錢攏是伊借的！」水燕臉色脹紅，握緊了拳頭，聲音愈來愈大，她生氣了。為什麼呢？對了！是因為他污辱了我的母親！

「唉呦，伊會予我錢呦？按呢著愛對伊放較尊重呢！」談到錢，彥雄突然嘻皮笑臉了起來，看著他那醜惡的笑臉，水燕實在想動手教訓這王八蛋。

「爸！吵夠了沒阿！」一個身材高挑，面相兇悍的女人推門走了進來，指著彥雄的臉罵道。「我從巷口就聽到你喊的大小聲，袂見笑嗎？」她是水燕的大女兒——美霞

「死囝仔，這馬大人大種了嗎？敢對恁北嗆聲！」彥雄一聽，呵！女兒敢和自己頂嘴？氣的抄

起拐子要打。

美霞反手奪了彥雄的拐杖，往地上一砸，斷成兩半。緊接著和他扭打在一起，六十多歲又瘸了腿的彥雄哪裡是年輕人的對手，被壓在地上狠狠的搧了兩個大巴掌，美霞邊哭邊打：「我替媽媽不值啊！她這些年替這個家操心的還不夠嗎？從以前你就這樣，我們沒錢上學的時候，都是她去籌錢，你替這個家做過什麼？讓她跟朋友講個電話有很過分嗎？」

村民紛紛在補龍宮門外聚集，聽著裡頭乒拎乓啷的，還以為是神明誕辰呢！大人們忙著張羅桌椅，在上頭擺上三牲素果，殺了頭八百多斤的豬，是村裡最肥的那頭。孩子們拿出鞭炮，點燃引信，劈哩啪啦的，興奮的追趕著受砲聲驚嚇的雞。大人們領著孩子，對著卜龍宮的神明廳，拜了三拜，在外頭燒起了金紙。隨後兀自開始喝起了酒，有的在供桌上划起了酒拳，有的在地上玩十八拉，孩子們在席間追逐著，玩起騎馬打仗，好多孩子打著打著摔了下來，像是下起了娃娃雨，逗的村民們紛紛開懷大笑，大家都很期待能吃到那頭豬，該做成封肉呢？還是醃成鹹豬肉呢？好難抉擇啊！孩子們想著想著，口水都滴到了地上，到處都洋溢著快活的空氣。

孩子們的笑語，村民的癲狂，彥雄和美霞的叫囂，突然離自己好遠。水燕伸出手想拉開兩人，卻發現自己和他們之間隔了一堵牆，她的一切努力似乎白費了，一個女人想撐起一個家，就這麼困難嗎？自己失敗了嗎？水燕想說些什麼，好不容易組織起的話語，卻被鑼鼓喧天，鞭炮齊鳴的轟響吞沒，沒有人聽見，更無人察覺落進枕頭裡的那一滴淚。

「阿彥！已經讓你賖兩次了，這回你總該繳瓦斯錢了吧！」門外響起了瓦斯工人阿榮的聲音。

「抱歉啊阿榮，能不能寬限幾天，等我發薪我再還你？」彥雄厚著臉皮的向阿榮求情，一邊眼角餘光瞄向坐在客廳裡的水燕。

「少來了！大家都知道你已經五年沒有工作了，連信徒問事你不都推給燕姊了嗎？我看何府千歲大概也不希望你當乩身了吧！」彥雄的臉被阿榮氣的是一陣青一陣白，正想破口大罵又想著要還要靠他幫忙墊錢，兩人頓時有些僵持住了。

「阿榮啊！可不可以再寬限幾天？我明天去預支薪水，連同之前的份一起還你。」水燕苦笑著再次請求阿榮。

「你也真不走運，攤上這沒用的男人。燕姊，這是最後一次了！」阿榮說著便騎著機車離開了。

深夜，彥雄睡得並不安穩，總感覺有人在耳邊細語喃喃。他努力的撐開發痠的眼皮，眼前兩隻蚊子振翅發出刺耳的嗡嗡聲，圍繞著自己飛來飛去，真要命啊！蚊子的頭顱逐漸以一種驚人的幅度膨脹變形，慢慢的長成美霞和阿榮的模樣，那碩大的腦袋和蚊子的身體不成比例，黑暗中，看上去就像兩顆漂浮的人頭。

「阿燕！阿燕！」兩隻怪物笑的咯咯響，駭人的嘴咧到它們的耳朵，嘴裡的不是人類的牙齒，而是針管似的昆蟲口器，唾沫一滴滴的滴在彥雄臉上，他嚇得猛搖水燕，但今天不知怎麼地，水燕是怎麼叫也叫不醒。

「少來了！大家都知道你已經五年沒有工作了，連信徒問事你不都推給燕姊了嗎？我看何府千歲大概也不希望你當乩身了吧！」

「你沒發現現在信徒問事都不請何府千歲了嗎？是因為你顧人怨啊！」

它們笑著，嘴裡說出來的卻都是斥責的語氣，格外的詭異又不協調。彥雄抱著頭，摀起耳朵，但那些話卻像直接作用於腦中似的，怎麼樣也無法不聽見。

「啊！！！」彥雄大叫一聲，驚坐了過來，大口大口的喘著粗氣。悄悄睜開雙眼，朝昏暗的房裡環視一周，沒有蚊子。房裡的擺設和從前完全不同，牆上的壁癌和裂紋，桌上的全家福照片，都是歲月遺留下的贈禮。小夜燈裡昏黃的光線強撐著最後一口氣，閃動的跳著，映出了水燕扭曲的睡臉，她雙手雙腿深的筆直，冷顫打個不停，臉上滿是嫌惡。彥雄想起了剛才的怪物，輕輕的拍了拍她的肩膀，輕聲喚著：「阿燕！阿燕！」毫無反應，水燕仍舊不斷的打顫，彥雄將自己的外套披在水燕身上，便離開了房間。

他來到了浴室，看像鏡子裡的自己，裡頭的人已不再年輕，黝黑的臉上佈滿皺紋，一雙眼老眼昏花，肚子也像是充氣似的大了起來；手臂上的皮膚乾乾癟癟的，長了許多濕疹和老人班，自己跛著的腿休養了三年，也不見好轉。

自己有多少年沒再聽見何府千歲的聲音了，彥雄也已記不清了。還記得當年自己成為乩身時是多麼風光，村民們總是會帶著鮮花素果來宮裡參拜，自己可有好些年沒吃到那些拜完的供品了。香火正鼎盛時，信眾們租了臺巴士，熱熱鬧鬧的回祖廟掛香，鑼鼓喧天，鞭炮齊鳴。彥雄靜靜的看著，像看著一個陌生人。那人昂首闊步走進廣場中央，彷彿要上刑場似的，空氣中縈繞著肅殺的氣息，男人褪去了上衣，露出算的上健碩的臂膀，手持七星寶劍，腳踏罡步，狠狠朝自己背上砍去。村民和孩子們一看見血了，紛紛興奮了起來，崇拜的目光使他血脈賁張，緊接著銅棍、鯊魚劍、月斧和刺球也輪番上陣，人們的喊聲愈加癲狂，彥雄的眼裡也只剩血色。

「我除了乩身的身分外，還剩下什麼？」村民的愛戴？親情的溫暖？真摯的友情？仔細想想自己好像什麼也沒有，阿榮和美霞說的不錯，所有的一切都被自己親手毀了，原來自己只剩下這個了。

「我還能再聽見您的聲音嗎？」他倒在了冰冷的地上，嘴裡虛弱的嘟囔。

似乎是聽見了他虔誠的呼喚，空中搖下了南國未曾見過的靄靄白雪，彥雄蓋著這片純白地毯，安詳地睡去了。

水燕今夜睡的並不安穩，她總感覺有什麼重物壓著自己。睜眼一瞧，發現自己被一頭跛腿的公豬壓在身下，牠用前腿牢牢的扣住自己的腰，將碩大的陰莖插入自己的陰戶。令人意外的是，自己什麼都感覺不到，就像是看著一個不相干的人。那公豬笨拙的扭著肥碩的腰，在一陣顫抖後便消失了，水燕掙扎著爬了起來，卻發現自己的手便成了豬蹄，看向房裡的鏡子，竟是一頭白胖的母豬，她嚇的大喊一聲：「啊！！！」

她再一睜眼，不知怎麼地，來到了積滿白雪的屋外。

赫然發現雪堆裡出現一頭身上插滿五寶的公豬。

「聽說了嗎？水燕在雪地裡挖出一隻豬。」這個傳言在村裡不逕而走，村民們都圍在卜隆宮前，想一睹那頭來歷神奇的豬。

「各位鄉親，今年冬天特別冷，我做了豬腳麵線，大家趁熱吃。」水燕招呼著村民擺好桌椅，從廚房端出了熱騰騰的豬腳麵線。村民們都很開心，孩子們更是喜出望外，紛紛稱讚著水燕的大方和她的好廚藝。酷寒的冬夜，豬腳麵線和紹興酒簡直是絕配，大人們趁勢開啟了酒會，各個都喝得滿臉通紅，孩子們吃飽喝足，便在巷口老榕樹下看起了電視，那場面好不熱鬧。

「阿燕！」阿樹嬸帶著羽翔也來拜訪。

「來來來！趁熱快吃！」水燕忙著招呼客人，給阿樹嬸和羽翔各盛了一碗豬腳麵線。

羽翔只覺得那氣味和他印象中乾媽做的豬腳麵線味道大相逕庭，往碗裡定睛一瞧天啊！這哪裡是豬腳麵線！這是人腿麵線啊！他大呼一聲，領著村裡的年輕男子衝進了屋內，水燕已經消失了，他們在冰箱中發現彥雄被肢解的屍塊。

不知走了多久，水燕來到兒時和母親一同居住的家。過了約有四十個年頭了吧？這棟屋子倒是一點也沒變，裡頭的擺設和兒時記憶相符，豬圈裡的豬也和從前一樣，是那樣的惹人憐愛。水燕羨慕起豬來了，牠們不必為了生計奔波勞苦，不必有人與人之間的欺瞞，他們什麼都不用想，只需要吃，直到生命終結。想著想著她跑進了豬圈，在泥地裡打滾，這一刻，她自由了。

「嚄嚄！嚄嚄！」她歡快的哼哼。

張譽耀，1999 年生，高雄人。國立暨南國際大學中文系畢業，現就讀國立中正大學中文所。喜歡躺在床上什麼都不幹，偶爾寫寫廢文。

這次能獲獎榮幸也意外，畢竟創作組的同學都是如此優秀，感謝所有評審的肯定與指教，期望未來自己能在廢文上日益精進。

參獎〈牲〉

甘耀明：

這一篇滿有鄉土小說的味道。主角水燕的老公，沒有工作五年又摔斷了腿，水燕必須在家裡服侍他，老公對她大小聲、躺在家裡吃喝玩樂，結果還被自己的女兒揍了一頓。這是一個滿現實的東西，如實呈現人生的負面狀態。我覺得作者在塑造水燕的身分上滿真實的，比如她是一個工廠的女工，在宮廟裡是一個問事的乩童，母親又離家出走，她活在被遺棄的陰霾中，處理得很立體。但結尾寫得不太好，文章前面的敘事觀點，大量放在女主角身上，可是後面卻跳到她老公上，沒有回饋到水燕怎樣去反思、看待這個老公，當敘事角度一轉換，力量就弱掉了。建議短篇小說的敘事觀點要盡量放在一個人的身上，去創造一個人格內在的思考跟想法，會比較集中。後面寫到水燕被老公強暴，我覺得寫得還不錯；但其他有些像終歸於一種夢境的東西，顯然沒有辦法處理得比較好一點。

神小風：

這篇其實講的就是一個女性底層的角色，在工廠上班，老公非常無用，所以她還要當乩童。這個作者的野心非常大，要在裡面很自然地切換這兩個身分，譬如「她的日子被細緻地裁切，成了張畸形的時程表，仔細一看上頭竟只寫著彥雄和女兒，自己的名字哪兒去了呢？」這其實是一個滿漂亮的形容，很明顯地指涉這位女性把人生都奉獻給女兒跟無用的老公，其實是有意識地在強調她的處境。但是結尾有一點混亂，這位女性好像被強暴，又好像被神明上身沒有退駕，還把老公殺掉做成豬腳麵線，處在一個很模糊的狀態。我覺得它很勾人，可是又覺得作者在設計的時候，有些地方好像漏掉了，沒有辦法寫得非常清楚，很快就結束了。不過我真的非常喜歡結尾，「直到生命終結。想著想著她跑進了豬圈，在泥地裡打滾，這一刻，她自由了。」作者寫這個女的把她老公殺掉，做成豬腳麵線給大家吃，最後用豬去比喻這個女性，形容她非常自由，她事實上想要的是自由嗎？這個作者在最後一段真的表現得非常好，讓整個小說都有一種很棒的強點。

鍾文音：

所有作品裡，這篇讓我有點陷入選擇兩難的困難，但我又很佩服它的恐怖寫法。水燕在做女工，母親也做女工，等於說母親和水燕都是受苦者，以豬作為象徵，母親失蹤後留給她一頭豬，最後水燕也變成一頭豬。最後的寫法非常恐怖，在臺灣的習俗裡，吃豬腳麵線是要驅霉運，主角是有乩身的人，可是甚至把無能的丈夫殺了之後，做成豬腳麵線宴請所有人。這個原型，可以推到臺灣女作家李昂的《殺夫》，裡面的男性給女性豬肉，女性就願意讓他上，因為太飢餓了。李昂動用當代一則新聞，有人把丈夫殺了冰到冰箱的事件，寫了當代女性新的壓迫，壓迫、憤怒會使人形成恐怖的力量。

當然，這篇小說有個很大的敘事小缺陷，這也是為何我在選擇之初很猶豫。因為這篇恐怖小說動用的不是心理寫實，而是社會寫實，所以田調工夫就要做得非常好。因為心理寫實什麼都可能，夢境、意識流種種，可是作者動員非常社會寫實的狀況，某種程度上，對於水燕的心理狀態、對於一個無助受苦的人，不能只是簡單地讓她殺了丈夫，儘管他是一個無能的丈夫，也不至於到要殺掉他、煮成麵線宴請全村莊，其實這是很精采的畫面，「宴請」的意象非常好，所有人都跟她一起吃了，而且因為丈夫就是腳受傷，用他的腳做豬腳麵線，也有動員到意象。只是小說的對話跟處理要再更琢磨，不然就會流於電視劇，比方說女兒打爸爸，這就非常激烈，如果描寫更仔細，可能張力會更好，因為當你用動作、畫面去帶領人物的時候，會少了那種心理過程，是這篇小說非常可惜的地方。我覺得作者寫出了臺灣鄉野中沒有路可走的人，當我們閱讀社會新聞的時候，可能會無法理解這些事怎麼會發生，正是因為我們認為每個人都有路可走，但實際上當事人是無路可走了，才會走在那條不可能的路上，小說有處理到這種心態。只是不知道為什麼，最後結尾水燕整個人都變成豬了，在旁邊那個豬圈裡，她覺得自由了。如果這篇小說能夠再細緻的打磨，重新演繹女性三代以來的命運會更好。因為這是短篇小說的容器，無法塞納母親、女兒跟水燕這三代的角色，使之有很多空缺，包括丈夫也有很多沒有辦法補足的部分。但是我很佩服作者的勇敢，最後那樣的寫法，恐怕連我都不敢寫，太恐怖了。

〈撞球館的女孩〉

中文四　蔡孟宏

我常在馬路旁的護欄上看到各式的廣告。有些是用黃色的紙片寫著吉地出租大坪數，有些是抽水肥及修水電的貼紙，而還有一個是直接用油漆噴在護欄上，寫著撞球檯出售，附上電話號碼。

已經許多年過去，撞球變得不再像過去那麼熱門，甚至淪為普羅大眾心中的不良場所。我無法辯解，因為我出沒在撞球館的時候並不是個好人，但至少我還沒把制服塞進書包裡。

撞球是一項考驗物理判斷能力的運動，必須考量母球被擊出後的角度，會將子球打到哪一個想要的路線或袋口。若瞄準的位置產生偏移，則打出去的路線就會混亂，而一旦你開始盲目地憑直覺亂打，會發現子球明明在非常好打的位置，你卻用母球把局面攪成一團混亂。

高中時我常翹課，騎著家裡的野狼四處流連忘返，最後連班導也放棄找我了。樂得輕鬆的我在不騎車的時候，窩在學校附近小巷子裡的撞球館裡，一個人在角落的位置練球。那時我的球技非常糟糕，如果這是一項學科的成績，那我的高中學涯應該會被強迫增加到第四年。而就在不斷把錢投注到永遠不會進的袋口的某一天，她走過我的桌前。

「飲料要續杯嗎？」那是一個年紀和我相近的女孩子，長得並不艷麗脫俗，卻也五官端正且態度誠懇。她紮了簡單的馬尾，身上穿著水藍色的撞球館制服和牛仔褲，體態是偏瘦的，但腿的線條會讓美人魚艾麗兒不願直視烏蘇拉贈予的禮物。

「啊，好的。」我點頭答應。

就在她站在桌邊倒飲料的時候，我不斷用巧克摩擦著桿頭，就算早已塗滿了桿頭依然沒有停下。她的眼光似乎正望著我的檯面，那是一局打了十分鐘，卻只打進一號和二號的九號球。我感到有些窘迫，於是假裝認真地盯著球檯，彷彿我能從一盤混亂的局面裡想出睿智的策略一樣。過了一會，一道清脆的聲音從我背後傳來：

「跳球打三號，進了之後薄邊打四號，推到袋口再用四號推九號。」她露出一抹淺淺的微笑，這真是友善的建議啊，但跳桿……我不會。當然不能承認我的無能，我默默地點了點頭，卻發現她不走。

「嗯……你會跳球嗎？」她低聲向我問道，眼中露出一絲訝異。

「呃，我不太熟。」

「不太熟啊……如果這一球能打在邊上再反彈回來就太好了，但你打成這樣……還是得跳比較好哦。要不讓我打打看？」

真是慈悲啊。

我點了點頭，將球桿交給她。

女孩右手握住桿柄，身體高高揚起，宛若準備投擲獵矛的戰士，雙眼投射出熱烈而專注的光芒，球桿像銳利的槍尖一般停在母球下緣上方，以左手纖細卻又挺拔的指節作為桿架。她一邊校正著瞄準的角度，我卻呆愣地叼著菸望著她，離我們不到一公尺的天花板吊著一盞燈，此刻燈光瀉落在女孩的頭髮和軀幹上，她的脖頸綳出了縱橫曲伏的纖細谷壑，從制服的腰際處微微露出的腰肢，呈現一道毫無阻礙的坡線。在這一刻我彷彿見到了媲美希臘神像的完美調和，在下一瞬間，女孩突地向母球刺下，「喀」地一聲，母球以拋物線的軌跡飛了起來，完美地頓落在紅色的三號球邊上，接著「咕咚」一響，三號球消失在袋口裡。

女孩舒暢地笑了笑，那便是自由女神帶著槍桿領導向前，凱旋而歸時的笑容吧。我只是個舉著手槍，不，白旗的男孩，向著女神散發光華的背影獻出讚嘆。

「厲害欸。」我拍了拍手，女孩舉目對向我，有些靦腆地搖了搖頭。

「再來換你了。」她把球桿遞給我。

「不，進球的人應該要繼續打。」我搖了搖手上的菸。

「不行啦，老闆出去一下而已，等等就回來了。」

「反正也只有我一個客人啊。」

「真的不行。」女孩走到桌邊，把空的冷水壺拿走。望著她即將走回櫃臺的身影，總覺得有一些悲傷的味道。但我說不上來這個感覺怎麼來的，也許是她的年紀跟我差不多，在大考前半年的春末還待在這個又小又舊的撞球館的關係吧？

往後的幾個禮拜，我更頻繁地出沒在撞球館，根據觀察後，女孩是在奇數日的下午到晚上上班。有時只有她和一個女大學生值班，那個女大學生只巴坐在櫃檯的旋轉凳上，除了幫客人結帳以外，就只是不停地看著有線電視裡忽黃忽青的老綜藝節目，發出像羊叫的笑聲。女孩一個人在櫃臺旁的吧檯調飲料和蒸毛巾，掃地和掃廁所也是她負責，而這些還不是最糟糕的情況，這間店的老闆，才是女孩上班的最大障礙。

「小穎～今天廁所裡有檳榔汁沒掃起來哦。」身材壯碩的老闆不常來店裡，一旦來了，便是運用身為雇主的壓力，揮灑著毫無內在的虛假權威。

「咦？我剛剛掃完啊？」

「我就是有看到，妳想說我沒看到嗎？這樣不對哦。」老闆沉吟吟地微笑，順便把一粒檳榔塞進嘴裡。

「……那我去掃。」女孩低聲回應道。

小穎，一個普遍存在的兩個字，組合成廣陌的世界裡並不罕見的稱呼，在我心底已經像晶瑩的珍珠一般剔透了。然而這隻滿口檳榔、無所事事又穿著邋遢的蟾蜍，竟敢輕蔑地將珍珠當作舌尖的肉芽一般輕易收放，這令我甚為惱火。

我開始嘗試約小穎出去，在她晚上七點半下班的時候，我便站在撞球館外的路燈下，等待她的出現。

時間來到八點，小穎穿著另一間公立高中的制服走了出來。她看到我時愣了一下，我投給她一抹淺淺的微笑。

「辛苦啦，要不要一起去吃晚餐？」

「呃？你還沒回家啊？」小穎疲倦的神色露出疑惑的表情。

「沒啊，剛剛還在學校晚自習呢。」我拙劣地撒了個謊。

「怎麼可能？」小穎的聲音裡充滿疑惑，「你會留晚自習？」

「是啊，晚自習的目的就是要加強白天的進度嘛。」

「那我怎麼常常在撞球館遇到你啊？」

「哎呀，這就不好說了。」我從野狼的後照鏡上取下了安全帽遞給小穎，她露出了古怪的表情問道：

「這臺是什麼啊？好像很眼熟，但卻想不起來叫什麼……。」

「野狼啊，嚴格來說應該叫紅骨狼，妳看它的骨架。」我蹲下身子，指著龍頭下一根烤成血紅色的鋼條，「烤成這種紅色的，車主都會用暱稱叫它紅骨狼。」

「這就是郵差騎的野狼的好朋友對嗎？」小穎目不轉睛地盯著我的野狼。

好朋友？我笑出聲來。

「笑什麼啊！」小穎也露出了笑容，在夜幕低垂、燈光昏暗的路旁，她的笑容就是巷口的月光。

載著小穎去夜市吃飯時，我很訝異地發現她竟然對夜市十足地陌生，就連在臺灣渡假的外國人都會比她更熟門熟路。小穎不敢置信串烤的種類包山包海、蒙古烤肉其實是一盤雜燴醬炒而不是烤肉、鐵板牛排會打一顆生蛋，糖葫蘆裡面是水果而不是葫蘆。由於實在太多令她詫異的東西了，為了安全和保險起見，我們在一間能內用的串烤攤解決晚餐。

望著像天竺鼠一樣細密又快速咀嚼米血和雞肉串的小穎，我不禁莞爾。有了小穎的私底下抽空指導，我的球技變得比以前進步許多。而這一位推桿猶如勞斯萊斯女神一般優美又富有力量的纖瘦女孩，面對陌生的炙烤佳餚，變得像走進大觀園的灰姑娘一樣。我除了新奇外，更多的是一股憐憫。

但女孩子需要的不是憐憫，而是細緻而溫和的陪伴。小穎看起來平易又親切，但我能感受到暗藏在深處的，可能有著寒冷或鋒利的秘密。

「我從來沒來逛過夜市耶，感覺可以逛很久很久，逛很多次都不會膩。」小穎感嘆地望著用鐵架撐高的燈泡和招牌，花花綠綠地紊雜成一片繁榮的景象。

我望著從小穎眼眸上反射的燈光，小小的亮點在圓滾滾的眸子裡像星星一樣閃呀閃地。

「喜歡的話我可以常帶妳來啊。」我說道。

「希望可以啦。」小穎輕輕地回答。

「我一定可以的。」

「你不是都要留晚自習嗎？」小穎露出促狹的笑容。

「欸……」

小穎邊笑著邊咬下了米血。

載小穎回家的路上，根據她的指引，來到市區外圍的工業區，在後方的小山坡上有一片由塑化工廠員工聚集的勞工住宅，她讓我在進入住宅區前停在路旁的一棵樟樹下。

「這裡就可以了。」小穎下車時不停地拍打著制服，並且將馬尾鬆開。

「衣服上有髒東西嗎？」我一邊說一邊將龍頭的燈光打到她的身上，小穎就著燈光一遍又一遍地拍打著，再三確認後便鬆了一口氣似地抬起頭來。

「我姊很麻煩的，她是我爸過世後唯一管我的人。」

「妳的媽媽呢？」

「早就離婚了。」

「這樣啊。」

小穎從書包拿出香菸，猶豫了兩秒後便又收了進去。

「妳們倆都辛苦了啊。」

「才怪。我姊在廠裡面的廚房當會計，把我當成青菜和鈔票在管。」

「她是個控制狂嗎？」

「可以這麼說吧。她從來不准我吃營養午餐之外的外食，其實只是要把廚房的剩菜給我吃，伙食費她通通拿去養她的『男朋友』了。」說到男朋友三個字時，小穎加重了語氣。

「那妳打工的錢……」

「『補貼家用』。」

我不再說什麼了。

「謝謝你哦，真的。各方面來說都是。」

「不會啦，我也很開心。」

「下次教我怎麼騎野狼，啊，紅骨狼好不好？我爸生前好像也有一臺這種打檔的車，只是後來被我姊賣掉了。」

「好啊。」

小穎輕輕一笑，揮手與我道別。我悄悄地熄了火，小穎的身影和步履在靜謐的路上愈來愈遠。

越來越接近夏天，人的情緒開始漸漸隨著遞嬗的時節躁動起來。我雖然依然翹課，但不是待在野狼的椅墊或撞球館的沙發上，而是坐在圖書館自習室裡的生硬木椅上，讀著生硬的知識，用生硬的手努力寫著筆記和題目。

而在這時發生了一件事。

小穎在某天逛夜市時向我說，她的老闆最近剛失戀，開始對店裡的女店員下手。這個下手是物理層面的字義。聽到這個消息的我充滿了憤怒，在某天小穎值班時，我躲在撞球館門外的盆栽旁，透過玻璃窗看著裡頭。

在小穎彎下腰撿地上的垃圾時，剛從廁所走出來的老闆走到她的身後捏了一下她的屁股。

在小穎又驚又怒的眼神中，我一腳踢開撞球館的玻璃門，從門邊抓起滅火器，朝著老闆衝了過去。

再來的事便跟社會新聞描述的差不多了。我被中立的法條和主觀的新聞定調為可恥且暴力的學生，是學校教育的缺陷以及社會上對於衝動行為控管的缺口。實際的影響是我留下案底，也錯過了大考，只能等待明年的應試了。

這下子我不用擔球打不好，也順利地讓自己的高中讀四年了。

事件後小穎辭掉工作，我也沒再見到她。我覺得自己好像知道些什麼細微的原因，不外乎是在她的人生中充滿了被安排，無論是控制狂家人或是色狼老闆，這些行事強勢的角色讓她產生了畏懼，但也沒辦法輕易阻斷這些跟生活息息相關的東西。

說到底那時候的自己真是太衝動了。誰能輕易接受人生中突然跳出一個浪蕩不上課、會抽菸還會一邊咆哮，一邊拿滅火器砸自己老闆的高中生呢？

畢業後過了一段風風雨雨的暑假，在放榜時我默默地在補習班的櫃臺前繳了費。第一堂課上完後，我在走廊盡頭的飲水機裝水，一回頭卻看到熟悉的身影。

小穎戴著細框的眼鏡，紮著熟悉的馬尾站在我的面前。她很訝異地看著剃了平頭的我，我則不好意思地向她打了招呼。

「嘿，好久不見。」我試著打招呼。

小穎微微點了點頭，一時間我的心臟有些絞痛。

回到教室的路上，我們一前一後，彼此沉默無語。小穎的背影與第一次送別她時又更消瘦了一些，這令我有些焦急了起來。

「小穎，我──」

「要上課了，先回教室吧。」

我深深吸一口氣，又重重地吐出。

好不容易捱到了下課，望著黑壓壓的人潮，我努力地擠到離小穎兩個人的距離，跟著下樓梯的人群離開了補習班。我注意到小穎的腳步正朝著補習班的停車場，於是便跟上前去。

她似乎正找著什麼，一列一列地梭巡著機車。過了一會我從小穎的側臉瞥見一絲驚喜的表情，接著她小步跑向了那臺車。

那是我的紅骨狼。

我按捺著加速的心跳，走上前去，直直地迎上了小穎的目光。

「妳還認得它啊？」

「認得啊。它是野狼的好朋友嘛。」

「哈哈。」

我們兩個對視了幾秒，小穎側過臉去，輕輕地捏著鬢角的髮絲。

她的馬尾放了下來，柔順的秀髮垂在肩上。兩顆圓滾滾的眸子，比過去多了一些健康的光彩。

我正思忖著該說什麼時，小穎開口了。

「你以前是不是說要教我騎它嗎？」

「是啊。」

「我等很久了。」

「等等我們去河堤道路那邊吧。」

「好！那我請你吃串烤，說好了哦。」

「好。」

黃昏的河堤道路旁，小穎緊張地捏著離合器和油門。學檔車的基本功之一，就是練習順暢的起步。一如當年剛學檔車的我，小穎有好幾次油門和離合器收放的時機喬不攏，導致野狼不停地熄火。

雖然這樣有些傷車，聽著突然熄火時「喀碰」一聲，都讓我有些心疼，但小穎依然興致高昂地喊著「我快成功了，真的」的聲音，讓我覺得一直這樣似乎也不錯。

在夕陽有一半沉進水面下時，小穎總算成功起步了。野狼發出「噗噗噗」的引擎聲，帶著小穎的歡笑越跑越遠。我一把抓起我們兩個的書包，一邊跑了過去。

「換檔啊、換檔啊！不會就煞車啊！」我高聲喊著。

「啊～怎麼換檔～啊～」小穎歡快的聲音夾雜著疑惑。

「抓離合器、左腳勾一下打檔桿、放離合器的時候跟著補油！」我喊道。

「我勾了，可是，補油不會動——」接著我聽到野狼發出「吭～！」的高轉聲浪，之後便慢了下來。

我跑到小穎身旁，看到顯示空檔的綠燈正亮著。

「勾到空檔啦，難怪不會動。」

「好可惜，難得我學會起步了。」小穎感嘆地說道。

熄了火後，我們兩個並肩坐在堤防上。落日已經只剩下一小條原子筆粗的金色餘燼，天色漸漸變成墨藍和紫色相勻的色彩，街燈正悄無聲息地亮了起來。

「騎檔車好難哦，打撞球簡單多了。」小穎若有所思地說，同時從口袋裡摸出了一盒大衛杜夫，遞了一支菸給我。

「還行吧，」我接過香菸，「我反倒覺得撞球的技巧比較難掌握呢。」

「哪會，打撞球就是角度和路線的預判啊。模擬好路線，趴下去瞄準，桿子推出去就成了。」

「檔車也是啊，需要扭力就退檔，要高速就升檔，看當下的情況換到自己需要的檔位，就這樣而已。」

「為什麼檔車不能設計一個檔位就能騎到永遠啊？」

「總是會面臨各種不同的狀況吧，一檔、空檔、二三四五檔，雖然能打的檔是固定的，但路況有各種變化，隨時得依據情況變換最適合的方式，至少騎起來會有比較適當的力量，對引擎也沒那麼大的損傷啊。」

「是這樣啊……」小穎低聲說著。

「一個是模擬好一切再前進，一個是跟著外在隨時變化，誰也不知道哪一個方式比較好，是吧？」我深深吸了口菸。

「我也不曉得。」小穎搖了搖頭。「我只覺得在過程中要感到有趣就好了。」她望著遠方說道。

夕陽完全落下了。我載著小穎到夜市，我只夾了一串青椒和一根香腸，雖然小穎好說歹說希望我多拿一點，但我都用剛剛跑過去追她時拉傷肚子婉拒。

我帶著小穎在夜市裡逛了好幾圈，意外地看到迷你撞球檯。付了少少的錢，小穎一連打了許多局好球，讓老闆娘露出詫異的眼神，把做為獎品的大巴斯光年娃娃捧到小穎手上。

「看吧，不難吧！」載小穎到勞工住宅外的樟樹下時，小穎露出自信的笑容。

「只能說妳太厲害了吧。」我無奈地笑了笑。我可是又輸了一筆錢呢。

我們在樹下聊了一陣，終於又到了小穎該回家的時候。

小穎欲言又止，躊躇了一會兒後，她開口說道：

「那間補習班我沒有要去了。我只是去試聽的。」

「妳沒有錢能去了嗎？」

小穎點了點頭。

「我能先借妳啊。」

「不要，我找了新的工作，而且在過一陣子我就要搬出去了。之後……之後再想辦法。我一定會上大學的，你別擔心，畢竟我很擅長打撞球嘛。」小穎露出堅強的微笑。

「我是想說……」我感覺自己正要說要些什麼，但臉龐邊的空氣急速收縮，我終究沒有把話說完。我們沉默地注視著彼此，最後是小穎先露出了一抹淺淺的微笑。

「那……先這樣吧。再見了。」

「嗯，再見。」

直到小穎消失在眼前了好久，我才想到我犯了一件多麼巨大的失誤。從認識小穎到現在為止，因為從沒看過她在我面前掏出手機，我也完全忘了跟她交換通訊方式。

我發動了紅骨狼，狠狠地大補油門，衝進了規畫方正的住宅區裡，盲目地揣測著小穎家的位置。來來回回地繞了好幾趟，始終沒有見到像小穎的身影出現。

一連好幾天，下課後我都待在樟樹下，頂著過往人們疑惑的目光，祈求著能再見到小穎一面。補習班不上課時我便在市區裡來回穿梭，從超商到咖啡廳，家電行到文具店，直到這時我才發現自己對小穎的認識還是非常的少，我只是在試圖抓住任何一絲微小的奇蹟。

然而奇蹟之神把女神拐離了我，讓我一個人在嘈雜的都市裡追憶著她的身姿，讓我一個人在越來越龐雜的筆記間將她的蹤跡磨得越來越細微。夏去秋來，秋逝冬至，來年春臨，直到走進考場，直到成績招揭，直到面試結束，直到我把要搬進宿舍的行囊綁上紅骨狼的後座，前往另一個陌生的都市時，我依然沒有見過她任何一面。

〔撞球檯出售，意者請洽 0951314200〕

越來越消弭的撞球運動，變成了一筆筆噴在護欄上的污漬。如果撥打電話過去，能收購回來的，會包括我的青春歲月嗎？

蔡孟宏，1998 年生，暨大中文系畢，曾獲玉山文學獎、水煙紗漣文學獎。

寫作也好、閱讀也好，對我來說都是無聊毫無意義的人生裡，為數不多的短暫快樂，跟飆車或抽菸一樣，人生不會永恆，享受在做自己喜歡事情的當下就好。

甘耀明：

年輕的時候，我會選擇比較甜膩的愛情故事，但是到了現在這個年紀，會選比較苦的。這次的作品裡面有一個愛情故事〈告別〉，帶著甜蜜的、詩意的情感，但〈撞球館的女孩〉給我比較多的吸引力跟震撼。打撞球在九零年代是青少年的活動，我自己都常去打，而且真的會遇到裡面那樣去打人、打老闆的狀況。那時我們在旁邊打撞球，有人去玩角子吃老虎，一直抱怨，老闆出來就跟他很認真地對打，我們都嚇了一大跳。我覺得這篇裡面，打撞球的整個社會氣氛形塑得很好，而且帶著一種微苦澀的青春。男主角遇到一個女孩，很喜歡她，看到這個女孩被騷擾，就打了老闆，從此一切就再也沒有了。後來，再遇到她的時候，教她騎了摩托車，女孩騎完摩托車就離開了。這對我來講是一個苦澀的美感經驗，我讀的時候還滿喜歡的。

神小風：

我覺得這篇小說很有電影感，不管是這個敘事者，還是撞球館的女生，其實標題就把故事講得差不多了。裡面的對話帶著一種淡淡的、調情的、調侃的樣子，一來一往其實很有「臺灣感」，在閱讀的過程中也非常有畫面。我自己滿喜歡這篇小說的結尾，有一種在回首青春的感覺，而「撞球檯出售」是一個青春時代的記憶消失了。這是一個比較遺憾的故事，但作者沒有把它處理得很重或是很慘，像生離死別，反而是在生命裡面某個片刻，出現了這樣的一個故事，所以我自己滿喜歡這篇小說的。

鍾文音：〈撞球館的女孩〉我覺得很有侯孝賢電影的氛圍，他的電影就很喜歡打撞球，其實很不錯、很有畫面。

佳作

〈魚翅筒仔〉

聆聽著一首爵士樂曲 Smile，是由查理·卓別林為他的電影摩登時代所作的配樂。然而我正在聆聽的這個版本，是單純由小號做為詮釋，和搭配著似有豎琴尼龍弦那般溫醇飽滿的鋼琴伴奏，優雅婉轉地讓人沉浸在不曾見過的三零年代色彩，那是二戰黑白之前的美麗夜晚。一條從單音至複音的旋律線，交織著樂器之間各自擁有的特色，以及在外頭那盞無時無刻吸引著目光的閃爍路燈，明暗閃耀地視覺化了強顏歡笑的頻率。

其實我非常討厭不持之以恆的光亮，有一種莫名被激起的厭惡感停留在胸口，即使這一股壓力超出了閥值，也猶如路燈那般明滅且反覆，沒有辦法宣洩排出，就像克萊茵瓶裡頭的液體一樣，沒有實質內外區別地不住循環流動。只要液體還沒凝固，時間就會一直走、一直走，直到有一天，眼前這盞燈光，比起其他在永安街上照著自家門前的光亮提前地黯淡。到那個時候，它的芯絲應該全都燒得焦黑了。

然而，每當我開啟一臺早已過時的深紅色 CD 播放機，按下使用年久而稍稍接觸不良的播放鈕。裡頭的馬達慢吞吞地開始運轉著，轉動了裡面放有好一陣子的爵士樂光碟。

悅耳的聲音逐漸傳來，似乎在空氣之中撒下了未知的神奇粉末，悠揚在自家透天厝的昏暗客廳裡；與之同時，那外頭的閃爍看起來變得不再讓人煩躁。聽起來感覺像似豎琴，實際出自鋼琴手在平臺鋼琴上的細膩觸鍵，將情感轉化成為力量，注入了雙手指尖。接著，小號手專注而穩定地吹奏出降B調主音，卻讓人在這時候深深吸一口氣進入肺中停留，不願讓一絲氣息外漏，直等到一段樂句結束之後才肯呼氣。

隱隱約約，我也聽見阿嬤睡覺時的打鼾聲音。

我把音量調得極為小聲，大概只有像小號這種帶點刺耳的高音銅管樂器，能在這時聲音微弱的情況下聽得一清二楚。畢竟已經入了深夜，我害怕音樂的起伏會驚醒早在八點鐘，就徐緩爬上置放在隔壁廚房裡的木床上入眠的阿嬤。阿嬤雖然早睡，但其實陸陸續續也醒來過好幾次，時而爬起來坐在床上，時而坐到收合型便器椅子上廁所，接著便沉甸甸地睡在了便器椅上。

我拉開吱吱作響的玻璃拉門，走到鐵捲門旁邊，身體靠在用白鐵鑄成的鐵門滑軌上，燃起了一根香菸——這是一款在便利商店內販售最便宜的香菸牌子，尼古丁和焦油也同樣是數字最小的。其實我並不常抽菸，也沒有對它的本身產生難以戒斷的依賴，差不多一個月也還抽不完二十支菸一包的量。但有時候我會很渴望抽菸，甚至害怕某天拿出菸盒的時候發現裡面已經空了。於是我買了兩條備放在櫃子。

就我所知道還清醒的家人，莫過於身旁這隻短毛棕色的土狗，名字叫做阿諾。牠每一次都會跟著我一起站在家門口納涼，也許牠也想吸二手菸吧。

阿諾很認真地看看四周，似乎正在找人一樣，找出牠以前所熟悉的主人。張望來張望去，最終抬起頭來看向我。

「阿諾，你幹嘛看我？」阿諾疑惑地擺了擺頭。我接著說：

「我又不是你原本的主人，你看著我也沒用。」我又吸入一口難抽的香菸，然後吐出，心中感嘆著。

從自家望向遠處，住落在永安街上的人們都早已拉上了帘子，關上漏出於窗外的燈光，作為結束一整天忙碌的謝幕，停止所有一切思緒。無論是日常發生在早晨市場的車水馬龍、在中午炎熱的時候，騎乘機車在烈陽底下停等超過一分半的紅燈，或者是萬般無奈地從便利商店拖著腳後跟走出來——手裡的幾千塊全都繳去了各式各樣的保險、水電費帳單，並思考著錢包、皮包這一類的東西，似乎不需要存在於這個社會上，銀行也是。

然而唯一值得慶幸的是，我沒有欠任何一家銀行卡費。不過老實說，我認為像自己如此一副月薪兩萬多塊的月光族模樣，銀行根本不會給予太多欠他們錢的機會。

一條不到兩百米長度的街道上，我認得其中貧瘠慘淡的一戶，那戶便是我家。也無須刻意去觀察周遭的鄰居家裡究竟過得怎樣，因為每天上下班總會騎車經過幾遍永安街，所以能夠自然而然地明白，陽光是如何藉由塗抹在汽車鈑金上的高級釉蠟塗層，然後反射進入眼簾的刺痛感，逃也無法逃過。那是如同鏡子般的指示物。

家中也有許許多多類似的指示物，卻儼然像是會出現在鏡子裡面的物體，包含一臺車齡超過十五年以上、車殼髒污老舊的機車，也包含了自己。

三年前，機車的左邊後視鏡在那個人上班經常停放的馬路旁，被人有意無意間弄倒而摔裂剩下不到一半。如今我上班每一次擺頭看見這面鏡子，每每都會試想著他是否在還活著的時候，時時刻刻關注這之中微小破損的事。

也許那個人和我同樣想要使用這些生活周圍出現的指示物，來窺探自己活在這個社會上，真正被迫長成了什麼模樣，並無時無刻惦記著那群可能會令自己心生厭煩的敵人們，清楚知道自己十分厭惡著他們的嘴臉，卻又多少明白那些事物的本身烙印著屬於自己意識扭曲的形狀，猶如半殘不完整的玻璃碎片，隨時可能會再次掉落到地面。

我凝視著後視鏡子裡面的自己，那是一副滄桑且正在快速老化的臉龐、一頭好陣子不願花費心思整理的凌亂頭髮、幾塊乾癟的死皮黏在下嘴唇之上，可其實根本是傷口上一塊容易拾起來丟棄的痂，不斷被自己犯賤的手指給撕下、流血、結痂、然後再撕下，重複又重複地做著毫無任何幫助的行為舉止。並且擅自在心底暗暗喚起自己從小在意至今的想法，在意著自己的長相真的很不討喜、不好看，卻又絲毫不介意映照在那塊殘破不堪的鏡子裡，所剩不到一半的、矛盾的自己。

可是我左思右想，自己依舊無法理解過去那個人對每件事物的想法，原因是因為，他總是很堅強地裝作沒有什麼糟糕透頂的事情會發生，好運亦然不會出現。換句話說，如果遇見無論麻煩，或者愉快的事情時，他的面容表情總像是失去了原始功能般，若無其事地不透露出任何訊息，關於他的情緒以及想法。

不過在他對待自己年邁失智的母親的時候，那又是全然地反轉，就好像刻意睜大雙眼去看，看著一面能令他畢露醜陋百態的照妖鏡。

他在還活著的時候想了些什麼呢？

無論是他在照顧阿嬤的當下；無論是他每天騎著十五年老舊的機車去忙碌的醫院跑業務；無論是他雙手提著蛋捲禮盒去拜訪醫師和採購部門，所有的所有，我都渴望想要弄明白，爸爸他當時正在想什麼；即使是半年前一場大雨的夜晚，他開車行經交流道的時候，迎面撞上堅固的水泥護欄，慘死在潰縮而扭曲變形的國產車上。當時在那被奪去生命的瞬息之間，爸爸你想著什麼？

然而唯一很肯定的是，如今只存活在相框照片裡頭的爸爸，已經沉睡而停止思考了。

〈02〉

這天週末一大清早，我從平時沉睡在二樓的房間裡，聽見阿諾在房間門旁向外狂吠，接著正下方就傳來一陣嘎滋作響，是熟悉的副鐵捲門被手動提起，然後捲入鐵皮收納盒裡產生的噪音，我心想應該是一位名字叫做美惠的年輕女居服員，來為阿嬤做喘息服務。

由於週末是我的假日，只有平日我才需要出門上班，而工作是一種到市區各處去回收專為流浪動物設立的捐款箱，本質上就是個專屬於機構的跑腿兼外送員。政府編列長照預算之中的喘息服務，原則上是提供給家人外出工作的時候，而無法長時間陪伴年長且行動不方便的老人家，因此美惠她照理來說，應該安排在平日我不在家的時候才來做喘息服務。

在美惠還未接手阿嬤這個案子以前，短短不到半年的時間內，被三名居服員在服務不滿兩個月之後，都果斷推掉了這個案子。像這樣被居服員前後主動更換過三次的個案而言，這才為何最後輪到居家照顧經驗不滿一年的美惠，懵懵懂懂地拾起了這麼一個麻煩攤子的主要原因吧。因此在美惠私底下向我提出更改服務時間的時候，我毫無疑慮就答應她了。

每週她都會來為阿嬤服務兩個小時，內容是幫阿嬤用電鍋燉煮全素飯菜、簡易地整理客廳與廚房，以及陪著阿嬤聊聊天，這些看在眼裡，我認為她是所有曾經服務過阿嬤的居服員之中，最盡心盡力的一位，也可能是因為她真的還很年輕，年僅只有三十出頭左右而已。

當時得知她的年紀的時候，心中對她油然生出些許的不捨，甚至會覺得，讓年輕人來照顧我阿嬤是多麼過意不去的事。然而她總是用不過分熱情的態度，巧妙稀釋了這份顯然存在於三人彼此之間的尷尬氣氛。

可是該怎麼說呢，如果美惠願意運用這樣天賦異稟的特質，其實任何的工作她幾乎都能得心應手，之後還可能有更多發展的空間與機會。我覺得居服員這一類接時數、個案的長照服務職業對於年輕人而言，未來恐怕是很難看到希望。這意思並非指居服員的前途發展，而其實在說像是美惠這樣的年輕人，會在短期間內閱覽世上一隅乍暖還寒的真實面目。

不過這些語重心長的話，我只是默默在心裡面胡亂想像，原因是因為我不足以有立場告訴美惠這番建議，畢竟我們倆年紀相仿，而我從事一個只管拿得到錢的工作，並且該工作在各方面的將來，都不存在任何的希望。這是一件客觀事實，我不願再讓美惠多知道一則實際例子。

我起了床，拖著沉重的身體走到浴室，用冰冷的水將永遠睡不飽的面容給清洗過好幾回，像是在對自己施行水刑一樣。然後擠出一球刮鬍泡塗抹在長滿鬍子的臉上，想要把鬍渣給刮除掉，可是直到這環節才發現應該先刮完鬍子、再用水沖洗，因為水分會降低刀片與肌膚之間的摩擦力，導致從來沒能把鬍子給刮乾淨。而且真不該為了別人，才想到要稍微注意自己頹喪已久的樣子。換上平時工作不太會穿的一件水藍色大聯盟棒球 T-shirt，下半身著帶黃色邊條的黑色滌綸短褲，便走下樓去。

美惠這時剛好站在樓梯下方，正準備加熱素菜與稀飯。她轉過頭，充滿笑容地說：

「早安！陳先生。」

「美惠早安！」

每一次她開口的第一句問候都會使我感到有些緊張，也許是因為還沒能習慣有人自然而然地出現在這個地方，尤其還只是一位認識不到一個月的女生。

這時候阿諾興奮地大力揮舞著尾巴，衝下樓去，上半身撲向美惠的懷裡。美惠開心地抱了抱阿諾，像是真正的主人一樣和牠玩耍。

「看來阿諾真的很喜歡妳呢。」

「哈哈，阿諾真的很活潑可愛，而且還很有活力。」

別的動物我不確定，但是狗幾乎都是生性樂天開朗的小孩子。

「對了，陳先生吃過早餐了嗎？」

「還沒呢，妳呢？」

「我吃過了，早餐一定要吃，不吃的話，哪裡來的體力照顧阿嬤呢！」

她說的很對。這話聽在我的腦海裡，像是突然顯現出一道難以直視的光輝，擅自把它戴在了美惠的頭頂上，持續地發亮。

「妳真的很賣力……。」我在自己嘴裡低喃著。美惠似乎有注意到我像是要說些話，於是又回過頭看著我。

「啊沒事沒事。」我搖著頭回答，並迅速走下樓坐在臺階上，從布鞋裡拿出兩顆塞成球狀的灰色襪子，套入雙腳和穿上鞋子。

「抱歉啊，我阿嬤還沒起床。早晚天氣開始變冷了，她都會睡得比較晚。」

「嗯嗯，沒有關係的，讓阿嬤再多睡一會兒吧。」

美惠臉上一抹微笑，搖了搖頭地說著。她蓋上了電鍋的蓋子，轉身走向後方的辦公桌上拿起曼特寧咖啡豆，問說：

「要不我幫你泡杯咖啡，好嗎？」

「麻煩妳了！」

「不會！」

我走進廚房看看阿嬤，隨手開啟了日光燈，想要用光線的刺激來讓她漸漸醒過來。我用臺語說：

「阿嬤，起來食飯啊啦，美惠已經來啊！」阿嬤是個既不識字，且只能用臺語跟她溝通的九十五歲年邁老人。

「誰啊？淑華？」

自從阿嬤出現老人痴呆症狀之後，她時常會說出一些早已過世好幾年的親人名字。淑華是我許久不曾聽見有人叫過的名字，她是我的二姑姑，十幾年前因為食道癌而撒手人寰，那時是我第二次見過阿嬤傷心欲絕的樣子。

「毋是啦！是美惠！美惠！」

我看著阿嬤緩慢無力地伸出左手，抓著木床邊緣的護欄，使力一拉，她那彎駝的身軀絲毫沒有任何位移，甚至我覺得她那瘦骨嶙峋的手，根本沒有出半點力氣。

「家己起來，毋通攏靠別人！」

我清楚知道阿嬤她其實是可以自己一點一點慢慢地爬起來，但只要一有人在身旁，她就會像小孩子一樣去依賴別人幫忙，之後逐漸養成了事事求人的壞習慣。

「我無力啦。」

「妳無力？無力嘛愛家己起來啊，我無佇的時陣，妳嘛愛家己起來食飯！」

對阿嬤說話的聲音，我需要比平常更提高音量去說話，因為阿嬤以前就有輕微的重聽。然而最近她不知道是不是越來越嚴重，或者她只是不願聽我站在原地對她說話，因為我從不輕易幫她弄下床。

客廳傳來一陣研磨咖啡豆的聲音，接著粉狀的咖啡香氣就飄進了我的鼻子裡。雖然每磅四百塊錢的咖啡豆並不算太貴，可是如果一天喝上一杯的話，那筆費用也不是我所能輕鬆負擔得起，因此幾乎只有在美惠來做喘息服務的時候，我才會好好去享受一杯曼特寧的風味。

我撥開了廚房門扉上掛著的一塊灰色棉麻門簾，稍稍探頭出去想要聞聞香氣，見到美惠用小刷子把咖啡粉從研磨機裡頭倒入粉料杯中，然後再靠近她精緻小巧的鼻子之下，聞了一聞。她輕輕地抬起左手從髮鬢的地方開始，將烏黑及肩的頭髮抿到脖子身後，接著把咖啡粉倒入義式加壓專用的金屬咖啡盒裡面、扣上咖啡機，最後注入白開水並啟動了開關。

美惠突然轉過身來，眨著眼睛。她嫻靜地凝視著我，害得我差點反射性退回到廚房內。

「阿嬤她醒過來了嗎？」她問。

「剛剛醒來了。」我說。

此時咖啡機正在運作，開水與加熱管碰觸產生「斯斯~」的聲音。我默默移動到客廳，早晨的陽光從鐘型鐵捲門透進到屋內，穿透騎樓和客廳之間一扇扇許久不曾清洗過的玻璃拉門，使光線像是套了層霧面濾鏡一樣。能單獨用手動拉起的鐵捲門下方，正停放著一臺粉紫色機車，是美惠平時上班騎乘的交通工具，看起來還十分的新穎，無論是外表或款式。

我不知不覺地拾起放在桌上的香菸盒與打火機，放入運動褲的口袋，走到玻璃門前看著外面出神。約莫過了五分鐘，陶瓷杯碰撞在一起的清脆短音，是美惠從桌上要拿去盛裝美味咖啡。

「陳先生，我可以問你一個問題嗎？」她走近我身旁，遞給我一杯Espresso。

「謝謝妳，請說請說。」我接過了藍色的馬克杯，順帶一提她用的是白色的。

「你喜歡抽菸嗎？」

「欸？」

我其實挺驚訝美惠開口問我的這個問題，也許是因為她見到我五分鐘前把菸盒給塞在自己的口袋裡，感覺就像是老菸槍會做的行為，其實也就跟世界上絕大部分的人們，無時無刻會把智慧型手機帶在身上的道理是一樣，而且不論那人身上是否有個口袋。

「說是喜歡嗎……嗯，我覺得其實還好。很好奇妳為什麼問這件事情。」

「因為我覺得，吸菸很傷身體，而且對皮膚也不好！」她舉起馬克杯啜飲了一口。

「啊抱歉，我不會在妳來這裡的時候抽菸的……。」

「不是啦不是，是希望你能少抽一點，這樣阿嬤和阿諾也可以一起健健康康！」

「好的，謝謝妳的關心，我會盡力。」

半年前的時候，那時我還未曾想過自己也想嘗試看看抽菸。然而當時爸爸經常會站在外頭門口處，吸著同款便宜的香菸，菸味總是無可避免地飄進屋內，這點我不得不承認那股菸味確實很難聞。奇怪的是阿諾從前並沒有陪著爸爸一起抽菸的習慣，可是如今在我抽起菸來的時候，阿諾總是跟在我身邊，因此如果要讓牠不聞到菸味的唯一辦法，就只好將牠反鎖在二樓的房間裡了。

「還有還有，最近公司老闆說要幫我們每人時薪加五塊錢！」她接著又說。

「恭喜妳！這樣時薪不就變成了兩百三!?」

之前和美惠聊天的時候，她就曾經提及自己待著的這間長照公司，時薪待遇給得算挺優渥——比起其他間公司來說。

「對啊對啊！讓我有更堅定的毅力繼續做下去。」她說著話，並笑容滿盈地快步走到煮飯的電鍋前。

炊煙在電鍋裡的水燒乾之後就逐漸微弱，並自動把電源給切斷了。美惠將手中的杯子放到一旁，掀開電鍋的圓形鐵蓋，一瞬間大量水蒸汽從鍋中冒出來，我隱約聽見她似乎被沾上了沿著鍋蓋邊緣流下來的水珠子，而疼痛得發出微小驚呼聲，但她毫不理會自己的反應，緊接著用竹筷子小心翼翼地將瓷碗給頂了出來，左手預先握著一條棉布，大拇指和食指掐住熱騰騰的陶瓷碗，順利地拿了出來。

「今天有麵輪和高麗菜，看起來都好好吃喔！」

其實除了稀飯是新鮮現煮的，其餘都是昨天阿嬤一個人吃剩下的菜，畢竟老人家沒有牙齒，食慾也就跟著消退了好一大半。從前還能聞到爸爸在廚房為阿嬤煎素魚、素火腿，弄得整間廚房瀰漫著很濃的油煙味，而當時阿嬤也勤於戴上假牙，所以有辦法正常咀嚼素食常見的食物。一生從事乩童的阿嬤，在那時候還有體力可以自行搭兩個多小時的車程，到畢生心血所建造的寺廟去幫信徒們辦事情、開法會。如今的她，只是一位每天睡超過十六個小時的老人而已。

美惠將飯菜都備好擺放在長桌上，溫開水也在不知不覺中倒入阿嬤的杯子，轉身走進廚房，幫阿嬤拉起衰老的身軀，替她穿上厚如棉襖般外套，扶著她坐上便器椅子上廁所，甚至還拿起電木梳子，替阿嬤梳理著退化猶如嬰兒般細緻的白色頭髮。美惠站在阿嬤身旁，直等到她上完了廁所，便使用酒精噴灑在阿嬤的手中，替她消毒雙手，然後再拿紫色瓶子擠出大約黃豆大小的乳液，細心塗抹在阿嬤那皺著皮膚的手上。最後，阿嬤手握著四角枴杖，美惠走在她的身後，小心翼翼地注意著她遲緩而軟弱的步伐。

很可惜的是美惠她不太會講臺語，只有稍稍聽得懂的程度。但儘管她不太會講，儘管合約上只有短短的兩個鐘頭的服務時數，美惠都會竭盡所能的去照顧阿嬤，頻繁的與她肢體觸碰，用肌膚的溫暖代替無法交換的言語。

這便是為何我會一直假裝在看外頭的原因，因為那些畫面實在太耀眼，讓自己心中感覺很不暢快，幾乎想要開始狠狠責罵起自己，甚至搧自己一記重重的耳光。

假如把美惠換成我，我肯定無法辦到像她那般如此敬業又富有愛的程度，會覺得她那樣子做好像有些不太划算，甚至我有的時候很想叫美惠不要再如此盡心盡力去服務阿嬤，很想告訴她說：

「這樣會寵壞阿嬤！」

但，我心中又喚起一絲微弱的聲音說：

「那不過是一句謊話……。」

〈03〉

之後美惠打掃了客廳，還有廚房，以及將上方桌面做為煮飯的那個黑色合成木櫃給整理乾淨。其中櫃子裡面有存放著阿嬤平時服用的慢性藥物，例如像是降血壓、降血糖、鎮靜劑，以及管制藥物如史蒂諾斯安眠藥等，當然還有我預先買來存放的兩條香菸。也許目前最值錢且有用的東西，都通通藏在這個櫃子裡。

美惠戴著半罩式安全帽，坐在機車上叮囑我說：

「啊對了，這幾天很有可能會下雨喔，出門騎車小心。」

「好的，妳也是，小心騎車！」說完話，她便迅速離開了。

看著美惠漸行漸遠的瘦小身影，身後還背著一只與粉紫色機車屬於同色系的雙肩包，騎著機車揚長而去。這時我想起了大學時期的青春，在當時每個人都有屬於自己的色彩，有些人是單色、五顏六色、七彩繽紛；有些人是閃耀得無法辨認；也有些人永遠只是失去明度的黑色。

我燃起一根菸，腦海之中浮現出許多過往的回憶。我還記得爸爸以前會靠在汽車後車廂上，仰首噴雲吐霧，那時他一定也正想著過往的回憶，像是騎著偉士牌速克達拋錨在前往關山的產業道路上；或者去醫院探望某任前女友的緊張感——據說那是一家精神病院，不過在我還沒出生之前就已經關閉了；又或者他與母親的進香參拜，搞不好身後跟著一群阿嬤的廣大信徒也說不定呢！

望向路口對面國小校園內的樹木，樹上的葉子幾乎都凋零得差不多了，再過幾天，一群孩子會認真掃除地上的落葉，然而我絕對會成為裡面之中最調皮搗蛋的孩子，甚至雙手可能過度施力，把竹製的掃帚給弄斷，或者偶爾拾起地上的阿勃勒長圓筒型莢果擲向遠處。然而我的四肢仍然在動，手裡拿著無論是掃帚或是莢果，我都盡情用力地揮舞著。

可是，我無法再像個幼稚單純的孩子，坐在爸爸身後假裝雙手握住虛擬的方向盤，在那時候我就算不小心轉錯了方向，走上錯誤的道路，無論多少次，他都會默不吭聲地載我回頭；即使在高中那時因為缺席而差點無法順利畢業，他也是用不責備的平常語氣對我說：「好好想辦法畢業，其他的我不會要求。」

當孩子失去了嬉戲的車子，哪裡都去不成；當孩子失去了爸爸，哪裡都不敢再想了。

我轉頭看向客廳，看見阿嬤神情呆滯地看向外頭，此刻我們同樣互看著彼此，我猜我們眼裡所見到的東西都是一樣的顏色。

是時候該去幫阿嬤買素食炒米粉，回來再炒一道菜，還有這次讓阿嬤吃麵筋換換口味吧。話說最近隔壁街的素食店又漲了價，而且早在爸爸還活著的時候，就多次買來讓阿嬤吃，吃著吃著就膩了，畢竟阿嬤是一位很挑嘴的頑固老人，若非是她習慣吃的素魚素肉牌子，是決計不肯下嚥。

今天，阿嬤一如往常在八點左右入睡。大約在下午三點的時候，我要她去洗澡，只有在洗澡的時候是真的沒辦法放心來讓她自己完成，我很怕她連冷水熱水都會搞混，然後一不注意就把塑膠桶裡面的水溫弄得燙傷人，不過還好她還會自己用肥皂搓身體。

由於洗過澡應該會比以往較好入睡，因此在睡前餵她吃藥時就沒有問她需不需要吃粉紅色的鎮靜劑。老實說，我之所以會開口詢問阿嬤的意願，是為了尊重她的意志，讓她清楚明白我所給她吃的是用來治什麼病的藥，並且是她自己願意服下，而另外一個原因是因為她疑心病重，常常覺得有人要下毒害她，或是騙取她所有錢財。總而言之，她若沒事不隨意按下裝置在木床一旁的無線看護鈴的話，住在二樓的我必定會萬分地感謝這位老祖宗。

「阿嬤，藥仔食了就好當去眠床遐睏，莫佇客廳遮盹龜。」

阿嬤用手撐著昏昏欲睡的頭，而通常她如果覺得睏了，就會自己慢慢爬到床上去，可是今天她卻沒有這麼做。

「閣等一下。」她回說。

「你欲等啥？」

「等人。」

我想阿嬤的老人癡呆似乎又在犯毛病了。

「等人？等誰？」我繼續問她。

「等你阿爸。」

在爸爸過世的喪禮和那段日子裡，我不曾見過阿嬤第三次哭泣，即便那時很多人告訴她，「阿龍已經蹺去啊！」她依舊不相信。

「伊講欲買魚翅筒仔予我食。」

昏暗的燈光照著，我看著阿諾端正地坐在樓梯的臺階上，在等我一起上樓睡覺。我好想要有人這時發出些許聲音，語音也好、噪音也罷，只要是個普通正常的邏輯，就能讓我確保自己不會跟著迷失自己的理智方向，就像顆最終會停止轉動的陀螺一樣。但是，絕對不要讓我聞到佛跳牆的味道。

阿諾悄悄地走到我身旁，用舌頭舔了舔我的手。

「我明仔載買予妳食，妳先去睏。」

阿嬤那副愁容的表情似乎更加憂愁了，但我還是主動將她給攙扶起來，她也就半推半就地躺到了床上。

「你會等阿爸轉來嗎？」阿嬤躺在被子裡說。

「會啦會啦妳緊睏。」

點上電子蚊香，關上廚房的燈，這時我才緩緩鬆了口氣。接著拉下了鐵捲門，滑軌的左右內側各有個小洞可以將插銷給推入上鎖，就跟阿諾一起上樓去，隨手將小玄關的玻璃門也給上鎖，免得阿諾察覺有人而獨自匆匆跑下樓去。

洗完澡後，我躺在床上觀賞了一些無需費腦思考的影片、滑過好幾個永遠與自己無關緊要的社群貼文、在心中暗自替某人的新書發表會喝采，最後查看與美惠的通聯紀錄以後，我便將手機插上了電源線並放置在床頭邊充電。

房間天花板上的照明是自己安裝的兩支二十瓦支架燈，分別選擇黃光與晝光疊加混色而成的自然光譜，目的是想要讓這個孤獨的空間裡，還能感受到一點點人造的溫暖。然而我遲早會將它給熄滅。

我用眼角餘光檢查在黑暗之中，一顆在書桌上亮著的紅色 LED 光點，那是無線看護鈴主機的指示燈，如果恆亮則表示它還正常運作。可是這不意味著被迫連動的那個人是正常的，確切來說，任誰都會變得越來越不正常。這臺機器無論在誰眼中，只不過是臺令人惱火的不定時鬧鐘。

又側頭看了看臥躺在旁邊椅子上的阿諾，雖然看不清楚牠那雙小小的三角眼睛是不是還睜開著，但我猜牠多半早已經進入了夢鄉，真是一條好狗命啊。電子錶響起十一點整的提示，過不久，我那沉重的眼皮也開始漸次闔起，然後清楚聽見自己的呼吸心跳，逐步進入似有似無的睡夢狀態，意識迷茫維持了好一陣，接著不久就睡著了。

（嗶嗶嗶嗶～嗶嗶嗶嗶～）

於是慘忍刺耳的鋸齒波就突然迸發開來，身體感覺像是一腳失足地從高空往下墜落，快速摔在了扎實的舊式彈簧床上。看護鈴仍響著，我先是把雙腳緩緩從床面滑動到地板，然後坐起身來，開門走下樓去。

我撥開廚房的門簾，開啟了燈。問阿嬤說：

「按怎？」

「我睏袂去啦。」阿嬤她睜大眼睛看著我。

「妳睏袂去嘛莫蹧躂別人好無啦，一直倒一直倒就會沓沓仔睏去。」

心中一股火氣實在沒有辦法被壓抑，加上看見阿嬤那一副好似不知道自己做了什麼愚蠢事情的無辜表情，更是教人無法停止說出嚴厲的話語來責罵她。

「我提愛睏藥仔予妳食，食完就緊睏！」

這就是為什麼黑色櫃子放裡頭需要囤放許多鎮靜劑、史蒂諾斯了，因為那是解決這些該死問題的最後手段。就說說史蒂諾斯好了，由於是四級管制藥物，因此購買的時候是需要醫師處方箋，而非隨隨便便就能輕易取得的安眠藥物，何況連醫生其實也不太敢一次開太多粒給患者，基本上可以符合每天一粒的失眠病況資格，那肯定是相當嚴重的。如果換作我真的需要依靠藥物睡眠的話，我也會選擇服用一半就好。

阿嬤雖然也有處方箋，但就實際使用情況來看，一個月十粒根本一點也不夠。所以我甚至託付爸爸的一位開藥局的朋友買貨，他去尋找一些熟識且不需要這一欄藥品項目的病患處方箋（基本上鮮少有病患不需要它），然後我再用一粒三十元價格向他購得。但依舊還是不太足夠。

這一次我選擇給阿嬤吃完整的一粒，因為她今天沒有吃鎮靜劑。我用快煮壺燒溫了開水，倒在她的杯子裡面，接著把藥物和杯子放在她的手裡，她甚至已經拿不穩杯子了，搖搖晃晃地像預兆了待會打翻在棉被上的可能，於是她一嚥下藥丸，我便拿去她裝水的杯子。

替阿嬤蓋好被子，關上了燈，我獨自走上樓去。阿諾這時會在樓梯與樓梯間的小玄關等著，是我不想讓牠下來客廳這裡無所事事地閒晃，然後被我的脾氣給嚇壞，我想大概也是因為牠是無辜的吧。

又一次的睡前流程，我漸漸進入沉睡。

（嗶嗶嗶嗶～嗶嗶嗶嗶～）

鋸齒波拉扯的聲音又響起。電子錶的提示音混入在這時吵雜的環節裡，是午夜。

我皺起眉頭，嘴裡罵出幾句難聽的髒話，下床奪門而出。

「閣按怎啊！」我生氣地開啟了燈，用極度不爽的口氣問她。

「我欲放尿。」

阿嬤已經自己撐起了上半身，這就為何我不願輕易拉她一把的理由，可是她明明可以自己起來，為什麼還要叫我呢……。

便器椅子連放在床的旁邊，就算摸黑上廁所，對於老人也不會有太大的困難，而且我清楚明白她是有基本能力可以自己上廁所的，也不經常尿在床上，除非唯一一種可能就是，她不曾睡著過。

我比較不像爸爸的地方是，當脾氣快要達到極限值的時候，什麼話我都不會再說。我抓著阿嬤的手肘，引她移動到便器椅子上，等她拖好褲子才鬆手放她坐下。我預先拿了包衛生紙放在床邊，因為阿嬤等等一定會跟我要衛生紙，或者說我只是不想再聽見她含糊無力的說話聲音，尤其是請求別人幫忙的語句。

我臺語沒有爸爸一樣厲害，我常常幾乎聽不懂阿嬤在胡言亂語些什麼，因此就隨便搪塞了幾句話應付她，甚至裝作沒有聽見，讓她開始懷疑自己是不是孤伶伶地成為了一個無助的人。但其實反面想想，這也許是阿嬤會越來越頻繁跟自己從前的記憶對話的原因之一，例如她有的時候會叫她的哥哥來幫她從床上扶起來，但那是我一直以來都未曾見過的舅公，簡單來說，那是我還沒出生就過世的舅公，照片什麼的那一概沒有，我不知道。

但是無論如何，我都需要吞進一粒安眠藥才上去睡覺。我和阿嬤一樣，安眠藥吃了，廁所也上了，應該不會再發生任何問題了，讓我們倆好好地一覺到天亮，不要再彼此互相傷害。

看著阿諾爬上熟悉的木椅子上，在睡覺之前深深嘆出一口氣，我覺得牠把我該做的事都做完了，或者牠只是想要給我一齣美好的睡眠示範……。

（嗶嗶嗶嗶～嗶嗶嗶嗶～）

（汪汪～）

我聽見極其雜亂的聲音，有看護鈴的鋸齒波，和阿諾的狗吠。

我似乎很困惑地想著究竟是發生什麼事情，手裡還握著被子、翻個身，但是那些吵吵鬧鬧的狀況沒有並停息，反而隨著時間愈是變本加厲，可是我依舊搞不清楚到底發生了什麼事情。

這時有兩個細點踏在我的腰上，似乎是阿諾跑上來我的床，踩著我。我聽見牠害怕時會發出聲來的哀嚎，似乎是想要把我給喚醒，卻又不願對我大聲吠。我抬起手去摸摸牠，然後扶著牠的身體來勉強撐起了上半身，腦袋感覺暈眩而難受，甚至覺得噁心想要吐。這應該就是安眠藥的副作用吧，如果吃下肚還沒能安穩睡覺的話，它就會反過來折磨自己，讓心理狀態處於一種揮之不去的難過，而且自己永遠無法搞明白到底是為什麼，甚至那更接近窒息的絕望。

我慢慢地站起身，搖搖晃晃地走出房間，右手扶在木製隔板上，沿著玄關的方向慢慢走。我每一口吸氣都感覺好像得不到那一口氣該有的氧氣，甚至渴望掛上氧氣面罩來紓解目前的狀態。

我好不容易地走到了樓梯口，而且我同時能感覺阿諾牠就跟在我身後，但牠那害怕的呢喃聲音，不間斷地伴隨著。我用坐姿的方式下樓梯，因為我可不想就這樣子往前滾下去，直到了小玄關之間隔著一扇半透明玻璃門，光線透過一顆又一顆凹透鏡面進入，變成像是馬賽克一樣的效果；吵雜的聲音從微微被開啟的門縫傳到我昏脹的耳朵，好似每一格馬賽克方塊都是獨立的音源。

我伸出右手去推開那扇被打開的玻璃門的時候，冷空氣開始從門縫竄入，逐漸地，風進來得越

來越多，接著雜音轉變成了像海浪打在沙灘上「沙沙沙～」的聲音，音量大到幾乎覆蓋住原先聽見的所有一切。

「呼～」倏然在玻璃門打開之後，光線和噪音都突然劇減了。光線似乎是從外面那盞閃爍不停的路燈造成的，而聲音是正對著騎樓外頭那臺抽風機，以及那臺紅色CD播放器發出來的無線電噪音。

「是誰把抽風機和收音機給打開的呢？」

即使精神狀態不好的我也很迅速意識到這個疑惑，可是這間透天厝裡只有住著我、阿嬷，和阿諾而已，其他人存在的可能性幾乎為零。

當我探頭出去的時候，右耳邊聽見有人在說話的聲音，聽起來像是阿嬷的聲音，但我覺得應該不是，因為那說話的語音實在非常清晰。

「物件攏藏佇厝內底，但是時機猶未到，最好毋通先講出來。」

「猶毋過，愛會記得講吶，若無你離開就無機會啊。」

「歹勢，實在無話通講，嘛無適合講人生海海四個字。」

「最後一件代志，彼個痟查某來的話，毋著愛較頂真誒，莫予伊騙去。」

字字句句都清楚地傳進我腦海裡，好像有誰在我耳垂旁邊說著耳語，卻又刻意保留一些距離，不使我迷惑。我的上半身越過扶手的界限，伸手去撥開廚房門簾，想要看看是誰在裡面，可是廚房裡頭實在太黑了，實在很難說明自己的眼睛看見些什麼東西。

我試圖捲起門簾來讓外頭的餘光照進裡面，似乎也奏效，能讓我看清楚有……有個痀僂的身形正站在床上。

「阿嬤。」我叫她。

站在床上的人不為所動，像是聽不見我說話一樣。此刻抽風機連續運轉而擾動了空氣，使得客廳比平時更加冷颼，甚至讓人不住微微顫抖。我小心翼翼地走下樓去，站在廚房入口前面，注視著灰色門簾隱約反射的光線，越是前進一步，形成暗部的面積就越大，再靠近一步，我的身軀遮住了背後所有光線的全部。

我將手伸進去門簾。

霎時之間，寂然一片。

我唯一得知那段停止的時間長度是抽風葉片機剩餘的轉速，直到完完全全沒有辦法再轉動，卻才意識到原來收音機的雜訊，其實能夠減緩恐怖的氣氛，分散自己的注意力，然而現在通通都已經消失了。手的觸覺還在。

我摸到了什麼東西？

搓起來感覺像是塑膠膜，方方正正的外體，大小似乎可以一手掌握。我猜那是，香菸盒吧。我又伸進去左手，接過了右手手上這樣東西，用手頭撥開像是可彎折的紙蓋，裡頭摸起來是一支又一支的物體，幾乎可以確定這是香菸了。

我拿出一根香菸，在與我咽喉差不多高的位置，往黑暗的方向放進去，然後放開，這時拿菸的右手沾染了溫暖而濃稠的液體，令我害怕地向後退一步。鞋底著地的瞬間，左小腿被濺起的液體給沾上，這才發覺地板上也全部都是。我鬆開握在左手裡的香菸盒，然後插入自己的口袋拿出打火機，交給了右手，接著鼓起勇氣再次伸進門簾裡，點燃了火。

照亮的，是那在半年前發生的車禍之中，被撞得血肉模糊的臉孔，面目全非到幾乎無法認出來的爸爸。如今他回來，讓我代替他點燃那款便宜的香菸。

〈05〉

「陳先生，早安！」

「早安！美惠。」

美惠一如往常地勤奮有活力，總是讓週末增添一些不同的色彩。習慣主動為我在早晨沖泡一杯好喝的咖啡，然後站在我身旁和我聊天。

「陳先生，這兩個馬克杯是原本就拿來泡咖啡的嗎？」美惠拿起手中白色的馬克杯展示。

「對啊，一直以來都是拿它們來喝咖啡，偶爾也倒白開水喝啦。不過有好陣子我手上這個藍色的沒在用了。」

「欸，為什麼？難道那個不是你專屬的杯子嗎？」她疑惑地擺頭。

「其實這藍色的是先父在用，我用的其實是……妳手上那個白色的。」

「啊！抱歉抱歉，我原本以為這個是沒有人使用。」

「沒關係，我以後就改用藍色的，白色的就給妳吧。」

「嗯！謝謝你！」

無論她燦爛的笑容；無論是她泡的美味咖啡；無論是在這個片刻或者在那時候；與她或者與他，日子其實很享受。

最近阿嬤的胃口似乎變得比往常更好了，好像是因為我幾天前開始連續買了好幾次素食佛跳牆給她吃，而且似乎是某種力量要她乖乖吃完，至少還剩下湯，要不然真的就強人所難了。於是阿嬤便叫我不要再幫她買佛跳牆，她說因為那個人會逼迫她吃完，聽完這話真讓我感覺有趣極了。我其實也好想讓他逼迫我去做一些無關緊要的事，或者一起把事情給合力完成。

我想起了在大學時期的某個假日，跟爸爸一起去砌二樓陽臺下方的牆。其實也說不上是砌牆，單純只是把裂縫給填補滿，不讓雨水滲透進到廚房內，據說下雨天的一個晚上需要倒上三、四桶水呢。後來我去美式賣場買了一桶類似矽利康的塗料回來，我們倆合力把任何可能滲水的孔隙、裂縫等通通塗刷過好幾遍，並且爸爸在較深的裂縫之中塞進塑膠袋作為填充物，而我則是認真地將塗料注入排煙管旁角落的破洞。

當時他翻過陽臺的時候，我真的好害怕他一個不小心，掉進防火巷弄裡，那是個又窄又潮濕的死胡同。結果反倒是我，自以為是地直接從另一端較高處往下爬，鬆開手的時候磨破雙腳膝蓋上的皮，鮮血馬上就從傷口滲了出來。

爸爸用較小的身軀鑽進去陽臺的正下方，慢慢地爬呀爬。我們互相交換的粉刷工具、防水塗料，還有抱怨如果叫專業水泥師傅來弄，需要花費一萬元不等的高昂費用。

補完牆之後不久便開始下起雨來，當時回到外地念書的我，接到一通爸爸打過來的電話說：

「不會漏水了！」這樣一則簡單資訊，沒想到他竟然意外地對這事情感到很高興，是因為那是我們一起共同努力所達成的成就嗎？我不知道，不過當時的我也同樣感到快樂。

美惠在水桶裡面擰著一條抹布，開口說：

「爸爸還真是可愛！」

她接著又說：

「假如是我的話，我也會覺得超級有成就感的，而且還可以在裂縫裡面偷偷藏放傳家寶之類的東西！」話說完，她點點頭贊同了自己剛剛說過的話。

「那個裂縫也不大，我想最多只能塞進幾張薄紙片而已。」我笑著回說。

說不定，爸爸當時就隨手藏了什麼東西進去呢，我不知道。

揮別美惠的笑靨，我同樣目送她騎車離開，消失在喧囂的都市轉角。習慣性地，我似乎漸漸轉移了對爸爸的依賴，轉到別人的身上，當然也包含阿諾在內。

正當我拿起香菸準備點燃的時候，一臺機車騎到我身旁停了下來，戴著安全帽的那人看似一位中年婦人。直到她脫去安全帽之後，我才清楚明白那一夜晚的語聲，所提到那位要謹慎面對的瘋女人指的是誰了，就是站在我面前這位大姑。

「大姑。」我禮貌地跟她打招呼。

「我來找你阿嬤。」她下了機車，背起放在腳踏板上的手提包。

「阿嬤就在裡面，請進。」

大姑她拉開玻璃門走進客廳內，坐在阿嬤的身邊跟她開始寒暄。但是她之所以特地來到這裡，恐怕是另有其他目的，絕不會是單純的女兒來探望媽媽，因為大姑她根本從來都沒有主動照顧過阿嬤，都是我爸爸一手照料的，如今換我。

「母仔，聽講有信徒願意接收妳的寺廟，毋過需要差不多兩百萬的所費，會當予神明有一個好照顧，予香火旺盛！」

幾年前因為有爸爸在的緣故，大姑的廟宇斂財計畫總是被爸爸給當場戳破，甚至狠狠地臭罵她一頓。如今因為爸爸離世了，促使她的騙財計畫又得以死灰復燃，甚至幼稚地以為後輩不敢干涉她的行動。這簡直實在太可笑了！

阿嬤緩緩抬起頭來凝視著我，好似在對著我打備戰暗號說：「給她一次性擊退吧！」

「阿嬤，爸爸暗頓毋是講欲買魚翅筒仔嗎？講妳愛食。」我對阿嬤說。

「毋通啦，叫伊毋通閣買啊啦。」阿嬤臉上露出百般不願意的表情。

「啊妳毋是共伊講妳愛食？伊頭拄仔敲電話講，冰箱內閣有七碗左右，驚妳食無夠。」

此時阿嬤猛轉頭看向大姑，說：「抑是妳欲鬥相共食食？」

大姑露出極度難看的臉色，不知該如何回應祖孫倆的鬼怪聯合，尤其我們都知道大姑她本來生性害怕妖魔鬼怪，所以這招無稽之談的小劇場對她那是無比奏效。

「恁講啥我攏聽無！我真正攏聽無！莫嚇驚我啦！」

我走進廚房打開冰箱，將一碗又一碗的佛跳牆通通拿出來、疊起來，然後一次全部拿出去放在大姑的面前，輕輕地對著她說：

「食飽才閣商量，食袂完，我叫阿爸來。」

大姑像隻猴子似地從椅子上跳了起來，飛快地奪門逃出，緊張得連安全帽都沒戴好，數度掉在地上，最後用比起來時還要快上一點五倍左右的速度揚長而去了。

至於為何會有這麼多的佛跳牆，原因其實還是因為阿嬤吃到不敢再吃，然而其中幾碗是已經吃完剩下的空盒子，我只不過是覺得總有些情況需要用它來對付，例如阿嬤如果沒有把今天煮的飯菜給吃完，我就會拿一碗佛跳牆放在她面前，讓她自己去做選擇——是聽妳兒子的話，把佛跳牆給吃了，或者是聽聽孫子的建議，把菜給吃完。這方法無論用過多少遍，最後阿嬤總是明智做出了正確的選擇呢！

之後，我想大姑她大概從此不敢再來欺騙阿嬤，就算哪天大姑不怕鬼，她也應該清楚知道我絕對會徹徹底底地阻止她，比起爸爸一人孤身奮鬥，我更喜歡與阿嬤一起聯手作戰。合作達成的成就感真的就是不一樣，看來我更接近明白，爸爸在想些什麼了。

夜深了，夜闌人靜的時刻總是會讓人想起以前的回憶，不過最近學會新舊交織，大概是因為有人帶來了新穎的篇幅，把我給寫在自己的生活裡面，成為彼此之間的錨點，隨時能翻找得到。

我坐在客廳的辦公桌前，看著外頭寒冷的冬夜，看著看著，這才發現那盞家門前的路燈不再閃爍了。也不知道是誰何時修好它的，但是唯一可以知道的事情是，大家都在各自努力地揮舞著雙手，無論他手裡拿著是什麼。

我從口袋掏出香菸盒打開來一看，自己竟然又完抽一包了，於是我走去打開黑色櫃子裡拿新的，結果發現那兩條香菸竟然不翼而飛！我開始感到焦慮，只是不清楚是不是菸癮犯的毛病。東找找、西找找，就是沒有辦法找到香菸的身影，索性剝開幾粒花生吃進嘴裡，然後帶著阿諾上樓睡覺去。

在浴室裡盥洗的中途，外頭下起了滂沱大雨，這在冬天幾乎是相當罕見的天氣，也許可能是因為秋天才剛結束不久吧，搞不好還會來個颱風。當然，不看新聞的我自然是不會知道正確答案。入睡之前習慣看看護鈴的指示燈、摸摸阿諾的頭、捏捏牠的耳朵。躺在床上想起明天又是星期六，是美惠來這裡為阿嬷做喘息服務、喝喝咖啡、聊聊天的時候……。

天亮了，阿諾在樓梯間狂吠，應該是美惠她來了。我同樣盥洗完之後才走下樓去，可是不知道為何，今天阿諾一直叫個不停。樓梯間的門一打開，我看見鐵捲門還未被拉起，正確來說，我見到有個人正在拉開它，那是我再熟悉不過的阿嬷。

我不敢相信那是我親眼所見到的畫面，因此大腦在還未反應過來的時候，我目瞪口呆地望著阿嬷輕易拉起了鐵捲門，從容走出這個家門，那是她許久未曾親自踏出去的家。

「阿嬷！阿嬷！阿嬷！」我對著她大喊著，並且等不及穿上鞋子而衝向門外。

「阿嬷！」但她的身影不斷漸行遠去，我無法理解自己為何追不上她，一直跑，一直跑，最後跑到了國小旁的學齡步道上，阿嬷就這樣在我眼前消失得無影無蹤了。

我費盡所有力氣跑回家裡，一口氣衝上二樓去拿起手機開始翻找美惠的電話，明明曾經將她的聯絡電話輸入到手機裡存放，可是無論怎麼滑、怎麼搜索就是無法找到美惠這個名字，甚至連喘息合約找也找不到，竟似憑空從房間裡頭消失不見，這下我可心急了！

我急忙打開通往陽臺的門，毫不顧忌地往下一躍，跌在了與爸爸一起補牆的水泥狹窄之處，此時抬頭向前一看，映入眼簾的是原先放在櫃子的那兩條香菸，竟然被扔在了陽臺正下面，就是爸爸曾經從另一端匍匐過來的地方。

幾乎不敢再輕易去相信自己的記憶，可是心中總是不斷告訴自己，答案肯定就在藏在這裡。我抬起手來，用指尖摳除裂縫中的矽利康，然後把藏在裡頭的塑膠袋給小心翼翼地拉出來，緊接著我看見白紙對折放在塑膠袋裡面。

我取了出來、攤開。

「兒子，謝謝你代替我照顧阿嬤，你實在做得很好！照顧老人那是真的挺不容易。

雖然以前你沒有多餘的時間在家裡幫忙，畢竟也有工作要做，可是你卻能體諒我的痛苦，並且告訴爸爸那些不好的口氣、脾氣，以及怒氣，是沒有對錯之分。兒子，你其實拯救了我的命，是你讓我知道還能用什麼表情去面對討厭的自己。

還有啊，無論是抽菸，或是開車載你回家的時候，爸爸我並沒有去特別思考著什麼，只是簡單想著今晚要跟兒子一起吃燒肉飯當作晚餐、聊最近看的古裝劇話題，或是一起觀賞上次你在二手書店買給我的那張貝多芬第九號交響曲演奏專輯，然後偶爾一起罵阿諾亂吠的這個壞毛病。

說到抽菸，我之所以會買最便宜的香菸主要是為了省錢，並且假裝相信減少焦油的攝取能讓自己再多呼吸個幾年。

但是人算終究不如天算啊！

最後，我還是希望你能少抽點菸，然後讓自己好好快樂地活下去（你看，就算我不要求，你不也自己把菸給丟掉了嗎！）

其他的事，我對你無所要求，因為我相信你一定做得比我更好。

是時候也該離開了。永別了！我的兒子。」

簌簌淚水從眼眶之中傾瀉而下。我握住了爸爸的最後一封書信，倒臥在水泥地上掩面痛哭。

「咖啡再不趁熱喝，就要變酸囉。」

在自己悲痛欲絕的時候，我聽見了像陽光如此親切溫暖的聲音。

徐徐地，我努力睜開眼睛，看見一個人站在陽臺上。

白色馬克杯握在那人自己的身旁，而藍色的，她遞向了我。

吳博文，1995年生長於高雄。目前就讀國立陽明交通大學音樂所。高中一度休學，隻身前往澳洲打工度假。

本屆水煙紗漣文學獎為生平第一次獲獎，平常沒有特別熱愛寫作，只是一時興起地寫下了這篇故事。然而事情的促成絕非偶然；沒有其他人存在，故事就無法產生，因此我要感謝身邊的家人，以及啟發我寫作的本屆首獎得主，我的摯友。

甘耀明：

這篇其實給我一個滿大的震撼教育，而且它寫得滿耐得住性子，對我來講，它比較接觸到從核心意念去呈現出這篇小說。主角要在家照顧自己的阿嬤，其實對他來講是一個沉重的負擔，他也認識了一個居家服務的人，叫美惠。另外，爸爸要去買魚翅筒仔，但爸爸因為某一種原因死亡了，而且就死在那個潰縮的車子裡面，形成一個內外的張力。寫得最細膩的，是作者在這幾個人物裡面，塑造了一個奇特的氣氛，有個內在的壓力跟內在的趨向，裡面的核心還滿有意思的。我覺得它的寫實跟內在的精神狀態，已成為一個小說的模樣。我看的時候會覺得有些東西不應該這樣寫，應該處理的是家人，他的阿嬤，以及他死去的父親，角度如果更集中一點會很好。後面其實我看不太懂，有些瑣碎的東西，以及死去的父親在半夜出現，我覺得有它的效果，但如果寫得更透明一點效果會更好，因為它本身這個事件就有張力了。

鍾文音：

我在讀的時候覺得非常不得了，暨大已經有學生能這麼耐性地書寫一篇小說，但也因為它拉長篇幅，很多語句中現實感的匱乏就跑出來了，暴露現實經驗的不足。我照顧臥床的母親六年，非常熟悉長照的經驗，所以這篇裡有非常多不太合理的。首先包括計時居服員的複雜關係，年輕居服員美惠來到家裡，跟主人有感情的牽連，還幫他煮咖啡，這些在我的居服經驗裡頭幾乎沒有。又包括阿嬤的設定是九十五歲，幾乎人瑞了，已經不能用「老人」形容。還有，半年內被退掉三位居服員，為什麼？文中看來阿嬤的照護難度並不高。又比如故事中，美惠幾乎沒有缺點，但事實上，進到一個陌生人家裡，心態是很細緻、複雜的，在「喘息服務」的書寫上，很需要再有更好的敘事。此外，這篇小說有很多的贅詞，比如「我在自己的嘴裡呢喃著」，寫「我呢喃著」就好了，諸如此類，有點可惜，對話會稍微假一點，小說的對話基本上很困難，比方說「早安！陳先生」、「美惠早安」，這一整個語詞會用得很假。但這篇作品仍有些很好的優點，我喜歡它的描寫，很有韻味，有人物的理解、同理，主角好像很討厭那個阿嬤，帶有這種無情的描寫，看起來都很殘酷，但最後他爸爸的鬼魂出現，告訴他：「謝謝你替我照顧媽媽……」，也就是說，其實他的背後是很多情的。我很喜歡這篇小說，可是看不到很多現實的可行處，建議在細節或思路上可以再打磨，才會使你的故事更有說服力。

神小風：

這篇小說有很多寫實的情節，回憶父親，照護阿嬤，以及和看護之間的互動。在主角的心理描寫上其實還滿深刻的，有把一些情緒矛盾拉扯出來，這整個故事其實很值得書寫。但贅句實在過多，以及對話有點尷尬，導致整篇小說的篇幅和節奏都被拉得太冗長，是作者往後可調整之處。

佳作

〈告別〉

中文五　林以晨

一場雨下得安安靜靜。在祖父的葬禮。九月初的Ｋ城向來是不下雨的，我記得。Ｋ城沸熱，在夏天的尾巴也總要燒出一些什麼似地，而後竟燒出了雨。那些雨也透著熱度，滾燙地澆了下來，眼淚一般。

祖父的葬禮上，我第一次看見媽媽哭泣。

長長的送葬隊伍按輩份順序一列排開，我站在最後頭。禮儀師說，因為妳是最小的孫女。啊。最小的孫女。幾個字在我心裡輕輕地痛著。痛著。沒有別的感覺。整個葬禮我沒有別的感覺。禮儀師走過來問，妳有沒有需要紙巾？

在那樣的時刻，我如此真切地知道，我不需要別的，但我需要見你。見你一面，一眼也好。

／

親愛的C：

時候不早了，在這個時間點我早該去睡，但媽媽還在客廳看電視，我就偷偷爬起來點了小燈，在稀薄的光線下寫信給你。媽媽在看的連續劇傳出了哭聲，那哭聲從門縫唏哩嘩啦地流了進來，約莫又是車禍失憶之類的片段。老套的劇情媽媽可以一看再看，多年來我一直以為這是她的一項祕技，除了把明明好吃的食物煮得異常難吃之外。

C，寫這些的時候，我會想起你說過，你也有一個荒謬的媽媽。你不挑食，唯一不吃的，就是媽媽偶爾亂煮的東西。上次你陪我去美術館寫生，天色暗了，你打電話給她說：「不必準備我的晚飯。」她竟如此愜意地回答：「我本來就沒有要幫你準備的意思啊。」

我將我們的媽媽形容為「魔幻寫實」。我記得你噗哧一笑的樣子。

但儘管如此，我們也都深深愛著她們，對吧。上次你說你要把頭髮留長……

車行過國道六號，雨也一路跟了上來。我想，我喜歡看他開車的樣子。他靜靜的側臉。那樣的時刻我們不必交談。他會把目光專注放在前方的路況，頂多問我「接下來要去哪裡」、「想吃什麼」之類的話。我望著車窗上的雨珠，它們凝在玻璃上慢慢地沿著風，向後滾，向後滾。像一顆顆冰晶的眼淚。而後，終於和窗外的景色融在一起，融成一條直線，而後消失不見。

妳和昱廷最近怎麼樣了？

老樣子啊。

什麼老樣子，妳到底有沒有在認真跟他交往？

媽，可是所謂的認真又是什麼呢。想到這裡時我微微一笑。不知為何他竟注意到了。開車的時候，他不是都把目光放在前方的路況嗎？太離奇了。他問我在笑什麼。

「沒什麼。」

「妳今天特別開心啊。」

「有嗎？」

「我很少看見妳笑，」紅燈時他轉過頭，目光全數傾落在我身上，「至少，我已經很久，很久沒看過妳笑了。」

是嗎。有那麼明顯嗎。我幾乎就要這麼不小心問出口了。

「我們今天要去哪裡呀？」我轉移話題。

他沒有回答。我最害怕的，其實就是這樣沉默的他。道路兩旁長長的樹影穿過我們，在他的側臉上忽明忽暗，忽明忽暗地一整排走過去，斑馬一般。後來我才知道，我害怕的從來不是沉默，而是那沉默裡的心思。他一旦陷進去，就像陷進暮色裡的汙河，再洗出來，怎麼洗都是髒的。

真心是很難白回來的。

車子行出隧道，在母校的入口處打了迴轉，切往日月潭。

／

親愛的C：

今天放學時，我又看見了你和子薇走在一起。子薇是那樣明亮的人。下個月就要園遊會了，昨天班會時你去校外比賽不在，而你知道嗎？我被抽中當主席，討論時，請班代上臺說話。她一上臺，就一把搶過我的麥克風，站在講臺正中央叱吒風雲地講起了話，一整個班會就被她把持住了。我默默地退到了講臺後方，整個人融進了黑板似地。

她是那樣明亮的人，而我卻是黑黯到連自己都看不清自己的。

後來我輾轉得知，你和她熟稔，是因為你們在同一家補習班上課。放學後你們的影子總疊在一起，走同一條路，坐同一班公車，抵達同一棟布滿升學氣息的大樓，在同一個冷氣房教室，度過同樣空寂無聊的上課的三個小時。

是因為那樣嗎？又豈止是因為那樣。我還知道，你和她隔號相鄰。舉凡值日生擦黑板抬便當，體育課暖身操拉筋搬球具，你們都一起。舞蹈課上，老師說，單號的手放在雙號的腰上。你照做了。

我看見你臉頰微微染上的緋紅。那緋紅讓我隱隱刺痛……

原諒我好嗎？打開車門時，突然好想這樣對他說。但仔細想想，我也說不清自己究竟做錯了什麼。他忘了帶傘——再年輕一點，我會相信這是他故意的浪漫——撐著我那把藍色圓點小傘，他走到我的車門邊。

「大小姊，請下車囉。」他紳士一般對我鞠了躬。

我笑了。

他總是如此輕易地就原諒了我。

妳要去哪裡找像他這樣寵妳的男人？

日月潭的風景當然是看得膩了。大學四年，這裡相當於學校的後花園，假日無事，H總會騎車載我來走走散心。當然H和他不是同樣的人。他們甚至是完全不同的人。

「大一的時候，只要有女生的桌上出現一杯星巴克，就知道是有男生特地去日月潭幫她買了——那時候埔里鎮上的星巴克還沒開。」我們走過水社冉冉燈亮的街頭。華燈初上，嫣紅的暮色裡他淡淡地說。

我有點想問他是否也幫班上女生買過？但我沒有問出口。

而Ｈ，必然是連自己的星巴克都買不起的。Ｈ的室友總調侃他：「窮得只剩下愛情。」大一新生茶會，我們初次相遇，Ｈ一見鍾情，其後就展開了一連串積極坦白的追求——幾乎全系上上下下包括老師、助教，都知道了他喜歡我。那時我才剛從一段感情隱隱淡出，那人還浮水印般留在心上；對於Ｈ，也未有特別的好感。我還記得收到他告白簡訊的那天，我躺在宿舍上鋪，盯著轉了又轉的吊扇一夜想著：該回什麼，才能讓他死心且不至於太過受傷？

後來，我在黎明柔和淡藍的光色裡回覆他：「你也才剛認識我啊，怎麼知道喜不喜歡呢？我們還是先當朋友吧。」

這句話，在別人看來是正正當當的拒絕；可是在天性開朗樂觀的Ｈ看來，卻給了他無限希望——

意識到我出神，他把剛買好的星巴克冰上我的臉頰。「在想什麼啦？」是我最喜歡的焦糖瑪奇朵。他向來記得。

但他總忘記我從來不喝冰的。

／

親愛的C：

子薇生日，你在今早的英文課堂上，偷偷寫著卡片。你用課本當掩護，而蓋住卡片的那一課，正是茱麗葉誦給羅密歐的情詩，上面滿布玫瑰與荊棘的插圖，還有大大小小深深淺淺的粉紅色愛心。我就坐在你左側，想不看到你寫什麼也難——你清秀整齊的字跡寫有一行：「我們之間有著什麼，對嗎？」我是那樣敏感的人。光一句話，我就知道你喜歡她了。

／

從K城往你在南方讀研究所的市鎮，火車只要坐過兩站。因為剛開學，你是昨天深夜才剛返回這裡的——「機車還在機車行，」你在電話裡說，「要等早上九點機車行開門，我才能牽車去載妳。」但八點二十分，你終究比我早到了火車站，騎著你臨時向同學借來的機車。那是一段不短的路程，騎慢一小時，騎快也超過半小時。其實你大可以要我自己坐公車的。

我暗自感動。

其實想過無數次我們重逢的場景。上次見你，已是兩年多前。那時我鬱症發作得嚴重，吃很多藥，在臉書上時常貼著厚重黯沉的文章。萬萬沒想到你會傳來訊息——

我也經歷過這些。想鼓勵妳不要放棄，找妳信任的人聊聊，不介意的話也可以找我。如果可以幫到妳，我很樂意。

我呆望著手機螢幕好久好久。

高二分班之後，我們幾乎沒有聯絡。主要是我也找不到什麼理由主動聯絡你。學測將近，我沒有補習，媽媽將我的課業盯得很緊，手機也沒收了。沒收之前，我忘了把先前傳給你的簡訊刪去，她竟翻了出來。**妳在跟誰談戀愛？**沒有啊，那是我高一的同班同學。**少來！少跟我扯這一套！**她簡直氣瘋。**妳知道我送妳去讀女校的意義嗎？**

媽，若妳再看得仔細一些，說不定就會發現那些簡訊裡，都只是妳女兒的一廂情願。

「謝謝你，我很想你，也希望你都好好的」我飛快地敲出這幾個字，帶著遠方好友般的親暱而疏遠，按出 Enter 鍵。

要不要見面約吃飯？你幾乎秒回。

我們當然見了面。我像每個偶像劇女主角第一次約會必會上演的老套劇情——早起梳洗化了妝。你第一次見我化妝。上大學以後我才學會的，但其實很少化，平時上課、見朋友也都不化的。在連身鏡前比比對對了三套洋裝，最後選擇深藍色胸前繡有幾朵白色山茶花的那套。我記得你說過，你喜歡藍色與白色搭在一起的樣子。**藍天白雲，那是最最自由的顏色**。而你依然如高中時期的男孩打扮。白色寬鬆帽T，深咖啡色運動褲，一雙藍白Nike球鞋。

「好久不見。」你說。臉上掛著淡淡的靦腆。一如我們高中初見。

／

雨下得大了。這樣的雨共撐一把傘是會濕透的，於是我們離開長長漫步的湖畔，回到車上。他說，這附近有一間月老廟，大學時就聽說很靈驗，不如我們一起去拜一下吧？

沒伴的，幫你覓得良緣；有伴的，感情更加甜美。我記得小時候，祖父是這樣對我說月下老人的。在那些漫長的，哄我入睡的午後時光。說著說著他眼睛瞇成彎彎的一條線，貓也似地。**每個人出生的時候，月老的紅線早就幫你牽好好的囉。**

可是，那為什麼還是有人一輩子沒有結婚呢？

那是他們自己錯過的啊。祖父打了一個長長的哈欠。挑三揀四、嫌東嫌西的，很容易就錯過囉。

他又打了一個哈欠。好啦，晞晞，妳到底要睡不要睡？

而我萬萬沒有想到，二十四歲，湖畔的月老廟前，一個男人對我單膝下跪。

「我向來不是月老眷顧的孩子。一直到畢業以後，遇見了妳。」他的聲音有些顫抖，不知是緊張還是什麼。「我愛妳，我一輩子愛妳。林允晞，妳願意嫁給我嗎？」

/

那一次鬱症重重地復發，我站在陽臺，最後一封簡訊發給的不是H也不是他，是你。你直接打了電話過來。聲音哽咽。

妳知道我為妳哭嗎？

為什麼要為我哭？

妳猜啊。

我猜不到……

妳來見我，我就告訴妳。

那一次，我終究沒有去見到你。醒來時人在醫院，身上管線縱橫。頭很暈很痛。用藥的緣故，我幾乎記不起到底發生過什麼事情。而他就坐在我的病床旁邊。

「林允晞，妳為什麼要這樣？」

「我現在不想，也沒有力氣跟你吵架。」

「是因為H嗎？」

「郭昱廷！」

「不要以為我不知道妳跟H的事！當時妳媽是怎樣以死相逼你們分手的……妳也是從那時候開始看身心科開始吞藥的，不是嗎？說真的，我真不知道他到底有什麼好的，值得妳這樣為他去死？那個男人，他連他自己都養不起吧——」

/

兩年多後再次見到你，在早晨八點半的南方火車站。你仍舊身著帽T，運動褲，一雙磨得快破的藍白Nike球鞋。唯一不同的是，你終究把頭髮留長了。紮起一撮小小的馬尾。

我說，我想幫你綁頭髮、編辮子。你拒絕了。其實我知道，你心裡還是很抗拒成為所謂「女孩的樣子」。前一次我去見你，你把一罐黑糖薑茶藏到了櫃子最底層。

坐在你的機車後座。你騎得很快，我幾乎要飛出去。你說，**妳可以抱緊一點啊**。我想起高中運動會，我在場邊為你加油尖叫，而你像風一樣飛快跑過去的樣子。啊。我從沒看過有人跑步的姿態那樣好看，那樣帥。而操場旁，站在你長長的一列粉絲迷妹之中，我是那麼渺小那麼黑黯，黑黯到連我自己都看不清自己的，你究竟為什麼會注意到我呢？長長的，將近一小時的路程，你時時轉過頭問我，**妳會不會冷**？我是那樣敏感的人，從那一刻我就知道，你是真心喜歡我的。

告別時，你原路送我回車站。我說，你要想我喔。

「說這什麼話啊。」你靦腆一笑，在剪票口處對我揮了揮手。

而我終究沒有說出口的是，下個月，我就要結婚了。因為祖父過世，百日內沖喜。媽媽說一定要嫁。

C，你會想念我嗎？

願你幸福健康。

（攝影／陳琦涵）

林以晨，生於臺中豐原，現就讀於國立暨南國際大學中國語文學系。一直相信只有文學能收容自己敏感不安的靈魂。曾獲第十五屆水煙紗漣文學獎新詩組第二名、第十八屆水煙紗漣文學獎新詩組佳作、第二十屆水煙紗漣文學獎新詩組佳作，及小說組佳作。著有詩文作品集《冬》。

謝謝暨大中文，謝謝評審。特別謝謝林達陽老師及神小風老師，謝謝你們成為我作品的知音，且給予我真誠溫暖的鼓勵。我會繼續寫下去的。

神小風：

我覺得這篇寫得非常好，事實上它只是在講一個女孩單純的愛情故事，一開始，敘述者參加一場祖父的葬禮，她寫「長長的送葬隊伍按輩分順序一列排開，我站在最後頭」，進行跟祖父的告別儀式，我看到這邊以為她在進行一場死亡告別，不過順著敘述者往下看，會發現敘述者其實在跟「親愛的C」對話，在寫信給他，這個女生同時好像還有曖昧、交往對象。它是一個主線的愛情故事，而且作者感官寫作的筆法都滿成熟的，有一種恰到好處的溫柔感。但是我們會發現這個敘述者好像有些話沒有講出來，她被問話時，就擺出一種「沒什麼啊」、「有嗎？」的態度，模稜兩可地回答情人或媽媽，同時也會把心事描寫出來，把層層戀愛的心事表達得非常好。裡面透過兩條線，一條是寫信給C，一條是現實中她自己的戀愛狀態，跟交往對象講話，媽媽問她：「妳是在跟誰談戀愛？」她還是用模稜兩可的方式回答，但其實給了一些線索，中間寫她喜歡的這個人，喜歡穿「男孩打扮」，白色寬鬆帽T跟咖啡色褲子，用外在形容，然後說：「那為什麼還是有人一輩子沒有結婚呢？」「那是他們自己錯過的啊。」交叉了跟已過世祖父的對話。讀到最後，會發現這其實是一個百合小說，這個對象是個女生，她很抗拒成為所謂「女孩的樣子」，還把一罐黑糖薑茶藏到櫃子的最底層，讓我覺得這個作者在用一些小細節的地方非常聰明，會藏一些小線索。最後說「下個月，我就要結婚了」，跟前面的開頭連結在一起。我覺得作者在比較短篇幅的小說操作裡面，敘事滿完整的，文字、各種技巧都非常到位，我自己滿喜歡這一篇。

鍾文音：

敘述的文風與語感有著抒情的調性，帶著傷逝的青春緬懷與回憶前進未來的人生，喜歡一些小小的碎片如嚙咬著我們的心中遺憾，讓我進入了我們集體有過的青春擊壤之歌，帶著淡淡的情韻，不著痕跡也不用力地展現往事的似水年華。

甘耀明：

這是柔軟感性的文章，主角在不同感情之間的追憶與感悟，綿密如詩的語言把人帶進了時光隧道般，而且作者使用不同字體製造腦類記憶的既視感，非常特別。不過這篇予人感受，比較像是散文，而非小說。

提問者：

老師好，我想請問剛剛關於作品〈泥盆紀〉，只有鍾文音老師有給回饋，不知道其他兩位老師對這篇作品有沒有什麼解讀、看法或指教？

甘耀明：

這篇裡面有兩種生物，一種是動物性的「牠」，一個是女性的「她」，兩者之間有些互動，而這樣的關係，我視為一種亞當夏娃的誕生，還是一種泥盆紀裡面兩個對象之間的互動，它充滿了詩意，而且我照著作品去調查，還真的有這種生物。也就是說，作者是有根據泥盆紀的調查，去創造的一個詩意、混沌世界的愛情觀，有一些互動真的描述得滿美的。但對我而言，這個東西比較像詩，我要介入有一點難，它寫的透明度不高，大部分的小說其實對現實有一個指涉的對象，這個對象對於愛情、死亡等衝突，有比較現實的基礎。泥盆紀對我來講，其實是更抽象的一個東西，加上作者寫得非常詩意，以至於裡面的透明度不高。我會覺得如果單就文字的鍛鍊來講，像〈泥盆紀〉、〈長頸鹿有雨〉真的寫得很漂亮，但我找不到它要對應現實的東西是什麼，以至於它有一點飛得太高了。建議作者可以嘗試著再降臨到自己，比如說要創造出怎樣的一個世界、世界觀是什麼樣子的，對於生活有更緊密的串聯橋樑，會更好一點，這是我自己的觀點。

神小風：

〈泥盆紀〉這一篇，我在筆記上面寫：「充滿詩意，像是創世紀的童話。」對我來說，它充滿隱喻和抽象，我在讀的時候，會試圖想要找出後面的頻率是什麼，也有在嘗試思考「這個角色對應了什麼事情？」或是「這個象徵為什麼要這樣去做？」當然它非常美，文字完全沒有問題，但是在小說的方面，也許可以試著再前進一點點。如果大家遠一點看，它其實很像一個長篇小說的開頭，或許可以用更長的短篇去試，因為前面這些詩意象徵，其實都在走一個設定的路線，可是正當我覺得作者準備要講故事時，卻結束了。我期待作者把它當作是一個長篇小說的開頭，是不是還有什麼情節可以從這個地方開始去發揮，也許是一個很好的嘗試。

• • •

提問者：

三位評審老師好，想請問鍾文音老師，您有旅行各國多年的經驗，想問在這個過程中有沒有什麼事情讓您印象深刻？

鍾文音：

其實旅行就跟當下一樣，人生裡這種長途跋涉的資歷，跟我們所以為的浪漫式的、波西米亞式的、拼貼式的抵達，其實是年輕時候的夢想。因為世界之大，整個世界都是你的故里，可是現在舉步都是異鄉，非常困頓。可見所有年輕時候的抵達都值得奔赴，我會建議年輕人去抵達任何可以想像的遠方，因為當現實來臨的時候，所有的圍牆、道斷路阻，都會來到你的面前。在這個疫情時代，我們都活成一個圍城，當你問我年輕時候的旅行，恰恰對應了我們當代的求助心情。恰好有寫作，它帶著人飛得更高、更遠、更可能，有筆是非常幸運的，筆帶我們旅行了各種可能想像的遠方。

其實我還滿驚訝這次暨大的作品，因為兩年前來評審，作品高低非常立判。而這次我看到暨大勇敢的部分，作品很齊、題材很多元，像〈泥盆紀〉寄詩意於創世紀，如果企圖心更大的話，以它那種新切的寫法，可以重寫創世紀。其實文學之旅幫我們帶來宇宙般、星辰般的爆裂，都不是雙足可以抵達的，反而是雙手的鍵盤，幫我們抵達了旅行的他方。旅行對我而言，並不必要成為生命最重要的事，但是它確實值得年輕的時候去移動。這次有人寫移動，如〈回家〉，不論有沒有得獎，我都覺得是非常當代性的。當然年輕時候的印記，是自己生活的痕跡，都會在我們的作品裡面呈現。旅行對我最大的意義，可能就是我生活痕跡的烙印，是怎麼樣也不會磨滅的，會不斷思考要如何用文學繼續寫出來。

提問者：

三位老師好，我想要請問甘耀明老師，寫小說的時候如果遇到瓶頸的話，比如時間不足等等，會怎麼樣去處理？

甘耀明：

我這個年紀也遇到一堆瓶頸，有瓶頸時就突破自己，沒有瓶頸的話，就代表你還有需要挑戰的地方。我年輕的時候，可能像在座的各位一樣，也寫過像〈泥盆紀〉、〈長頸鹿有雨〉這種作品，我覺得自己寫得很努力、寫得很好，也花很多時間去寫，但投出去後得到的回音比較少，因為太詩意、太抽象了，總會有些失落。因此，每當遇到瓶頸、沒有辦法突破時，我就會去看短篇小說。如果投短篇小說的話，建議去閱讀短篇小說，因為我以前年輕或者當評審的時候，很喜歡看長篇，結果寫出來的短篇小說像長篇小說，這就滿可惜的了。當你們遇到瓶頸的時候，也許可以花一段時間做交流，或許也不一定要以文字創作，生活中到處是創作，圖文也是一種創作的方式。總之，創作這件事情也許透過閱讀可以得到另一個路徑跟回饋，所以年輕的時候多閱讀，即便你沒有走入創作，但閱讀可以帶給你不同的世界，也許再像鍾老師這樣旅行，讀萬卷書，加上行萬里路，我覺得就滿美好的。

提問者：

三位老師好，我有兩個問題想要請問三位老師，請問在一個完整的小說之中，是否角色、對話、寫景跟劇情，有一個需要注意的比例，才能達成整體的和諧？一個對話偏多的小說會不會比較不能成為一個好的作品？再來還想問，一個小說應該要經過非常嚴謹的琢磨，還是由自己的心去寫出來比較好？

神小風：

先回答第一個問題，我覺得重點應該不在於比例，而是你想要講什麼樣的故事、寫什麼樣的小說。譬如角色人稱「你、我、他」的設計，用第一人稱描述，比較接近角色內心，但是若要寫一個比較宏大的小說，就要把各式各樣複雜的細節拉進來。所以首先應考慮小說的規模或是想要達成的效果，再把角色分析拉進來。第二個問題「充滿對話的小說是否有趣？」我最近看了莎莉·魯尼(Sally Roony)的小說《聊天紀錄》，她 1992 年出生，是一個非常年輕的作者。她的小說非常有趣，《聊天紀錄》是一整本的長篇小說，在講一對女同志情侶，分手、復合再進入一段婚外戀的關係，裡面有非常多對話去組成故事。本質上是個戀愛小說，可是透過兩個人的聊天，在哲學上的辯證，去講她們對這世界關心什麼、瞭解什麼，這樣的對話其實出現非常多人性的思考。回到剛剛的問題，對話的多寡並不會成為判斷小說好壞的準則，而是你要聊什麼？對話不能變成廢話，必須要是有意義的，在對話過程中，如何去推進小說的進展。我覺得對話非常難寫，所以在看一些短篇小說時，會發現很多其實前面都沒有對話，等到最後才放了一句讓讀者非常震驚的話，那個對話其實是有意義的，並不是我們平常聊天隨口拋出的碎語，這是我的建議。

鍾文音：

因為第一個問題牽涉到小說的技巧、技藝，其實很難回答，但是小說是一個溼地，有各種可能，比任何散文、詩都來得更開放。這個比例上的問題，牽涉到作者想要的形式跟內容，所以跟風格有關係。剛剛小風講的《聊天紀錄》，其實整篇應用的形式風格就是對話，我以前也看到用部落格倒敘的方式創作，後來得到台積電的中篇小說獎，沒有什麼是不行的，這就是小說的魅力。但是要調和形式跟內容，角色對話或寫景都是必要元素，可是現在也有很多無情節的小說，是作者刻意實驗一種想要抵達的語境或語感。小說有很多種，像我覺得〈長頸鹿有雨〉非常像馬奎斯寫的概念，可是馬奎斯在寫短篇小說時，跟他寫長篇小說完全不一樣，因此，首要先確立自己要寫短篇、中篇或者長篇，比例問題也牽涉到你的容器。第三個問題很有趣，「要嚴謹的琢磨或者要為初心寫作？」這跟你的寫作動機有關係，若為了比賽，需要凝鍊、嚴謹，在打磨過程中會刪掉很多贅詞或者筆記體的東西。可是當你自己在家，或已成為大師的時候，寫什麼都是被允許的、很美的，因為你的寫作已經有了光環。我覺得在練習的過程裡仍需要嚴謹跟琢磨，因為越收束自己，最後的野放就更能自由運用。比賽最困難的地方，在於有遊戲規則、有勁敵，寫作者必須兼顧兩者，一個是初衷跟本心，可以隨手而寫，為日後做準備；但如果要參加比賽，另外一個嚴謹琢磨的態度就要拿出來。所以有時候非得獎作會比得獎作還精采，我就覺得自己以前的得獎作品好做作，後來不為得獎寫作時，嚴謹的地方我就偏偏讓它長得枝葉漫散。我覺得年輕的時候，這兩個部分都很需要練習，因為有時候太嚴謹，久了會寫不出來，要先打開水龍頭，不然什麼東西都不有趣了。

系列講座

李昂｜密室殺人：附身到化身

平路｜文字連繫起來的

密室殺人

從附身到化身

李昂

原名施淑端，臺灣鹿港人。2004年獲法國文化部頒藝術文學騎士勳章，是至今唯一獲此殊榮的華文女作家。多部作品翻譯在美、英、日、德、法、義、瑞典、荷蘭、西班牙、韓、捷克等國出版，2020年底更有加泰隆尼亞文、阿拉伯文出版。2016年獲頒國立中興大學名譽文學博士學位，並在中興大學設置「李昂文藏館」。曾以《殺夫》獲聯合報中篇小說首獎；獲頒第十一屆賴和文學獎；獲吳三連獎文學類小說獎等獎項。作品有《殺夫》《迷園》《看得見的鬼》《北港香爐人人插》《鴛鴦春膳》《附身》《睡美男》等多部。

主任、各位老師、同學好。

老實說有那麼多人來聽演講，真的嚇我一跳。因為現在大家都不把文學當一回事，我想今天要來這裡翻跟斗、豎蜻蜓才能引起同學的注意，本來還有點擔心。既然如此，我們就平常心地來談談文學、生活跟你們的人生。我的年代差不多都已過去，同學們正是要開始的時候。我年輕時從來聽不進長輩說道理，現在我自己成了長輩，就想用什麼方式來講，同學會覺得有意思，所以，我們從《密室殺人》——我最新一本小說談起。

所謂偵探或推理小說裡面，一個密室，門窗都是好好的，沒有被入侵，也沒有任何兇殺案的蹤跡，可是有人被殺，就叫密室殺人。寫作者必須想盡千方百計製造它這個密室，再來解碼如何殺人還可以不破壞密室離開。例如有一陣子日本的推理小說很流行把水凝成尖銳的冰鑽，只要懂得人的生理結構，刺進心臟，如果刺得對的話，尤其尖的部分，真的可以致死。比方我在一個密室裡，用冰鑽穿透別人胸口，鎖門離開，因為凶器會融化成水，偵探進來的時候找不到，即便查到我，也很難定罪。怎麼殺人、把兇手繩之以法，是很多推理小說家構築密室的時候會想的。儘管我是所謂純文學的作家，寫一些你們現在都不看的東西。但《密室殺人》這本小說真的不難看，裡面有色情、懸疑，應有盡有。

一開始，我希望你們先幫我票選我即將在日本出版的一本小說的封面。我有幾本小說，在日文翻譯出版，前面四本都在專門經營文學書的出版社出的，直到第五本才打進像文藝春秋那麼大的出版社。這個小說叫做《睡美男》，我們都知道有個故事叫睡美人。現代人說，王子沒有經過睡美人的同意就吻了她，叫「性騷擾」，你們覺得那是性騷擾，還是深情的一吻呢？總之，我寫了《睡美男》，東京大學的藤井省三教授翻譯。成了文藝春秋主推的重要臺灣作品。書中描寫一名年長的外交官夫人，去健身房碰到一位年輕漂亮的小鮮肉，外交官夫人無可抑遏地的愛上他，可是身分階級和三十幾歲的年齡差異，使這兩個人根本不可能在一起。最終外交官夫人下藥把小鮮肉迷昏。

我們在出版時舉辦一個派對，中間橫躺一個真正的「睡美男」。有一位來應徵的學生，是臺大經濟系的高材生，不高，才一百七十多公分，穿著就是你們小朋友穿的衣服，我很看不上眼，跟帶他來的朋友抱怨：「這要來做我的睡美男，實在太不夠看了吧？」他說：「李昂老師，妳先不要在穿著衣服時以貌取人，把衣服脫掉時再決定。」他在我家把衣服脫掉，留著內褲，才知道他的身材練得非常均勻漂亮。接著，有專人在他身上布置一些彩繪的東西，各種部位都排滿蔬果、花卉、食物，他的手邊非常象徵性的擱了一個黃瓜。故事裡，女人會想要對男人下藥做什麼？書中另有討論。總之，我們在臺北做了非常不一樣的新書發表會。

回到正題，今天從密室殺人來講附身。所謂被附身，比如老婆婆被「魔神仔」牽走，一個人在深山走了六天，也不知道吃什麼、喝什麼，居然沒有昏迷，也沒有死掉，只不過是比較疲累而已。我一直覺得附身是非常神奇的事情，非常有興趣，可是年輕時因為害怕，不敢太去追究，深怕萬一祂們來找我。在文化大學教書時，我曾碰到一個學生，突然期中就不見，學期快結束又回來。看得

出來她整個人的神色非常不一樣，她說她媽媽跟家人帶他走遍全臺灣各式各樣的廟宇，始終沒有辦法趨吉避凶。那名學生後來第二個學期沒有讀完又消失了，大概真的情況不太好。

那一年我教一個日本知名女作家吉本芭娜娜的小說。她來臺灣的時候，我們做過對談。吉本最近也都還在出書，我一直鐘愛她的作品，她跟村上春樹大概是兩個最為我們知曉的日本作家了吧。當時我曾在課上教一篇她的小說，寫一對大約高中的年輕戀人，男生很愛一個女孩，是初戀拉個小手就心裡小鹿亂撞那種純純的愛。可是女孩不幸過世，男主角傷心欲絕，且始終放不下，甚至穿著女生的衣服去上課，被全校的人嘲笑都不為所動。他覺得公開穿著她的衣服，能夠維繫住兩個人之間愛情的感覺。小說快結尾的時候，女孩子來跟他告別，隔著一條河流，在彼岸現身。女生怎麼讓男生知道她要出現了呢？藉由鈴聲的幫助。聲音有時候可以用來招魂，像辦法事的鈴。

我前面說的不知所蹤的那名學生，下課跑來跟我講：「老師，妳怎麼敢教這樣的東西？」我說：「就是吉本芭娜娜的一個小說，為什麼不能教？」他說：「老師，真的，當祂們要來的時候，鈴聲、線香都是接引過來的一個方式，尤其是河流。這幾個東西，都是另外一個異次元的空間，或另外一個結界。」我聽到自己都嚇一跳，她絕對真正面臨過某種處境，才會知道它們代表的重要意義。

你們相不相信是否真的有另外一個空間，死去的人存在那裡，因為各種理由，因為執著、放不下、留戀，沒有到別的地方去，仍然在我們的周邊徘徊呢？我自己有一個非常特別的經驗，也是我寫《密室殺人》的源頭。

差不多 1974、75 年，我在美國讀完大學，到聖塔芭芭拉 (Santa Barbara) 找白先勇玩，在他家看到一本書《春申舊聞》。春申是上海的舊稱，寫當年上海很多好玩的故事。當中有一個故事深深打動了我，叫「詹周氏殺夫」。中國傳統文學裡，一定是姦夫淫婦才會殺夫，最常看到的是潘金蓮跟武松、武大，潘金蓮跟西門慶勾搭，用砒霜把武大害死，武大的弟弟武松就回來把潘金蓮給殺了。中國傳統文學裡面，女人殺夫，通常為了姦夫。可是「詹周氏殺夫」的故事很特別，只寫詹周氏不堪丈夫的虐待，在丈夫喝醉酒回來，呼呼大睡的時候，拿起丈夫隨身的屠刀把他大卸八塊，藏在放衣服的藤箱裡。當時他們樓上樓下就像半樓，屠夫在樓上被殺，血水就隨著木地板的縫隙向下流。樓下的房東看到血水，很高興地上樓敲門：「詹嫂子！妳老公拿豬肉回來，不要那麼吝嗇，也分我一點吧？」那個年代，正是八年抗戰的時候，物資非常缺乏。詹周氏說：「房東太太，等一下我就來開門。」等了很久，房東太太等不及，就大力推門進去，看到整個地板剛剛被水擦得乾乾淨淨，詹周氏站在藤箱旁邊，血水從那藤箱裡滲出來。房東心想：「還把肉藏在藤箱裡，我只不過要一小塊肉吃，何必這麼小氣呢？」三兩步衝上前掀開，發現在一堆被切塊的屍體上面，端端正正地放著屠夫被切下來的頭，房東當然嚇死了，趕快報警。

我當年看到這個故事，覺得終於擺脫中國傳統的「女人無姦不殺」，就想寫成小說。可是我對上海完全一無所知，且臺灣到 1987 年解嚴，兩岸才能互通，當時根本沒辦法寫。後來把稿子帶回臺灣，接連發生很多事情，包括美麗島事件，我的很多朋友都被逮捕，才把它又拿出來寫。那時候很清楚知道沒辦法寫上海，就只有利用這個簡單的故事，拿到我的故鄉鹿港，放在更久的年代，寫一個屠夫的妻子，因為不堪虐待而殺夫的故事，變得非常在地化，跟中國那個故事完全無關。寫完之後，也因為戒嚴時期的限制，在臺灣絕對不可能出版，唯一的辦法，就是投《聯合報》的中篇小說獎。運氣不錯，七個評審委員，居然有四個投給我，得到最大獎。以現在的尺度，我仍然同意它很色情暴力。《聯合報》必須將得獎作品刊到報紙上，於是發生了很多令人啼笑皆非的事情。比如有個媽媽寫信給《聯合報》：「我每天早上都要很早起來，把你們副刊裡面連載《殺夫》的部分剪下來。怕影響我女兒純真幼小的心靈。如果你們再刊《殺夫》這種小說，我就要去退訂。」民國七十幾年，《聯合報》跟《中國時報》是兩份銷售百萬的大報，影響力很大。我那時候在文化大學教書，學校的創辦人張其昀博士，是五四時代的人物，來到臺灣，創了文化大學，比校長權力更大。當時校內有老師跑去跟創辦人說：「這個人寫《殺夫》這種誨淫誨盜的小說，應該趕出學校。」我跟他們無冤無仇，來學校上完課就回家，從不開系務會議，也不跟人結黨結派。他們共同去告我的狀，說寫這種小說的人，學校留不得，一定要驅逐出去。還好張其昀博士非常開明，找來一本《殺夫》，看完之後，把我找去辦公室，說：「李昂，只要有我在學校的一天，妳放心，我保妳可以繼續教書，不會被同事們做掉。」這才保住了教職。更恐怖的是，因為書裡面寫很多性侵害跟性虐待的過程，文化圈裡讀過《殺夫》的男生，就斜眼看我，一副「妳會寫這樣的小說，表示私生活一定也很不檢點」的樣子。他們小說跟個人不分，覺得會寫那樣的小說，一定就是自己的經驗。更有男生可惡到，臉上浮現「妳都給別人睡，也給我睡一下沒有關係」的意思。直到很多年後，我才有能力對付，冷冷地看著他笑說：「我是有很多男朋友啦，可是老娘就是不給你睡，你要怎麼樣？」我還會告訴他：「看你一點都不起眼，老實說，也沒有什麼女生要給你睡。」那些男生整個臉都縮起來，沒有想到我居然會這樣反駁。

我的父親是個做生意還算有點成功的商人，我從小就知道，這輩子只要不亂搞，大概衣食無缺，不需要看這些文壇中人的臉色，才能夠面對那些很差的渣男。人一定要能夠自立自強，才有能力去面對外來的壓力，最笨的女人就是只會一副裝無辜的樣子。各位同學，你的人生一定會碰到很多的困境，一定要記得，唯有自立自強才能夠自保，不被打敗。被打敗的時候，沒有人會來拍拍你的肩膀，人只會越來越網路化，人跟人之間的關懷只會越來越淡薄，維持自己的能力很重要。

讓各位同學對我寫的小說有更多的暸解，我再講講〈彩妝血祭〉的故事，這是我自認寫得最好的中篇小說。日據時代，許多有錢的臺灣人會把女兒送到日本讀新娘學校，學服裝、化妝、彈鋼琴、插花，讓她以後嫁入豪門，可以扮演一個稱職的太太。有位姓王的醫師，娶了一名門當戶對的女士。新婚隔天適逢二二八事件，王醫師被抓走，怎麼樣死的、屍體到哪裡去都不知道。王醫師的太太非常堅強，懷了遺腹子，把小孩生下來。當時如果有誰涉及二二八，人人都怕會被牽連，丈夫的整個家族跟她的娘家人都避而不見。她只好用在日本新娘學校所學裁衣四處做工，含辛茹苦扶養兒子。兒子長大後，繼承父親的職志，成了有名的醫生，王媽媽則變成為民主自由上街抗爭的女鬥士。有一次，王媽媽從臺北南下到臺中抗爭，本來計畫要在臺中住一宿，沒想到抗爭很快結束了，那時候也沒有手機，王媽媽沒有告訴兒子，就坐夜車回臺北。母子連心，作母親的知道，兒子一定很怕媽媽被抓，晚上如果有機會，一定要看看彼此在不在。王媽媽也沒有多想，回到家，貿然開了門，赫然發現兒子坐在鏡子前，把自己裝扮成一個女人，臉上化了女妝，正把長假髮戴到頭上。在民國六十幾年，那麼保守的年代，兒子還是個遺腹子，理當要光輝家族，現在居然變成有變裝癖的人。王媽媽把門關上，從此不跟兒子講話，不管他用什麼方式懇求，都不肯搭理。我在小說情節中暗示，兒子在心灰意冷、完全得不到跟母親解釋的狀況下，到新公園隨便跟人家睡覺，染上愛滋而死。直到得知兒子的死訊，王媽媽才發現她對兒子做了什麼事情。她從殯儀館把兒子的屍體領回大稻埕的老家，用在日本學的高明的化妝術，把兒子的屍身化成當年開門時，看到兒子喜歡、想要的樣子，還替兒子穿上她新婚之夜穿的日式浴衣（Yukata）。之後，媽媽用臺灣話跟兒子說：「從今以後，你放心，你從此不用再假裝。」臺灣話的「kè」是假裝的意思，剛好跟英文的「gay」發音相近，後來談這個小說的每個人，都拿它跟「gay」做比較。王媽媽把兒子的棺材蓋上，參加紀念二二八舉行的放水燈儀式，放了一個小小的燈，燈火隨著淡水河水流走的同時，她也把自己的臉埋在水裡自殺，剩下那盞小小水燈，隨著幽暗的淡水河，不曉得要流到哪裡。這是個非常動人的小說，而且我可以說是臺灣第一個敢把二二八事件，跟同志、變裝這樣的議題寫在一起的作家，二二八的遺腹子，這麼重要的繼承人，也讓我寫成有變裝癖的人，所以當時受到不少攻擊，批評我褻瀆了莊嚴的二二八事件。可是這個題材實在是太感動人，感動一位臺灣常年住在歐洲的女編舞家，林美虹女士。她當時在一個德國的國家劇場裡面工作，取了〈彩妝血祭〉的故事梗概，改編成現代舞蹈《新娘妝》，時長約一個半鐘頭。美虹《新娘妝》的表演，在德國很轟動，入圍有德國「藝術界奧斯卡」

美稱的浮士德獎，臺灣人以舞蹈活躍於國際間，她的地位跟林懷民大概可以等量齊觀。這齣舞蹈安排了六十個臨時演員擔任祭典的參與者。寫完〈彩妝血祭〉後，我總覺得過去的夢魘跟血腥的場面，都還背負在身上，接近被附身的感受，於是也請纓上臺，參與演出素人群眾之一。彩排時，有一個橋段是鬼魂來找我，另一位法國女舞者懇求躲到我衣服中取暖，而這件衣服，替鬼魂擋住了孤獨與傷害，為女舞者帶來愛與擁抱。我隨著作品改編演出，在歐洲走上舞臺謝幕，身為作家的光榮跟快樂，真的沒有話說。

在故事進展中，讀者隱約可以感覺到兒子染上變裝癖，很可能跟偵防的刑事人員有關。當時國民黨派了權力很大的偵防人員到王家，大家一開始都以為他是覬覦王媽媽的美貌而來，後來才發現他其實有戀童症。雖然小說沒有寫清楚，可是合理懷疑，王醫師會變成有變裝癖的人，很可能是遭受偵防人員性侵或性騷擾而造成的部分影響，整個故事的複雜性可見一斑。

〈彩妝血祭〉還有像我的小說〈看得見的鬼〉，可看出我常寫到很多悲慘、靈異，或者像《殺夫》血腥暴力的事情。很多人都覺得奇怪，我一輩子活得好好的，是家裡最疼的小女兒，又沒有被虐待，為什麼我寫的小說這麼黑暗，寫到那麼多不快樂的事情？有個很有名的作家叫做宋澤萊，給我一個名稱，叫「黑暗的李昂」。

當時文壇有四個作家，我分別稱為「妖」、「魔」、「鬼」、「怪」。「妖」是舞鶴，他寫過一部小說，叫《鬼兒與阿妖》。「魔」，宋澤萊，寫很多入魔的事情，跟東西方的宗教很有關係。

「鬼」就是我，寫很多跟靈異、鬼有關的東西。「怪」是黃凡，可惜他後來生病，沒有繼續寫下去。我們「妖」、「魔」、「鬼」、「怪」這四個作家，曾經一度引領風騷，都走很特別的路數，絕對不是現在看到那種軟趴趴的愛和關懷，而是很勇敢地面對我們時代的問題，不惜去揭發很多人性、社會的黑暗面。

再回來講寫〈密室殺人〉的一個重要原因，幾年前，已經離開我寫《殺夫》的至少二、三十年後，被邀請回加州大學聖塔芭芭拉分校（UC Santa Barbara，白先勇當時在的學校）當駐校作家。我印象非常深刻，一個颱風下雨的晚上，在吃飯的時候，有人問了一個大哉問。他說：「李昂，妳有沒有想到當年碰到『詹周氏殺夫』的故事，一定以為要求妳幫忙伸冤的，是詹周氏這個受虐殺夫的女人對不對？但是在一個輪迴的常理來說，來找妳要求平反的，應該是那個被殺的屠夫，為什麼沒有人替他發聲，所有同情都集中在殺人的女人？」我當時聽了如夢初醒，尤其是後來兩岸可以來往之後，從中國大陸的視頻看到一些簡單的訊息，發現詹周氏後來被逮捕判罪，可是適逢八年抗戰勝利，整個上海亂成一團，她從被監禁的提籃橋監獄，混在人群裡面逃出，消聲匿跡。後來，她居然還回到只相距幾百公里外的故鄉結婚、終老。雖然詹周氏是被虐待而殺人，可是卻有很愉快的後半生，而且如果不講，也沒有人知道她在上海發生的事：被殺的屠夫，我們只知道他一個名字，其他的一無所知。後來我才發現，「詹周氏殺夫」在當年上海是非常大的事件。張愛玲的好朋友蘇青，當年都還寫文章大聲疾呼替殺夫的女人求情，當時文化圈就「應不應該把她判刑」做了一番辯論，甚至扯出詹周氏跟別的男人有些複雜的關係。聽了朋友這樣問我，整個人真的都被震撼了，因為我從來沒有往那個方向想過。於是我構思了《密室殺人》，寫男主角要重新拍《殺夫》這個故事，結合我的小說跟上海慘案，包括回到上海去看提籃橋監獄，一步一步踏入恐怖的狀況，以及到後來小說翻了結局。因此，《密室殺人》有一部分可以說相當於《殺夫》的續集。

一直講小說，可能沒有那麼有趣，最後說些跟你們的人生可能有更切身關係的。我是小說家，也是旅行家跟美食家。現在大家都在談斜槓人生，其實在每個年代都可能有斜槓的經驗，不一定是現在才有。以我為例，我有一個「二十五名的哲學」，即便我是被寵愛的小女兒，都覺得不可以為了自己喜歡寫作，完全把父親的要求跟期望置之不顧。中學時，彰化女中出名的嚴格，我一直維持在全班五、六十個人當中，大概二十五到三十五名之間，可以跟爸媽交代，也沒有讀到最後一名或留級，我要寫小說，爸媽也會比較樂意支持。我絕對不會說因為要寫小說，覺得自己是一個可以寫小說的人，就把另外一部分該做的事情棄之不顧，變留級生、中輟生、不讀書的人。我拿了父親很多錢去讀書，好歹讀到碩士學位，回來文化大學任教。即便我寫那麼多為社會當時所不容許的小說，媽媽都還可以說：「她也在文化大學教書。」在鹿港的小社會裡面，親戚也能接受。我知道斜槓不容易，我當時一面寫小說，一面讀大專聯考，也很辛苦。可是，斜槓不是把另外的該作的全部不要，搞得大家雞飛狗跳、替你擔心。我的二十五名哲學，一方面把女兒該做的事情也交代一點，即便我寫的小說實在很多人受不了，但我也是唯一獲得法國文化部頒發藝術文學騎士勳章的華文女作家。因此我希望你們被期待該做的部分也照顧一下，再斜槓，才不會兩頭落空，或是對自己的人生沒辦法做太好的交代。

當然，也希望你們能買書，我有一年到法國南部演講，那時法國翻譯出版了我的三本小說，到現在已有第四本。法文版的書比臺灣貴很多，有個臺灣的留學生，看起沒有幾個錢，生活一定相當辛苦，買了我三本小說。我問他：「確定要買嗎？你又不是看不懂中文，何必買呢？」他說：「這個有老師的簽名，以後不管我留在法國或帶回臺灣，它們都代表我留學的這段時光，成為一個很美好的、可以追憶的事情。」我想他大概要吃兩個禮拜的白麵包，卻願意花錢來買書。當時我聽了非常感動。原來，書，尤其現在大家都不太看紙本的書，有時候也可以作為人生階段留下來的紀錄。

提問者：我想請問是什麼促使老師想要開始寫作？

李昂：我想我們每個人大概都會有一種氣場。《密室殺人》後面，靜宜大學的臺文系系主任黃文成，寫關於我、密室殺人跟小說的附身觀念，他認為像我這樣的作家，在一個輪迴轉世裡，是帶著這樣的使命要寫作的，我越老越相信。從很年輕的時候，我就對文學、創作有興趣。初二的時候，就可以寫五、六萬字的小說，用學校生活寫〈安可的第一封情書〉。十六歲就在《中國時報》發表第一個短篇小說〈花季〉，那時《中國時報》是個大報。因為我寫的小說太奇怪，主流的教科書大概到目前為止還不太敢收錄，可是有些另外的讀物裡面會收〈花季〉當課外讀本。高一就有能力寫像〈花季〉這樣的小說，還能刊上這麼主流重要的媒體，這些都讓我覺得寫作是很愉快的事情。當然當中也有非常挫折的時候，因為寫這些小說被罵的過程，不夠有承擔的勇氣，真的會被罵倒。有個比我前面的女作家郭良蕙，寫《心鎖》，也沒有寫什麼，就寫兩個兄弟跟一個女人，就被禁了，郭良蕙從此封筆不寫。我很高興我沒有走她的後塵，你越罵我，我越寫給你看。我想每個人大概都有一個天命在身上，你的天命也許不是用來寫小說，也許就是好好去嫁人，從此過著幸福美滿的日子，也許就一輩子孤老終身。越早去找到天命是什麼，對你整個人生會是越好的選擇，越早知道的話，就會知道該把心力跟努力投到哪一個方向。你可能沒有我幸運，在十幾歲的時候，就知道自己很愛寫作。我最後的體力跟人生，要繼續寫我這代女人，搞不好也是在座女士們以後會碰到的問題。我覺得在寫小說的時候最快樂，雖然寫不出來時很挫折，體力越來越壞，可是我其實這輩子非常滿意，這麼早就知道我可以寫小說、愛寫小說，寫了一輩子、超過五十年以上。

・・・

提問者：

老師好。我想要問老師，今天的講題是「從附身到化身」，我很好奇自己的理解有沒有正確，附身聽起來像一個被動的狀態，化身則像已經接受，甚至說它能夠成為自己一部分的過程。

李昂：

非常謝謝同學幫我點題，因為我講漏了。今天的題目中，「附身」應該是別人的外力來進入你。可是你們有沒有覺得我今天在講的都是「化身」，藉由這些悲慘的事件，不管是殺夫，或是二二八事件，但，我沒有被事件本身給全部壓下去，而是用它創造自己的小說。特別是《殺夫》的故事，本來是個上海的慘案，可是我基本上寫得跟上海、這個慘案沒什麼關係。在《密室殺人》中，場景帶回到上海，上海的提籃橋監獄，可是我並不只寫原來的慘案殺夫故事的後續，全部都被新出土的故事籠罩壓下，而是創造出我自己的「化身」：變成李昂的小說〈密室殺人〉。

・・・

提問者：

老師妳好。我想問一下，老師的作品看上去都非常的豐富，比如懸疑、靈異、或是鬼怪等等，想請問老師平常怎麼取材？

李昂：

一開始寫的時候，我的第一個小說〈安可的第一封情書〉，取材當然就是身邊同學，有一個叫安可的女孩子很漂亮，收到她的第一封情書。後來，第一個發表的短篇小說〈花季〉，得到很大的好評，寫的是高中女學生翹課跑去買一棵樹，坐上花匠的腳踏車，一面擔心花匠會不會性侵她，基本是高中生對性充滿想像的故事。可以看出我剛開始寫，跟所有寫作的人一樣，都是從身邊的故事寫起。可是很快，我就知道身邊的故事會有寫完的一天。我當年是非常用功的，我的斜槓人生裡，非常用功讀課外書籍。在我初中、高中的時候，讀很多世界文學名著，當年正走紅的兩個重要的學術思潮，一個是佛洛依德的性學及精神心理分析，往下的弗羅姆或拉岡，還有存在主義。我當年因為讀不懂存在主義大師——齊克果的《恐懼與戰慄》，用筆記本一個字、一個句子的抄了一整遍，為了讀懂它，真的是下了很多工夫。當然我那個時代跟你們不一樣，現在有網路，還有各式各樣的媒介，可是你有沒有發現自己在網路浪費很多時間，看了沒營養的垃圾？那些東西當消遣很好，可若要當成一個要壯大自己的管道，還是希望能讀書，而不是得到網路的片段資訊。

先從自己身邊的讀起、寫起，廣泛閱讀才知道人家寫到什麼。我寫《密室殺人》的幾年前，曾在加拿大一個大型演講會中，跟一個非常重要、諾貝爾文學獎呼聲很高的女作家瑪格莉特．愛特伍同臺。其實我們都在借殼上市，表面上用「偵探小說」、「推理小說」這樣看似流行的殼，可是內容寫的不是福爾摩斯，也不是柯南。瑪格莉特．愛特伍也是這方面的高手，我到現在才有靈感寫《密室殺人》，其實晚了她很多年。為什麼我以前不藉偵探小說來寫呢？因為那時候沒有感覺，我永遠非常誠懇，走到哪一步被題材打動，才會開始寫。就像剛剛講的〈彩妝血祭〉，真有這樣的故事嗎？沒有，我至少沒有聽過。可是我跟著臺灣反對運動的人走了那麼多年，累積我的能量跟經驗，寫了自己的故事。我並沒有去寫一個二二八的長河小說，從二二八發生開始敘寫五十年的經過，這也就是「附身」跟「化身」的差別。我要做的是化身，把這五十年來的事情，化身成〈彩妝血祭〉。

我想小說到目前為止有各種寫法，同學如果有志於要來寫作的話，必須要先讀很多東西，才知道人家已經寫過什麼，而不要沾沾自喜。我以前文化大學教過一個學生，有一天拿還沒有完成的小說來給我看，說：「老師，我創造了一個新的寫作手法。我說：「這那裡是一個新的寫作方式。」那時候太年輕，不該講這樣的話，應該答：「這是一個沒有寫好的意識流小說。如果要寫這種小說的話，應該去找簡單意識流的小說，就算看不懂要維琴尼亞吳爾夫的小說，看看白先勇的〈遊園驚夢〉，還有很多臺灣作家的作品，裡面也已用到意識流的手法。」看了這些，就知道不需要重新花很多工夫創造，人家早在一百年前就已經寫得很完整。好好去讀很多各式各樣的小說，會知道自己站在哪個高度，可以往前再寫。如果有志於寫作，自己也快樂的話，放掉網路那些垃圾，好好把應該讀的小說讀完。

●　●　●

提問者：

因為老師寫作的題材都還滿敏感的，想請問在寫作的過程中，是什麼讓妳一直堅持著一路走到現在，有這樣的成果？

李昂：

我一向不是個說謊話或好聽話的人，常常因為說真話而得罪人。能夠堅持的理由其實非常簡單，我有一陣子被稱作最受爭議的臺灣作家，但那些被爭議的東西，放在世界文壇上來看，其實根本不算什麼。《睡美男》是向川端康成 1961 年的《睡美人》致敬。川端寫那些老男人沒辦法勃起洩慾，就到秘密場所去摸被下重藥昏迷的女生，而她們隔天醒來的時候都不知道。我很快就知道，我觸及到的禁忌，或者我的爭議，只因為臺灣那時候在戒嚴當中，所以十分保守，開明的水準這麼低，我如果目標是世界文壇，何必拿臺灣當時這麼保守落伍的低水準來過意不去？為什麼不看到 D.H. 勞倫斯在 1928 年就寫《查泰萊夫人的情人》？剛剛也講瑪格莉特．愛特伍在大概十幾年前就用了偵探小說的方式寫她的小說，這些都是用世界文壇來做比較。

最後我還是有一句話要送給你們，也許跟文學沒有直接的關係，但我以為很重要：

希望你們不管這四年是來學什麼科系，相信我的話：懂得保護自己，懂得壯大自己，只有自己站得穩，才會有好的人生，這是一輩子一定要學會的。

文字連繫起來的

本名路平，國家文藝獎與吳三連獎文學獎得主。無論創作的技巧、文字的錘鍊、形式的多元、題材的縱深，都深具出入時空開疆拓土的成就。

平路是臺灣大學心理系畢業，美國愛荷華大學碩士。曾從事數理統計專業多年，香港光華文化新聞中心主任，並曾在臺灣大學新聞研究所與臺北藝術大學藝術管理研究所任教。散文《袒露的心》以抽絲剝繭筆法，創作出家族書寫的高度，在2018年獲得金鼎獎。《間隙》獲得 2021 年臺灣文學金典獎。重要著作包括《黑水》、《間隙》、《袒露的心》；長篇小說《行道天涯》、《何日君再來》、《黑水》，以及短篇小說集已譯成英、法、日、韓、俄、捷克等多種外文版本。

平路並在 2021 年底，獲選金石堂年度風雲作家。

我是平路，非常榮幸來到暨南大學。

我大學時學的是心理，後來出國念數理統計，在美國做了約十年的相關工作之後，因為喜歡寫作，決定從全職退為兼職，逐步轉入文字相關職業。當時為了謀生，寫過評論，也做過媒體特派員，文字實在對我太重要了，如果不是寫字，我這個人，一定比現在各位看到的無趣很多。我替自己選擇的生涯，從沒有一天後悔過，可以跟各位分享，一旦決定了心之所向，其他的事情也自然會落在適當的地方。但是同學可能也曾為此困擾，如果太喜歡寫作或文史，會不會謀生不易、必須背道而馳呢？儘管答案是必然的，然而，最終一定能找到出路、找到安置自己那顆心的辦法。

字，對我來講，就是一條條虛線，因為虛線和實線相比，擁有更多可能性跟想像力。或許隔著遙遠的時空，但藉由虛線串連，可以分享、連繫人我之心。若要成為一個寫作的人，我們一定都可以從人生經歷中抽取素材寫一輩子，無論以小說、散文、詩等形式；寫字的樂趣從閱讀開始，如果你是一個從文字裡可以得到樂趣的讀者，有一天你決定寫的時候，就好像水龍頭打開，自然而然會流出一些心裡的話，毫無隔閡。心弦猶如琴弦，只要那根弦沒有鏽掉，就隨時都可以接續起來，譜出樂章，這是很棒的事情。

每個孩子，都曾是古怪的小孩，有過對自己充滿特別意義的童年，不管是怎樣的家庭長大、排行第幾、在父母眼裡是什麼樣的孩子，一定都有過好奇的眼神，一如張愛玲曾說她最想念四歲的時候懷疑一切的眼光。那時無論看到小貓、小狗，或是另一個同齡孩子，都可以從自己那雙眼睛裡讀到很多意義。我們曾經懷疑一切，也曾試圖理解一切，後來卻將所有可能壓抑進了社會化的過程，而那些獨一無二的故事，也就越埋越深，收納入抽屜深處的層層疊疊。再打個比方，坐在潛水艇裡的小孩都有一個可以升高高的潛望鏡，升起來的時候，可以看到海面上的事情，孩子還很矮，只能用探索的眼神嚮往外面的世界。然而我們離四歲時那種清亮的眼神已有一段距離，所以更要小心翼翼地讓那個古怪的小孩別跑開，她或是他始終在心裡，非常接近成人的你。

人總在今昔對比之間更發現自己，我也總是在連結自己心中那個好奇的寂寞的小孩，似乎經由她，更明白為什麼自己後來很喜歡寫作，也很需要寫作帶給自己的感情滋潤。其實，我寫作的速度很慢，總是幾年才一本，倒是從來沒有停止過，每天心裡總帶著它，它是我正在寫的下一部作品，這麼多年下來，也寫了一些書。我的書也找到不少願意讀它的讀者，當然是很棒的感覺，但真正開心的還是書寫的過程，想像隔著遙遠的時空，或許有人捧起書，這種想像的知心之感也是最最有趣的。

回到寫字，它是手藝，可以讓人探索、洞察、沉澱，而且需要時間、需要耐性。文字的特質非常適合去描述你以為忘記的事情，很多事情我們其實記得，包括童年與青春，它們沒有消失，只是記憶的抽屜卡住了，一旦打開一個，就會露出另一個。文字有不同的細節、角度，有時看似模糊，文學語言本身就因為具備詩意(poetic)，反而最能貼近你的心、最能夠貼近你用別的形式說不出來的心裡話。

我用自己的作品《黑水》來舉例，這本書以一樁社會案件為背景。某一年，北臺灣的淡水河岸陸續漂上來了兩具屍首。八里這一岸，備受喜愛的腳踏車道旁，有一家名叫「媽媽嘴」的咖啡店，由於兩名死者都是店裡的常客，老闆立刻涉有重嫌。新聞繪聲繪影地報導，咖啡店老闆如何因為周轉不靈，跟股東涉嫌合夥殺了這對經濟情況很好的和藹夫婦——年邁的先生，以及任教於北部一所大學、正值中年的妻子。當時名嘴馬上開始分析，老闆呂炳宏的相貌如何像殺人犯，八卦的電視節目也紛紛用他的面容甚至面相佐證，咖啡店旁邊的金紙店老闆也跳出來說，這位老闆前幾個禮拜曾到店裡來買香，還特別指明是要燒給逝者的，連鄰居都紛紛指稱咖啡店旁邊的廠房曾經有可疑的跡象等等。再過一兩天，事件急轉直下，涉案的不是店老闆，而是雇用的店長謝依涵。新聞很快又把店長稱為圖謀殺人的「蛇蠍女」，開庭時，記者攝影機刻意拍攝她的鮮紅內衣，似乎就越來越符合蛇蠍形象。如同國外曾有一本小說叫做《紅字》，眾人恨不得把兇嫌犯下的錯事，刻印在女主人翁額頭上，其中有個很重要的心理機制，在於清楚指認出所謂壞人、蛇蠍女、涉案者的歹毒樣貌，好人這一方就會感到安全。這就是我們社會獵巫的心理機制，即使臺灣「最好的風景是人」。

身為作家，那一年聽到這則新聞，我覺得非常納悶，新聞媒體怎麼沒有人問：「兇手為什麼會殺人？又怎麼下得了手？」最簡單的說法是謀財害命，但如果誘因只是錢，倒可以算算那位店長究竟拿到多少錢？我們總是把兇嫌想成有非常縝密的計算、細緻的心思，才能下手殺人，但或許可以秉持剛剛所講的小說精神問一句：「真的嗎？」畢竟對加害者本身，這個結果也是很大的悲劇。兩位受害人已經不幸過世，固然是無可挽回的悲劇；這位加害者一審二審判處死刑，最後更二審無期徒刑定讞，即使走出監牢，整個青春都斷送了。如果她不殺人，而是單純以其他方式謀財，應該可以拿到更多的錢，之所以殺人，除了謀財，會不會還有其他的原因。

在我的小說《黑水》裡，或許還有一些必然與偶然，綜合起來，導致這個殺人事件。，以偶然為例，加害者下手前，如果可以接到一通電話、或者一個朋友約她去河邊走走，也許事情發展會不一樣。雖然是預謀，但事件還是可能有許多轉折，一切的發生很像打撞球，彼此碰撞之後，每一個球都走向了恰好的落點。

寫書的日子，我曾到那個咖啡店附近騎腳踏車或者散步，喝杯咖啡，但從沒去驚擾過任何一位當事人。這本書我寫了兩、三年，心裡最大的感悟是，如果是我，處在當事人的情境之中，我可能會殺人、可能也會被殺，但我沒有像事件中的三位當事人一樣，鑄成生命中的悲劇，不是因為我跟他們有任何本質上的不同，只是我的條件比較好、選擇比較多、支撐的體系比較健全。如果我跟謝依涵一樣，住在狹小的空間，當我很寂寞時，接到一通電話，明知道意味著危險；可能也會選擇赴約；如果我是事件中的那位太太，意識到危險的時候，可能也只想息事寧人，沒有勇氣走出已經婚姻代表的舒適圈。

文字將作者牽連到細節中，由不同的角度看待同一件事，副產品是：作者也會意識到自己和他人沒有本質上的不同。而更深刻的認知，莫過於悲劇的起源，無非就是誤會之所由生，譬如在這個事件裡，人跟人之間的差異、距離，有好多其實是誤會。被殺的老先生，也許可以直說的心思，就是「我喜歡來這裡，喜歡跟妳聊聊天，同時一邊喝咖啡，一邊可以看到妳」這樣簡單的話，可是當店長稱呼他「阿伯」，這樣的稱謂，自然讓這位老先生好像非要額外做些什麼，才能把心裡原本單純的意思表達出來。有時候，他教她另外一種外國語文，有時候多買一些咖啡券、多贊助一些活動，有時送些小禮物等等。換句話講，就是其中存有心機，原本可以坦承講：「我很喜歡妳。」但是當簡單的事有了心機，就會跟著勾引出對方的心機，心機累積多了，一不小心，變成殺機。說穿了，這位伯伯可能一開始只是說不清、捏不準距離而已。

這是我很喜歡的小說裡的一句話：「每個人都是一個遙遠的國度，要探索他的內心，先要在峭壁之間闢出良港。」事情未必是表面看到的那樣，對一個人的理解，也不是自己以為的那麼簡單，即使是你最心愛的人。但這也是好事，知道困難，才會努力，才拓展出想像空間，才開始有了真正的理解，所以要先想怎麼敲開一個峭壁，建出一個一個港口，才能把船開過去，不管是理解社會案件，或釐清人跟人之間的相處，都是如此。

先不論誰是被害者誰是加害者，為什麼事情會變成對三個人都是悲劇，都是無可挽回的悲劇？我用《華嚴經》裡的「因陀羅網」來解釋：「其網之線，珠玉交絡，以譬物之交絡涉入重重無盡者。」悲劇之所以發生，可能不是因為有人一開始就下決心謀財害命，而是說者無心，聽者有意；說者有意，聽者無心。中間的偶然跟必然不是想像的那麼簡單，有很多的關聯，這也像人的內心世界，「沒有汙泥，就沒有蓮花」，其實我們都這樣，可能為善、可能為惡，即使是片刻心緒也會有很多起伏。

後來小說出版，命名《黑水》。因為事情發生在河畔的咖啡店，書名指涉的其一是咖啡；其二是很多時候都混濁不清的淡水河；最重要的，我們每個人心裡都有一泓黑水。無論自認多麼安全、善良、與世無爭，可能也都不是表面看到的那麼簡單。這就是小說有趣的原因，一次一次的敘述、重整，發現在新舊故事之間有你有我、有過去的人的心路歷程，未來科技怎麼樣發達，人性應該也沒有多麼大的不同。

另外，小說跟八卦的區別，在於站立角度、高低的不同。媒體和落井下石的鄰人，站在高人一等的位置，就是「你看，我早知道」、「你看他多明顯，你看，原本就很不像樣」之類，指著當事人說三道四。但是小說作者站在與書中人物同樣的高度，我可能是加害者，也可能是被害者，在小說裡頭，每個人都可能是我，對小說作者來講，筆下人物既不必妖魔化，也不能偶像化，譬如我之前也寫過孫中山、宋慶齡、宋美齡、鄧麗君等，其實也是一樣，採用平視而非仰視的角度書寫，才能夠由文字描摩出他或她的內心。我們習慣使用仰角看偶像看偉人，早年校園裡，校門口立著一座崇高銅像，但小說作者採取平視，每個角色都是我，其中都有我。

在小說的寫作當中，細膩度很重要。神話如此記載，掂量每個人的靈魂，必須以羽毛作為砝碼。換句話說，只有像羽毛那麼輕盈的砝碼，才能區分出人跟人之間的差異。如果把靈魂解釋成人心底的一些想法，每個人都需要那樣的羽毛，方能明白不同靈魂的獨特所在。這也印證剛剛講的，要在峭壁之間闖出良港，才有機會開始去瞭解另一個對象，即使是非常親近的人。理解父母是很困難的，但其中更難理解也必須理解的是中間還隔著時代，需要跨越時空去瞭解不同的時代背景，中間一定要給予更大的寬容。當我們回憶起自己的童年，裡面裝的其實也包括父母的童年，他們的過往經驗與記憶，必然也會在成為父母時，反映於我們的童年之中，以此類推，父母的童年其實也承載著阿公、阿嬤的童年，就像俄羅斯娃娃，一個之中藏了另一個。只有在這種理解下，你才可能漸漸理解他們，而這樣做不是為了傳統孝道，更重要的是理解自己環環相扣的生命經驗。對我而言，還好有文字，讓我可以慢慢把一環環生命經驗拼起來，有很多機會去探討細節、看到不同的角度。很像曼荼羅的儀式，用細小的珠子，或筆，或沙，慢慢堆成壇城，堆起來再重新鋪平，不斷反覆。這是一種漸漸的沉澱，慢慢的洗滌。好像一層一層的抽屜打開，一次一次的推過又重來，不斷問著：「事情真的如我們表面看到的那樣嗎？真的如同我們記得的那樣嗎？後面還有什麼？」

在大學裡教寫作課，如果有比較長的時間跟同學一起，我會要他們畫一張圖，女生就畫媽媽，男生就畫爸爸，畫媽媽在你們這個年紀的樣子，試著去想像她的年代、穿著、臉上的表情、還沒有那麼多皺紋的樣子，再打一個問號，真的是這樣嗎？也許推平之後再重新畫一次出來又有不同意義，寫作對我來講，也就是一次一次的重新來過。

我寫了一本關於我的童年身世、怎麼樣長成自己的書，叫《袒露的心》。英文名字《Heart Mandala》也是自己取的，心的曼荼羅，寫作對我來講就是這樣的過程。這本書發行之後，常有讀者給我回饋，有趣的是，他們回饋的點都不一樣，因為我們身上有很多按鈕，不知道碰到哪一顆特別疼痛、特別有感覺。作者能夠做的，就是用最大的誠意、最準確的形式描摹出自己心裡想的，將它延展開來。作家將自己攤開來不知道讀者在另一端，會被哪一個點剛好觸動，其實也像我們看電影的經驗，到底哪一幕特別打動某個觀眾的心，不是導演所能預期的。因為某一個畫面、某一句話、某一段情節，把它跟自己過去某個片刻連繫在一起，這是藝術作品非常奇妙的部分。

我們在社會化的過程中學到很多習性，但真正在人生中要學的功課，可能是「盡量把更多人的處境放在自己心房裡」，這倒是寫小說、寫散文，一年一每好多年，我益發理解的。早年如果問我為什麼閱讀、為什麼寫作，我會說，為了瞭解自己的獨特性，這固然是很重要的人生歷程。理解過後，終究該放棄對「獨特」的執著，這也是為什麼今天一開始在演講中會講《黑水》，我們沒有那麼獨特，沒有獨特的善良，也沒有獨特的邪惡，每個人都有可能是我，我可能是殺人兇手，或者可能是被害者。人們只是境遇不同，而不是本質上的不同。

這首詩〈Please Call Me By My True Name〉，是一行禪師寫的詩，「請叫我真正的名字」，它的前幾段說到：

I am the mayfly metamorphosing

on the surface of the river.
And I am the bird
that swoops down to swallow the mayfly.
I am the frog swimming happily
in the clear water ofApond.
And I am the grass-snake
that silently feeds itself on the frog.
I am the child in Uganda,all skin and bones,
my legs as thin as bamboo sticks.
And I am the arms merchant,
selling deadly weapons to Uganda.

也許我們沒有真正的名字，也沒有自己以為的善良、正直：這首詩結尾兩段是：

Please call me by my true names,
so I can hear all my cries and laughter at once,

so I can hear that my joy and pain are one.

快樂和痛苦其實沒有那麼大的不同。人生僅僅為了幸福快樂嗎？說不定其中的體驗都一樣重要，不管幸福、快樂與否，其中都有珍貴的地方。

Please call me by my true names,
so I can wake up
and the door of my heart
could be left door open.

我自己年復一年的寫作，運氣好的時候，作品中會有隻字片語拉出一條線，牽起其中的關聯與意義。這就像我第一個長篇《行道天涯》序文中，引用波赫士的一則寓言。有一頭豹子被關在斗室裡煩躁地徘徊，不知道自己為什麼這樣苦悶。牠有一天夢見上帝，說牠生下來只為了替某首詩裡鑲進一個字，這個天命就像花紋般與生俱來。豹子醒來似懂非懂，還替自己感到有點不值，終日辛苦，卻只為提供一個字給一首詩。我寫了很多年之後理解了這道理，提供一個字，就好像牽出一條線，串起某些關聯，理解更多的人情，就是寫作者的宿命，同時也是寫作者最大的內在獎賞。

提問者：

聽完老師的演講之後，想要請問老師您認為人生的意義為何？

平路：

好大的問題，也是很好的問題。如果要立刻直覺的回答，人生的意義必須都在「若有所悟」之中。每個人生命中都有一個籃子，裡面放著不多不少的課題，而每種經歷都是最好的老師，總能給出恰如其分的啟發。人生太短，因而寶貴，同時又包含著無限可能的體驗，但每個人的遭遇迥異，領悟也有所不同，對我來講，那就是人生的意義。

提問者：

我曾讀過幾位作家寫的自序或者訪談，我想問一下老師有沒有被哪一段經歷或者相關的事物影響寫作方式？

平路：

應該是很多的作者和書。所有我喜歡的書、始終在我心裡的書，以及未來還可能找到的好書，必然都有所影響。順帶一提，我在《間隙》的每一章後面都做了索引，因為好書之間是有所牽引的，所以我就盡量把喜歡的書、有所幫助的書、安定心神的書通通羅列，希望讀者在某個情境下，可以因為《間隙》而牽連到另外一本書，這些也都是文字所連繫起來的。

二十週年回顧展

連明偉｜
我所經歷的風景：關於文學獎的投稿與評審

宇文正　陳依文　林達陽　陳正芳｜
文學獎沙龍：詩與創作的午後對談

吳金龍　陳詠雯　曾耀輝　賴政賢　林昇儒　賴政杰｜
文類．題材．閱讀：歷屆得獎者的創作心法

蘇晉緯　李承曆　羅元亨｜
文學獎幕後：歷屆工作人員甘苦談

我所經歷的風景
關於文學獎的投稿與評審

連明偉

1983 年生，國立暨南大學中文系 106 學年度傑出校友、東華大學創英所畢業。曾任職菲律賓尚愛中學華文教師，現為北藝大講師。作品曾獲聯合文學小說新人獎中篇小說首獎、第一屆臺積電文學賞、中國時報文學獎、林榮三文學獎短篇小說獎等。著有《番茄街游擊戰》、《青蚨子》、《藍莓夜的告白》，並以《青蚨子》獲第七屆紅樓夢獎決審團獎。

老師、各位同學好。今天真的很開心可以重回暨大，對我來講這有一份情感的續存。就學期間，我讀的學校都比較偏鄉，跟都市學生比起來，這樣的環境能跟老師、同學和周遭有較強烈的互動，是很重要的一件事情。如果對文學感興趣，書寫的素材其實就是生活經驗，所以千萬不要小看生活當中所感興趣的任何東西，包含老師給的壓迫。

舉例來說，在我讀大學的時候，最喜歡鄧克銘老師的課。老師教思想史，在宋明理學、魏晉玄學裡面，能沉睡兩到三個小時，是很夢幻的一件事情。雖然可能覺得我都沒有在上課，但其實每次上完課，我都會回家做非常詳細的筆記，尤其特別喜歡宋明理學。又像是黃錦樹老師的課，老師的創作中有許多後殖民所受到的傷痛。其實現代文學裡的很多篇章，主旨就是苦痛，可以想像老師在臺上講著國家已經破滅或是被殖民的場景，學生們卻在底下很安靜的睡著，對我來講非常奇妙。又例如陶玉璞老師曾希望我們找一間廟宇做田野調查。這十幾年以來，現代文學非常強調田野調查，包含我寫《青蚨子》也有所運用，這個概念從西方引進，可是在十幾年前，老師已經要我們做這件事了。可能一時沒有任何感知，但至少曾讓人與當地有過實際接觸。再舉一個例子，美蘭老師曾希望我們替自己取一個字。我取「子欒」，鬧了一個笑話，在解釋「子」的時候，我說：「子是對美男子的稱呼。」其實是錯的，「子」應該是對男子的美稱。從古典文學到現代文學，名字都是非常重要的一件事情——文字是父祖輩的贈禮，更是咒語。回過頭來看，老師其實希望我們可以從命名去找尋未來的出路、想變成怎樣的人、想要有怎樣的發展性。當時我完全沒有想到老師的用意，而是在回溯五年十年的時光，才知道原來大學時所做的任何事情，許多作業的壓迫，最終都會變成饋贈。

大學的時候，我其實很不務正業，參加登山社爬山、生火，常常砍竹子下來煮竹筒飯，還會關心校園裡有什麼植物可以吃。其實生活當中所有細節，都是很重要的創作素材，怎樣去找到一個比較好的形式表達自己，對創作者與非創作者而言，都是非常重要的事情。

我就讀暨大中文系，再到東華讀創英所。我去的第一個異地是菲律賓，在那教書一年；第二個是加拿大，在卡加利 (Calgary) 工作一年。我也到過夏威夷群島工作，再後來又到聖露西亞，在外交部體系裡教桌球。回來之後，大部分的時間在北藝大授課，還有寫自己的稿件。同時，我也是《聯合文學》書評及《文訊》專欄的作者。2019 年，疫情爆發前，我剛好到西班牙巴塞隆納肯塞拉特藝術村 (Can Serrat) 當駐村藝術家，作品翻譯成英文跟西班牙文。第一本書是《番茄街游擊戰》，是大約 2015 年，從菲律賓回來之後所書寫的。第二本書是《青蚨子》，大約創作五到六年的時間；第三本書是《藍莓夜的告白》，寫了關於加拿大的故事。

今天的講座重點有三個，我所經歷的風景、文學獎的投稿與評審。除了個人經驗分享之外，我會講一些關於文學獎內部權力機制的問題，還有投稿、審稿可能產生的「怪現狀」。

首先，我們要怎樣去思考文學獎？文學獎有校園級、地方縣市級，還有全國級，層級分類由徵稿對象的群體、獎金決定。評審過程分為初審、複審跟決審，但是初審有可能只是主辦單位最先的篩選，像是文類投錯、字數不符合等等，通常我在做的是複審和決審。各位同學現在可以試投校園級文學獎，像水煙紗漣文學獎、中興湖文學獎。再者就是地方縣市級的文學獎——幾乎每個縣市都有自己的文學獎——接著是全國級的文學獎。全國層級的標準比較高，像我們熟知的三大報，《自由時報》、《中國時報》跟《聯合報》文學獎。以類型來說，如果對中篇小說有興趣的話，也有台積電小說賞、星雲文學獎、臺灣歷史小說獎；臺灣文學金典獎則分為圖書類及創作類。

接著，可以談談這二十幾年間文學獎的興衰。文學獎的個別徵獎傾向大約在近十年出現，如煙火一樣，轉瞬即逝。像倪匡科幻獎、溫世仁百萬武俠小說獎，辦十屆就結束了，宗教文學獎跟忠義文學獎也都已消失。文學獎的設立，最先其實跟政府的介入息息相關，1990 年代，臺灣各地開始湧現「地方文學」或「縣市文學」，各級政府想要樹立主體性，也就是臺灣從被殖民的狀態，想要把自己找回來。所以當局有一筆預算下放給各縣市政府，以文化局為主，開始推動縣市作家的作品集展覽、地方文學獎，及區域文學史的編纂等工作。回溯來看，這些縣市的文學獎之所以會產生，是因為各縣市作為文學場域，競爭地方資本，為了突顯自己的位置，必須要跟首都抗衡。所以當臺北文學獎出現，打狗文學獎也就誕生了，往後，各地紛紛開設自己的文學獎。它其實有一個權力機制、資源分配在裡面，可以說這些地方文學獎，象徵著國族認同的變化。

焦桐曾如此形容：「臺灣這些文學獎的存在，尤其是影響力最廣泛深遠的兩大報文學獎，具現為一種權力位階的生產。」臺灣文學獎產生的背景，其實跟兩大報息息相關。以前兩大報是《中國時報》跟《聯合報》，現在又有《自由時報》，而所有報刊雜誌，其實都有政治性的運作。徵獎時，尤其是比較大型的文學獎，一定會標榜所謂「中華性」(Chineseness)，帶著相當程度的「中華性」企圖，突破臺灣的地理框線，主動把獎項頒給大陸或是海外華人，只要寫得夠好。可以看到早期的例子，1989年的時報文學獎，小說、新詩首獎及推薦獎，都是由中國大陸的作家所獲。再看近期，台積電文學賞第二屆，正賞一位、副賞兩位，全部都是大陸人，第四屆也相同。我是第一屆的得獎者，當時兩位得獎者都是臺灣人，為什麼臺灣的文學獎敢把獎項頒給大陸人？在大陸其實完全不會發生這樣的事。而且在他們的評審會議裡，大陸的評審曾提到：「確定不要把這些獎項留至少一個給臺灣人嗎？」當時的評審拒絕了，他們覺得臺灣的創作者作品確實比不上這些大陸的創作者。所以透過這些文學獎——尤其是比較大型的文學獎——，「中華性」不斷延續。這對於現代來講，還是重要的，如台積電文學賞即以此鼓勵兩岸三地的青年創作中篇小說。

同學們要不要投文學獎呢？當然要投。投稿可以當成**練筆**，過程中其實有許多細節。第一個是**修改**，每個作品都希望得到評審的認真看待，但當你寫出來後，又認真修改了幾次？陳栢青曾經在訪談提到，如果明天就要截稿，在今天才把作品寫出來，是一件很恐怖的事。在那種亢奮的情況之下，所書寫的東西都需要重新檢視。林宜澐老師曾提及，他寫《東海岸減肥報告書》，大約經過了七年到十年，還是修改不出一個讓自己滿意的長篇小說——我非常驚訝，作者處理一本書，竟可能耗費十幾年的時間，只為了追求一個理想版本。我自己的作品《青蚨子》寫了五年到六年的時間；《藍莓夜的告白》中每篇小說，修過至少十次以上。修改是非常重要的一件事，可以不斷矯正自己過去所犯的錯誤。有時候，一個標點符號就具有意義存在，值得再三琢磨。現在很多文章，為了追求技藝，把每一個字句裡面的頓號、句號全部割捨掉。但是如果去細讀，應該會有停頓性在裡面。停頓，也是抒情的一種，文字是需要呼吸的，就跟生活一樣。當每個字句拉得非常長的時候，除非有特殊的美學要求或是用意，不然其實干擾了本身的呼吸。

除此之外，練習創作，也鍛鍊著創作者**對文學體裁的認識與關切**。我研究所時投了非常多文學獎，把可以寫的體裁全都寫過了一輪，原以為整個世界可能就像是我小說中所呈現的，卻在書寫中逐漸發現自己的侷限性。就像自然文學一樣，我們對自然世界的所知非常少，一定有更多知識隱藏在抒情性背後，需要不斷向外汲取。這裡能另作延伸，討論文學中的知識跟抒情。我大學時曾經申請國科會計畫，有一個詰屈聱牙的題目，叫〈屈魂之追尋與重構——明代文人的擬騷書寫〉，在明代的時候，竟然還有一些文人在寫擬騷體。其實所有文學體裁都有自己的內在傾向，想要揣摩某一些典範作家，同時也是不斷對經典做永恆的致敬，經過那樣的訓練，可以知道文學的系譜是如何建立起來的。那麼，現在文學議題中常常被討論的，創作跟文學理論之間是否可以並行？大約在兩三年前，《字母會》創立，它召集了大約六、七個一流的現代文學作家，從A到Z，依序找出相關的理論術語作為子題，他們據此進行創作，就是試圖在理論跟創作之間找出一個平衡點。

第三種練習，是對**自我與世界的理解**。當你寫過所有自己可以寫的內容，會發現我們對世界的理解原來如此無知。知識可以不斷修正跟補足，我所理解的世界永遠只是我所想像的模樣，而那個世界永遠都是不足的，需要其他人的聲音出現，譬如文學獎中的其他評審意見。身為一名「文青」創作者，或許都有自尊與堅持，文學獎評審的意見可能重要，也可能不重要。建議同學可以不要把他當成評審，而是當成另外一個讀過比較多書，或是創作量比較多的人。大家都在自己的世界裡面，如果有另一個聲音提醒，是有助益的。

鼓勵同學投稿文學獎，也有著現實的考量，**獎金**可以作為生活補助。在一個讀書或生存的環境，怎樣維持自己的生計，對創作者來講很重要。如果創作者本身就在觀察整個世界，關心世界的改變、未來的走向，那麼支配生活的經濟系統，就不能摒除在創作之外。

投稿還有一個最終的用處——幫助同學**確認未來前行的方向**，如果創作這條路真的走不下去，那就別再繼續了。我不會告訴大家：「努力、努力，再努力，前方一定有光明。」前方可能是一個深淵，可能寫作無成，到後來人都發瘋了。但身為大學生，你是被允許犯錯的，你可以在嘗試、探索中，確認自己是否要過這樣的生活。

長年征戰文學獎，不免聽過、遇到過不少怪談。例如，曾經有位前輩在評我的作品時說：「這位創作者寫得非常好，但是所寫的很像是一個套路，所有戲劇性的東西都是為了滿足小說本身。」那時我覺得非常奇怪，因為我所寫的是自己的鄉土，為什麼在另一位資深創作者眼中，會覺得我寫的是一個套路？也就是說，我心中的鄉土跟這名評審心中的鄉土，是完全不同的。另一個經歷是在大學畢業時，我曾到西藏自助旅行一個月，期間寫了非常多有關西藏的紀實散文，回來後投了很多文學獎。有一位評審說：「這位創作者運氣不佳，剛好遇上了我。我曾經親身到過西藏，他筆下所寫，跟我所知、所經歷的西藏大相逕庭，所以我不願給他分。」這不是非常奇怪嗎？我們去的時間全然不同，地點也可能有差異，為什麼這位評審可以說我所書寫的西藏跟他所想像的遠方不一樣？它本該不同。

評審當然是專業的，但同時也有其侷限。再以我的第一本書《番茄街游擊戰》為例，這部小說書寫了有關菲律賓的生活，菲國有不少富裕的華人，在當地常遭綁架勒贖。我曾寫過一段關於槍戰奪人的場景，但在某些臺灣評審的眼中，卻是不該存在的。因為在臺灣，所有小說裡出現的綁票案，一定是故事情節的裝備，而不是真實生活。其實該評審也不算錯，只是他無法想像另一個文化脈絡，或者是其他創作者所經歷的種種。投稿作品到任何文學獎，都無法避免這類「被誤解的必然」，要怎麼面對、接受這樣的現象，是創作者很重要的一項功課。

近年來，短篇小說獎都選出了「文學獎體」的作品，引發熱議。2009年陳宛茜有一篇文章〈新世代面目模糊？〉，現在看來，依然發人深省。她提到：「這個世代的作家若靠版稅維生得睡大街。」現在出版業經營不易，作家出書，版稅可能在8％到12％之間游移。如果版稅只有10％，第一版印了一千本，售價三百塊，中間還要再扣稅，打打算盤，也知道其實很難靠版稅維生。多產如陳雪、駱以軍，基於對自我的要求，或者簽約的壓力，一年能出版一本長篇小說，但壓力都非同小可。至於得一個文學獎，獎金有可能是三萬到五萬，比較多的有二十萬，可以理解，為什麼某些創作者最後會變成獎棍，如陳宛茜所云：「如果成為訓練有素、百戰百勝的獎棍，維持一家溫飽是沒有問題的。」

此外，小型的文學獎，在一千兩百字以內要寫出一篇短篇小說，故事性非常重要。我在評審時看到許多創作者犯了很多錯誤，「他們寫作不是為了療傷或發洩，而是為了表演別出心裁的技巧或形式；他們寫作不是先有故事，而是先有技巧與形式」（〈新世代面目模糊？〉）。如果沒有一定的技巧或形式，在文學獎當中，不太可能獲得獎項。搞這些噱頭，最後再作翻轉，或是「把散文寫成小說」、「把小說寫成散文」，這類手法都有一定的辨識度，表示創作者對於文學至少有初步的理解，知道怎樣去思考小說及它的各種可能，當他們操縱起小說的可能性，跟其他人的作品就產生了基本距離。

張大春是一個非常重要的文學推手，2011 年他曾寫過一篇文章〈從今告別文學獎評審〉，說道「文學獎越來越能鼓勵的是同質性極高而個性與創造性極低的作品」。這似乎無可奈何，卻又無可厚非。兩千到三千字的散文，或是一萬字以內的小說，必須有一些意象的翻轉，或切入角度的不同，只要有意為之，都很容易變成「得獎體」。

面對此一現象，張大春提過三個可能：第一是在投票中刻意不選出合格的作品篇數，第二是期望能以從缺的方式顯現甄別標準，第三是調整獎項、獎額的名目，以符合作品實際品質。這三個狀況在早期還滿常發生，但後來漸有改變。因為普遍而言，人們覺得文學獎必須把獎項頒出去，儘管只有十篇文章投稿，都必須從裡面選錄出相對好的作品；有些人出於對獎項的尊重，決定從缺，這是另外一種思考模式，但回溯到文學獎本身「希望更多人親近文學」的初衷，從缺的狀況只會越來越少。

什麼樣的人可以擔任文學獎評審呢？可以先從「作家進化表」談起。作家進化，可略分五類。第一個是「文藝青年」，剛開始寫作的人，像我在大學或研究所時，對於文學沒有非常明確的概念，所收到的資訊或知識來自老師或課堂上面的資料，沒有內化成自己的生命。第二個，在你出了第一本書，或是有一篇普遍讓文學圈所知的文章，會被稱為「新秀作家」。我在三、四年前出第一本書，大家稱我新秀作家，但現在我則跑到第三個「青壯作家」了。青壯作家通常有一本代表作，如果不發生任何的意外，就會變成第四個「資深作家」。但有一些作家從青壯到資深，並不一定代表其品味較好，也有不再積累、不學無術者，只是早年出書，久享虛名，同學必須要有分辨能力。第五個是「文壇大老」，他們在文學圈以外也擁有廣泛的影響力，像是白先勇、朱天心，或是錦樹老師，在他的領域裡面受到大家的認可。此外還有學者，像是王德威、詹閔旭、陳國偉等先生，都是在《聯合文學》裡面較常出現的文學評論者。

上述第二到第五類是文學獎評審的主要來源，而大部分獎項，尤其到了複審，都是以青壯作家為主。青壯派人數眾多，是文壇的主要班底、論述健將，如張亦絢、或在網路上被稱為「戰神」的朱宥勳。朱宥勳在文壇冒犯了一拖拉庫的人，但敢於說實話，我覺得非常好。文壇也存在非常多潛規則，如果不理會這些潛規則，還是可以找到一席之地，展露出自己的能力。

評審也有很多趣聞。瓦歷斯．諾幹曾在臉書寫道：「在蘭嶼，與夏曼．藍波安，看到林榮三文學獎小說評審，最終還是不見原住民評審，我們還是談論關於『身體先到』的海洋文學，以及『雙腳走路』的山野文學，就這樣。」身為優秀的原住民作家，但凡任何文學獎評審結構都時常遺漏了原住民，瓦歷斯．諾幹一定拍案而起。這其實是一個很重要的質疑——「如果我們講述臺灣是個很多族群的國家，為什麼漢人的評審場合裡面，不納入原民的創作者」？另外一個例子，在去年十二月，《聯合文學》跟《文訊》分別以〈二十位最受期待的青壯世代華文小說家〉，還有〈21世紀上升星座〉作為重要的年度回顧專題，當中都沒有原住民創作者出現。可想而知，在評審當中，其實有權力位階的劃分，除非我們有意識地納入較為邊緣的聲音，不然這些原住民評審或創作者很容易就被消音了。

對於權力場域的分析，一定要談到理論家傅柯。傅柯提過一個概念：「權力的無所不在，並非它擁有把一切都聯合在它戰無不勝的同一性質下的特權，而是因為他隨時隨地都會發生，或更明確地說，在點與點之間的每個關係都會產生。」可以把它想像成在一個文學獎的場域裡面，為什麼評審可以坐在這，一定有他的閱歷，而不同評審之間，其實有聲量的大小之分。評審會議本身就是一種權力場域的表達或象徵、一種具體化的實現；說服是影響力的形式，而影響力是一種權力的形式。當資深的與年輕的創作者們發表不同見解的時候，究竟應該要聽誰的？中間都是一個說服的過程。在文學獎的場域裡面，我們要選出第一名、第二名、第三名，如果資深作家心目中的首選遭到黜落，可能會覺得自己不被重視，場面是不是會變得難堪呢？

如果兩位是年輕的、一位是比較資深的創作者，最後所選錄的作品，可能都會受資深創作者影響，因為大家比較尊敬他。評審不是神，也會質疑自己所秉持的美學觀是不是正確。如果有一天評審的場域裡面出現了白先勇，說真的，我也不敢跟他對著幹；但如果是一個比較年輕的、也許僅二十幾歲的創作者，他可能就會覺得，「這位創作者創作得比我還要多，或許他對美學的傾向比較正確」。雖然沒有所謂正確或不正確，但他的聲量確實就會變得比較小。

場域裡都是同輩人的話，評分標準是比較合乎正規的，也可以跟平輩之間有比較多的火花或討論，如果身分地位差太多，其實不是一個好的評審名單。要怎樣去說服另外一位評審、表達自己的文學判斷，都是一個拉鋸的過程，雖然有些人選擇不說服，轉而進行技術性的配分，但無論如何，這些文學判斷都沒有好壞之分，而是關係到你所著眼的主題。到了現場，永遠會發現別人跟你想的不一樣，全然不同的美學觀點，實力平均的作品容易產生大量分歧，如果作品的好壞很明顯，作為評審，其實很容易分辨。但是假如所有作品都是同一質地，很難去判斷哪一個要給第一名、哪一個要給第二名，到最後終究會成為妥協的過程。當你看到評審結構的時候，可能會知道這些評審所選的作品符不符合他的審美觀念，或者是符不符合你的審美，這都不一定。相對的，如果換了一個或一群評審，所有的得獎順序或許也就會完全不同。

還有一個極端的例子，2016年雙溪文學獎，有位投稿人的作品沒有被選進去，他就在網路上開罵：「三位裡面有兩位是『臺女』，其中一位還是T。」T指的是擅長寫百合小說的楊双子。「那個T就選了一篇關於同性戀的作品，這難『倒』沒有偏心？」這個「倒」是他原本就寫錯的字，罵人還寫錯字，非常有趣。後來有一些比較具攻擊性的文章出現，「只要讓我看到你的名『子』」，這個「子」又錯字，「我一定到現場去打你，一定打你！我逮到一個、揍一個，一定、一定把你鼻樑打歪！」語氣非常恐怖，難以想像文學獎的場域中，竟有可能因為評審的品味跟你想像的不一樣、不是你的理想讀者，而發生暴力事件。

這位落選的創作者當然罵得無理，他指責評審的身分，然而該作家是否為同性戀者，其實跟她的作品一點關係都沒有。但仍可知其中有怨，怨恨來自想像跟實際的落差——我們都希望自己的作品有理想讀者，但這非常困難。我寫書評大約寫了兩年，試圖當一位理想讀者，不管閱覽的作品寫得如何不如人意，都嘗試從作者的角度分析，因為如果只是以自己對文學的想像來看他的作品，一定有極大的落差。

前陣子我參與一個散文評審，所選的第一、二名，是我認為非常好的作品，卻沒想到在另外兩位評審的名單中完全沒有選錄。第一篇寫女性情誼之間，存在所謂的階級之分，非常隱密的情感，而另外一位評審說他在第一次篩選中，把比較陰暗、負面的作品完全劃掉，我很驚訝。文學當然可以處理陽光的情緒，可是對情感造成許多創傷的幽暗面也是必須處理的；第二篇所寫的是憂鬱症患者暴露自己的內心，該評審說，他覺得散文裡面並沒有提及憂鬱症成因，也讓我啞口無言——畢竟有時候得到憂鬱症可能沒有任何原因——，但他非常堅持，可能作者的家庭、身心出現怎樣的創傷，在散文裡面沒有描寫出來。這個評審讓我非常震驚，他的評判因為作者描寫的主題有所好惡。但如果任何一個評審因為素材，像是憂鬱症，或是同志情感，而給予好壞之分的話，顯然並不是一個好的評審者。

然而，決審跟複審之間，其實是有差異性存在的。以複審而言，由於文章數目較多，即便題材並沒有正確與否之分，入選作品仍容易受到主題的「特殊性」影響。舉例來說，高中生的文章中，最常見寫校園同志之間的情感，因為同志情感在所有臺灣家庭裡面，還是隱匿的、受到某種壓迫的狀態，學生們自然會以這樣的書寫呈現自己。但想想看，五十篇裡面，如果有三十篇全都寫女性或男同志之間的情誼，我可能會讀到懷疑人生，甚至開始思考我所感受到的世界到底是不是真實的世界。此時，如果你談論的是自然、歷史，主題的區別性自然會產生。相對的，相同題材的三十篇裡面，可能也只能取兩到三篇進入決選。

我在這裡準備的小標題是：「評審是神，是隨時都可以被淘汰的舊世紀之神。」任何文學獎的評審，價值觀可能累積了三、四十年，然而他的生活經驗跟你完全不一樣，此時你所要做的，是跟另外一個創作者產生火花、進行討論。但重要的是，他所講的不一定完全正確，所以不要因為文學獎評審的評語而受到傷害，可以想成是比較資深的創作者，如何去看待你的作品、給予反饋。也不要把評審當成是神，如果你的作品沒有入選，也是很正常的一件事情，因為你的文學觀、美學，還有生活經驗，跟評審所關注的焦點不一樣。評審會議可以看出評審的專業和侷限性。

關於評審的壓力也非常人所能想像，以我自身舉例。第一，2018年我做《Openbook》的決審，從複審選入決審約有五十到六十本，三個月內要看五十本書，其實壓力非常大。第二，2019年台積電中篇小說文學賞，希望我在一個半月之內，讀五十篇中篇小說，對我來講是不可能的一件事，便拒絕了。第三個是去年的事情，一個月內要讀十二本長篇小說，每一本大約十二萬字到十六萬字，總共要讀一百五十萬字。所以評審其實沒有辦法好好的閱讀每一本書，不要太相信他們會很仔細地讀你的作品，在時間的壓迫之下，根本難以細讀。

2019年臺灣文學獎第一次諮詢會議，蘇碩斌剛好擔任臺文所所長，有志進行改革，以前徵文以新詩、散文、小說為主，他則是把所有文類都混在一起。混在一起，最後如何選書？科幻小說家賀景濱在他的複審觀察〈這不是隱喻，這就是現實〉中說道：「對不起，那一百多本，我只看了書介序言和前面十頁的大作。」他很明白告訴大家，沒有辦法將作品看完。這是很殘酷的一件事情，而且我很不好意思地說，大概在2019年，我們這群人就是始作俑者，當時因為想要有一番作為，試圖打破傳統，我們預備在複審選三十名，最後再選十名，但是礙於時間因素，評審都沒辦法把書看完。張瑞芬曾在隔年提到，一百九十本書要選出三十本入圍，只有一個月到兩個月的時間，實在難以覆命。以上種種，不過是想說，所有機制都有漏洞存在，不要太相信評審所選出的結果，它有參考價值，但必須要有自己評斷的能力，任何體制內所產出的作品其實更與體制本身息息相關。

最後，我想談談「文學獎是迷惘的往昔」。最近剛好在看約翰．齊佛的書，我覺得引言很有趣：「任何幼稚、不成熟的事蹟都是很尷尬的。」就像各位同學如果看我的少作，我也覺得非常尷尬。可是這對我是一種救贖，藉著這些故事，讓我憶起曾經愛過的男男女女，以及故事中的景點、房間、陽臺和沙灘。我的少作〈一粒柳丁〉，曾在大四時拿下水煙紗漣文學獎短篇小說第一名，但談起它來，卻難以啟齒，因為讀者看完後根本讀不出它究竟在說什麼。回想整個創作過程，其實就是一粒柳丁吃不完，被遺忘在機車坐墊裡，那粒柳丁開始發霉，有一天我打開的時候，覺得香氣還滿充足的，繼續把它放在裡面，想說到底會發生怎樣的事。我完全沒有關注任何議題，但評審可能看出在〈一粒柳丁〉裡的某種意涵，也就是對於世界的想像、初探、一個意象、一個隱喻，而那其實是對未來生活的展望。把一個人早期的作品展示出來，就算經過精挑細選，也等於像是赤裸裸地呈現一個人接受金錢和愛情教育的心路歷程。不過，從未來的眼光重新回視文學獎中自己的少作，就會知道自己到底是從哪裡而來。

高中時，我投稿蘭陽校刊，那時候把散文分行就投新詩，它被錄用了，我非常開心，拿到了第一筆投稿金。2002 年我大一，憑藉〈呼吸〉取得在暨大的第一筆獎金，水煙紗漣文學獎中，出現過我許多不成熟的作品，當時還不知道散文是什麼，猜想著也許跟小說虛構有點類似；2004 年，文建會的臺灣文學獎，我得了佳作；2006 年，大四，地方性文學獎正好風起雲湧，投稿臺北文學獎的經驗，對我來講很重要，也非常羞愧。有一天我的朋友告訴我，在臺北捷運上面看到我的散文〈海髮〉，裡面寫的是我跟母親之間的故事，那個角色、敘述者「我」是一個女性的身分。我想要轉身就走，因為我不想告訴他：「其實我寫的不是自身的經驗。」那時也有「散文到底可不可以虛構」的議題，例如錦樹老師曾經寫一篇〈文心凋零〉，就在探討散文裡的真實性跟虛構性。後來，就讀東華大學創英所期間，我把所有作業都拿去投稿，在 2006 到 2009 年，大約把全臺灣所有的文學獎都得過了一輪，卻非常迷惘：「得那麼多文學獎，到底有什麼作用？」於是從〈海髮〉開始，我便不再寫散文，因為散文必須跟生活、跟內心緊貼，產生真正情感，兩者之間有著非常強烈的連結性。

我們可以不用討論到底寫小說還是寫散文比較真實，就以傳統的敘述來講，新詩、小說、散文，其實各有它的歷史脈絡存在，而我們要做許多顛覆的時候，首先從形式上著手，但形式的顛覆必須要有意義。在過去大約五年或十年，尤其在走後設流行這一塊時，所有的顛覆都是沒有意義的，是為了叛逆形式而抗拒，內容卻沒有辦法支撐。從臺北文學獎的〈海髮〉中，我逐漸知道什麼是小說、什麼是散文、真實性跟虛構性的界線到底在哪裡。像陳栢青也得遍了全臺灣的文學獎，但是他最主要寫散文，如果看陳栢青十幾年前寫的作品，會發現他有許多父親，有些在不一樣的意外中過世，而且他的爸爸會做非常多的工作，就像超人一樣，可能是木工、老師、農夫……。另外一個例子是吳柳蓓，她所寫的〈小黃之城〉得了臺北文學獎，黃錦樹老師在批評有關她的作品時，特別提出了散文跟小說的分野。我開始思考文學獎整個體制裡的漏洞，以及一個人得了那麼多獎之後，還要繼續書寫嗎？寫作背後主要推動力是什麼？對我來講，那真的是很迷惘的往昔。

我最近在讀一本書，由時報出刊，作者是理察・鮑爾斯（Richard Powers）。該書《The Overstory》得到 2019 年普立茲文學獎，中譯《樹冠上》。書中有兩句話是我非常喜歡的：「當你砍倒一棵樹，你用它製造的物品最起碼必須跟它一樣令人驚嘆。」使用所有紙張，印成一本書的時候，必須要求自己無愧於這些樹木，也就是要能夠自我檢驗；第二句話就是：「逝者支撐著活者活下去，這就是人生。」不管是學業、社團、愛情，或是過去的種種經驗，都在支撐著我們繼續往前走。創作到後面，我就去思考：「為什麼我還要持續創作下去？」當你得了所有國內的文學獎，下一步是什麼？究竟要不要寫下去？我關注的焦點在哪裡？對於生活的場域，要怎樣進行回饋？對我來講，找出自己學習、生長的源頭，是很重要的一件事情。

最初會踏入文學，是因為文學獎支撐了我一筆生活費，到後來，開始會質疑文學獎。其實它幫助我仔細思考自己的身分，思考主體性，還有關注起我所生長的環境。為什麼我要持續創作？文學獎已經不再是重要的事項，對我來講，可能追求的是更高的層次，像是要怎樣認真的對待自己的生命、怎麼跟群體做比較好的互動，或者是我可以做出怎樣的貢獻。

提問者：

老師好，您提到在寫作初期時，新詩會用分行散文的方式呈現，甚至我也看到您有創作劇本，想請問您過了這麼長時間之後，對於這幾種文類是如何轉換的？

連明偉：

這是一個非常大的問題，同學的提問非常好。其實我在大學跟研究所，嘗試過非常多創作形式，包含早期寫新詩、散文，最後把主力放在小說上。不同形式之間，如何用不一樣的方式表達各自的主題、界線到底在哪裡、如何轉換，我想重點可能在於對主題的把握度，讓你所關心的主題真正融入到自己的生活當中，不管最後寫出來的形式是散文、新詩、小說或是報導文學，跟你之間的緊密度都會非常強。

一個好的文學表達，必須找出適當的形式或表達方式。有時候我們只是找不到一個好的傳遞方式，卻有自己的內容在裡面，但恰如其分的表達需要不斷實驗，當中可能也常常會犯錯。最後我選擇了小說，或許因為小說有比較大的容錯性，它的空間跟時間感非常強烈，可以容納許多不一樣的嘗試。有些人把小說當詩來寫，或把詩當小說寫，都是從自己所介入的核心做轉變，所以應該要從你關切的內容判斷合適的形式。大家對不同的文類可能有既定的觀看框架，而它會讓我們懷疑是否符合心目中所想像的，像剛才所討論散文裡的虛構性，可能是比較不被允許的，它也算是一種隱形的虛構，但是它跟小說的虛構之間，就有很大的差別性。

・・・

提問者：

老師好，我是第十九屆水煙紗漣文學獎小說首獎得主，後來我的小說有去超新星文學獎再評選一次，評審有高翊峰跟陳栢青，他們在討論的時候，對於小說裡的虛構跟真實有爭執過一陣子，因為我寫的多半是親身經驗，有評審覺得真實的部分太多，站在小說基本教義派的立場，認為小說要虛構、要拿出一個香噴噴的故事，有頭有尾。另外，我的小說是分雙線進行，其中並不是用強烈的因果關係去扣住，有評審認為這不能算是小說就扣分，幸好陳栢青老師那時候說他喜歡這樣的跳接，幫我把分數加上去。我想問老師對於這方面怎麼看？要是散文裡面不能寫虛構的東西，那如果書寫真實，投到小說裡面，是不是投錯地方？

連明偉：

同學也問了一個非常大的問題，可能要用一個小時來回答，我簡單回應。我們對小說的想像，可能是虛構的；對於散文的想像，可能是有真實的情感，如果把這些真實性放在小說裡面，絕對是可以成立的，但可以去思考一點：如果大家都認為小說是虛構的話，我們如何去看待那些以第一人稱書寫苦難，或表明是個人經驗的虛構文本？如果是以討論傷痛或個人經驗為主，我們沒有辦法對小說的創作者表達「這樣的情感是好或不好的」，它不在小說技藝的討論範疇之中。當你把真實性放入小說，批評家或是文學評論者沒辦法去評論這篇小說；假如你寫的是關於家族，或是個人傷痛，我們沒有辦法對另一個人的經驗直言寫得好或不好。簡而言之，它可以成立，但詮釋者會因此無法評比你的真實經驗。

提問者：那老師您覺得世界上有適合比賽或評審的小說嗎？

連明偉：這個可能要回到文學獎本身的傾向，所想選的作品是什麼。

提問者：我聽過有人說：「文學獎就是結構主義的擂臺」，因為每個評審必須講出為什麼支持這個作品，試圖說服別的評審，而不能只說：「我喜歡他這樣的寫法、破碎的把這些東西蒙太奇起來，營造出來的感覺。」那樣很虛無、完全沒有說服力，所以這樣的作品出現在比賽裡，某些評審要受到別人說服才可能支持。這樣一來，如果這個小說沒有得獎，能不能說它未必是個壞作品，只是不適合比賽？

連明偉：

有些小說是非常不適合去比賽的，例如把意識流的小說拿去投稿，通常不會入選——就像你講的，有些確實比較符合我們對於小說的想像。如果在一萬字裡面，把故事講得比較完整，利用舊套路呈現新形式，就可能比較容易脫穎而出，但這都是短篇小說、單一小說的侷限性。當我們在評比整本小說，很少會以其中一篇定勝負，除非那篇真的非常好，可能三十年一見，否則最後都是以整本書來做評比。全面、整體的作品，才可以看出創作者想要表達的事情和觀點，所以不要把自己縮小化，不要以單篇來設想文學，而是要以整本書來思考。

「我所經歷的風景：關於文學獎的投稿與評審」講座實錄精華

文學獎沙龍

詩與創作的午後對談

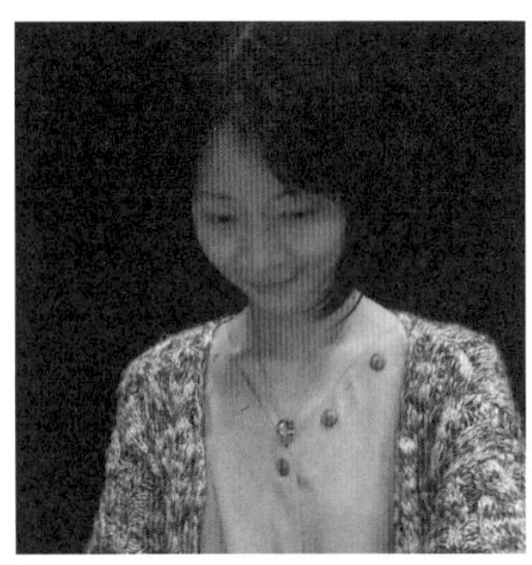

宇文正 × 陳依文 × 林達陽 × 陳正芳

宇文正

本名鄭瑜雯，福建林森人，東海大學中文系畢業、美國南加大東亞所碩士，現任聯合報副刊組主任。著有詩集《我是最纖巧的容器承載今天的雲》；短篇小說集《貓的年代》、《臺北下雪了》、《幽室裡的愛情》、《臺北卡農》、《微鹽年代．微糖年代》；散文集《這是誰家的孩子》、《顛倒夢想》、《我將如何記憶你》、《丁香一樣的顏色》、《那些人住在我心中》、《庖廚食光》、《負劍的少年》、《文字手藝人：一位副刊主編的知見苦樂》；長篇小說《在月光下飛翔》；傳記《永遠的童話——琦君傳》及童書等多種。

陳依文

1983年生，臺灣嘉義人。曾就讀嘉義女中，臺大電機系轉臺大中文系、臺大臺灣文學所碩士班畢。曾任教東吳大學中文系，現返居嘉義市，於寫作之餘從事閱寫教學。著有詩集《像蛹忍住蝶》、《海生月》、《甜星星》、《萌》；散文集《浮沉展眉》。

林達陽

屏東出生，高雄人。雄中畢業，輔大法律學士，國立東華大學藝術碩士。寫現代詩與散文。曾獲三大報文學獎、臺北文學獎、香港青年文學獎、教育部文藝創作獎、優秀青年詩人獎等，並獲國家文化藝術基金會、高雄市文化局、陳啟川先生文教基金會等獎補助。曾任駐校青年作家，作品散見海內外報章雜誌、網路媒體，入選海內外文學選集。企畫文學策展和創作工作坊。出版社特約主編。高雄市立圖書館董事。主持擦亮花火文學計畫。著有詩集《虛構的海》、《誤點的紙飛機》；散文集《蜂蜜花火》、《慢情書》、《恆溫行李》等。

陳正芳

輔仁大學比較文學博士，西班牙馬德里Complutense大學博士後研究。現任暨南大學中文系副教授、西文翻譯、書評及文創雜筆。獲科技部研究獎勵、暨大傑出研究教師，及教育部文藝獎等。著有《魔幻現實主義在臺灣》、《臺灣魔幻現實現象之「本土化」》、《詩學研究——海門．希列斯詩作賞析》、《臺灣小說》（合著）、《意識流．魔幻現實主義》（導讀）等書。另於《中外文學》、《電影欣賞》、《文與哲》、《文化研究》、《笠》、《臺灣文學學報》等刊物發表論文多篇，於《基督教論壇報》、《開卷周報》、《誠品好讀》等撰寫文章。譯有長篇小說《擊劍大師》、《矮人森林》等。

陳正芳：

三位貴賓、老師、同學，午安。非常高興大家可以到這裡參與對談，相信大家對三位老師應該有些認識，我再從一些資料補充介紹一下，首先是宇文正老師。作家許悔之曾經稱宇文正老師是「小說家」，不過她近期也出了詩集，因此我們邀請她來參加「新詩座談」。許悔之老師說過：「宇文正的詩把陽光、春花、銀杏織為一衣，抵擋了世界之寒冷。」可見他承認小說家的詩也寫得很好。詩人唐捐則說：「宇文正的詩兼具浪漫深情與慧黠巧思，能在靈光一閃之際，扣觸生活的意趣。」都再再說明老師的詩人特質，現在就請宇文正老師聊聊自己。

宇文正：

大家好，我是宇文正，工作職位是《聯合報》副刊組主任。前任主編陳義芝、更前任的主編瘂弦，都是很重要的詩人。另外，長期跟《聯合報》副刊處於對打狀態的《人間副刊》前主編楊澤，以及現任《自由副刊》主編孫梓評，也都是詩人。正好形成一種「當副刊主編好像一定要寫詩」的慣性。當我出版《我是最纖巧的容器承載今天的雲》這本詩集，大家就開玩笑說：「是因為做主編所以寫詩嗎？」我回答：「其實是因為做了主編，只好寫詩。」我自己現在也寫詩，當然無意貶低詩人。不過過去當編輯的時候，一下班，腦袋可以立刻切換到小說裡。自從成為主編之後，腦袋的思索大都在副刊上，好像連夢裡都還沒有脫離工作，所以長篇小說就越來越難了。

我近期所寫的小說多為短篇小說集，也會寫散文，但不太能寫比較長的東西。我從開始寫作就立志要寫小說，並沒有把詩當成最大的嚮往，很奇妙的是，在我作為一位母親、人妻，面對時間的壓縮，寫作這件事面臨即將枯竭的時候，詩卻很自然地湧出。有一年我去日本，本來想賞楓，卻更被整片變成金黃色的銀杏打動，非常美。在二次大戰之後，有兩顆炸彈投在日本的廣島跟長崎，一片廢墟之下，一切都毀滅的時候，第一個展現生命力冒出來的新芽，是銀杏的葉子。想到它的生命力，我便在旅行中寫了一些詩，幾乎在幾分鐘之內自然湧現出來。詩對我來說，很像是銀杏，在一切好像都毀滅的時候，會展現它的生命力。

陳正芳：

謝謝宇文正老師。其實我會特別要求修臺灣文學史的同學來聽這場座談，因為我們跟三位詩人一起在這裡，就是一起踏進歷史的長河。你也許會覺得讀文學史是詩人的名字被列在上面，可是透過親身與他們交談，我們的名字好像也依附在一起了。

接著介紹林達陽老師。老師年輕有活力，來過很多次暨大，學生都非常喜歡他，所以特別在文學獎二十週年請他回來。詩人席慕蓉曾特別提到老師的詩〈穿過霧一樣的黃昏〉，她說：「是一種生命裡的撞擊⋯⋯你怎麼會如此貼近如此熟悉我的悵惘、我的不安，還有那滿懷的歉疚呢？」一個年長的詩人，發覺一個年輕詩人竟然能抓住她內在的不安，這是何等不容易。另一位詩人鯨向海說：「對自己內心孤獨的敏感，對時空的覺察困惑，林達陽以一種，不妨姑且命名為『忽然融入，無言淡出』的美感手法，去貼近那種哀愁，或去抵抗那種哀愁。」他將達陽老師語言的筆法定名叫做「忽然融入，無言淡出」，這是什麼樣的筆法呢？有待同學們進入詩中瞭解。現在請詩人自己來跟我們說話。

林達陽：

各位老師、同學大家好。剛剛提到席慕蓉老師那段，是我投稿改制前的聯合報文學獎得獎的評語，後來出版新書時，邀請席慕蓉老師為我寫序。今天的題目是文學獎沙龍，邀請三位詩人來談一談詩。但是我對於譬如文學史、詩及文類，其實一直都不太在乎。一開始寫，就是很單純的「我有話想說」，它曾經是想要說話，卻搞不清楚要講什麼，「說」這件事情其實是主詞，後來變成「有話想說」、「我有意見」、「我想表達」。這件事在成長的過程裡，發生過很多次變化。

整體而言，詩為我帶來最大的收穫，就是它的寬容性，不是其他文體不寬容，而是因為詩的可實驗性跟變動性，使大家在閱讀過程裡格外寬待，意外形成詩人自由、能實驗、嘗試的氣氛。這幾年我詩寫得比較少，散文比較多，但是詩帶給我的影響，直到現在都像一個隱約的教養——有件很自由的事情、有個可以寬闊一點對待人和自己的方式。我很高興自己從高中到大學、研究所一路寫詩，也曾經為文學獎有得失心地爭取、得獎且落選過，詩帶給我更多除了作家以外的事，比較像是對生活、對世界看法的教養。

我從東華大學碩士班畢業，去年年底，受東華大學人文研究中心邀請回去駐校。這對我來講有很重要的啟示意義，因為人生很難得有機會回到重要的成長現場，一待三個月，也不被要求做難以負荷的工作，可以沉浸在那個地方、那個狀態裡面度過。更好的是，我在高中時便受到楊牧的年少作品啟蒙，而那次的邀請單位正是楊牧文學研究中心，配給我的研究室也正是楊牧老師生前的研究室。使我有種修佛修了一輩子，突然受邀到奈良的大雄寶殿裡辦公的感覺。這個重新沉浸的體驗，其實沒有發生什麼具體的事情，但就是喜歡那個空間、待在裡面，對這個地方很有安全感，好像回到研究所時，可以自在開闊寫作的身體裡面。

我在日常生活裡，不太有機會像這樣隨時切換到另一個自由、能夠屬於自己的時刻。可是詩到現在為止，仍可以扮演這樣的角色，散文跟小說對我的感染力和影響力比較小，可能因為我已經沒有那麼多時間，可以坐下來讀一篇長篇小說，但是詩可以，我只要撥出五分鐘、十分鐘，專心讀幾首某個喜歡的詩人、某時期我著迷的作品，好像隨時隨地又可以回到對一切事物張著明亮的眼睛、好奇的狀態。對我來講，這是詩在過去和此刻對我的最重要的意義。

陳正芳：

謝謝達陽老師。其實人生最可貴的不是可見、具體的東西，是無形的，我們參與過、聽過就很值得。

最後一位是陳依文老師。我看到資料時覺得很有趣，她原來是念電機，後來轉到中文系。其實我們系上有一位楊玉成老師，也是從電機轉到中文系就讀。他說，他沒有文學就活不下去，生存是比電機更重要，所以就轉系了。不知道依文老師是否也如此。不過她應該是如魚得水的，她的老師何寄澎教授就認為：「像依文這樣子不心縈世間瑣事、世俗價值，興高采烈、做自己愛做的事，不就是『詩人』的特質嗎？」至於依文老師的詩，他則說是「錚錚淙淙」、詩情是「幽邈纏綿」、詩境是「精深空靈」，不知老師會怎麼說自己呢？有請依文老師。

陳依文：

各位老師同學好，我是陳依文。其實何寄澎老師那番話，我覺得可以化成一句話：「妳真是個任性的傢伙。」我覺得任性其實是成為詩人的有利特質。任性雖然一般是負面的詞，可是某個角度來說就是任自己的本性而行。寫詩到最後，其實會變一件很純真的事情，歸根究柢，就是反璞歸真，它是一件你需要很私密地跟自己生命對話的工作。

轉系之後，因為擁有大量的時間跟自由，我才開始認真面對寫詩這件事情。一直到升上碩士班，我才認為自己能夠接受「詩人」這個稱謂。寫詩的過程，其實是一個探索自我的關鍵期。我小時候聽過一次鄭愁予的演講，他說：「寫詩是為了兩種己，一個是自己、一個是知己。」這也是非常任性的一句話，意思是寫詩可以不用管評審的意見，只要對得起自己、有願意聆聽的人，就是足夠幸福的一件事情。

我應該是三位之中跟文學獎最不熟的人，因為我曾經遊走於理工科到文學類群。在電機系時，有學長說：「那個學妹看起來好不像電機系。」跟我要好的學姊就說：「對啊，她要轉系。」過沒幾天我就提申請了，所以在電機的時候，我一直覺得自己是局外人。到中文系以後，某種程度來說，我同樣還是局外人，因為我的思維模式、過去所受的一切訓練其實跟中文系完全不一樣，但其實也未必不好。鼓勵非本科系的創作群，不一樣的視野轉換可以提供不一樣的思維。寫詩需要平衡理性跟感性的重要記憶，只有其中一項，都沒辦法寫出可以完美承載自身感受又讓人理解的詩。從念書時，一直自覺是異鄉人、局外人；直到現在，我也認為自己在詩壇、文壇是局外人，因為我出現率非常低，也很難被找到，好像也沒什麼參加過文學獎。後來，我認為局外人意識其實是件幸福的事，因為它提供自我安全距離以及隔離的空間，讓我能任性地不顧慮大部分需要關心的事，可以用自己的視角去釐清感受，也可以把所有心思、精力都花在想探究的內容和想完成的事情上，這對於寫詩、持續創作而言是重要的。分享這些並不是要大家不參加文學獎，而是如果你有參加文學獎，卻沒有得到想要的結果，不影響你對自己的靈魂繼續負責，繼續經營自己的技藝，成為一個對得起自己的詩人。

我現在的生活其實處於既苦悶又幸福，在育兒高張力下反覆的日常，其實沒有閒情逸致，可以去咖啡廳坐一個下午，悠閒讀一本書，慢慢地創作。但是當寫詩已成為一種自我對話跟探索表達的習慣性工具後，比如在半夜哄睡、睡不著時，腦中會浮現幾首句子，偷偷轉亮手機的燈，趕快打下幾行句子，時間剛好也只夠做這件事情，隔天再找零碎的時間把它完整起來，這是我現在可以寫詩的形式。

我想說的是，寫詩是非常良好的事，如果持續地為了自己，而不為任何理由經營，它會變成一種自我對話的工具，承載跟反映你對人生、對自我、對靈魂、對情感、對社會、對該用什麼位置存活在世界上的想法，這些想法會淺意識地自動用詩的語言組織。它成為我煩悶的育兒生活中，自動開啟的窗口。詩對我來說，可以成為一種根深蒂固的血脈，是為了自己而存在、證明曾經有過某些深刻的感受和領悟，或者僅僅證明你在某一個狀態，跟他人還有跟世界的互動方式。我個人認為，為了自己去經營詩，其實就是在經營自己的靈魂。

陳正芳：

謝謝依文老師，讓我第一個想到感謝系主任曾老師、陶老師及工作團隊，願意為二十週年努力辦活動。新詩對談能請到依文老師真的很不容易，因為她不常出現，可是我們竟然可以在這裡看到她。

陳依文：

這是珍貴的放風時間，心裡有蝴蝶在飛。

陳正芳：

既然剛剛有提到文學獎，希望三位可以聊聊，來參加我們學校的文學獎有什麼感觸？

宇文正：

我去年來評小說的印象很深，因為我非常喜歡首獎作品。剛剛得知那篇作品後來在超新星文學獎得到第三名，非常不容易，我真的滿高興的。暨大文學獎的聯絡學生是我認為最有禮貌的，從頭到尾都非常謹慎，包括「老師妳要不要留下來住宿？」、「妳要搭哪一班車？」我覺得老師教得很好，學生非常有禮貌、非常細膩。

我去年才出詩集，比較少有評詩的經驗。這次受邀評詩，其實非常興奮，想說：「終於可以評字那麼少的文類了！」我評審文學獎，最常評小說，小說量大、字數多，所以一直很羨慕評詩的人。第一次評詩，雖然沒有之前的作品可以比較，可是我還滿喜歡這次的作品。《聯合報》副刊有針對高中生的「台積電青年學生文學獎」，雖然我常評小說跟散文，但也長期在編輯臺上關注高中生的詩，他們關注自我跟社會，在詩裡展現青春的夢想，水準非常好，在高中到大學的階段，正是養成詩的時候。少年少女的纖細、敏感，是進社會受到各種衝擊後，一去不復返的。那種纖細，我常玩笑說，少年少女是最殘酷的，因為太乾淨、決絕，很容易就發為詩興來寫作。如果有大量的閱讀支撐，去感受詩的語言，絕對能拓寬視野，並在內容、形式的創造性有所突破。我從高中到大學時代的閱讀量是最大的，那時剛對文學產生興趣，非常有系統且飢渴的閱讀，有句話說：「最早來的，最晚離開。」它們將成為靈魂裡留住最長久的東西。在歷屆評審中，我常聽到他們都讚賞學生的創意、新鮮的語言，但也都認為在這些年輕的作品裡，比較看不到學生閱讀的痕跡。在這個階段，你們有最新鮮的、最纖細的詩心，若有大量的閱讀支撐，必能如虎添翼。

林達陽：

雖然我跟暨大沒有什麼淵源，但第一次來的時候，就很強烈的感覺暨大文學獎的工作人員，除了辦事嚴謹以外，對文學的氣場是很強的。我思考著這從何而來，一個大學的中文系不會突然有這種很強的氣場，後來聽說黃錦樹老師在這邊任教，他對我們那時的寫作者來講，是很重要、很強悍的指標。可能也因為他的關係，那時我接觸到的歷屆文學獎工作人員跟得獎者，好像對馬華或海外華人文學的瞭解，都遠遠超過我輩多數的人。這對我來講是很奇特的現象，在一個不熟悉的地方、一個離海最遠的縣市，打開很遼闊的視野，看到一個很遙遠的、華文世界更大的疆界，對於文學、對於喜歡文字的人在這世界上可以做什麼，好像有更清楚的想像。

在這之前，我對暨大中文的印象就是連明偉，他是我研究所的學弟，一直都很客氣地笑著，不太多講話，是一個很紮實、很實在也很硬派的人。他畢業以後選擇出國，比如去加拿大、打工換宿、去菲律賓教書、教球等各式各樣，完全不是我們那時候想像得到的人生。但是當他寫完長篇小說時，我才發現原來當時一起在打球，客客氣氣笑著的學弟，對文學有很強大的想像，甚至是那時候的我沒有想像過的。

最後一個很奇妙的感覺，是我畢業時，暨大文學獎恰好剛開始辦。我在輔大念法律系，當時輔大沒有文學獎，喜歡文學獎的人大概會知道全臺哪些學校有強度夠高、認真在辦的文學獎。當時聽說暨大有辦文學獎，就有種同梯的情誼，好像大家一起從那個對文學的想像還停留在「每個人寫一些東西，找三個看起來很厲害、資歷完整的評審來，像武林大會評出誰是天下第一」的時代，到慢慢地才知道，文學並不是有一條線在那，過了才叫好。文學可能也沒有真正的定義，文學獎代表的也不是只有獎，它的核心可能是讓大家重視文學的價值。經歷過文學獎或文學活動的洗禮，開始對文學的看法變得不同，那種一起成長的情誼，說不清楚卻一直存在。我對暨大文學獎從小小的嚮往好奇，到第一次接觸很受震撼，現在回頭看，覺得很懷念，尤其很多朋友都從暨大中文系，或暨大文學獎得獎畢業，雖然我不在暨大念書或工作過，但仍感覺非常靠近、感動。

陳依文：

我從臺大畢業，剛剛還問老師：「臺大的文學獎現在還活著嗎？」因為臺大學生可能會熱衷投入校園文學獎，卻不太在意自己學校有沒有辦。暨大文學獎這樣的風氣，我其實很羨慕，它不只是學生在意這件事情，從系上、老師，到結合整體的課程規畫，可以加強它的應用程度，並且更廣泛地接觸到校內學生，更可以深入瞭解它的操作空間。

我在東吳教書六年，因為帶現代詩課，負責文學獎的學生也會找我吐槽、抱怨、求救。雙溪文學獎已歷史悠久，但在我還待在東吳的那段期間，當時所看到的他們的傳承跟內部溝通就不如我在這邊感受到的氣氛，包含接待的細緻度及嚴謹度。我相信能讓評審感到賓至如歸，不只是學生個人的細緻和體貼，而是學校整體如何看待文學獎，以及整個系上傳承的嚴謹度，一個共同塑造的風氣跟帶動的力量，非常值得羨慕跟珍惜。在這裡，可以擁有真正願意一起互動、連結並帶動這一切的師生群，更可以擁有同伴，並且累積跟文學有關的養分，它們如何形塑自己，都非常令人期待並值得珍惜。

陳正芳：

謝謝三位詩人的分享。我想分享一下，有一個名詞叫「小語種」，幾乎所有國家的語言都是「小語種」，被認證不是的，大概只有幾個國家，而漢語卻不是小語種。為什麼要提這個呢？我們其實一直都在臺灣，談論這裡的寫作，剛剛也談了文學、談了暨大，可是我希望能放眼全球，把眼光再擴張一點。相信三位老師對於讀詩、聽詩、談詩，應該也有跨界的概念，既然漢語算是一種「大語種」，這麼多講漢語的人，在臺灣以外的地方，他們如何寫詩？或者，從暨大跨出去，或許我們也能廣泛地談談其他大學讀詩、參加文學獎的風氣。

宇文正：

整個語系對我來說太大了，但能稍微談談我對整個詩壇的觀察。比較早年的文壇，詩大致由詩刊社培養，如藍星詩刊、創世紀。以往《聯合報》副刊只要有與詩相關的活動，若有較年長的詩人參與，如管管的朗讀，會有非常多的詩人到場。我們常困惑，小說家好像都自己寫自己的，為什麼詩人卻成群結隊？不是說詩人很孤獨嗎？可是在臺灣早期，小說家自己寫自己的，詩人反而有詩社，在裡面互相思想激盪，而且非常強大。直到現在，詩社對老一輩來說，仍是很重要的精神支撐。早期詩的發表除了詩刊以外，報紙副刊上詩所佔比例較少，直到瘂弦那個年代，才稍微多一點詩的刊登。詩人的培養，可以說從詩刊到副刊，再到較為影響年輕世代，且大量的文學獎。從《聯合報》、《時報》辦文學獎後，各縣市也大量舉辦。對後來的詩壇，也有很大的影響。

而現在，我認為影響整個詩壇的是網路。因為有些人不太看報紙，往往是從網路平臺上看到詩作的，像「晚安詩」等類似的網站。我在出了詩集之後，常有人來告訴我：「哪裡哪裡在分享妳的詩。」才赫然發現這些網路平臺。在臺灣詩壇，網路的衝擊對寫作者而言，非常兩極化。老一輩常常感嘆年輕人不看書、整天在網路上晃，他們憂慮年輕詩人的閱讀，比較缺乏前輩詩人經典作品的浸潤。我卻有點夾在中間，我想網路對長文的閱讀是比較困難一點，像小說作品很難在生活各處被看到，因為太長了，可是詩的傳播卻因為網路而容易許多。比如前陣子我有一首詩被放在捷運上，就會有一大堆朋友、學生拍照、分享給我，因為詩的好處是比較精簡。所以我反而會覺得，這是一個詩的世代的到來，有各種跨界的、更大的可能性，喜歡寫詩的人可以自己去尋找平衡。

大概三、四年前，在北美有一場演講，我跟好幾位作家同臺，對北美作家講述臺灣的出版現況。有一位作為我師輩的詩人說：「在臺灣的詩非常凋零、非常孤獨，要出詩集是非常困難的。」即使他是我的老師，我當場仍然忍不住吐槽，因為在我當時所看到的現象恰好相反，出詩集在臺灣其實非常蓬勃，近幾年還有許多加上視覺設計、跨界與攝影合作等，一本比一本漂亮。

林達陽：

正芳老師提到的題目有點大，但我能以自己看見的稍微分享。

跟我同時期開始讀詩，或者讀詩習慣差不多的人，大概一定讀過中國的北島跟顧城，他們既有中國，也有海外的色彩，兩個人都與時代緊密結合，又具獨特的人生狀態，好像也很難用一個國族或語言框限他們。我在求學階段時，北島在九歌出版、整理一系列選集，正好在我最渴望想要知道更多的年紀。當時的我讀詩習慣有些偏差，會用一種學數學的心態在讀詩。有著「這個我讀得懂」、「這個感動我，這個不錯」、「這個我不懂，一定很重要、很艱難」的心態，就是越難的數學題越值得學的概念。因此對於北島晚期的作品非常著迷，很想搞清楚，或試圖要跟它頻率調到一致。再晚一點點，大概在我研究所的時候，所有人都在讀顧城。除了北島跟顧城以外，使我感受更多的是香港作家，因為有滿多跟我差不多年紀，或者再比我小一點的香港作家都很出色。這是一個滿奇妙的狀態，我有跟到香港流行文化盛世的尾巴，卻沒跟到張國榮、梅艷芳的全盛時期，但光是欣賞那些作品，還有電影上面的表現，就足夠帶來很強的張力。

因為這樣的文化認同跟好奇，使我比較關注香港的作家、學生，或寫作路上遇到的人。近期比較印象深刻的幾位，第一位是洪昊賢，剛得《時報》小說首獎，在我評清華大學月涵文學獎時，他是散文首獎，非常厲害。它在一整批作品裡面，讓我有種「我來就是為了確保它第一名」的感覺。第二位是回東華駐校時，遇到從香港來念書的學生蘇朗欣，她之前剛出過書，這陣子她的家人過世，卻因為過去參與社會運動較深，在黑名單上無法回去。我曾經以為這是歷史上的事，突然就在身邊發生，與我貼得那麼近，感受比其他國家都更不一樣。第三位是香港女作家韓麗珠，在吉隆坡一場像文學營的活動上，邀請各地的作家，讓每個地方的人看看華文文學裡其他國家的人在做什麼。儘管個別無法代表全部，但在與韓麗珠的談話中，使我發現：「原來香港人現在如此看待這些事情。」第四位則是廖偉棠老師，他從廣東去到香港，有別於從小在香港出生長大的人，在另一個脈絡下看見香港文學跟他對語言、國家、民族的想像。以上是在我這個世代所看見的，比較像充實基本知能的面向。

另一個面向是接觸文學的媒介轉移到網路上，有些是自媒體，比如FB、IG；有些則是《聯合報》、《自由時報》的副刊網路頁面。除此之外，也有一些新的型態出現，比較早期的做法如文學營，或開設大量課程，找來各式各樣厲害的作家，能在有限的時間內，知道文學上已經完成的成就。到了現在，開始有各式各樣的媒介，如Podcast、Clubhouse或Youtube等，有些人做的比較面向大眾，比如朱宥勳；也有些人做得更雅一點，比如陳栢青等人。在詩上面，「晚安詩」跟「每天為你讀一首詩」的經營取鏡也明顯不同，他們想像的是不一樣的事情，只是共享「詩」這個名字。這種感覺非常奇妙，兩邊的人我都認識，其實大家平常在讀詩、聊詩的過程，沒有那麼根本性的差別，都喜歡情詩、也很容易被情詩打動。不過「晚安詩」只有一個人而已，並非一個團隊，他談詩的品味沒有比「每天為你讀一首詩」來得俗氣或大眾，他其實也會喜歡一些非常難、非常奇怪的東西，比如零雨、夏宇，或者是一些很冷門、在大陸的詩派。好像反正今天放這首詩，即便大家不喜歡，它就過去了。所以，其實兩邊的人本質沒有不同，只是他們想像中能讓大家理解文學的方式不一樣。

我在南部有一個「擦亮花火」小型文學計畫，也是希望在地喜歡詩或文學的人，能有彼此連結的資源，看見各式各樣的作家，也讓外地人能夠藉這個機會來高雄。如果文學有一個本質的核，大家都在透過不同形式重新塑造路徑。以前的路徑很單純，就是看報紙、雜誌、書，而現在好像在重新塑造、感覺那個內核的路徑，說不上來好或不好，因為我本質上是個有點懷舊的人，難免有時會覺得有點感傷。以前我經歷過很棒的事物，現在喜歡的人卻好像變少，或是不像以前只要做好就能被看見那麼簡單，但是某種程度上，看到各式各樣其他人和自己在做的事情，還是很有趣。

其實講那麼多，基本上就是附議剛剛宇文正老師所說的話，這是一個百花齊放的時代，才剛剛開始、還不知道未來會如何，也不用太悲觀。文學獎當然只變成百花齊放裡的其中一個路徑，但是因為它使用了很久，比較紮實。如果喜歡寫作，文學獎還是一個很好的練功場域，但是其他地方可以帶來的體驗也不能偏廢，因為在這個時代，它可能代表著新的文學樣貌。

陳依文：

我也想要承接宇文正老師的話，先聲明在前，我身為一個很任性的局外人，針對這二十年來大學生讀詩寫詩的風氣，有一些片面的、可能不夠全面的個人觀感。

首先，現代是一個詩的盛世，因為它太容易被看見、傳播得太快。從長篇部落格到圖文並稱的FB，進階成IG的時代。IG是個很適合貼詩的平臺，這十年間也開始流行練筆、寫硬體字，如果只是想寫字，甚至寫字的個人可以沒有讀詩習慣，但很容易就可以跟抄一段喜歡的、漂亮的詩句。接著是從IG開始過渡到抖音的時代，以後可能不只是圖文獎，還要有影片短輯，我也不知道再更年輕的一群人，會如何快速地傳播或吸收、會對詩的載體產生什麼變化，需要等等看才會知道如何發酵。

在這個過程中，詩雖然大量興盛，我卻發現過去詩的語言跟現在並不一樣，沒有要比較何者為優、何者為劣，可是多少會觀察到壯年、老一輩的作家群，很注重精細、華麗的意象。而近期的詩，好像沒有那麼要求準確、綿長的語言，偏向更白話直接的敘述，從畫面與意韻相互配合，到現在以一針見血、犀利的意象就能感動人的句子為勝。在這樣風氣之下，當然產生一些非常棒的詩句，而且能夠很容易掌握某些語言、問句的形式，可以輕易地利用排比、類疊法運作出一首詩。我們以前念大學的時候，常流行用意象、動詞亂結合，拼湊出一首隨機詩，現在除了這樣，還多了某種句型的重複。我覺得其實這是很好練習入門的方式，可以良好地承載意旨，可是也反映了現代比較找不到大量閱讀的痕跡。

從這種語言過渡的現象中，還影響到大家閱讀的載體，以前要去圖書館翻，或是買一本厚厚的詩人總集，認真地把一本讀完，有時候會發現：「這位詩人的這兩首我好愛，但其他好多首都搞不懂。」就會後悔自己買了這本詩集。而網路可以讀更快、可以馬上討論，而且可以讀最精采的一、兩首就好，還能透過網路快速篩選，不會有踩雷的問題。在這種情況之下，閱讀的斷層讓我感覺，詩在裡面丟失了一種比較綿長的音韻、注重節奏的風格。它的圖像性、綿長的畫面、鋪陳的東西，漸漸不那麼被大家所反映出來，這可能就是所謂在閱讀裡面丟失了傳承的感覺。

此外，我個人認為中文系與非中文系之間會有些落差，中文系的學生至少有一個比較完整的吸收過程，即使只是在課程上選的內容，但會知道有這些風貌、有這樣的語言，它曾經是那樣變化的形式：非中文系的人，可能就只聽過這些詩人的名字，或甚至沒聽過。我覺得這是一個詩的盛世，可是大家都讀得太快了，失去了某一些向上承接的耐心，它有好處也有壞處，好處是很快就可以入門，很快就可以寫出一些像樣的詩作，可是相對來說，就遺失一些深厚底蘊的可能，因為太快速、太直接了。也因為詩的產生、寫作跟閱讀如此快速，所以寫出來的詩，好像從延遲滿足變成直接滿足。比如現在流行詩就是它要講的東西，在這首詩裡面要暢快淋漓地講破，要讓人可以讀到這一句覺得：「好爽，它打中我、切到我了。」我個人認為這樣的詩絕對很棒，可是因為大量這種類型的詩出現，那種延遲滿足的、耐人尋味或意蘊深長的風格就較為埋沒。

大陸現在好像有一個世代，叫「喪世代」。我覺得這種厭世詩容易傳播得最多、佔最大聲量。這樣的詩讀起來很過癮、很棒，我自己其實也喜歡，可是讀完之後，會發現它太容易被一言以蔽之。它在講什麼？如果是情詩，就是「他不愛我」，或者是「他不夠愛我，所以我也不要很投入」，然後「我們一定會失落」，接著看是要愛情的悼亡，還是要繼續這樣不上不下地下去。如果不是情詩的話，好像就一句「我不快樂」就講完了，這樣的詩當然有必要，因為這就是世代的聲音，可是如果只顧著創作這樣的詩，反而失去更多更深刻的探討。我覺得厭世詩所代表的是一種傾向，就是只關心自己，跟自己這些日常的失落。你的厭世，有辦法擴張到一個人性的深度嗎？有辦法造成一些共相嗎？厭世到最後，考慮過救贖，或救贖失敗這些事情嗎？有沒有往更深的情感、心靈、人性的層面去挖掘？或者有沒有宗教、哲學，深度的自我探索？就是情詩也好，那種生死相許，或者是李商隱式的愛情也不見了，因為沒有人要那麼深刻地投入。厭世詩當然寫得很爽快，也許也可以寫得很精采，可是如果只專注在這一塊，難道到了三、四十歲還只是要講「我不快樂」跟「他不愛我」嗎？

我覺得各位不要只探索詩的這種可能性，它是可以快速練筆的方式，但是文學是個奇妙的類群，它沒有辦法只靠專精文學、文字本身而成就，而真正走到更遼闊的地方。你必須要去經營自己如何看待跟世界的關係、跟自己靈魂的探索、跟這個世界如何共存、自己的人生意義，乃至於他人的人生意義，和這個世界的脈動。可以走向任何一個方向，可是不能只關心自身的感受。當然，情詩是這個年紀最愛寫的，但是如果你要持續寫詩，不要讓自己只滿足於寫出這些層面的作品，甚至可以多看看過往的文學，它畢竟是一塊豐厚的遺產。對於題材的拓展，其實就是對自我深度的、對世界更大的探尋跟接軌，如果真的想把寫詩當作可以陪伴一輩子的事情，那它就需要跟你一起成長、需要跟這個世界對話、需要跟你自己內心，往更深處去挖掘那些風景並掀開，而不是只停留在已經可以處理好的文字、題材上。以上是我個人從大專生寫詩到現在，同時看到這個方面的足與不足。

陳正芳：

謝謝三位都用不同的角度、方式，擴充了我們知識和思考的層面。不管是看到一個盛世也好，或是有這樣的警惕都很好。

現在就請詩人來朗詩，這是非常難得，也是非常重要的。因為在寫詩的過程中，詩的節奏、音韻在他的腦中已經是一首曲子了，只是我們一直沒有聽到，只看到文字。現在來聽聽看他們怎麼創造他們的曲子，原音重現。

林達陽：

比起唸詩，我更想唸一段《虛構的海》的序文，因為這段序對我當時寫詩跟面對詩的態度較具有代表性，而且《虛構的海》是我大學時候的作品，跟大家年紀相近。

「如有需要，現在的我仍然能輕易記起，那段剛剛開始為書寫著迷的時光——十七歲，永無止盡的夏天，南方的海，洋面朗朗，光線飽滿，可以繁複可以簡單的波浪與氛圍，勇敢而巨大的聲響與青春想像。

這些是這本詩集裡一切意念的背景。書裡收有我在 2000 到 2004 年夏天之間，大學時期留存下來的多數舊作。透過詩我能看見，那時的我曾經真的是那樣執意，執意於虛構的字句間收藏最真實的快樂和痛苦，形狀，色彩，氣息，聲音。雖然它們不全然如其他多數詩人所聲稱的那樣、向我明白顯示過什麼，而我也不總是以全副的心神去凝視、搜索、見證它們。

然而我知道那並不要緊，重要的是我仍願意。經過時間和許多人事的磨洗，我仍願意繼續善意地面對那時湧動的所有熱望——即使無法看見但我相信，某些謎底自始至終都在這裡，充滿能量，值得在意，可以追求。在真實的世界與風景之間，我將恆常為自己保有這片虛構的海。如果你在、你來，我希望你能看見。如果你不在、不曾前來，我也希望你能看見。」

宇文正：

那我讀〈有一天〉。這首詩是我兩、三年前去日本的時候，在某個神宮前面，有好幾棵非常巨大、蒼老、高聳的樹，看起來就像神一樣。可是他們在樹上綁了很粗的麻繩，打了一個蝴蝶結，我後來知道那叫「注連繩」，可是當時我不懂，在我眼裡它就是一個蝴蝶結。對我來說是少女、青春的象徵，卻在那麼蒼老的大樹上，反差非常巨大，所以我回到車裡的時候，就寫下這首詩。

有一天我很老很老了，
笑聲皺了
葉子上沒有新鮮的滾動的露珠
對愛情咳嗽
不再說自己很聰明
酒量好

思緒的枝椏零亂
枯萎
那時請至少，
至少為我保留一枚鍾愛的蝴蝶結
我也許已經遺忘
從根部上升
失去水失去土失去蜜
失去了誰那侵逼靈魂至深的恐懼
也已遺忘星光從葉隙撒滿全身曾經
顫慄的幸福
但蝴蝶永遠聽懂風的召喚
它翅膀的形狀將是所有形狀的翅膀

陳依文：

我要唸《像蛹忍住蝶》中的〈給我預備啟程的朋友們〉，這首詩最近重回了我的視野內，它在我剛上研究所、大約二十一、二十二歲時所寫，恰好在人生正要起步往下一個階段的交叉口。我覺得我之所以是我，很大一部分的探明跟解析就在大學到研究所。在這個還不用步入社會、擁有最大自由的時段，可以盡可能地運用一切手段瞭解自己究竟是一個怎麼樣的人、未來要如何做選擇，以及如何跟自己與世界和平共處。等到進入社會，往往會有工作、家庭等一堆的事情追著你跑。所以我希望各位，尤其是有心要寫作、有心要跟自己對話的同學，這是一段你最應該要花心力跟自己相處、大量閱讀、詢問、付出努力去尋求解答的一個階段。

在研究所階段，我其實讀得最多的不是文學類的書，反而是宗教、心理學。我覺得自己之所以可以得到跟世界和平共處的方法，是靠著那段時間不斷地閱讀亂七八糟、非文學性的，甚至是科普、社會學科，經濟、人類社會、歷史的書。我們不要只專注於文學這一條路，文學是一個很奇妙的領域，只專注於文學，無法一步一步厚實地走到更寬闊的地方，必須付出努力，且需要對自己理解更深。

所以我想要跟大家分享〈給我預備啟程的朋友們〉，希望你們也可以在人生、未來的路上，找到跟自己和解、跟這個世界，就算不是友好關係，至少可以和平共處的方法。

我想請你
堅強地忍住脆弱
像蛹忍住蝶，楓葉忍住秋天
新濺下的
一枚水滴忍住破散

我想請你
平衡內在的美麗
如雪花的結構、流蘇的四瓣
泛黃紙卷上
夜靜春山空的一首五絕

我想請你
寬容一株水仙的秘密
原宥一條月江的曲折
直視陰雨直落的灰霾天空
如同傾聽一句赤裸的禱詞
像海洋
擁抱一場暴風雨的告解

然後，或許你願意
走上沒落的邊城

繁華的都心
看看生，看看死
看看一切熱鬧與無常
尊嚴與肅殺
生命有時
靜美如詩，荒涼如蔓
激越如鷹翱翔
寂寞如碑蒙塵

至若時移、境遷，容顏更改
旅途得很久了
我們回到出發時的房間
原點與終點繞成完美的環
我將認出你標定後的眼神
洗鍊貞定
如不鏽的鋼珠

圓整地，於暗室中
反射出簡淨的光芒

陳正芳：

謝謝三位老師給我們一個美好沙龍的下午，也謝謝大家的參與。

文類・題材・閱讀
歷屆得獎者的創作心法

吳金龍 × 陳詠雯 × 曾耀輝
賴政賢 × 林昇儒 × 賴政杰

吳金龍

暨南大學中文系，東華大學華文所創作組畢業。曾任財團法人鍾理和文教基金會研究員、美濃愛鄉協進會林業計畫調查員、自由工作者，現為高雄文學館專員。書寫作品共著《共和流光》、碩論創作《比海更遠的地方》、高雄獎助計畫《柚木苦楝三月櫻》等。

第 10 屆小說參獎、第 11 屆小說首獎、第 11 屆新詩參獎

陳詠雯

1993 年生，育有二貓，目前主業為教學，偶爾接些文案。雖然喜歡寫字但慵懶如貓，崇尚在哪裡跌倒就在哪裡窩好，佛系走跳人生中，有吃飽就好。

第 11 屆新詩貳獎、第 11 屆散文參獎、第 12 屆新詩貳獎、第 13 屆新詩貳獎
第 13 屆散文參獎、第 14 屆新詩參獎、第 14 屆散文首獎、第 14 屆小說貳獎

曾耀輝

1997 年彰化生，畢業後當了一年電臺文案，現認真寫作中。
日常喜歡與文字相處，包括其曖昧、溫吞、詭麗、喜怒無常。
曾獲水煙紗漣文學獎散文佳作、首獎及新詩參獎、110 年度文化部青年創作者獎勵，入圍全球華文永續報導獎、56 屆廣播金鐘獎。

第 16 屆散文佳作、第 17 屆新詩參獎、第 17 屆散文首獎、第 18 屆散文佳作

賴政賢

漂了 25 個 10 月的臺中人。曾獲水煙紗漣新詩首獎、也有幸讓自己的文字刊在著名詩社的詩刊數次。認為自我介紹是困難的事情，所有需要暴露內心層面的舉動，如同寫這段文字的當下，沒有一種是簡單的。
常見的文類當中，相對只擅長寫詩，它便於精練，如同堡壘，能讓我安心在上頭吹著號角。未來仍想用各種方式透過文字和世界說話。

第 16 屆新詩首獎、第 17 屆新詩佳作、第 19 屆新詩佳作

林昇儒

1997 年生，臺中人，曾獲兩次水煙紗漣文學獎小說首獎，一次超新星文學獎優等。現任想像朋友寫作會觀察員、聯合文學出版社發行助理。

一個普通的宅宅，對於寫作這件事一直有種愧疚感，覺得自己仍沒有真正踏上寫作的起點，在大眾小說與純文學小說的十字路口猶豫不定。

第 19 屆小說首獎、第 20 屆小說首獎

賴政杰

差一年成為龍寶寶，1999 年大震盪後誕生，也許因此被震壞腦袋，成天作白日夢，喜歡讀詩寫詩。第二十屆水煙紗漣文學獎小說、新詩、散文類皆沒有得獎。作品散見於埔里街上、暨大校園、記憶的某個斷片中，以及手機的備忘錄。言盡於此，發現字數不夠，遂再行補充。吾於寫作並無以某流派為宗，若硬要歸納流派，或可稱為亂流。師事早晨的野狗、正午的月亮、深夜的雞鳴，日常罅隙流動的身影。恭喜你看完了，給你乖寶寶印章。也許這世代我們都需要嘉許。

第 20 屆圖文首獎、第 21 屆散文參獎

陳詠雯：

大家好，今天會分三個面向討論過往參加文學獎如何創作、選材、閱讀，以及我們如何走入創作、如何在這條路上成長。不過，創作是非常個人的事情，我們只能站在自己的角度分享。

首先，談談**文類的創作及選擇**。

賴政賢：

創作的題材有非常多種，對我來講，其實題材本身就可以當作一個工具，因為每個題材的特色不同。創作時，可以經過考慮題材、選擇創作手法，把想在作品裡面呈現的表達出來。

我的得獎資歷幾乎都以詩為主，因為它這種比較隱晦的文體，非常適合從破碎的情感延伸出我想表達的事情。我比較不擅長寫散文或小說，曾被文學獎評審講過，有些情感沒有表達完整出來，可能個性使然，或是創作的熟練度還不夠。反而寫詩的時候——因為詩本身是精煉的文體——我很多不安的地方都可以藏在裡面，繼而表達心中所想。

賴政杰：

散文、小說和詩，如果在文學獎的話，我會稱它為「武器」。

對我來說，散文像是走路，可以慢慢地走，也可以寫在校園逛植物一天的心得，或許走馬看花，或許深入研究植物的脈絡。小說則像跑馬拉松，需要很長的時間架構，路上可能會遇到不一樣的人、故事，「如何讓這場馬拉松持續到最後」是一個滿需要思考的問題。新詩像是夢遊，它也是走路，但處在一個半夢半醒的狀態，「夢」其實就是新詩的朦朧、跳躍，或是有一種私密的感覺，也包含著一些創意，就像做夢，可能不知道會走到哪裡。同時「醒」也是很重要的事，很多時候寫詩會變成情感氾濫。詩人常會認為情感需要一點節制，像任明信的自介裡就寫到他「節制地沉溺在那個情境裡面」。醒其實還有一種自覺，就是你到底要寫什麼，而不是拚了命想要描寫一個東西。我曾嘗試讓每個人說一個句子，組合起來是很美的，可是最後卻不知道想表達什麼。另一層是技巧，詩有一些音樂性，什麼時候斷句，在念詩時都會顯現出來。

賴政賢：

我一直以來寫詩最大的樂趣，是在預設讀者的互動、跟讀者玩謎語，所以會在詩裡藏很多細節。但這也導致了一個問題——有些人寫散文跟小說，有辦法在裡面很徹底地把心中的痛傳達給讀者知道，可是寫詩不適合這種方法，因為作品本身經過淬煉，或是謎語化、陌生化了，讀者在理解語意的過程中，可能情感就已經先被淡化過一次，所以如果想要寫讓人很衝擊的東西，還是得用散文或小說。我曾有次致力於寫小說，好不容易入圍，卻受到評審的建議打擊。那篇小說〈第一包菸〉書寫抽菸，我阿公因肺病離世，叔叔、爸爸過去也抽菸抽很兇，所以我從小就受到「抽菸很不好」的教育。大學後，有段時期比較迷茫，認識會抽菸的人，就跟著一起抽，在他人眼中看來或許沒什麼，但這其實違反了我從小到大的教育。評審當時對我說：「很明顯地發現你在作品裡面放了一些對自己的道德批判，但其實不一定要把那些枷鎖放在身上，那件事情沒有你想的那麼嚴重。」那天之後，我得到了一個心得：不要事先預設別人會如何批判你作品裡的價值觀，只要真實地表達心裡所想就好。

賴政杰：

談到「詩是很隱密的語言」，我就想到夏宇第一本詩集好像只出了一百本，因為不想讓太多人懂她在寫什麼。我覺得這是一個詩人的堅持，同時也是詩能達到的效果，像散文暴露了太多東西，反而會讓自己陷入很危險的處境。那麼，作品的隱喻多寡該如何拿捏？我曾寫過一篇小說，被甘耀明老師說太過詩化了，因為我還仍用詩的方式描寫，對小說而言，反而會變得看不懂。我自己認為，我的作品能否被他人解讀出來並無妨礙，可以解讀出來也很好，可是有時候，有些隱喻其實是作者想要留給懂的人的一些耳語，秘密如果說出來就不是秘密了，所以我不會主動告訴別人自己作品中的隱喻。

賴政賢：

除了題材，其實創作還可以從目的、用途來談。我身邊有非常會寫卻不投文學獎的朋友，他說：「因為投文學獎，我會清楚意識到自己是有目的地在寫。」關於「目的性」，作品可粗略分為兩種目的：一種是寫給自己看的，另一種是要跟人交流或比賽用的，而後者在使用線索上要格外小心。

我的新詩曾於大三時幸運地拿到佳作，「幸運」並不是說拿到佳作，而是我的作品非常嚴重地被評審解讀錯誤，竟然還能拿到佳作。事後反省，我發現一篇作品的「標題」很重要，尤其詩本身有非常多的暗示和淬鍊。如果標題取不好，容易導致誤讀。那篇作品叫〈長夢〉，是一首組詩，裡面記錄每一種自殺的方式，我那陣子常做關於死亡的噩夢，便直接將「長夢」當作標題，結果評審以為我單純在描述夢境多麼奇異。

所以，如果作品目的為投稿、跟人交流，必須為讀者設立目標。如果沒有好好為讀者服務，那麼作品某種程度上很可能會變成私人日記，裡面只有一些自己才看得懂的符碼，它並非不能寫，拿來練習也非常好，但不適合作為投稿作品。因此，在動筆之前可以想想：所有的文句、標題，都可以是給讀者的路標。對於寫者而言，在每個地方放好導向的路標，給讀者知道你想要表達什麼，是很重要的功課。

賴政杰：

錦樹老師曾談過那種美好的誤讀，一百個讀者裡有一百零一種解讀法，何嘗不是一件好事？「詩無達詁」也可以套用到文學上，文學無達詁。

另外，學長談到寫作目的之一是「投稿」，我覺得文學獎是一個滿兩極的存在，可以分為心理、生理兩個層面。心理上，喜歡寫作的人，其實內心都有點脆弱，「得獎」可以是一種鼓勵。生理上，比較膚淺的是錢，若要以專職作家維生其實並不容易，但文學獎的獎金豐厚，以小說為例，臺中文學獎首獎獎金十二萬、打狗鳳邑文學獎二十萬、臺北文學獎十五萬，林榮三文學獎則有六十萬。若能處在不用擔心物質生活的狀況下寫作，也是滿好的生活方式。然而，投稿也可能會形成「文學獎體」，比文學獎不可能只寫自己想寫的，一定會有一些華麗的技巧、堆砌的文字，讓作品不像自己私密的寫作。

最後，回到原本的問題：「針對不同題材，會有意識的選擇文體嗎？」我其實沒有很意識到如何選擇文體，常只是單純以直覺判斷。我曾得獎的圖文作品，書寫曾至高雄養老院幫忙時所見——有位奶奶收到一束花，但收到時已經枯萎了。那束花是她先生送的，因為她先生有老人癡呆，雖然記得他們的結婚紀念日，卻忘了準時送出。看到那束花，我便直覺想拍下來，再附上文字。

我也曾寫過以「白色的、住在陋室之中的長頸鹿」為題材的作品，若以新詩書寫，可能稍嫌不完整，篇幅較長；若以散文書寫則更困難，因散文求真，但這樣的題材在現實中不可能存在；所以像這樣天馬行空的事物就適合放在小說。因此，「文類的選擇」對我而言是很直覺的想法。

賴政賢：

針對選擇文類，除了憑直覺，還要考慮一個很現實的問題：每個人擅長的文類不同。我的新詩很幸運地得過三次獎，可是我也投過四次散文，卻沒有一次入圍，也因此更清楚知道自己的優勢與弱點。所以，除了題材本身的合適度，我還會考慮自己的能力有沒有辦法說出想表達的事。我心中常有一些非常瑣碎的想法，當它是具體概念的句子時，我便會寫成新詩，例如我對愛情有「走在輪迴裡」的感受，因為這是一個簡單具體的概念，於是就把它延伸成一首詩。而如果我想說的事情有完整的前因後果，可能就會創作成小說，如前文提及的抽菸故事，有非常完整的前因後果，又牽扯到我小時候的回憶，它的架構跟材料很適合拿來寫小說。

文學獎的投稿作品皆為匿名，但每次我的作品都會被同學認出來，因為我的寫詩習慣非常具體。有時候，人的思考模式真的會直接印證在文字中，並無不好，而是寫作者要清楚自己的思考模式是什麼，再應用在作品上，創作才可能更貼近自己的情感。我的思考模式比較破碎，有時又會異想天開地去找它們的相關處，把這些破碎的想法結合起來，才會習慣寫組詩。例如〈迴圈組曲〉是我突然感覺到自己的愛情史有幾段很像在走迴圈——認識一個新的人、漸漸熟起來、又淡掉了——

這是一個很瑣碎的概念，經過具體化，那些破碎的東西就被我連起來了。〈長夢〉則是看到很多社會新聞，發現一個人要結束生命居然有這麼多種方式，就把原本看起來無關的東西全都串起來，寫成詩。有時候，在動筆之前，可以先感受一下自己思考事情的邏輯和脈絡，像我就是把自己的思考脈絡具體化，才能寫出這麼多組詩。

延伸討論關於「文學獎」的問題。以前上創作組的課程，老師曾說：「如果你想要在文學裡面獲得越來越多東西的話，也可以邀請親朋好友一起投入創作的世界。」我原本非常膚淺地認為：「寫的人少一點才有利於我，可以更容易得獎。」那時候的我眼光太短淺了，其實要投身某一個產業，裡面的人越多越好，因為這樣資源才會越多，競爭也會更激烈，接著更要從中充實自己。所以如果要讓文學獎蓬勃發展，擴大徵稿範圍是很好的，像我們文學獎的圖文獎開始向全國徵稿，長遠來看是好事情，只是校內參賽者要提升水準。

賴政杰：

我從高中開始創作詩，那時候常把一些突然想到的句子存在記事本裡，結果存了三頁，都還沒寫出一首自己覺得可以的詩。詩可以是一行，也可以是兩、三行，非常自由，這也是它的一個特點（投稿則另當別論，可能要三、四十行）。但如果是寫給自己呢？如果寫一、兩段，算是小說嗎？大家可以想想看這個問題。這三種文類是人類訂定出來的，如果突然有一個人跳出來，是不是也可以制定一個新的文類？

回到小說，我曾看過貴志祐介談寫作，說：「如果……就會……。」其實是從一句話衍伸出一個全體的概念，「如果我今天有了時光機、任意門，那我就可以……。」就能寫成一篇長篇小說。我寫〈長頸鹿有雨〉時，也是由「如果有一天，長頸鹿從我家後院的屋頂上掉下來，而且牠掉下來的時候，有一個很大的洞」這句話開始的。建議大家若想寫作，可以這樣試試看。

賴政賢：

取材的方式有很多種，有時候生活中觀察到有趣的事情，都可以寫出來。文學在歷史發展中經過幾千年的演變，我想起很愛的樂團，草東沒有派對的一首歌〈爛泥〉，裡頭的歌詞：「我想要做的有錢人都做過了」它前一句是「我想要說的，前人們都說過了」，會發現如果自己不是很特別的人，生命經歷和他人相差無幾，取材也可能會受侷限。

我兩年前的得獎作品〈跑馬燈〉，單純看標題，不少人直覺就知道是在談人生的種種階段，這種題材當然也已經講到爛了，我能幸運獲獎，或許是裡面有幾篇描寫的手法比較特別，受到評審欣賞。如果取材沒辦法太新鮮的話，就想辦法用不同的表示手法琢磨。舉例來說，最近韓劇《魷魚遊戲》很有名，有些人吐槽：「那個題材早就在其他地方看過了。」日本有《大逃殺》、《要聽神明的話》，美國有《國定殺戮日》，但《魷魚遊戲》能紅，就是因為它的表現手法做出不一樣的地方。

因此，就算在談論同一件事，不同的切入點還是可以寫出新的作品。

陳詠雯：

關於寫作，它雖然是一種私密的產出，裡面包括寫作者的自我情感、邏輯，但是當作者完全投入，就會牽涉到寫作其實是一個「表演」，因為想要給別人看、把它產出，不甘心讓它變成自己的東西，這個表演慾其實想要展現某部分的自己。在這部分之外，人一定會有不想被看到的那面，而有些文類的限制性恰好能隱藏我們的某些面向，請問兩位在這方面和文類的選擇之間，有什麼樣的考量？文類的侷限會幫你們蓋掉哪一面？

賴政賢：

這也是我常寫詩的原因。正如方才提及的小說〈第一包菸〉，抽菸這件事可能對某些人來講是不好的習慣，可能在另一些人眼裡也不是什麼大惡，但我當時其實非常痛苦，因為違背從小受的教育，也不能讓家中長輩知道，所以書寫時備受良心煎熬。如果要寫一些不想被別人知道或看穿的內容，我就會用新詩包裝，有點像是在跟讀者玩謎語，對方在解謎的過程中，沉浸於我的結構裡面，就會沖淡我實際上的情感和要表達的事情。

賴政杰：

我同意每個作品都需要被觀看，如果只是放在抽屜，它永遠都僅是一張廢紙，即便在自己心中已有價值，還是需要與外界交流。就像一顆石頭，如果一直靜置，就只能是一顆石頭，但如果能放到外面被鑑定，便可能發現它真的是寶石。而我們都無法知道自己的作品到底是不是寶石。

回到文類，我寫詩是因為有些事情不想那麼坦露地訴說。像寫散文，好像就得自報家門、所有事情都必須跟別人說，我還沒準備好到這裡。小說則跟詩一樣可以虛構，以《房思琪的初戀樂園》為例，如果內容是作者的經歷，為什麼不寫散文呢？大家可以思考作者何以用小說呈現。

陳詠雯：

最後，回到創作的原點，想請你們分享最初為什麼會跟「詩」這個文類有共鳴？「詩」畢竟並非每個人都能讀懂，難免會有誤讀。你們可不可以給想要真的理解詩的人一點意見？如果真的要創作新詩的話，一定要從讀詩開始嗎？

賴政杰：

我一開始是從國文課本裡看到〈一棵開花的樹〉和〈狼之獨步〉，發現竟然有這種方式可以呈現一段文字。其實我現在仍讀不懂很多詩，不過建議可以先找自己有興趣的類型，如愛情，從比較可以瞭解的地方著手。如果連風格明顯、寫得較淺白的詩都讀不懂的話，可以先試著解讀歌詞，因為歌詞和詩其實有相似的特質。

賴政賢：

我愛上詩之後，一直對它的感覺就是解謎語。如何入門解謎語？建議可以觀察日常生活中的東西，試著想想它跟生活中經歷過的其他事物有沒有相似處。我自己創作時都是從這一點開始，我的興趣廣泛，會看小說、聽重金屬音樂、古典樂，還會看摔角，我常常把生活中各個有興趣的東西全部結合在一起，放進詩裡。我的作品〈迴圈組曲〉裡，其中一段講人陷入熱戀時，被重力遺忘了，腳趾頭會指向月亮，有點溺水的感覺。這個意象其實是看摔角而來，有些摔角選手的飛空技巧非常華麗，就會被主播取很美麗的綽號，我覺得「被重力遺忘」的意象很美，就結合進戀愛裡面。總之，生活中所有感興趣的東西，都有可能經由你的巧思連結，寫詩的時候不要怕，你有興趣的所有東西都可以試著結合起來。

陳詠雯：

兩位學弟就自己的創作狀態和經驗，對三種文類有了各自的分享和見解，他們擅長詩創作，所以主要以詩作為出發點，跟另外兩個文類對話。

另外，從他們分享創作的過程中，可以看出他們如何跟自我對話，理解自己的情感到底是怎麼產生、怎麼被梳理、怎麼被寄託到文類裡面。我覺得這是一個創作者必經的過程——意識到自己在創作、回歸自我的對話——。創作其實是很私密的事，每個人都有自己擅長或不擅長的文類，兩位學弟也是在不同的嘗試中摸索，或許被傷害、不被看到，又或許能被看到，前提都是一定要先試著寫，寫出來才有機會成長。

接著，談談**題材的選擇**。

林昇儒：

我是十九、二十屆的小說首獎。其實十九屆的作品〈幽浮〉是我人生第二篇小說，二十屆是第三篇，我才初入寫作，對這件事一直有點罪惡感，因為沒有受過正式的寫作訓練，只是把心中想到的故事寫下來而已。在〈幽浮〉裡，我沒有預設要講什麼，設計一個空白的東西，讓讀者自己把意義填上去。我寫小說有點像是在夢遊的狀態，當時評審也為這件事吵了很久，不知道怎麼去評價那篇小說。後來〈幽浮〉進了超新星文學獎，獲得最後一個優等，那次文學獎的中刊上面寫：「文學獎會議史上最長的一次」，就是在討論要不要給我得獎。

關於選材，我談談小說的部分。在我心中，寫小說的人有三種特質。第一種是恐怖情人，他會讓你愛上故事，再虐待裡面的人，讓讀者又愛又恨，卻又離不開他，每個小說家都是恐怖情人，很大程度地要求讀者投入在故事裡，才能夠從文字裡享受到讀這篇小說的意義。第二個是「天邪鬼」的特質，天邪鬼是一種神話生物，祂們不好不壞，就是喜歡捉弄別人，小說家也很喜歡捉弄別人，絕對不會寫別人已經寫過的情節，一直不斷地另闢蹊徑，在故事萬花筒中尋找更好的寫法，或是更棒的、沒有人寫過的東西。所以寫小說的時候，如果覺得這個故事好寫，肯定不是好作品，下筆的時候，要覺得這個故事好難寫，才會是沒有人寫過的東西，不會被塞到別人的框架裡面。第三個才是我真的要講的——小說家基本上都有一點收集癖，我會收集家中貓咪的鬍鬚、郵票、瓶蓋，也玩過集換式卡牌遊戲。後來才發現，我真正收集的其實是「故事」，是人生中發生的一些枝微末節，也或許是很大的事情，它會發出故事的香味，叫你把這些東西收藏起來。更簡單地說，那些事物會讓人感動。寫作者心裡必須先有感動，被某個東西打中，把它收在心靈的抽屜裡，等你想寫故事的時候，將抽屜一一打開，串起一篇小說。仔細看〈幽浮〉，其實是我正在回憶不同時期的自己，穿插了很多自己的心情、憧憬的小說家——如對話中有村上春樹的影子。

首先，「感動」是形成故事的主體，寫作者必須能被感動，作品才會有說服力。其次，我喜歡「矛盾」的元素，會在故事、生活裡穿插各種矛盾的事情，它很能夠激起讀者的好奇心，所以我常會寫一些很奇怪的角色，例如：不偷東西的小偷、很怕看到血流出來的刺客、必須記住很多東西的人罹患短暫性失憶，或是擁有人類感情的AI。最後是「獨特性」，藝術都有個人性，如果沒有表現出只有你才能寫的東西，為什麼非得是你寫不可呢？許榮哲老師曾引用《聖經．約伯記》中所載「我是唯一一個逃出來向你報信的人」一句說明小說家的重要任務——這件事情只有我知道、我體驗過，才要由我來講述。小說家有兩種，第一種是航海型，像海明威必須體驗西班牙內戰，或者去海上當水手且被槍打中，才有好的題材可以寫。第二種是農耕型，整天躲在書房裡，或者白天有固定工作，消化大量資料，一樣可以寫出精采的故事。我認為自己介在中間，不過現階段比較像航海型，〈幽浮〉寫我在醫學中心做看護的經歷，〈便利商店〉寫我在便利商店打工的經歷，並不是每個人都有這些經歷，所以我想要把它帶到讀者面前。但這種取材常會被詬病：「為什麼不寫散文？」我沒有標準解答，但呼應前述關於文類選擇的分享——寫小說的時候，大家會把你當成「小說寫作者林昇儒」來認識；寫散文的時候，讀者則會直接把你當成「林昇儒」來認識。我希望大家把我當成「小說寫作者林昇儒」來認識，故透過不斷的說謊、虛構，有更自由的園地發展想要的情節。

以前也有一位作家曾說：「在文學獎，『做愛』和『死亡』是非常偷懶的安排。當故事裡缺少激烈的情感碰撞，就在這裡讓角色做個愛、死掉。」我最近也想擺脫這個窠臼，因為我的兩篇小說都有人死掉。我不會把死亡這件事當成重中之重，反而想描述一種輕如鴻毛、沒有人在乎的死，是足夠矛盾、想了想會頭皮發麻的。因為對「死」這件事一直有些思考，故在小說中呈現一種虛無的觀點，是對於「死」這件事，既可怕又有魅力的一種描述。

此外，評審常會解讀出我書寫時沒有想到的東西，我覺得這很不錯，一個好的故事，必須可以有多元的面向分析。作家朱宥勳曾說：「一個人的煩惱，會被稱作煩惱；一堆人的煩惱，會被叫作議題。」當小說試圖觸碰議題，可以從議題下某個案例的煩惱，讓大家體會「原來世界上很多人在經歷這種煩惱，它是一個社會議題」，作品就會有議題的價值。十九屆決審開場時，評審說：「這次的參賽者對於社會議題有關注，有寫這個、那個，還有寫長照者。」當時我心想：「誰寫長照啊？」最後發現就是我。寫〈幽浮〉時，我完全沒有想到「長照」，評審卻可以解讀出來，代表社會可能有很多人正煩惱長照問題，成為一個議題。〈便利商店〉也是，評審說：「這部小說很好地表現了勞工被異化的議題，用一個面對面的口吻訴說。」我寫的時候也完全沒有想到這件事，是被提醒以後，才發現自己有在寫議題。如果你們想要寫小說，或許可以從議題著手，從中虛造角色，書寫其在議題下的煩惱，小說就會有社會連結的重量。

總結我獲得很多批評的心得：第一，要有收集癖；第二，要能感動；第三，如果想把小說寫死，要會找議題、找例子，不要輕易地讓角色做愛跟死亡。

曾耀輝：

我覺得創作非常私密，所以談的可能也偏向個人經驗。

在這個社群氾濫、變化快速的世代，創作其實非常多元，譬如FB、IG的短文，現在也會被視為創作。我在畢業後擔任行銷文案一年，講求關鍵字、如何吸引人，讓我感覺到現代人翻閱文字非常快速，東西也可以很快地篩選，幾秒之內就能分辨出喜不喜歡。這個快速的狀態，對我來說有一點衝擊，當然不是要批判這現象的好壞，每種文字都有必然存在的目的性。我想談的是——重新回到創作這條路上，我如何定義文學？我給自己的想法是，目的固然重要，但在創作中，「過程」也不容忽視。

回到取材，首先，不要為寫而寫，也不要矯情、做作，應直面自己的情感，知道自己關心的是什麼、想要的是什麼，當你以真實的情感連接客體世界，更可以感受到平常難以發掘的，可能是很細碎的一些聲音、畫面，甚至是在五感之外的其他感官所能發現的事情。

接著，如何在找尋靈感中，關注自己的生活及成長歷程，瞭解自己究竟真正想關心的是什麼？如果我想要關心的是我自己，那就不用關乎其他人，也不必硬要選出一個題材來寫。以我的個人經驗為例，身體或靈魂上好像有一些小小的縫隙，它在某些時候會變得很巨大，譬如在夜晚出門時，就像幽靈一樣，行走在路上的人看不到自己，但我會觀察他們，此時他們的一舉一動，好像在我生命中放大了。另一個部分就像夢境，我很喜歡睡到一半夢醒的那個瞬間，有種很脆弱的感覺、還未消退乾淨的夢、開始逐漸放大的現實、周遭其他人呼吸的聲音跟窗簾的聲音，在當下經過身體或靈魂所產生的縫隙，會發出一個非常獨特的嗓音。譬如上次我在夜晚出門，遠遠看到一輛摩托車上有兩個人，我其實看不清楚那兩個人的樣子，他們一前一後雙載，後面的人緊緊抱著前面的人，風很大，前面的人衣服飄了起來，好像一朵花一樣，可是我無法確認這朵花是因什麼關係而存在，是情侶、父子還是母女？此時，我會很快地用手機記錄下來，打幾個零碎的詞，事後在某個安靜的時刻，會開始找尋較符合感覺的音樂、形狀、文字，或是各式各樣的媒材，把這些靈感重新手寫一次，故意寫得很醜，讓它抽象化、讓它的想像力得以延展，藉以組成我心中的小世界。在這裡，好像可以讓我安靜下來認識自己，跟內在自我對話，確認自己想要做的是什麼樣的東西。當然偶爾也會覺得：「我上次是在寫什麼？我上次到底是想到什麼？」但是大家不用害怕忘記，因為每一個文學，或是每件作品，甚至是每份靈感，都值得反覆閱讀。除了收集靈感，最重要更是持續練習，當你持續閱讀、不停反芻的時候，好像就可以得到一些什麼。閱讀的方式不僅限於是看，也許用唸的、用其他圖像化方式記憶，久了便可以從中召喚出屬於自己的作品。

最後，談談寫作過程中如何跟自己對話，這個問題有點巨大，但可以呼應找尋靈感與題材的部分。有時候內心的自己很像一個小朋友，很認真想講很多話，但講得並不清楚，透過外在讓自己冷靜下來、不要讓情緒操弄自己，並且試圖聽他說些話，也許他說得不清楚，那你就用不清楚的方式回應他，久而久之，總可以找到一點什麼。

陳詠雯：

大致總結，兩位雖然好像各自是個小星球，卻有神祕的連貫性。昇儒談如何收集，以及作為一個寫故事的人，要有怎麼樣的自覺；耀輝則是再延伸下去，就我們面對收集而來的素材，怎麼去感受、看到生活之間的縫隙，怎麼去延伸，完整了從收集到創作的過程。

最後，談談閱讀與創作的關聯。

吳金龍：

大學時期，我很廣泛地投文學獎，因為那畢竟是一個練筆和測試自己能耐的場域。到了研究所，還在廣泛地投文學獎，不管是校內、地方、教育部，當然也有獲得某些程度上的迴響。即便讀創作所，我們實際所學主要並非創作。創作是很個人的東西，每個擁有主體意識的寫作者，會想辦法找尋屬於自己的文類，而且在經過某個年齡、試煉後就確定了，很難突然跨過去寫其他東西，因為你清楚操作什麼文類才是你最習慣的。當然文壇上有些特例，但那也都是練習後才能達成。以前我們老師說：「如果你還在寫作的路上，或者是你剛進創作所，但已經在文壇上嶄露頭角，取得一席之位，那你們注定都是沒有天分的人。」老師們會有前輩之姿，是因為他們走過很辛苦的路，不希望後生晚輩走太多冤枉路、作太多無謂的夢想，於是他明白地跟我們說：「你們要自己想辦法，不論如何取材，要練習自己的文類。」

至於閱讀，第一種是閱讀作品，第二是閱讀他人的狀態和作品（前述兩者可視為同一件事），第三則是閱讀周遭正在發生的事件，不管是不是認識的人，它可能是社會事件，也可能是世界上正在發生的事情。

閱讀的重要影響在於「確認自己的狀態」，有時候寫作寫到某個狀態時會進入彌留——聽不進去別人正在幹嘛——，在創作所裡就是如此。進入創作所的學生，絕非沒有得過獎、沒有成果，或沒有產出，因此會遇到各種奇怪的人——你從未想過原來有這樣的人、寫各種虛構或非虛構的文類、用這種角度思考事情——，當然在別人眼裡，你也是怪人。我們總戲稱創作所是一群有精神病的人聚集的場所，大家多少都會有一些沒辦法自理的部分。這時候，透過閱讀、分享作品，能確認別人和自己大概處於什麼狀態。雖然寫作是件很私密的事，卻不能沒有同伴或讀者，就算讀者不是你設立的一般或專業讀者，都必須有人願意討論你的作品，即便他說的不是你喜歡的。

碩三準備開始寫碩士論文時，我們會在圖書館租一個小空間，把自己關起來、不跟他人接觸，從早上專注寫作到閉館。那時我會讀的兩種書，第一是自己寫作時喜歡的書，比如童偉格、連明偉；第二則是其他，如詹宏志的《旅行與讀書》。雖然當中某些文類不是我喜歡的，可是無所謂，就按圖索驥，不管喜不喜歡都看。在閱讀時，有時猝不及防地，某些從未想過的片段會激發你穿越自己的記憶，幫助論文寫作。此外，我還會去博碩士論文區看甘耀明、連明偉等人出道前的作品序，一個人在還沒成名、還在試圖尋找文學上的自我認定時，所寫的東西是最純粹的。讀完連明偉學長的序，能夠在寫作路上確定現在所寫的作品，之於自己的意義是什麼？討論完這個意義後，才可以更擴大地思考這本作品之於臺灣的文學圈、世界文學的位置是什麼？有些問題雖然好像有點世俗、浮誇，可是實際上，每一個寫作者都會想過這樣的問題，只是在不同時間點認清楚這件事情而已。所以我覺得閱讀最主要是為了讓人從自己出發、定位自己在時代裡面的自我認知。

身為寫作者，絕對不要一直讀文學書籍——這非常重要且關鍵——，以整個臺灣文學圈來看，就會知道文壇有多狹小。出版業現在已走得非常辛苦，文學圈更是出版界裡走得更辛苦的類型，如果你本身希望以寫作者自居，更不能讓自己的視野越來越狹小。目前臺灣文學、出版界的發展都在講求跨域，文學是文類的選擇，是個人技術，可是你的題材、走向、觀點不可以只侷限在某些面向。因此，創作者總因為喜歡文學而聚集，但也因為喜歡文學，試圖找出彼此間的差異性。寫作者本來就是一種很奇怪的人，不想要取悅別人、也不想被別人取悅，所以當一群寫作者發現彼此所寫的文類、題材雷同，便會開始從確認自己和對方的狀態，來找出彼此的差異性，試圖走其他路，藉以和對方區隔。比如你喜歡魔術表演、沖咖啡、爬山，就去發展其他興趣，那將會成為寫作的基底。

最初開始寫作，常因為想要賺獎金、賺名聲而投稿文學獎，可是寫作不會只停留在眼前，慢慢調整後，我們從單篇作品變成以一本書為結構討論創作。寫作過程中，雖然很不喜歡被別人定位，可是要先學會定位自己，如果只擺出「我的作品就是隨興，大家都可以隨意解讀」的態度，走到最後，會發現連自己都搞不清楚自己想走到哪裡。這時候，閱讀便發揮最大作用，能夠讓你確定當下的狀態，以及接下來想要往哪裡前進。像我寫碩士論文時，另外一位指導老師在環境學院，我有了另一個興趣——讀自然文學、科學方面的書。畢業工作後，我才感覺到在環境學院所讀都回到自己身上。所以不論什麼科系的人，都要發展多元觀點，因為寫作這條路，有時候不是一下就能成名的，大家都還在努力的階段，能夠走下去的，一定是氣最長的那個人，開展自己的閱讀領域是最重要的。

我的簡介裡提及《共和流光》，它是一個很詭異、有趣的寫作計畫，在一門報導文學的課裡，老師主導所有創作所學生到附近的眷村，透過進入村子、閱讀他們的生命故事，寫出不同的東西，從最基本的歷史地理到個人性，再慢慢開展出去。創作所的學生有些專長小說、散文或詩，即便採訪同一個人，寫出來的東西也會不同，這給我很大的啟發——雖然大家都面對同樣的題材、擁有類似的觀點，卻有不太一樣的發展，這其實仰賴著個人原生的養成。

陳詠雯：

學長的有感而發，我也很有感觸。讀碩士的時候，總有被卡住、慌張的狀態，只能透過閱讀中的自問自答尋找「我到底是誰」、「我在哪裡」、「我要去哪裡」，我近期的書寫也多從閱讀的自問自答產生。不管什麼文類，閱讀時內心會產生很多聲音，那些聲音是在感受他人，同時也在感受自己。讀完一本書，可能會得到一些什麼，成為養分、形塑了自己。可是做文學研究需要讀固定主題，在同個時期大家都寫相似的東西，大量沉浸在某個文類時，反而會產生倦怠、變得茫然，總是下意識尋找跟自己相像的，漸漸看不到別的東西。大學時，我鞭策自己一天讀一本書，讀了大量的東西，卻沒有給自己太多消化時間，而有點吸收不良，有種嘔吐的感覺。這時候，需要去做不相干的事情，比如刷馬桶。在那個過程中，會不斷地反芻讀到的東西，我們都不斷接受外界的刺激，形成自己的一些想法、論點，吸收這個經歷之後，又會產生新的想法，最後成為創作的一部分。

近兩三年，我從事閱讀教育時遭遇不少挫折。我是一個很喜歡讀書、讀得很廣，只要是字就看的人，但在教中學生閱讀時卻非常受挫，當我聲嘶力竭、文情並茂地講完一篇我很欣賞的文章，小孩只會悠悠地問一句：「我知道這個要幹嘛？」直到現在，我仍未找到解決方法。這件事迫使我必須看更多貼近小孩的東西，藉此激發他們內在的情感。對我來講，閱讀時要一直找到刺激的點，不管是戳痛、戳笑我，要讓我有反應，我才有辦法吸收一點東西。而現代小孩會有反應的，可能是迷因圖，或是他們覺得好笑、好玩的東西，那也是他們閱讀的一個部分，有點像學弟提及「快閱讀」的趨勢，要很快地被一個東西打中，又會很快地將其遺忘。

我自己很喜歡讀長篇小說，花非常多時間讀，而且會看很多次，像甘耀明的《殺鬼》，一方面是因為做研究，另一方面，長篇小說是一個很精緻的、巨幅的、情感很綿長的作品，必須以很慢的速度反覆閱讀才有辦法感受到裡面的一些東西。我每次讀都有不同的想法、感受，在快慢落差裡面，我一直思考自己到底要寫什麼，卡在這個點，導致寫不出東西，而遇到瓶頸期。在這種情況下，我也只能不斷地讀、尋找刺激，例如我最近開始讀雞湯文學，看了很多後還是很想吐，可是在想吐不適的感覺中，自己好像篩選掉很多東西。總之，閱讀的時候，會產生非常多的感覺，就試著去解讀吧。讀懂自我的感覺其實很重要，因為它會是創作的基底，不論好壞，甚至是噁心、討厭的情緒，在你這個人身上產生，一定有它的意義。到最後，所有閱讀都會歸結到「閱讀自我的情緒」，我會以一種抽離的視角觀看自己、問自己為什麼有這樣的反應？到底想要說什麼？要表達什麼？想要去哪裡？這是我這一兩年離開學校，想要往創作路上的簡短心得。不管讀的是人、作品，還是各式稀奇古怪的東西，都是接收外部刺激到自己身上，要適時地回頭，慢下來、面對自己的感受。這對我來講很重要，是我創作的養分和原則，因為題材有一天一定會寫完，要產出自己的東西，考驗著夠不夠瞭解自己、用什麼樣的眼光看待自己，還有想要讓哪一部分的自己被別人看見。

提問時間

提問者：

想請問陳詠雯學姊跟曾耀輝學長，兩位在簡介中都提到有撰寫文案，很好奇你們在什麼機緣下接觸到這份工作？它比文學創作又多了商業壓力，你們是如何克服的？在構想文案的過程中，跟過去文學創作有何異同？

曾耀輝：

坦白講就是謀生，中文系的很多同學也許都有一個「用文字活下去」的夢，我也是這種人。我被廣告文案裡面「可以善用自己的文才」的標語說服了，決定去電臺裡面當文案。進去之後，很快意識到不是這麼一回事，因為文案其實是服務客戶、商品，並不是服務自己的，所以在創作過程中，它完全打破我原有的寫作習慣。我必須先找到潮流裡面最吸睛的東西，它甚至不一定是大家喜歡的，但只要能抓住眼球就行。找到它之後，如何用公司的品牌形象把它轉換出獨有的形象，再如何從這個形象裡面持續讓它延燒，不要單純只是燒一瞬間。也就是說，我必須要強迫自己跟大家對話，當大家給予任何評價的時候，我都必須快速接受並改良。一開始會寫一些自己比較擅長的文字，電臺文案也有包括一些比較柔性的部分，譬如必須要被唸出來的報導文學等等，我會想要用一些技巧筆法，希望讓東西看起來更生動。但後來發現，聽眾最需要的只是在短時間內吸收。如果簡單說要怎麼調適的話，就是要放下包袱跟自尊，要告訴自己：「你現在就是在服務客戶、在賺錢。」

陳詠雯：

文案是服務商品和消費者，所以寫文案要想的不是表達自己，而是要如何用短短的文字勾起消費者的慾望，重點是要符合案主的需求。寫文案，要假設自己並非文學出身，所寫的文字都是經過設計的，要花很多心思去理解商品、產出文字，案主常說：「我覺得好像有哪裡怪怪的。」可是永遠講不出哪裡奇怪，也可能會改到三十六版，最後說：「我覺得第二版比較好。」因此，如果要投入文案這項工作，要做好被蹂躪的準備，「一稿就過」根本不可能。要理解文案的性質很像季節商品的標籤，一次性的、丟掉了就不會再回來，所以在寫文案的時候，不能有「這是我的作品，我要有我的自尊」的想法。可能隔一年又會有同個活動，就算把前幾年的東西拿出來改一改，經由主題套上去，他也可能會覺得不錯，以上是我的職場談。

提問者：

有一些問題剛剛聽了不夠盡興，想把這些問題再丟出來，重新請臺上有想法的創作者分享。我自己也閱讀很廣闊，像中國的網路小說可以反映出一個時代，比如鹹魚翻身，或是高官因為某些原因被鬥下來，可能非常真誠地反映出每個人自己心中的想法、在社會中所看到的事情。想請問你們對於「自己的文學能不能承載、反映，或是替時代說出一些話」有什麼想法？

賴政杰：

其實我有思考過自己的作品裡有沒有承載一些重量，因為常常會聽到「如果寫作不知道要寫什麼的話，基本上就是一個空談」，如果在作品裡面加上一點議題或是重量的話，至少它會講出一點東西。我之前寫過一首詩〈鯡魚罐頭〉，寫我們在教育體制下，被做成罐頭，一行一行的，回應我們高中受到很多補習班的壓榨，就好像是茫茫大海中被湊在一起的、很臭的鯡魚。另外一篇是還未投稿的作品，最近很多人對疫情有一些想法，像《瀑布》就是疫情下被寫出來的作品，我以李賀的〈公無出門〉作為靈感來源，這首詩寫一個混沌的時代，出門就會有怪物吃你、完全沒辦法出門，很像三級警戒時的狀況。我有感而發，透過科幻小說的場景，結合李賀的詩創作。回歸正題，我覺得時代性或是一個議題的產生，都是一件滿重要的事情。

賴政賢：

接續提問者所言，小說本身是最能承載一個時代的文體，我在翻閱資料的時候，發現歷史上最多留名的作家，都有碰到小說這一塊，如《百年孤寂》、日本紫式部的《源氏物語》，都很明顯有承載時代的作用。至於詩能不能承載時代？我不想武斷地說一定不行，但可能礙於篇幅，一首詩要做到這個程度很難，也可能是我自己水準還不夠高，我覺得很有難度。但可以把相關主題結合成一本詩集，例如洛夫的《石室之死亡》，本身的實驗性質就包含了時代文學的痕跡，而裡面書寫他在金門當兵時記錄下來的東西，也看到非常多當時的時代痕跡。總之，我覺得如果新詩要承載時代的話，多把相關作品彙集成冊，也可以做得到。

林昇儒：

我最近讀了一本散文《作家命》，裡面具有一個很好的觀點：小說家一定要回應他的時代、跟他的時代對話。我認為這是一個小說寫作者的自覺，但其實我沒有想過那麼複雜的事情。我在寫小說的時候，不會想要以一個非常大的觀點，創造出宏偉的大河小說，當然有人在做這樣的事情，我也非常佩服，例如中國莫言、臺灣李永平。如果我的作品能呼應時代的話，與其說我跟時代對話，不如說是一種悲鳴，你會看到這個時代的某些小人物，基於某種議題下的困境被書寫出來，不要評判，不要討論他為什麼這麼可憐，也不要說自己是怎麼想的，光是把它寫出來，就已經算是小說的另外一個責任——對小人物賦權，讓他們的困境被看到，再加上情感跟戲劇效果。這當然是作者發自內心感動寫出來的，對我來講，如果要跟時代對話，可能是以這樣的形式。

曾耀輝：

我覺得如果要談這個問題，首要討論「什麼樣才叫呼應時代」？我覺得每個創作者在書寫的時候，一定逃不開自己的背景意義，包含自身經歷、精神、情緒一定會被歸納進去，當作品產出之後，它是否必須一定要承載歷史，或是一定的現象，才叫做呼應時代？也許只是將自己在時代的處境書寫出來，就是與這個時代的對話，也是一個呼應時代的部分。

吳金龍：

這個問題我會分為兩個部分。第一，每個作品都反映著時代精神，其中當然有顯性的寫法、隱性的寫法以及種種材料、比例的配置。而創作者的書寫及調度方式，會導致讀者使用感受性或學術性語言去剖析它，不過這都是作者自己本來就已經做好的抉擇，他們已經決定好要怎麼書寫，以及如何帶動讀者的視聽。第二，有沒有承載時代意義，到底是不是寫作者說了算？比如我們現在回頭評反共文學時間點，或是評戰前戰後的作品，它們本身所代表的涵義，通常是在後來臺灣文學發展起來後，我們才回頭去看那些意義是什麼。但對於當時來說，他們只是想寫臺灣的故事，並沒有想到十幾年後，臺灣文學會遍地開花。或許寫作者當下會想到，但也不會那麼明確地知道未來可能會走向哪個地方。所以「承載時代」對寫作者而言，可能是一個心理上思考自己「能不能夠做到這件事情」的想法，它可能是一種自謙之詞，也或許是一種對未來的期許。

回到寫作者身上，不如說在眾多議題裡面，我們在意什麼。它可能會成為寫作裡的配重，你在配這個東西時，它可能會成為一個背景、成為一個明確的寫作標的物。像政杰剛剛提到《房思琪的初戀樂園》，當時全球興盛「#MeToo」，可是每個人選擇「#MeToo」的寫法隱晦程度不一樣，這是寫作者本身所自覺的，也可能是寫作者本身對寫法的喜好不同，不能因為寫得太隱晦，就認為它沒有承載時代意義。大體而言，先回歸到我們關心現代或身邊正在發生的哪些事情，至於它到底承載世代哪些面向和意義，可以交給後面的人去評斷。

陳詠雯：

我也覺得「有沒有承載意義」是評論者要去看的事，而不是寫作者必須抱著的偉大理想，因為這樣反而會迷失。自從社群媒體開始發達，這個時代百花齊放，每個人都會有對於時代的詮釋，在我們還沒被蓋棺論定之前，誰都不知道到底會是什麼樣子。可是作品中或多或少一定會呈現出來，它變成所有作品的背景，因為在寫作的過程中，我們必須要有意識地知道自己站在哪裡，不管是詩、小說，甚至圖文，每個時代對於美感、文藝、文學都會有不一樣的喜好或狀態。這幾年不管是文學或歷史研究，其實都開始在挖掘一些細微的東西，每個人都是縫隙裡的歷史，因為我們都是時代的產物，都是世界的集合物，我們吸收了各種東西，合成一段獨特的小歷史。所以關於「承載時代」，我覺得一定都有，至於是不是那麼地顯性，也是之後的文學評論者為我們貼的標籤。

「文類・題材・閱讀：歷居得獎者的創作心法」講座實錄精華

文學獎幕後
歷屆工作人員甘苦談

蘇晉緯 × 李承曆 × 羅元亨

蘇晉緯

1995 年出生，高雄人。畢業於暨南國際大學中國語文學系，不務正業、一事無成。興趣是觀察生態、戶外活動、攝影。大學時，我發現我喜愛的仍然是大自然，並開始積極接觸相關的人事物，2018 年年底甄試入取屏科大野生動物保育研究所，已畢業。

第 15 屆總召集人

李承曆

1999 年生，巨蟹座，南投人。目前就讀於國立暨南國際大學中文所碩士班。肝腸似火，色貌如浪。喜歡冬天、酒精、海和蛋捲。同時也是一名不務正業的國文老師，最常和學生說的一句話是「人生海海，請自重」。曾任第十八屆水煙紗漣文學獎總召集人。獲得第二十屆水煙紗漣文學獎圖文獎佳作。

第 18 屆總召集人

羅元亨

大家好，我是 107 級的羅元亨，家鄉在板橋，興趣是打羽球和玩電動，平常也喜歡聽音樂，各種類型都有涉獵，但最喜歡的是重金屬。我也很喜歡小動物，家裡有養貓，也很喜歡貓咪，要是想看我家的貓，歡迎追蹤我的 IG 帳號：yuen_heng。

第 19 屆評審組組長

李承曆：

我是第十八屆水煙紗漣文學獎的總召，很榮幸邀請到第十五屆總召——蘇晉緯學長，以及第十九屆評審組組長——元亨，分享在文學獎團隊工作的心得，還有過程中的起起伏伏。

當屆主題印象是怎麼訂定出來的？其中有什麼含義？

蘇晉緯：

第十五屆的主題印象是「寤寐」，因為距今太久，我還特別回去查了一下，當時的海報形象是左右兩側各有半隻蝴蝶。其實我已不記得美編的設計理念，但我沒有忘記它來自《詩經．關雎》：「窈窕淑女，寤寐求之。」「寤」、「寐」分別指醒時與睡時，有點曖昧、模糊不清、恍惚的印象。那時候有很多的主題在挑選，還有一些「流浪」之類的選項，大家一起投票，最後脫穎而出的是寤寐。

李承曆：

在我的認知裡，主題印象是為了給有意投稿的同學一些方向，可是辦完文學獎之後，我發現它更有助於海報或是宣傳工作的設計與執行。

我們這屆的主題印象是上癮的「癮」，其實這個主題從來沒有出現在我們的選項當中。起初七個幹部各提四個提案，共有二十八個主題可以討論，但是我們跟美蘭老師開會時，沒有任何提案中選。會議原本預計下午一點結束，結果開到三點都仍找不到合適主題。當時我們非常苦惱，直到會議結束後，有個工作人員惆悵地去抽菸，他想：「怎麼辦？我是不是辦文學獎這一年菸癮會越來越重？」於是「癮」字浮現，我們馬上拿去問美蘭老師，提議就此通過。後來才結合理念敘說，如果能讓同學對文學創作上癮，甚至延續，也是我們辦文學獎一個滿大的收穫吧！

羅元亨：

第十九屆主題印象是釀造的「釀」。當時我們是從大一升到大二，十九歲到二十歲的年紀，以「從青少年轉為成人」的意象，發想「醞釀」這個詞，像花朵含苞待放。後來經過討論，決定參考第十八屆的主題印象，也只用一個字，看起來比較有神祕感、比較文青，於是就用了「釀」，希望學校的寫手可以像是醞釀好酒一樣，慢慢把自己的作品給釀出來。

蘇晉緯：

我補充一點，「寤寐」還有一個意象，一方面是文學創作需要花費很多時間與心力，套入「睡時與醒時」的意思，代表作者無時無刻心裡都在思考寫作的架構；另一方面，創作就像另一個自己，但它卻不被現實的枷鎖束縛，就像夢一樣。可以在夢裡飛、在夢裡做很多平常做不到，或是不能做的事情。

李承曆：

我們當時也面臨一個問題，因為前面兩屆的主題印象都是四個字，所以我們羅列的二十八個主題也都是四個字，可是跟老師開會時，她說字數是我們可以自由決定的，不用被限制住，所以到了我們這屆和下屆，就改成一個字。我也想藉此提醒學弟妹，每屆都不一定要限於特定字數，把創意發揮出來就好了。

有沒有什麼讓人印象深刻的作品、邀請過的講師？

蘇晉緯：

其實我在上大學前就有接觸過文學獎幕後工作，高二是工作人員、高三是主辦，當時我負責邀請、接待評審，也因為這些經歷，大一進入評審組，大二當總召兼任評審組員。在邀請講師的過程中，通常會遇到很多困難，例如一開始同意出席，時間將近卻突然不能來，或者寄出邀請信後完全沒有回音。

讓我印象最深刻的是陳義芝老師。我在高中時曾邀請他當評審，並負責接待，坐計程車去高鐵站，再陪他坐車聊天回學校。當時他很熱情，跟我聊很多關於文學創作和理念的話題，所以上了大學後很想再邀請他，但是大一那年他已有別的行程，大二再次邀請，他原本答應，後來卻突然不能來了，所以我對他印象很深刻，非常喜歡這位老師，卻沒有機會再見到他。

後來大二邀請到閻鴻亞，鴻鴻老師，他給人的感覺也很不錯。在接待評審之前，我習慣去買對方的書，或查閱相關資料，事先準備一些聊天話題，也可能在接待過程中對老師產生興趣。鴻鴻老師的作品呈現很多社會現象的批判或反思，他還有一個劇團，常常演出話劇、舞臺劇，或舉辦讀劇活動，都跟他們對某個議題的觀感或理念很有關係。我很喜歡對於現實社會有所批判或思考，無論對錯正反都努力表達意見的作家，所以對老師非常有印象。

李承曆：

我大一時在稿務組，工作內容和評審組不同，可是大二當總召之後，需要負責一場講座，也接觸邀請的工作。當時我想了很久到底要邀誰，直到看見陳義芝老師《為了下一次的重逢》，其中有一篇〈異鄉人〉，主要在講他兒子臨終之際，跟兒子好好道別、送他離開的過程，便決定邀請他。因為是初次邀評審，花費很多時間跟指導老師討論信件寫法。從一開始草擬文件寄給美蘭老師、老師傳回覆檔告訴我怎麼修、我改完再回傳，當中來回討論了大概四十幾封信，整個過程對我來說是一個全新的體驗，學到很多寫信的技巧。陳義芝老師來的時候，一看到我，竟然走過來敬禮，說：「謝謝你邀請我來這個活動。」接著從包包裡拿出一本他的新書給我，上面還為我署名，我非常感動，想不到一位大師竟然可以這麼溫柔地對待我們。老師的演講也很動人，當時的講題是「一首詩的背後」，關於新詩的創作。演講後段，老師以〈有人在嗎〉這首詩作為結尾，內容寫幾年前維冠大樓倒塌的事件，最後兩句是：「七十二小時過去，魂魄歸來依舊是家人」，這講的不只是維冠大樓的事情，還牽涉到他與兒子的對話，老師在臺上講到哽咽，我轉頭看去，美蘭老師和很多同學也都被感動到了。對我來說，那場演講非常震撼——文字的力量真的可以引起大家的情感共鳴。最後結束時，老師很稱許我們，給我很大的成就感，也讓我覺得：「還好有接下這一場講座。」

羅元亨：

我大一時也是評審組，最有印象的是邀請蘇偉貞老師，老師不常參加演講活動，那時候也是想碰碰運氣，想不到老師答應了。但後來疫情比較嚴重，經歷了延期與各種變動，和老師的信件往來非常頻繁，我會一再提醒老師小事，或是告訴老師有什麼細節改變，但老師好像覺得我太過謹慎，回信說：「有點太多了」，感覺對我有一點不滿，看到信的當下我就想：「完了，好不容易邀請到的講師，會不會砸在我手上？」原本不敢跟指導老師坦承，最後還是硬著頭皮報告了，沒想到美蘭老師很溫柔地跟我說沒事，事情最後也順利解決。當然蘇偉貞老師也沒有生氣，只是覺得我寄太多信給她了，有點麻煩而已。所以她算是我最有印象的一位講師。

李承曆：

只要有經歷過文學獎的籌備工作，就會知道文學獎一直以來的精神，對於任何細節都會非常用心安排。所以光是加入文學獎團隊，就已經是滿有勇氣的一件事，大家都很辛苦，不管講師說了、做了什麼，不要往心裡去。

過程中遇到最大的風波或困難，是如何化解的？

蘇晉緯：

過程中最大的困難是錢的問題，我們那一屆滿窮的，也沒有大一國文計畫。當時指導老師是恆興老師，他通常不太會反對我們的企劃。有一次邀請劉克襄老師，講師費稍微高了一點，大概兩節課一萬塊，當時很多事情安排已定，我們也想邀請他，可是沒有錢，於是求助恆興老師。老師只說了沒關係、他來處理，接著找了通識中心談合作，經費足以支付車馬費跟講師費，才順利度過難關。

我覺得在做任何事，最難解決的事情是錢，最好解決的事情也是錢。要是碰上其他問題，例如很多事項都已經安排得很好了，卻不時出現紕漏，並非工作人員的失職，也不是老師、學校的問題，只是有時處事思維越縝密，往往更容易遇到莫名其妙的小插曲。但這也是很好的學習經驗，遇到問題只要去解決就好，雖然事發當下很痛苦，過了一兩年後，它只會變成人生中的一個笑話。

李承曆：

我非常同意，文學獎的所有小插曲跟不開心的事，都是我近兩年自己在分享的笑話。我這一屆比較沒有金錢問題，都是建宇助教幫我們處理，不過最大的風波都跟人有關，第一是評審，第二是同儕。

我們曾寄信邀請一位老師擔任評審，他本來答應，幾天後卻跟我們說不行，後來又再傳一封信說可以排看看，但是過了一個多月，都沒有再回覆。於是評審組的成員改為邀請另一位老師，沒想到信才寄出沒多久，原本的老師又表示可以出席，情況變得很尷尬。那位成員很自責，覺得是不是自己沒做好，但是美蘭老師也溫柔地跟他說沒關係。後來那位老師還是有來，我們也有再次寄信跟後邀的老師道歉。所有的總召或工作人員一定都遇過很多意外，可是我覺得這些當下讓人很緊張的事，過了一兩年回頭看，自己會笑出來，覺得實在是太荒唐了。這些都是很好學習「危機處理」的經驗，活動永遠有太多狀況，碰上困難，可以跟夥伴們討論怎麼把事情處理好。

此外，籌備過程中大家都處於高壓狀態，同儕間也總有摩擦。寒假時討論宣傳片，可能因為累積一學期的疲憊，所有工作人員開始大吵，更尷尬的是，下一個環節要跟美蘭老師討論，大家處於緊繃狀態、壓下脾氣，假裝沒事地開會。討論完後，芳慈一出來就掉眼淚，走過去抱住大家，說聲辛苦了，我覺得很感動，大家各自肩負很多壓力，可是情緒抒發出來之後，仍願意一起為文學獎繼續努力。

羅元亨：

在辦文學獎的過程中，我覺得最大的困難一直都是人。我大二的時候帶評審組，組員有大一和其他人員，要負責調配工作。大一要學寫信和團隊事務，即便已經講過非常多遍，有些人卻怎麼教都學不會，或是永遠少一根筋，像是可能已經寫過整個學期的信，到了下學期，內文開頭還是不會空兩格，標點符號不會分全形半形，我很無奈，但也不能說什麼。

還有一件事情也讓我印象深刻，選組時可能因為工作機制沒有講清楚，有些人糊里糊塗就加入文學獎，覺得工作很麻煩、不如預期，開始疲倦發牢騷。其中有一位新生寫邀請信一直被拒絕，大概在他準備寫第四封時，我跟他說：「要再加油啊，我也被拒絕很多次。」他突然回我：「學長，我有點不想再寫信了，老師都不來，這樣寫信的意義是什麼？我還要去看老師的書、去瞭解老師的背景。」表達完他的怨懟，過沒幾天就跟我說想退出文學獎，但那時候已經籌備滿久了，總不能說退就退，於是又額外花時間開導他，所幸他最後有留下來。

李承曆：

其實帶學弟妹是幹部一直以來會面臨的大問題，大一時只要把自己組別分內的事情學好，但是接了幹部之後，學的其實是領導居多，要思考如何把組內的要求和工作傳遞給學弟妹、怎麼讓他們願意花時間為文學獎努力，這對我而言也是滿大的挑戰。文學獎其實是一個馬拉松，九月進入團隊之後，評審組開始邀講師、稿務組練習校稿，之後還有宣傳片、徵稿海報，一路往下，徵稿、收稿、校稿，才到文學獎決審會現場，結束後還要編作品集，是非常長的過程。

活動過程中最有成就感的事？

蘇晉緯：

我覺得最有成就感的，就是當所有事情落幕，送走老師們，回復完場地，只剩下工作人員在人文咖啡，大家開始回想一年間所有付出的那一刻。辦了講座，徵稿、審稿，處理很多公文和寄給評審老師的信件，甚至連三天非常累的決審會，到最後全部結束……。細數這些經歷的時候，我心想：「我們真的好好把它完成了。」無論是大學還是高中的文學獎，這種成就感對我來說是伴隨一生的，往後我遇到困難時，總會想：「我都做過這麼難的事情了，這些應該也還好吧？」它帶給我的成就感還有效益，讓我學到很多。

李承曆：

我想講的也是辦完的當下。

在文學獎決審會的三天，從白天忙到晚上，活動結束後要場復、確認評審接送順利，以及開檢討會，負責發文的同學要挑照片、負責逐字稿的編輯必須刪減開場內容作為文案，會後還要確認隔天的器材。最後大概都是凌晨才離開人文咖啡，從人文學院到停車場的路上，常想著我們到底在這裡幹嘛，大一的時候都沒這麼熱血。

雖然美蘭老師在工作期間對我們的要求很高，但在最後一場決審會時，老師偷偷跑去找司儀，請她在「第十八屆水煙紗漣文學獎到此結束，我們明年見」後面加上「感謝第十八屆文學獎工作人員的辛勞」一句。現場話音剛落，平常不太會哭的孟宏眼眶竟然泛淚，芳慈他們眼淚也掉下來。結束後，守仁老師也走過來拍了我的肩膀說：「你們真的辦得很好，辛苦了。」老師一轉身，我眼淚也掉下來。後來開檢討會，本以為老師們都已經離開，結果美蘭老師突然走進來，和七個幹部個別抱了一下，真的很感動。最後幹部們也一起分享整年的心路歷程，當下覺得很有成就感，雖然這一年裡經常講一些自暴自棄的話，可是辦完的時候會覺得是很特別的經驗，還好有接下這個工作。

羅元亨：

的確最有成就感的是一切落幕之後，因為大家都很興奮，辛苦緊繃的生活終於結束了。其中，最印象深刻蘇偉貞老師來演講那天，雖然有找我一起吃飯、比較親近一點點，但因為先前的通信經歷，我仍有點怕她。演講結束、送老師離開的時候，她突然叫住我，抱了一下，謝謝我邀請她來。當下我非常開心，覺得這件事情終於順利結束了，很有成就感。

文學獎的經歷有沒有影響到某部分的自己？

蘇晉緯：

我覺得文學獎不是一個大家口中的「學生活動」，學生活動學習到的東西比較片面、有限，例如辦耶誕晚會，大概可以理解怎麼跟學校借場地、怎麼跟其他人討論流程，但文學獎是一個全校性的活動，代表著暨大，有太多細節要注意。要是辦得不好，大家出去可能會說：「暨大文學獎辦得真爛，體驗好差，下次不要去那裡。」所以辦文學獎必須頂著很多壓力，仔細處理每個信件、公文往返、場地租借。跟學校借場地，甚至跟負責場地的工友溝通聯繫、傳達我們的預想效果、互相配合……，需要縝密的思考及討論。而這些經歷對我的未來大有幫助，不論是讀研究所，或是處理各項工作、舉辦類似活動的時候，我都會比其他人更謹慎、更快進入狀況、更清楚自己該做什麼。

舉例來說，研究所二年級時，曾需要我們辦活動帶大家去山上過三、四天，做一些野外訓練，在過程中會有些生命財產上的安危。有很多同學雖然都曾辦過活動，但很少會考量到一些比較仔細的部分，例如跟講師的溝通、時間的掌握，而文學獎讓我大概知道可以從何做起，也會以此建議同學，讓流程可以更順利。當然不只活動，未來從事的很多事情都是如此。

李承曆：

文學獎教會我們「嚴謹」兩個字，美蘭老師尤其嚴謹，每一封信都看，討論過程中，也都會把可以改進的地方寫出來，比方說為什麼這部分不合適、可以用什麼詞去換，久而久之，當她訓練完幹部，我們往下帶學弟妹，其實也會有一套系統。卸任後，我也一直會有文學獎的思維，譬如草擬給老師的邀請信模式、成功邀請後的注意事項，或是寫活動細流，都會慣性點開硬碟裡文學獎的資料夾，對照、檢視有沒有遺漏，因為文學獎的操作非常完整，可以作為我的標竿。開始跟其他人合作相處之後，會很慶幸自己有加入文學獎團隊，因為有些旁人從未想過的細節，是文學獎團隊裡的基本要求，執行這些工作能讓人辦事更加嚴謹，也更清楚哪些細節需要注意。

另一部分是我覺得自己越來越圓融了，比較沒有一開始尖銳的感覺。像前幾週外系的朋友傳給我感謝狀的新聞[1]，以前我收到這類訊息，一定馬上不爽、說講師的不是，可是那時候我回的是：

註1：2021年11月26日，第二十一屆水煙紗漣文學獎邀請攝影作家蔡傑曦擔任講師，演講後卻見其以IG限動錄影，將感謝狀、紀念品丟入垃圾桶，引發撻伐。

「可能要先看看我們哪邊做不好，如果真的有讓講師不舒服，也要請學弟妹再傳訊息跟老師講。」只要辦完一個活動，就會知道過程真的很辛苦，太多細節需要注意，當這件事發生後，第一時間要自我檢討，再進行下一步處理，如果問心無愧，也就不用再往心裡去了。這是我在文學獎結束之後的改變，應對進退變得比較圓融，遇到狀況時，會先把情緒放一邊，想一下是不是有什麼地方須改進。

羅元亨：

我的想法跟學長雷同，待過文學獎，我在寫信這方面變得比較仔細，懂得用更婉轉的方式溝通。像是平常可能有些事情要回覆，或是要寫信給別人，都會開始用比較有敬意的方式，不會再像以前國高中那麼隨便，對我自己來說，算是很好的一件改變。

不過學長的圓融比較高層次一點，我的圓融是對同儕或是學弟妹們，文學獎讓我學到最多的一件事就是包容，不要太常有情緒、起衝突，盡量配合。例如有件事情的本質是A，我以前的想法會是「你怎麼會想把A做成B呢？明明很簡單啊，為什麼我還要解釋原因？」但是學會圓融之後，就會知道其實每個人的想法都不一樣，A也可能會是B。這種時候就需要包容，可以跟他講「A就該做成A，做成B好像有點怪怪的」，但若他還是想做成B，就讓他做吧。

蘇晉緯：

關於圓融，我也有學到這個部分。當下可能不這麼覺得，但兩三年再回顧，或遇到類似的情節時，態度確實會變得比較不一樣。

我是一個脾氣比較火爆的人，譬如文學獎最後一天活動結束，大家都在嘻嘻哈哈，我原本也是，但聽到學弟妹說了一些話，覺得不是很開心、不是很舒服，就馬上變臉，把全部人狂罵一頓，講得不是很好聽，例如：「你腦袋到底有沒有帶出來？」往後我在回顧或是遇到相同事情的時候，我會覺得自己當初的處理方法不是很好。因為高中時期辦過文學獎，我可能比大家多一些經驗，知道文學獎的整體流程，當大家不明白的時候，我應該要好好說明這件事，但當時可能抱持著類似知識分子的傲慢，說：「就是這樣啊，沒有為什麼，這種事情有什麼好懷疑的？」現在想想，我們應該要理解當時的學弟妹到底是怎麼想這件事情，去思考要怎麼讓他接受，而不是用自己的觀點處理，這也是文學獎教會我的一件事情。

李承曆：

我在當總召時也罵過其他工作人員。決審會彩排進行到一半的時候，美蘭老師突然說她和學玲老師要來看，那時候有一組的表現不那麼理想，我在現場放下麥克風大罵，我不知道自己怎麼有這麼大的情緒，也非常後悔，可是在緊張的當下，已經不知道要怎麼控制情緒，只會覺得「你到底為什麼會做不好」。

結束之後，我有請他們不要往心裡去，那只是為了讓活動更好，可是往後幾年再回想，覺得自己有點荒唐，沒必要發這麼大的脾氣。文學獎一方面也是在讓我們練習待人處事，這是我在工作中情緒最失控的一次，卻也讓我覺得自己好像又成長了。

活動過程中最想感謝的人？

羅元亨：

身邊的每一個人都一定要感謝，因為大家都是無償幫忙。文學獎這種事情說難也不難，儘管過程中有很多磨擦，但最後大家都一起成功把這件事辦完了，可能上天也要感謝一下啦！

李承曆：

我最想感謝我的夥伴們，簡直是用命在辦文學獎，每週開會、講座前有細流會、決審會有一堆彩排，需要長時間籌備，隨時可能有突發狀況，所有場合也幾乎都有講師或評審要接待，肩負的責任很多，他們都非常可靠。

除了他們之外，最想感謝美蘭老師，其實剛開始超級怕她，尤其是大一確定要接總召那時候，聽學長姊說老師很可怕，還說：「要加油喔，保重。」六月初第一次開會時，老師非常嚴謹，每件事情都會問到底，那時候覺得很煩，後來老師說：「這樣問是要讓你們真的去想：假設外面的人問了，你們要怎麼去處理。」才發現老師的用心良苦。我們曾經跟美蘭老師發生過很多衝突，包含脾氣非常好的幹部，比如鼎崴、芷芸。當時原本關係有點僵，可是在最後老師來抱我們的時候，就突然覺得這一年的辛苦與紛爭，好像都消失了。

檢討會的時候，咸霆說完「一輩子能夠做好一件事情就是很了不起的事情，你們真的做到了，辛苦了。」就很瀟灑地離開，大家都愣在那邊，沒想到美蘭老師突然順著他的話，用很誠懇的語氣說：「你們真的很了不起，如果這一年有什麼讓你們覺得不舒服的地方，請原諒我講話比較直接，你們真的很棒。」當下內心對老師有些愧疚，也很感謝，因為這一年間偶爾有過情緒，但最後終究圓滿結束。現在再點進去看老師幫我們修過的信件和細流表，還是會發現很多自己沒有注意過的細節，所以在整個過程當中，我很想好好謝謝美蘭老師。

蘇晉緯：

要感謝的太多了，我最感謝的是我的兩位夥伴，老屈跟依錦，他們非常可靠，請託的事情一定都會做好，我們也因為這樣越來越熟。我是一個拖延症很嚴重的人，老屈是我的組長，會常常鞭策我。其實我們三個私底下經常討論活動，個性又比較直來直往，可能去吃個飯，講一講就開始大吵，吵完下一秒又嘻嘻哈哈。可是工作上我們也不會懈怠，遇到問題一定會互相幫忙，或告訴對方這樣做不對、怎樣做更好，也因此建立了很深的革命情感，直到現在感情都還是很好。

我也很感謝學弟妹們。每年總會遇到不同問題，也都各有解法，大家會把它記下來告訴下一屆，其中會有些比較繁瑣或囉嗦的部分，有時我們的態度也不是那麼溫和，但每一屆學弟妹都很體諒我們，願意去改正，也不會因為我們態度不好而破壞感情。過去在開會時，我們就對同屆很兇，有時候學弟妹做不好，我也會用「你是白癡是不是？這都弄不好，都聽不懂是不是？」這種態度訓話。我的下一屆總召姵茹只要聽到我們說「姵茹，過來一下，我們有事情跟妳講」就會非常緊張。在決審會的最後一天，我們事先去買了瑪芬蛋糕，站在後面假裝很兇的看著她，說：「姵茹妳過來一下，我們有話跟妳講。」她非常緊張地過來：「怎麼了嗎？是哪裡有問題嗎？」我們說：「辛苦了，這個要給你們吃的，你們辦得很好。」她當場大哭，我們都嚇一跳，可想而知，不要說老師，連學長姊給的壓力都非常大。大家對於這個活動的期待越高，越後面的人壓力越大，現在已經二十一屆了，等於承接了二十一年的壓力，好好幹，加油！

加入文學獎之前、參與文學獎事務當下和卸任後分別對文學獎團隊的感覺是什麼？

羅元亨：

當初加入文學獎其實有點半推半就，因為要好的朋友要去文學獎，想說沒有參與過，好像可以接觸到文壇大老，就糊里糊塗進去了，該做什麼就做。大一覺得文學獎有很多麻煩事，但做著做著也就結束了。

大二升上幹部之後可能比較有感，因為要管老師的食宿、交通、時間安排、分配接待人員，還有演講、經費，也要帶學弟妹，更不用提有人少一根筋，或是需要開導。大部分大二參加文學獎的人，對於這些林林總總的事情感受應該都很類似——又是暴躁又是無奈，有點像在看自己的小孩長大，希望能把它養好。

卸任的時候覺得事情結束了很開心，沒有太多感受，就覺得辦得很棒，只要辦完就好了。當然仍希望現任的學弟妹可以讓文學獎越來越好，但也知道現在又多了不少工作，比如全國性徵稿，可能很複雜也很麻煩，我們這些已經辦完的人無論說什麼，對你們來講可能都不成比例，因為做事的人還是你們，所以加油，不用想太多。

李承曆：

大一新生入宿的時候，幫我搬宿舍的學長江咸霆，是我上一屆的總召。新生之夜剛抽完直屬，他就跟我說：「等一下選組的時候來找我。」就這樣莫名其妙進到咸霆帶領的稿務組了。第一次開會時，聽到之後每個禮拜都要開會，覺得有點煩。但是開始推動一些事項之後，就會感受到這個活動不是鬧著玩的，系上和學長姊都用很高規格、縝密的態度籌辦，也開始覺得自己要一起進步、趕快變強，才能好好擔起這個位置，大一的時候，我花了很多時間學習把活動辦好。

到了大二接總召，最常出現的想法就是「我要休學」，因為過程真的很累，但重新審視每個辦過的活動，就會發現可以改善的細節，下一次就知道可以怎麼調整，也會感受到自己真的有在進步。

卸幹之後，站在學長姊的角度看，會覺得現在的學弟妹真的好辛苦。因為自己曾經待過，對這個團隊有歸屬感，甚至願意花一些時間去關心這個團隊，希望它辦得越來越好。隨著文學獎的規模、組織越來越大，要承辦的工作也更多，看到學弟妹們為了文學獎努力，每一屆不斷進步，成為學校特色的時候，內心是很感動的。所以每一屆的學弟妹都辛苦了，繼續加油。

蘇晉緯：

我也是在新生之夜，被凱謙學長拉去文學獎組。他知道我高中時曾經做過類似的工作，希望我去文學獎，我看了看，那裡也比較適合我。進去之前，因為已經有一個初步概念，所以並沒有特別緊張，或是覺得現實跟期待不符。文學獎在我當屆的時候，業務也跟我過往經驗很類似，只是更特別的是，隨著年齡上升，他人對你的寬容度會降低。學生的福利就是有犯錯的機會，只是比起高中階段，在大學犯錯所帶來的負面效應會更大，工作內容沒有改變，但身分的轉變讓我感受到更大的壓力。加上過去擔任的並不是領導者，承擔的責任跟想法有很大的改變，不再能像以前交辦別人就好，必須親自接洽，這種感覺很不一樣。

我覺得暨大文學獎這幾年越來越不像一個學生文學獎，它的高度不斷提升，例如我們當時還沒有圖文獎，之後不僅增設，還擴大成全國徵稿，是一種越來越往上的突破。圖文獎並非傳統中文系願意做的事情，是非常新穎的概念，雖然要循於傳統，但是圖文是目前的趨勢，我們理應順應趨勢做出一些改變，傳統是不斷在變動的，生活也是，文學也是。

現在的團隊一定會比過去更加辛苦，但「天助自助者也」，很多事情自然會順利過去。也希望加入文學獎的人越來越多，畢竟有更多事情要處理，像是校稿所需人力可能倍增，所以真的很辛苦，非常佩服現在還願意加入文學獎的同學。

李承曆：

剛好在場還有三位總召，先請第十九屆的總召韋筑分享。

賴韋筑：

起初加入文學獎，是對編輯有興趣，加入後發現整個體系非常嚴謹，學長姊都很嚴格，對我來說算是震撼教育。後來擔任幹部，跟其他幹部們合作、教導學弟妹，對我而言是很大的挑戰，因為我很少站在領導者的位置，很感謝大家對我的包容，相信大家一路走來都成長了不少。

比較大的心態轉變也是在卸任後，當幹部時，一直以為結束就沒有我的事情了，可是等到下一屆在辦的時候，我會有一點媽媽的心態，明明一直告誡自己不要再去管他們，但還是會忍不住去看學弟妹們現在情況如何，我想這就是文學獎對我最大的影響吧。最初是以想要學習的態度進去，到了第二年變成一個不得不做的責任，第三年成為習慣，對我而言，不管是在大學生活還是未來的生命中，這段經歷都是一個很難得且特別的體驗。

李承曆：

謝謝韋筑。再來邀請即將卸任的第二十屆總召蘇纓分享。

蘇纓：

一開始在新生之夜，我不知道抽完直屬就要分組，看著室友被她的直屬帶到文學獎，就糊里糊塗跟著一起去了，也沒有感覺特別辛苦，就這樣度過大一。後來，忘記是怎麼當上幹部了，但在參與文學獎的當下，一直沒有覺得特別痛苦，或許是個性使然，也有很大一部分是因為團隊夥伴人都很好，我都自詡是大家的秘書，各組沒有處理到的事情就是我的工作，不會特別覺得哪些事情很辛苦，只要是我該做的，就把它做好。

現在想想，決審會真的遇上滿多嚴重的狀況，像停電、疫情爆發、評審臨時缺席，也許在我正常的情緒下會覺得「天啊，太可怕了」，但當下沒有感覺到這件事情很恐怖，只想著要快點解決，這也得歸功於自己當時的緊張，才沒有過多情緒反應。現在面對事情的時候，也會想著要趕快把它處理掉，而不是先感受情緒，這是我從文學獎學到的事情。

李承曆：

最後是第二十一屆總召潔霓，從妳大一加入文學獎到現在的過程中，有沒有什麼想法呢？

陳潔霓：

一開始因為比較內向，不太想去系學會，加上覺得文學獎很有趣，可以跟評審老師近距離接觸，所以進了評審組。現在擔任幹部期間碰到很多困難，會想要一一克服、解決它們，其實我也受到很多人的照顧，包括幹部夥伴，像嘉純常常會聽我發洩情緒，碰到不清楚的地方，也會請教蘇纓學姊，當然還有老師，總是要看更多東西，辛苦了。

對於文學獎跟創作文學持什麼看法？給文學獎的一句話？

蘇晉緯：

這個問題非常中文系，我現在比較脫離這個範疇了，不過還是有些粗淺的想法，如果講錯或講不好，先跟各位說聲不好意思。

可能大家的生命經歷不如社會人士或專業作家豐富，建構文字、架構故事的能力也不如他們厲害，但很多讀中文系的人還是喜歡創作自己的文學作品，這時候學生文學獎給予了很好的平臺，讓各位可以探索自己的創作該怎麼成長。雖然它得獎的門檻不如校外高，但能夠獲獎都很了不起，即便仍有很大的進步空間，都獲得了肯定。對於學生來講，這會是一個非常大的鼓舞，促使人更願意寫作，甚至去挑戰外面社會性的文學獎。

不論得獎與否，願意投稿就是一個很大的突破，代表願意接受挑戰、把自己放到檯面上被公審。我個人喜歡拍照，但攝影比賽競爭非常激烈，很多人投稿可能不是為了得獎，但是只要每年願意挑戰、投一件作品，都是給自己一個進步的機會。我有些朋友非常喜歡文學創作，作品卻不一定會得獎，我總說：「外面很多出書的作家可能也沒有得過文學獎。」以我看來，會得獎的作品都有個固定模式，有些寫得很好的作品，可能會因為不符合評審口味、不符合這個時代、這個地方的風氣而落選，不代表它不好，只是它可能不適合，或有更多進步空間，可以去參考獲獎的作品，或者思考自己的創作適不適合這個獎項。總之，文學獎給予創作者一個發揮的空間，調整作品和心態。

給文學獎的一句話：一日文學獎工作人員，終身都是文學獎人，它在未來會有很大的幫助，做好自己能做的，剩下的事情自然會有人幫你。

李承曆：

在加入文學獎之前，我對於現代文學接觸不多，接了幹部之後，才開始接觸現代作家的作品、去想如果是我，該怎麼書寫會比較好。決定把作品放進文學獎更需要勇氣跟力量，因為寫作是非常內心的東西，願意投稿代表願意揭露、讓別人知道自己發生的事情。學生文學獎沒有太高的限制，不管有沒有得獎都可以把它當作抒發，假設對創作真的有興趣，可以把它當作一個出發或啟蒙，繼續創作、寫出更多屬於自己的東西。

送給現在工作人員的一句話：既然你們都誤上賊船了，就要當一個稱職的海盜，承載前面二十屆的祝福和經驗，創造屬於你們的文學獎。過程會很辛苦，但辦完之後再回想，會很慶幸自己有加入這個團隊，加油。

羅元亨：

我負責邀約評審，也知道文學獎的標準都是裁決於評審們。老實說，這也是滿不公平的比賽，因為最終還是要看別人對於作品的喜好程度。有些人會說，文學獎有一套必勝寫法，我覺得可能是有的，但不是推崇大家一定要那樣寫，最重要的還是勇於投稿，公開自己想要寫的東西，被認同、得獎當然是好事，沒有得獎也不一定是壞事，最主要的是參與文學的一顆心。

若要以一句話總結，希望大家在文學獎上越來越往前，對學弟妹來講也是，辦得好、一切結束就好了。

提問者：

我想問一下晉緯，聽到蔡傑曦這件事的時候，有什麼想法？

蘇晉緯：

先講我個人的觀感，這完全是主觀的，大家參考就好。我沒有那麼喜歡蔡傑曦的作品，看到這件事的時候，當然有不開心的情緒，更重要的是，我覺得要是人前一面、人後一面，有一天被抓到小辮子，會出很大的事情。

至於針對這整件事的看法有兩點。第一，首先會自我檢討，他的行為代表我們可能有失誤，或讓他非常不滿意的地方，當然必須先檢查自己有沒有疏失。第二，我覺得不論如何，這是一種毫無禮貌、不尊重人、不該被尊重，並且值得被批判的舉動。雖說要自我審視，有做不好的地方就向他說對不起，但不代表他的行為是正確的，所以我還是會稍微批判他。另一方面，以我求證所知的情況來講，並沒有不開心的事情發生，甚至有老師陪他逛校園，至於講座問答環節，據我在場的朋友還有提問者本人所言，當下是一個愉快的場合。要是這樣，那可能是我們眼睛不夠亮，找了一個氣量比較小、比較不適合擔任講師的人，才會發生這種事情。記得他第一次來當評審的時候，身邊坐的是沈昭良老師，回想當下的畫面，高下立判，畢竟沈老師跟我們中文系的關係很好，老師的作品、處事風格與人格也非常值得大家尊敬跟學習。

「文學獎幕後：歷屆工作人員甘苦談」講座實錄精華

跋

第二十屆水煙紗漣文學獎於一〇九年十月十九日開始徵稿，原定於一一〇年三月五日截稿，但因投稿熱烈，故將截稿時間延至一一〇年三月十二日，稿件數量也因同學的創作熱誠高漲逐年升高。第二十一屆更首次開放「圖文獎」向全國徵稿，期待能激盪出更深刻的作品討論。

本屆文學獎共舉行兩場系列講座，第一場於一〇九年十月七日舉辦，邀請李昂老師以「密室殺人：附身到化身」為題，從新書《密室殺人》出發，分享附身、化身、再創造的創作靈感和寫作心得；第二場講座於一一〇年三月十八日舉辦，邀請平路老師，講題為「文字連繫起來的」，分享關於童年記憶、人生、文字寫作的連繫關係。

第二十屆水煙紗漣文學獎決審會，於一一〇年五月十一日、十二日、十三日展開，為期三日的活動，吸引許多對文學懷抱熱情的同學參加，無論參賽或是與會者，都能在評審老師的講評中有所收穫。此外，為慶祝文學獎邁入第二十個年頭，今年特別舉辦二十週年回顧展，除了在圖書館設有為期一個月的常態展，更舉辦四場系列講座，邀請曾評選過文學獎的評審老師、歷年得獎者及工作團隊談論對文學及文學獎的看法和心得，於一一〇年五月六日邀請連明偉老師，以「我所經歷的風景：關於文學獎的投稿與評審」為題，分享自身於大學期間就讀暨大中文系，至畢業後的寫作歷程與身分轉變，與對文學獎、詩文創作的想法。此外，因應疫情影響，歷年得獎者、歷年工作人員座談延至一一〇年十一月二十四日及十二月十五日，邀請歷年得獎者及工作人員，分享如何與文學獎產生緊密的連結，並討論在文學獎中如何建構並茁壯自己的心路歷程。

本屆文學獎的籌備與規劃，對我而言，是一場曠日持久的馬拉松，在這趟旅程中，總有自己忽略的缺失，若帶來不好的感受，在此致上歉意。感謝指導老師陶玉璞老師，總是不厭其煩地指出一些我們未曾注意到的細節，讓活動更臻完美，感謝系主任曾守仁老師、陳美蘭老師、陳建銘老師及系上其他老師對於文學獎的支持，在繁忙的公務之中，依舊能耐心地給予我們指導和建議，給予我們莫大的幫助。感謝辛苦的裕美助教、建宇助教、敬娟助教，幫助我們處理許多瑣碎的業務；當然，也不能忽略給予我們意見或指教的學長姊和同學，無論是何種聲音，我們都虛心接受；更不能忘記大一及大二的工作團隊，在繁重的課業壓力下，依舊盡心盡力地參與文學獎的籌備。在過程中，雖不上十全十美，但我們已做到最多，而那些受過的幫助、指導，或無數的突發狀況、腦力激盪，算是我們日後的養分。最後，我非常感謝自己能擁有這個絕無僅有的機會，若沒有這個機會，法學習到這麼寶貴的經驗，與這麼可靠的團隊共享這個成果，若說第二十屆文學獎有任何於團隊及幫助過我們的所有人。

第二十屆水煙紗漣文學獎總召集人　蘇纓

編輯團隊 後語

當一整年的籌辦工作落幕，幹部們卸任的歡呼背後，有一群人還在這裡，他們的工作才正要開始。

編輯，是這樣的存在。很多時候我們很孤獨，必須在活動結束後，悄悄進行著別人並不清楚的繁複工作。但也很多時候，我們感受到合作的溫暖，有了團隊夥伴的配合與運作，才得以完成產出。從零到有的全書架構、文稿的層層修潤、美術的編排設計，在書籍製作的細節與專業下，身為總編，我清楚自己仍太過不足。特別感謝晴濰與慧君為此書貢獻的心力，也謝謝陶老師給予自由的工作空間，尊重我們的編排想法。更謝謝每位評審、講師、得獎者與工作人員，因為有你們，第二十屆水煙紗漣文學獎才得以完整且圓滿。

謹以此書獻給所有喜愛文學、致力推廣創作的你。

總編輯／林玥彤

這一本作品集可說是一整年的活動縮影，背後是整個團隊的努力，很高興能參與水煙紗漣文學獎的精采時刻！過去我比較常協助的是海報設計，第一次內頁編排對我來說是一大挑戰，操作方面我有許多地方是不足的，因為能力有限，必須更努力精進。作品集的從無到有，就像是見證一個孩子的誕生，這真的是很有成就感！很感謝工作坊老師的指導，也很謝謝好夥伴玥彤的協助，讓我在編排上有所方向～當然也要感謝編輯團隊的努力，因為有你們，編排才能順利進行！

內頁排版／蕭晴濰

第一次參與書籍的封面製作，過程中獲益良多。對於我而言，「流金」是變化無窮且飽含能量的概念。混沌中，無懼無畏，綻放力量，多元優雅地凝練成更好的自己。繪製封面設計時，學習將概念實體化，呈現概念時兼顧美感，這是我認為最困難的過程，也體認到自身不足，進而見識到成為專業並非易事，不斷學習精進才是真正的關鍵。非常感謝工作坊的老師傾囊相授，使我們在學習階段就能接觸專業指導，並實際操作。感恩老師們的指導幫助，也謝謝團隊的合作。

封面設計／蔡瑞晴

眼看著活動流程還得逐年繼續，貼心的現實許是怕工作人員太百無聊賴，順手拋出疫情，猛然爆發如煙火。此後，左右大家心緒起伏的，除了開低走高的籌辦難度，還有每日更新的警戒等級與確診人數。即使如此，各部人員的付出卻仍然穩定，直至迎來「文學獎．疫情系列」落幕，由衷佩服；而文編賦予的「半局外人」身分，讓我見證這場得來不易的盛會，打著文稿，一路走來不甚顛簸，卻收穫頗豐。包含感謝在內，寥寥數語，聊表心意。

文字編輯／黃慧君

能成為這次水煙紗漣文學獎的文編是一件我覺得非常幸運的事情。一是因為文編的工作與我而言非常新穎，我本來就想往這方面發展，它提供了很重要的經驗；二是因為文學獎舉辦過非常多講座還有決審會，文編需要將這些內容整理成文字呈現給讀者，在這個過程中，有很多當時不能發覺和需要沉澱的都會重新浮現，這是我意料之外的，也是這次文編工作中最大的收穫。祝福水煙紗漣二十週年，希望每個人都能在文學獎中有所獲得。

文字編輯／邱意珺

很開心能參與編輯這次的作品集，這也是我第一次當文編，在很多方面都還有需要學習的地方。這段時間在閱讀大量文字的同時，除了能提升自己的閱讀能力外，潤飾文章的過程中也培養自己對文字的敏感度，學習到讓整個文句看起來更順暢，雖然還可以有更多的成長空間，但透過這次的編輯工作，感覺自己又離未來的目標更近了一些。

文字編輯／葉旻涵

編後語

活動籌辦團隊

誤打誤撞進入文學獎，跟著學長姐奮鬥一年，度過很充實的時光，也感受到滿滿的團隊感，很高興也很榮幸能成為幹部，繼續為團隊貢獻自己的力量。在這一年裡，我們成立新的團隊、開始新的磨合、籌辦新的活動，大家凝聚了更多默契、體諒及配合，成為獨一無二的第二十屆文學獎。能成為團隊的一份子，是我大學生涯的驕傲，希望它可以繼續茁壯為暨大的驕傲，也希望我能成為它的驕傲。

副召集人／廖心崙

水煙紗漣文學獎，是伴隨著我從個人申請暨大中文以前，心中便一直嚮往的所在。一路走來，仍覺得很不可思議，從通過面試進入團隊，到大二接下幹部，與其他八位幹部承辦無數大大小小的活動，一起在繁重課業當中抽空完成各自組內的工作，面對任何突發狀況，也總是不分你我一起討論辦法，一步一步解決問題。如今憶起，那些最崩潰的兵荒馬亂，都成了那一年裡最鮮明的記憶。

編輯組／林玥彤

在因為新冠肺炎疫情而顯得特別清閒的暑假裡，我發現過去以幹部身分與文學獎相伴的一年中，許多細節已經開始模糊消散了，不過儘管記憶會隨著時間逐漸流逝向來是不可抵抗的事實，但存在於經歷裡的種種情感，以及這一年來因為這些經歷而發生在我身上的改變，卻是確確實實難以失去也不能否認的。感謝文學獎使我和一起努力的同伴之間羈絆更加深遠，也感謝我在一年前這個時間點做下的選擇，使我沒有錯失與水煙紗漣文學獎這一年的緣分。

評審組／王芝庭

文學獎二十年包含了許多人的付出與努力，很榮幸能成為本屆文學獎的一員，一同見證水煙紗漣文學獎二十週年這重要的里程碑。面對這別具意義的一年，我們更是以謹慎的心態面對，希望能為二十週年畫下完美句點。在這精采的一年裡，感謝所有師長的協助與指導，更感謝各評審老師給予機會，令我在邀約的過程中學到許多。而在新冠疫情的侵擾下，所幸決審會尚可順利舉辦，感謝所有同伴們這一年的努力，期許水煙紗漣文學獎順利朝下一個二十年邁進！

評審組／劉妍忻

在回首過去與遠眺未來的暢想中，我們採用「流金」為主題印象，我認為它是一種沙質的、具有顆粒感的金色年歲，又像是我們追尋的理想、或者是青春的磨礪。文學獎團隊就是這樣發光的團隊，創作背後是大家的建議與鼓勵，在活動的籌備中我們互相扶持，從不相識，到辦活動前的夜晚彼此謂對方「小心肝」，忙碌又充實的為大學生活留下一筆流金歲月，謝謝你們的陪伴，往後也要攜手共進。

宣傳組　設計／蕭晴濰

真的很高興自己能夠加入文學獎這個大家庭，從原本的小成員到後來與團隊的大家一起攜手合作的感覺真的很棒，雖然這一年很忙很累，但實際上也很充實和滿足，為了文學獎而努力奮鬥著的大家都看起來閃閃發亮的哦！也感謝在背後協助我們的師長和學長姊，有你們才能讓第二十屆文學獎更為完整。即使遇上全臺停電、疫情肆虐的情況，但團隊的大家也互相扶持幫助，順利解決碰上的問題，讓決審會圓滿落幕。最後，還是不免要說上感謝，謝謝大家的付出，各位都辛苦了，好好休息，之後再繼續勇敢前進！

宣傳組　媒體／郭旻純

在文學獎的這一年，很高興可以跟友善又可愛的大家一起共事；不管是總被一堆事情弄到崩潰的蘇纓、耐著性子解釋的廖、認真盡責嘗試溫柔和善的林玥、找model找到爆氣的過敏純、一直熬夜被壓榨的晴灑、事情總是做得又快又細心的芝庭跟妍忻，跟我搭檔然後一直吵架、被死線追著跑的王鳳梨，大家都很努力想把事情做到最好，也都對於自己負責的部分付出了最大的愛跟耐心，是一群很溫暖又讓人安心的人們，很高興在這麼繁忙的一年可以跟大家搭檔♡♡

稿務組／許月秋

這一年下來，文學獎雖然很辛苦，但也帶給我很多的東西，第一次做難免會有很多的錯誤，從這些錯誤中也帶給我不少的經驗。決審會之前一次又一次的彩排，從一開始的兵荒馬亂到決審會當天完整地呈現給全校師生，團隊裡的每個人都是不可或缺的，每次彩排和決審會之後的檢討，雖然都用到很晚，但每一次都可以從中發現不少問題，進而進行修正，真的很感謝能夠在文學獎這一個團隊中跟大家一起共事，這是一個精采且充實的一年。

稿務組／王鳳麟

國家圖書館出版品預行編目（CIP）資料

水煙紗漣文學獎作品集．第二十屆：流金／林玥彤總編輯．
-- 初版．-- 南投縣埔里鎮：國立暨南國際大學中國語文學系，2022.11
面；　公分
ISBN 978-626-95201-7-6（精裝）

863.3　　111020029

第二十屆水煙紗漣文學獎作品集——流金

發行	國立暨南國際大學中國語文學系
地址	54561 南投縣埔里鎮大學路 1 號
電話	049-2910960 #2601
指導老師	陶玉璞
總編輯	林玥彤
內頁排版	蕭晴滟
封面設計	蔡瑞晴
封面書法	陶玉璞
文字編輯	林玥彤 邱意珺 黃慧君 葉旻涵
印刷	合益印刷製版有限公司
初版一刷	2022 年 11 月
定價	新臺幣 400 元
ISBN/	978-626-95201-7-6
GPN/	1011102299